BASTEI
LÜBBE
TASCHENBUCH

Über den Autor:

Simon Lelic ist ein britischer Thrillerautor, von dem bereits drei Romane international veröffentlicht wurden. Sein Debüt EIN TOTER LEHRER gewann den Betty Trask Award und stand auf der Shortlist des John Creasey Debut Dagger. THE HOUSE ist sein vierter Roman und erschien im Herbst 2017 als Spitzentitel bei Penguin UK. Lelic lebt mit seiner Frau und seinen drei Kindern in Brighton.

Simon Lelic

THE HOUSE – DU WARST NIE WIRKLICH SICHER

Thriller

Aus dem Englischen von
Friederike Achilles

BASTEI
LÜBBE
TASCHENBUCH

BASTEI LÜBBE TASCHENBUCH
Band 17723

Dieser Titel ist auch als E-Book erschienen

MIX
Papier aus verantwortungsvollen Quellen
FSC® C083411

Vollständige Taschenbuchausgabe

Deutsche Erstausgabe

Titel der englischen Originalausgabe: »The House«
Originalverlag: First published 2017 in Great Britain by Penguin Books, Penguin Random House UK.

Textredaktion: Sabine Biskup, Köln
Titelillustration: © Design by Lisa Horton; © Amy Weiss/Arcangel
Satz: Urban SatzKonzept, Düsseldorf
Gesetzt aus der Garamond
Druck und Verarbeitung: CPI books GmbH, Leck – Germany
Printed in Germany
ISBN 978-3-404-17723-3

5 4 3 2 1

Sie finden uns im Internet unter www.luebbe.de
Bitte beachten Sie auch: www.lesejury.de

Für Anja.
Und für ihren Grandpa.

Als mir das Messer aus der Hand gleitet, ist mein erster Gedanke, dass es gar nicht so schwer zu benutzen war, wie ich angenommen hatte. Zuerst bin ich euphorisch – bis ich das Blut sehe. Es fließt schnell, entschlossen. Es bildet Flecken auf meinem Sweatshirt, auf meiner Hose, sogar auf dem Fußboden. In diesem Moment wird mein Hochgefühl zu Angst. Mir wird klar, dass es schiefgegangen ist. Diese Sache, die ich so sorgfältig geplant hatte – sie ist komplett, auf entsetzliche Weise schiefgegangen.

I

Jack

Gestern Abend war die Polizei wieder da. Ich habe sie vom Gästezimmerfenster aus beobachtet, wie sie draußen in der schmalen Gasse standen. Sie können mich nicht gesehen haben. Ich bin absolut sicher, dass sie mich nicht gesehen haben. Außerdem, und wenn schon? Ich habe ja nichts falsch gemacht. Und es ist völlig normal nachzuschauen, oder? Genauso wie Autofahrer vom Gas gehen, um einen Blick auf einen Unfall zu erhaschen. Wahrscheinlich hätte die Polizei es sogar verdächtig gefunden, wenn ich *nicht* geguckt hätte. Ich meine, ich konnte es zwar von meinem Blickwinkel aus nicht sehen, aber ich wette, unsere gesamte Nachbarschaft hat geglotzt. Alle bei gelöschtem Licht. Alle geschickt hinter ihren Vorhängen verborgen. Was mich hingegen beunruhigt hat, war das Gefühl, dass alle dort draußen auch *mich* verhohlen beobachten. Dass das Auftauchen der Polizei zu dieser Zeit bloß ein Exempel war. Eine Warnung.

Gott, das hier ist schwer. Schwerer, als ich erwartet hatte. Ich weiß noch nicht mal, wo ich anfangen soll. Ich bin anders als Syd. Ich weiß, was sie denkt, welche Schlüsse sie bereits gezogen hat, aber sie geht anders mit Dingen um als ich. Ich weiß nicht, wo wir geendet wären, wenn sie den Anfang gemacht hätte – und ich hätte sicher nicht gewusst, wie ich weitermachen soll.

Das einzig Logische wird wahrscheinlich sein, mit dem Tag zu beginnen, an dem wir zum ersten Mal das Haus sahen. Das war im April. Jetzt ist September, der vierzehnte. 3:17 Uhr morgens, um genau zu sein. Syd ist im Bett, aber ich könnte nicht schlafen, selbst wenn ich wollte. Ehrlich gesagt bezweifle ich auch, dass sie es tut. Ich glaube, Syd hat seit Wochen nicht richtig geschlafen. Was mich betrifft, habe ich eigentlich keine Probleme damit. Jeden Abend bin ich sicher, dass ich nicht einschlafen werde, aber es ist vermutlich die Erschöpfung, die mich dann überwältigt. Die Last der Sorgen. Doch heute, nachdem wir eine Entscheidung getroffen haben, wollte ich es einfach nur anpacken.

Wir haben viel vor uns und nur wenig Zeit.

Also, zurück zum Besichtigungstermin. Ich glaube, ich muss mit diesem Tag beginnen, obwohl er an sich nicht weiter ungewöhnlich war. Ich erinnere mich daran, wie voll es war; wie viele Leute sich durch die Haustür quetschten, als endlich geöffnet wurde. Die Leute hatten Schlange gestanden, aber es war keine geordnete Reihe, sondern ein chaotisches Gedrängel wie an der Bushaltestelle, wenn jeder der Erste sein will. Wir kamen vierzig Minuten zu früh, und trotzdem waren schon sechs andere Paare da.

Aber das war nicht weiter ungewöhnlich. Nicht für eine Hausbesichtigung in London. Das Seltsame an der Sache war, dass nicht nur das Haus zum Verkauf stand. Wer auch immer es haben wollte, musste auch alles kaufen, was sich *in* dem Haus befand. Und als Syd und ich es endlich hineingeschafft hatten, sahen wir, dass es komplett mit Krempel vollgestopft war. So richtiger Plunder wie von der Müllkippe. Außerdem Bücher, Kleidung, Mäntel, Bilder an jedem Quadratzentimeter Wand, Kartons, die völlig ungeachtet ihrer Größe und Form gestapelt waren, und große und kleine Möbel in jeder Ecke. Es war wie eine wahr gewordene Version von Jenga, in der es um Leben und Tod ging.

Oh, und Vögel. Der Vorbesitzer stand ganz offensichtlich auf tote Dinge. Überall Tierpräparate – keine Ahnung, ob er die selbst ausgestopft hatte oder nur hortete. Unter der versprengten Schar war ein Habicht, eine Möwe, sogar eine Taube. Syd musste sie auch bemerkt haben. Ich erinnere mich daran, wie überrascht ich war, dass sie bei dem Anblick nicht auf dem Absatz kehrtmachte und direkt wieder rausrannte.

Der Makler behauptete, der Besitzer habe im Internet eine Frau kennengelernt, die wohl in Australien lebte. Er habe alles stehen und liegen gelassen, um abzuhauen und mit ihr zusammen zu sein. Einfach so. Er stand wohl kurz vor der Rente, hängte aber trotzdem seinen Job an den Nagel, ließ seine Freunde sitzen und überschrieb sein Haus – inklusive der toten Tiere und allem – dem Immobilienmakler, der alles als Komplettpaket verkaufen sollte. Das lieferte wahrscheinlich die perfekte Geschichte für das Verkaufsgespräch und erklärte auch den Zustand des Hauses, aber ich konnte es vom ersten Moment an nicht ganz glauben. Ich meine, welcher Mensch macht denn so was? Und – diese Erklärung wie aus dem Lehrbuch mal beiseitegelassen – warum?

Jedenfalls war es seltsam, und ich persönlich fand es ziemlich abschreckend. Vielleicht hätte es mich nicht so sehr gestört, wenn mir das Haus selbst gefallen hätte. Der Grundriss war okay, und es gab jede Menge Platz – Wohnzimmer, Küche, separates Esszimmer und ein, zwei, drei Schlafzimmer, den nicht ausgebauten Dachboden nicht mitgerechnet –, aber das ganze Gebäude … Es war unheimlich. Man kann es nicht anders beschreiben. Der Garten war völlig überwuchert, und die Fassade hatte Ähnlichkeit mit einer Hauterkrankung. Das Haus stand allein (»frei stehend«, lobhudelte die Ausschreibung), so, als wäre es ausgestoßen worden. Auf der einen Seite befanden sich mehrere Reihenhäuser, zusammengedrängt wie um Schutz zu suchen, auf der anderen Seite stand ein Wohnblock, der dem Haus die Rückseite zukehrte. Es sah irgendwie aus, als würde es geächtet werden. Und so fühlte es sich auch an.

Also, was ich mit alldem sagen will, ist wohl, dass ich diesen Ort nicht mochte. Der ganze Müll, das Haus an sich – es fühlte sich einfach *falsch* an. Das Problem war, dass Syd eindeutig hingerissen war. Ich hatte gewusst, dass es so kommen würde. Und sie genauso. Syd war diejenige gewesen, die das Haus im Internet entdeckt und darauf bestanden hatte, dass wir mindestens eine halbe Stunde vor dem Termin dort sein würden.

»Und?«, fragte sie, als wir endlich mit der Besichtigung durch waren. »Was denkst du?«

Wir standen im Wohnzimmer neben dem Kamin. Ich weiß noch, dass mich von der anderen Seite des Zimmers her ein älterer Typ anstarrte. Ich fiel ziemlich auf, weil ich nur Turnschuhe und T-Shirt anhatte, während all die anderen Männer meines Alters Hemden, gebügelte Jeans und polierte Budapester trugen. Die meisten scheffelten wahrscheinlich dicke Kohle in der Londoner City oder waren – wie der starrende Mann – Väter von schnöseligen *Rich Kids*. Und wahrscheinlich war das der zweite Grund dafür, dass ich Syds Begeisterung nicht teilen konnte. Wir hatten über zwei Jahre gebraucht, um uns genug Geld für eine Anzahlung abzuknapsen, während die meisten Paare, gegen die wir antraten, dieselbe Summe wahrscheinlich mit einem einzigen Bonus verdienten. Wie konnten wir beide auf diesem Spielfeld, mit Londoner Regeln, überhaupt erwarten mitzuhalten?

»Ich komme mir vor wie bei *Die Tribute von Panem*«, sagte ich gequält. Was ich meinte, war diese eine Szene im Film, bevor die Action losgeht – als die Teilnehmer nur rumschlendern und so tun, als wären sie Freunde (oder Verbündete oder was auch immer), während sie es in Wahrheit kaum erwarten können, einander die Schädel einzuschlagen.

Syd sah mich ausdruckslos an. Ich wusste mit Sicherheit, dass sie den Film im Kino gesehen hatte, aber ihr Gedächtnis ist hinsichtlich solcher Dinge nicht das beste. Als sie jünger war, hat sie sehr viel geraucht – und ich spreche nicht von Marlboro Lights. Sie hat jede Menge Drogen genommen. Ich will gar nicht sagen, dass ich nie das ein oder andere ausprobiert hätte, aber manche Menschen sind einfach anfälliger als andere. Syds Kindheit und Jugend waren schwierig – besser gesagt, grauenhaft. So schlimm, dass sie mir nie die ganze Geschichte erzählt hat. Und als sie später so ihre Probleme hatte, spielten die Drogen dabei eine Rolle, glaube ich. Sie sagt zwar, das taten sie nicht. Da sei der ganze Schaden schon angerichtet gewesen. Aber Gras, Koks, Pillen und all das – dieses Zeug hinterlässt definitiv seine Spuren.

»Es ist nur …«, versuchte ich zu erklären. »All diese Leute. Ich meine, mir war klar, dass auch andere Interesse haben würden, aber das hier hätte ich nie erwartet.«

Syd umfasste meine Taille. »Vergiss mal die anderen für einen Moment. Wie findest du das *Haus?*«

Ich zögerte eine halbe Sekunde zu lang. »Ich mag es«, sagte ich schließlich. »Doch, ja.«

»Aber?«

»Aber … nichts. Es ist nur … Es ist ein bisschen dunkel, sonst nichts.«

Ich glaube, Syd dachte, dass ich lediglich meine Rolle spielte, beim Hauskauf genauso wie im Leben. Sie verteilt ihre Begeisterung so großzügig wie Weingummis, während ich schlecht gelaunt neben ihr hertrotte, mit den Fingern an Hauswänden entlangfahre und gegen die Reifen parkender Autos trete. Ich weiß meistens gar nicht, was genau mich so missmutig macht (und was soll es schon bringen, gegen Reifen zu treten, außer dass einem dann die Zehen wehtun?), aber es ist ein Teil von mir, in den ich irgendwie reingewachsen bin. Irgendwo muss ich gelernt haben, dass Männer eben so sind. Wahrscheinlich von meinem Vater, der es fertigbrachte, den Spaß einer Achterbahnfahrt abzutöten. Dazu kommt, dass Syd definitiv einen Gegenpol braucht, wie ich es nenne. Das ist der Grund, warum wir so gut zusammenpassen. Sie sorgt dafür, dass ich nicht ständig auf meine Füße starre; ich sorge dafür, dass sie nicht in den Himmel davonschwebt.

»Das liegt nur am Wetter«, meinte sie. »Und an den vielen Leuten. Und hast du das ganze Zeug hier gesehen?«

In dem Moment rechnete ich fast damit, dass sie die Vögel erwähnen würde. Tat sie nicht.

»Und der Dachboden«, sagte ich. »Wenn es hier unten schon so aussieht, wie muss es erst da oben sein?«

Syd sah zur Decke. Ich folgte ihrem Blick und befürchtete plötzlich, dass das ganze Haus gleich zusammenbrechen würde.

»Also, wir müssten nur einen Lieferwagen oder so mieten. Ein paar Helfer. Ich glaube, wir könnten es uns trotzdem noch leisten.«

Sie lächelte und strich sich eine Haarsträhne hinter ihr perfekt geformtes Ohr. Vor meinem Zimmerfenster in meinem Elternhaus hatte dieser Baum gestanden. Kirsche, Apfel, ich weiß nicht mehr, was für einer es war. Er hatte gelbe Blüten, aber es reiften nie irgendwelche Früchte daran. Doch das Laub hatte diesen tiefen, palisanderbraunen Ton, der aufleuchtete, wenn das Licht es traf. Syds Haar, das sie nie färbt, hat genau dieselbe Farbe.

»Jack? Ich werde dich nicht dazu überreden, irgendwo zu leben, wo es dir nicht gefällt. Wenn du es wirklich nicht magst, dann lass uns einfach gehen.«

Es waren keine Schuldgefühle. Syd meinte es aufrichtig so, wie sie es sagte. Vielleicht hätte ich also etwas sagen sollen. Vielleicht hätte ich alldem an Ort und Stelle ein Ende bereiten können.

Wir gingen. Aber letztendlich machten wir ein Angebot, nur spaßeshalber. Und auch, ich gebe es zu, weil Syd völlig hin und weg war und ich wollte, dass sie glücklich ist. Außerdem, was konnte schon passieren? Ich war nicht gerade begeistert von dem Haus, aber ich fand es auch nicht schrecklich – und wir konnten es uns sowieso nicht leisten. Die Hypothek, auf die wir uns geeinigt hatten, reichte noch nicht mal für den ursprünglich angesetzten Preis, und das war nur der Einstiegspreis für die Auktion. Auf keinen Fall würden wir den Zuschlag bekommen, nicht bei so vielen Interessenten. Nicht bei all diesen Leuten mit Geld …

Ich fühlte mich sicher, denn wir hatten eigentlich keine Chance.

Sydney

Mein Gott. Ich wusste, dass das eine schlechte Idee ist. Ich *wusste* es, verflucht! Zuerst mal: Das hier ist keine Horrorgeschichte, okay? Das muss verdammt noch mal klar sein. *Das Haus stand allein, als wäre es ausgestoßen worden* ... Für wen hältst du dich, Jack – Stephen King? Ein unheimliches Haus mit unheimlicher Einrichtung und ein glückliches (oder besser glücksuchendes) Paar, das selig lächelnd einzieht: Alle Bestandteile vorhanden. Wenn das hier wirklich ein Roman von Stephen King wäre, würden sich spätestens im dritten Kapitel Katzen in Zombies verwandeln.

Aber ich betone noch mal: Dies ist keine Horrorgeschichte. Es ist ... Ich weiß nicht, was es ist. Das ist der Grund, warum ich es aufschreibe. Das ist der Grund, warum wir es *gemeinsam* tun, stimmt's, Jack? Ist das nicht das, was wir entschieden haben?

Ich weiß, was er vorhat. Er will, dass Sie denken, dass wir es einfach mit der Angst zu tun bekommen haben – dass wir uns das alles nur eingebildet haben. Oder jedenfalls *ich*. (Die Drogen, Jack? *Im Ernst?!*) Aber die Hinweise. Die *Warnungen*, oder wie auch immer man es nennen will. Ich habe sie hier bei mir, in meiner Schreibtischschublade. Und dieses *Ding* hier vor mir auf dem Tisch. Das mich anschaut. Anstarrt. Ich werde es nicht tun, aber wenn ich wollte, könnte ich meine Hand ausstrecken und es berühren. Es ist *echt*. Wie das Blut – das war genauso echt. Erinnerst du dich an das Blut, Jack? Ich wünschte, das hätten wir beide uns nur eingebildet.

Er verdrängt das alles. So sieht's aus. Er versucht so zu tun, als würde das alles nicht wirklich passieren. Ein Teil seines Problems ist, dass er es nicht ertragen kann, wenn andere schlecht von ihm denken. Er kriegt schon Schweißausbrüche, wenn ihn im Zug jemand anranzt, weil er die Füße auf den Sitz gelegt hat. Also, das alles ... Das, wonach es aussieht ... Er kann einfach nicht damit umgehen. Nicht, dass ich damit umgehen könnte. Aber wenigstens akzeptiere ich, dass es passiert. Denn es ist *wie* eine Horrorgeschichte – das gebe ich zu. Ich habe Dinge aus dem Augenwinkel gesehen und mir eingebildet, von denen ich wusste, dass sie nicht da waren. Aber das ist nur ... Es ist *ein Teil* des Ganzen. Du siehst das, Jack, oder? Verdammt, das siehst du doch!

Ich bin gerade so wütend, dass ich glaube, es ist sinnlos, noch weiterzumachen. Ich meine, falls es meine Idee gewesen sein sollte, das Haus zu kaufen, dann war es definitiv Jacks Idee, das hier aufzuschreiben. Ich habe mich von ihm breittreten lassen, aber nur, weil es besser ist, als gar nichts zu tun. Jedenfalls dachte ich das. Doch jetzt? Jetzt bin ich da nicht mehr so sicher.

Oh, und nur zur Info, Jack: Natürlich färbe ich meine verfickten Haare.

Und Weingummi. *Weingummi.*

Ich brauche eine Zigarette. Ich brauche eine Zigarette, dabei rauche ich nicht mal!

So, ich habe eine kleine Runde gedreht.

Beinahe hätte ich »um den Block« geschrieben, aber in Wahrheit bin ich nur zum Kiosk gegangen und habe mir eine Zehnerpackung Marlboros geholt. Die *Roten.* Ich habe direkt dort an der Straßenecke gleich zwei hintereinander durchgezogen. Ein Schuss Nikotin mit Abgasen. Es geht nichts über ein bisschen frische Luft, um die Nerven zu beruhigen, oder?

Normalerweise fluche ich nicht so viel, ehrlich. Ich fluche, und zwar mehr als die meisten Leute in meinem Alter (wahrscheinlich mehr als die meisten Seemänner), aber nicht ... Wie oft? Ich muss nachzählen. Zwei »verdammt«, ein »verflucht« und ein »verfickt« auf etwas mehr als einer Seite. Es ist einfach nur ... Ich bin nervös. Um ehrlich zu sein: Ich bin kurz vorm Durchdrehen. Sie werden schon bald verstehen, warum.

Aber ich bin zu dem Schluss gekommen, dass ich vielleicht überreagiere. Auf das, was Jack geschrieben hat, nicht auf das, was mit uns passiert. Gemessen an *diesen* Umständen bin ich verdammt noch mal die Ruhe in Person. (Okay, das war's, ich verspreche es. Keine Kraftausdrücke mehr für den Rest dieses Eintrags. Atme, Sydney. Sei ganz Yoga.)

Meine erste Reaktion war: Das hier ist doch keine Lebensbeichte. Wie kannst du es *wagen*, so von oben herab über meine Vergangenheit zu reden? Wie kannst du es wagen, so saumäßig wertend zu sein? (Ist saumäßig ein Schimpfwort? Ich werde mich an folgende Regel halten: Was ich schon mal in *East Enders* gehört habe, zählt nicht.) Genau wie mit den Drogen. *Manche Menschen sind einfach anfälliger als andere.* Was Jack eigentlich sagen will, ist: Wie konntest du so dumm sein, Syd? Nach allem, was dir zugestoßen ist, wie konntest du da nur zulassen, in diese Falle zu tappen? Aber Jack begreift nicht – und ich bin nicht sicher, ob er es jemals begriffen hat –, wie verzweifelt ich mich danach gesehnt habe, etwas anderes zu fühlen. Wie sehr ich mich nach einem Ausweg gesehnt habe. *Irgendeinem* Ausweg. Wenn man in einem Verlies gefangen ist, wird selbst das schwächste Flimmern im Dunkel zu einer Verheißung von Tageslicht. Und wenn sich herausstellt, dass es das nicht ist, wenn es sich in Wahrheit als eine brennende Treppe herausstellt ... Tja, dann nutzt man dennoch die Gelegenheit.

Verstehst du es *jetzt*, Jack? Dieses Gefühl, dass jeder Ausstieg gut genug ist? In Anbetracht der letzten Ereignisse hätte ich gedacht, dass du zumindest eine Ahnung davon bekommen hast. Dass du nach alldem –

Ich fange schon wieder an, mich aufzuregen.

Atme, Sydney, erinnerst du dich? *Achte auf deine Atmung!* Und überhaupt, was rede ich da, *nach alldem?* Als ob es schon vorbei wäre. Als ob das, was hier passiert, nicht erst der Scheißanfang wäre.

Was ich eigentlich sagen wollte, ist, dass meine erste Reaktion vielleicht daneben war. Vielleicht ist das hier tatsächlich eine Beichte. Die Möglichkeit, all das zu sagen, was wir immer dachten, aber aus Höflichkeit oder Verklemmtheit oder warum auch immer nie gewagt haben, laut auszusprechen. Als ich die zweite Kippe geraucht habe, dachte ich, das hier könnte einer dieser Räume sein. So wie das Sprechzimmer eines Psychiaters, Sie wissen schon: *Alles bleibt in diesem Raum.* Ein Ort, an dem man endlich ehrlich sein kann, sich aber gleichzeitig absolut sicher fühlt.

Ein sicherer Ort. Ein *Hafen* – genau das, was ein Zuhause sein sollte. Ich muss zugeben, ich finde, das klingt schön.

Ich habe auch darüber nachgedacht, worauf wir uns geeinigt haben. Wir haben gesagt, dass wir nicht einfach nur beschreiben, was passiert ist, sondern auch, was wir dachten und fühlten. Wegen der *Authentizität*, das war das Wort, das Jack wählte. (Was er nicht sagte: damit die Chance besteht, dass derjenige, der das hier lesen wird – wer auch immer das sein soll –, uns auch wirklich glaubt.) Also, vielleicht war all das, was Jack geschrieben hat, exakt das, worauf wir uns geeinigt hatten. Außerdem ist es ja nicht so, dass mich seine Worte wirklich überraschen würden. Ich weiß, dass er mich hysterisch findet, und ich weiß, dass er manchmal denkt, ich sei nicht ganz dicht.

Nur, wenn man all das dann so niedergeschrieben sieht. Es ist so … so … Ich meine, nur, weil ich weiß, dass mein Freund jeden Morgen kacken geht, heißt das doch nicht, dass ich ihn auf der Toilette sitzen sehen will.

Oh mein *Gott*, wo kam *das* denn jetzt her?!

Was ich sagen will, ist, dass ich nicht mehr so wütend bin. Oder vielleicht bin ich es doch. Aber wahrscheinlich habe ich mich über das alles auch vorher schon aufgeregt. Und nicht nur über diese Dinge, sondern viele andere. Ich hatte genug Therapien in meinem Leben, um einzusehen, dass meine Psyche eine verf…, eine *komplette* Baustelle ist. Meine Reaktion war reines Dampfablassen. Und wissen Sie was? Ich fühle mich *wirklich* besser. Ich war nie eine große Schreiberin; ich habe noch nicht mal jemals ein Tagebuch geführt. (Hätte ich es bloß getan! Ich hätte in der Zeit, als sich diese Schicksalsberichte so massenhaft verkauften, ein Vermögen machen können.) Aber ich erkenne so langsam den Reiz darin. Eine meiner Therapeutinnen (fragen Sie mich nicht, welche – ich hatte in all den Jahren so viele, dass sie für mich zu einem einzigen strickjackenförmigen Klecks geworden sind) schlug mir das mit dem Tagebuch sogar mal vor. Meine Gedanken festzuhalten könnte helfen, meinte sie. Ich tat es verächtlich ab und behauptete, dass ich es ausprobieren würde, ließ es aber bleiben. Vielleicht hätte ich den Rat doch annehmen sollen.

Gott, mir tut die Hand weh.

Ich höre jetzt auf, ich schweife sowieso nur ab. Und nicht nur meine Hand wird langsam müde. Jack wird nicht gerade erfreut sein über das, was ich geschrieben habe. Wir sind keinen Schritt weiter als zu Beginn. Aber wenigstens sind wir auch nicht rückwärtsgegangen. Oder, Jack? Und ich bin jetzt überzeugt. Das hier hilft *wirklich*.

Nur nicht so, wie du es dir vorgestellt hattest.

Jack

Ich hab's ja gesagt, oder? Direkt am Anfang. Ich gehe anders mit Dingen um als du. Und ich dachte, der ganze Sinn des Aufschreibens liegt darin, dass wir versuchen wollen, es zu verstehen. Ich weiß, dass du Angst hast, Syd. Und ich weiß, du bist aufgebracht. Aber es ist auch möglich, dass nichts von alldem so ist, wie du denkst.

Und was soll das heißen, wir waren glück*suchend?* Wir waren *glücklich*. Wir sind es. Okay, im Moment vielleicht nicht wirklich, aber ich weiß, dass wir es wieder sein können. Wir müssen einfach … Wir müssen das hier hinter uns bringen. Und das ist der wahre Grund, warum wir es aufschreiben. Nicht um uns gegenseitig fertigzumachen oder dem anderen in den Rücken zu fallen. Wie wir in der letzten Zeit miteinander umgegangen sind – ich dachte, wir wollten das alles hinter uns lassen. Und zwar gemeinsam, du und ich. *Zusammen.*

Sydney

Wow. Knapp und cool. Es fühlt sich an, als wäre ich mit einer Benachrichtigung des Schulleiters nach Hause geschickt worden. *Sydney hat ihre Hausaufgaben nicht erledigt. Ihr Verhalten hat negativen Einfluss auf die Entwicklung der anderen.* Tatsächlich bin ich ziemlich sicher, dass ich so eine Benachrichtigung irgendwo habe. Na ja, wahrscheinlich eher meine Mutter. Sie hat sie alle aufbewahrt. In einem kleinen (okay, nicht ganz so kleinen) grünen Schuhkarton, zusammen mit meinen genauso unrühmlichen Zeugnissen. Sie immer wieder durchzusehen war ihre Art der Selbstkasteiung. Nachdem die anderen Spuren, die ich davongetragen hatte, endlich verschwunden waren, erinnerten die Zeugnisse sie wohl daran, dass all meine Narben nach wie vor existierten.

Aber ich hatte es verdient. Damals und heute. Denn Jack hat recht. Bei all dem, was passiert ist, habe ich die Tatsache aus dem Blick verloren, dass er nicht schuld daran ist. Auch nicht an dem Haus, zum Beispiel. Es stimmt, was er sagt: Er wollte es nie haben. Nicht so sehr, wie ich es wollte. Ich war vom ersten Moment an in das Haus verliebt. Trotz des ganzen Mülls, ungeachtet seines Innenlebens, und mal ganz davon abgesehen, dass wir es uns überhaupt nicht leisten konnten. Ich dachte einfach … Ich weiß nicht. Oder vielleicht weiß ich es, aber mir ist bewusst, wie kitschig es klingt. Aber hier geht's um Ehrlichkeit, oder? *Die Wahrheit, die reine Wahrheit und nichts als die Wahrheit.* Also, ganz ehrlich – was ich dachte, als ich das Haus betreten habe, war, dass Jack und ich zusammen dort leben könnten, bis wir alt wären. *Ein Haus für die Ewigkeit*, sagen sie immer in diesen Wohn-Shows, und dann will ich jedes Mal am liebsten kotzen. Aber das hat mich nicht davon abgehalten, genau dasselbe zu denken.

Das alles macht es viel mehr zu *meiner* Schuld, glaube ich. Das Haus und alles, was danach passierte, es ist auf meinem Mist gewachsen. Also noch etwas, wofür ich mich entschuldigen sollte: Dass ich uns beide da reingeritten habe.

Aber nun zur Geschichte. Hör auf dich zu bemitleiden, Syd, und erzähl endlich die Geschichte.

Also gut, der Geruch. Soll ich mit dem Geruch anfangen? Oder greife ich damit schon zu weit vor?

Vielleicht, denn ich könnte wirklich nicht sagen, wann wir ihn das erste Mal bemerkten. Ich erinnere mich genau an den Moment, als wir zum ersten Mal darüber gesprochen haben, aber ich weiß nicht sicher, ob er schon immer da gewesen ist. Verstehen Sie, es war so vieles merkwürdig an diesem Haus. Das war auch einer der Gründe, warum ich es so wundervoll fand. Es trug so großen *Reichtum* in sich, eine solche Vielfalt, was seine Geschichte und Atmosphäre betraf und, ja, auch seine Düfte. Da war ein rauchiges Aroma, das sich über den Mief der Abflussrohre legte, der wiederum über dem Geruch von Büchern schwebte, und darüber hing ein Duft, der von irgendwas Blumigem stammen musste. Vielleicht war es der Jasmin im zugewucherten Garten. Und wie gesagt, wir sind ja nicht gerade in einen leeren Kasten gezogen. Kennen Sie diesen Geruch, den eine Bibliothek verströmt? Oder ein Museum, in dem sich jede Menge Kuriositäten, aber keine Menschen befinden? Ein *altes* Gebäude, nicht eins von diesen hypermodernen Teilen. Genauso roch es. Wie ein florierender Markt voller Erinnerungen, auf dem sich die guten Gerüche mit den schlechten vermischen. Süßes mit Schweiß, Abwasser mit Salbei. Alles erschien … *miteinander verbunden*. Wie bei einem Ökosystem. Ich will nur deutlich machen, dass ich wirklich nicht sagen kann, wann ich diesen einen Geruch zwischen all den anderen wahrgenommen habe. Als ich zum ersten Mal bemerkt habe, dass von irgendwoher im Haus ein …

Warten Sie.

Wissen Sie was? Mir fällt gerade ein, was Jack noch gesagt hat – dass wir zusammen glücklich waren. Und ich glaube, ich sollte besser *damit* beginnen. Es ist nämlich wichtig. Wer auch immer das hier liest, soll verstehen, dass wir wirklich glücklich waren, bevor alles angefangen hat.

Letztlich haben wir ja genau das bekommen, was wir wollten. Entgegen allen Erwartungen. Laut Evan, dem Makler, wünschte der Hausbesitzer sich, dass ein Paar einzieht. Eine potentielle Familie. (Nur mal so am Rande: Eine Mutter? *Ich?* HAHAHAHAHA!) Jedenfalls haben wir es so – oder deshalb – bekommen. »Glück gehabt, würde ich sagen«, meinte Evan. Es wirkte, als könnte er es selbst nicht ganz glauben (und als würde er diesen ganzen Auftrag bitter bereuen, was sehr wahrscheinlich ist). Der Besitzer – ein gewisser Patrick Barnard Winters – wollte die gesamte Liste aller Bieter sehen, und als er durch war, entschied er sich einzig aufgrund des Klangs unserer Namen für uns. Mr Jack Walsh und Ms Sydney Baker. Ich persönlich kann mir kaum einen *uninteressanteren* Namen vorstellen als Sydney Baker – das ist ein Grund, weshalb ich ihn gewählt habe.

Aber vielleicht hatte der Mann ja einen Lieblingsonkel namens Jack. Oder der Geburtsname seiner Mutter war Baker. Wer weiß? Was auch immer es war, es muss ihn so sehr überzeugt haben, dass er freiwillig auf zwanzigtausend Mäuse verzichtet hat. *Minimum*, sagte Jack. Er meinte, einige dieser Fatzkes aus der City hätten wahrscheinlich noch viel mehr geboten.

Und ich glaube, deshalb war Jack letztendlich einverstanden – weil ihm klar war, was für ein Schnäppchen wir machen würden. Und Jack würde mir sicher nicht widersprechen, wenn ich sage: Er liebt es, Schnäppchen zu machen. Da ist er ganz sein Vater. Roy Walsh, der massenhaft Spülmaschinen-Tabs hortete, bevor er sich überhaupt dazu überwinden konnte, eine Spülmaschine zu kaufen – nur, weil er sie im Co-op irgendwann im Sonderangebot entdeckt hatte. Und der einmal – in meiner Gegenwart – um ein Eis gefeilscht hat.

Also, ja, wir waren in Hochstimmung. In London ein Haus zu suchen ist, als würde man ausbluten. Ganz langsam zuerst, beinahe unbemerkt, aber jede Enttäuschung ist eine weitere Schnittwunde. Irgendwann kapiert man, dass die Begeisterung in Wahrheit nur ein Schwindelgefühl ist, und nach einiger Zeit fühlt sich alles einfach nur noch kalt und taub an. Ich habe den Überblick darüber verloren, wie viele Häuser wir im Laufe der Zeit besichtigt haben, aber für zwölf haben wir ein Angebot gemacht. Und wurden überboten.

Jep. *Zwölf.*

Und schon von *denen* war noch nicht mal die Hälfte wirklich schön. Zu Beginn unserer Suche hatten wir eine Liste mit unseren Bedingungen, ein ganzes DIN-A4-Blatt. Wunschzettel nennen es die Makler. Nichts Außergewöhnliches. Nichts Unzumutbares, so dachten wir. Irgendwas Charmantes, ein kleiner Garten, das Übliche eben. Nach drei Monaten Suche hatten wir die Liste halbiert. Nach sechs Monaten haben wir sie auf ein einziges Wort reduziert.

London.

Wobei wir wahrscheinlich auch zu Croydon nicht Nein gesagt hätten.

Ich bin guter Dinge geblieben. Jedes Mal, wenn wir ein Haus besichtigten, war ich wieder aufgeregt und stellte mir vor, dass es diesmal *das Eine* sein könnte. Zum Teil, weil ich einfach so bin. Durch mein »Training«. (Oder meine Konditionierung? Wie zur Hölle auch immer man fünfzehn Jahre Therapie nennen will. *Psychologische Kriegsführung* vielleicht.) Zum weitaus größeren Teil lag es daran, dass ich Jack nicht zeigen wollte, wie sehr mich das Ganze allmählich runterzog. Ich wusste, dass er dann vorschlagen würde, alles noch mal zu überdenken. Noch mal abzuwarten. Mit anderen Worten: *aufzugeben*. Und das ist etwas, was ich niemals tue. Nicht wegen meines Trainings. So bin ich einfach.

Sie müssen wissen, wir hatten immer von einem gemeinsamen Haus geträumt.

Ach Quatsch, streichen Sie das. Man *träumt* vom Fliegen. Von einem Lottogewinn. Einen Ort zu haben, an dem man lebt, ein Zuhause, das nur einem selbst und niemandem sonst gehört – das ist kein Traum. Man hat ein *Recht* darauf. Nicht nur wir, aber wir hatten es weiß Gott mehr verdient als irgendjemand sonst. Jack meint, ich hatte eine harte Kindheit, aber seine war auch nicht gerade ein Zuckerschlecken. Und wir haben gespart, geknausert, gebettelt, gepumpt – alles, was von einem erwartet wird, und noch mehr. Für uns war dieser ganze Kampf, nur um etwas zu finden, das überhaupt ein Angebot wert war – und dann *jedes Mal* wieder abgewatscht zu werden –, wie Folter. Das klingt vielleicht etwas pathetisch, aber ich will einfach nur deutlich machen, was für eine Befreiung es war, als wir dieses Haus bekamen.

Stellen Sie sich vor ... Stellen Sie sich vor, Sie wären Raucher. Vielleicht sind Sie das ja auch wirklich. Also stellen Sie sich vor, Sie müssten einen Zwölf-Stunden-Flug antreten, der Verspätung hat. Und als der Flieger endlich sein Ziel erreicht, muss er noch drei Stunden in der Warteschleife kreisen. Und dann kommen noch das ewige Fahren übers Rollfeld und die Passkontrolle und die Gepäckausgabe und der Zoll, und dann, wenn Sie endlich einen Ort gefunden haben, an dem Sie fürs Rauchen nicht verhaftet werden, geht Ihr Feuerzeug nicht. Und dann bietet Ihnen irgendjemand ein Streichholz an.

Genauso war es.

Wir hatten in der Diele Sex. Quasi in dem Moment, in dem wir das Haus betraten. Und die ganze Zeit starrte mich diese *Scheißeule* an. »Verdammte Eulen«, sagte Jack, als ich ihn darauf aufmerksam machte. »Verfluchte Perverslinge, allesamt!« Er hätte nichts Besseres sagen können, denn anstatt durchzudrehen, fing ich an zu lachen. Am Ende musste Jack mich ins Schlafzimmer *schleifen*. Ich musste so lachen, dass ich nicht mal mehr gehen konnte.

Ja, wir *waren* glücklich. Nie wieder zu zweit in einem Einzelbett schlafen. Nie wieder Mitbewohner (in meinem Fall drei, alle auf ihre Weise genauso kaputt und abgefuckt wie ich). Keine Samstage mehr, die man mit dem Reparieren von Rissen oder Beseitigen von Schimmel verschwendete. Wir könnten (und *würden*, versprachen wir einander) Freunde einladen, wann immer uns danach war. Wir würden mit dem Abwasch so lange warten, wie wir wollten, und großzügig das heiße Wasser verschwenden. Wir würden singen, tanzen, fernglotzen und gemeinsam Frühstück machen – alles nackt. Einfach weil wir es könnten. Wir würden unser gemeinsames Leben *leben*, anstatt ein weiteres Jahr rumzusitzen und darauf zu warten, dass es anfing.

Also, ich nehme es zurück, Jack. Dass wir glück*suchend* waren. Das tut mir leid, wirklich. Ich nehme es zurück.

Jack

Es ist diese Warterei. Das ist es, was mich so fertigmacht, viel mehr, als ich gedacht hätte. Genau wie damals, als ich den Bluttest gemacht habe, nachdem ich auf unserem Jungs-Trip nach Kavos mit diesem Mädchen am Strand geendet bin. Was übrigens passierte, lange bevor ich Syd kennenlernte, und was ich nie wiederholt habe. Oder die Eigentumsübertragung. Darauf zu warten, bis das Haus endlich überschrieben wurde. Das war auch unglaublich aufreibend, obwohl wir im Grunde überhaupt nichts machen mussten. Gerade deshalb wahrscheinlich.

Aber das war alles nichts verglichen mit der aktuellen Situation. Nichts von alldem war so wie das hier. Das jetzt ist schlimmer, viel schlimmer – wohl vor allem deshalb, weil ich immer noch nicht weiß, worauf genau ich warte.

Syd hat recht. Das Haus war ein Schnäppchen. Okay, es war nicht gerade mein Traumhaus oder so (nur fürs Protokoll, das wäre ein Cottage an der Nordküste von Devon mit Blick aufs Meer, einem Wald in der Nähe und höchstens eine Stunde vom nächsten Starbucks entfernt), doch der Preis, für den wir es bekamen, machte vieles wieder wett. Wir brauchten keine drei Schlafzimmer, aber so ist es ja mit den meisten Dingen. Niemand *braucht* ein iPhone. Oder ein Cabrio. Oder einen Dualit-Toaster. Aber manche Dinge will man eben einfach gerne haben, auch wenn man ziemlich ins Schleudern käme, wenn man sich für ihren Besitz rechtfertigen müsste.

Drei Zimmer. Ich könnte ein Arbeitszimmer haben. Oder einen Hobbyraum? Einen halben zumindest. Syd könnte ihre Yogamatte auf der anderen Seite ausrollen. Und das übrige Zimmer … Keiner von uns hatte eine Familie, von der Besuch zu erwarten wäre (außer von meinen Eltern vielleicht, irgendwann mal, falls sie es schaffen sollten, ihre Vorbehalte gegenüber Syd für eine Nacht zu vergessen). Aber wir könnten dort Freunde unterbringen, und wer weiß, eines Tages, wenn Syd auf den Gedanken kommen sollte … Na ja, es war schön, mehrere Optionen zu haben, das will ich nur sagen. Besonders nach diesem Leben, das wir bisher geführt hatten. Syd und ich haben uns auf einer Konferenz über psychiatrische Gesundheitsfürsorge kennengelernt, die ihre Firma veranstaltete. Ich war vom Stadtrat von Lambeth als Delegierter dorthin geschickt worden, ihr fiel meine Jobbezeichnung auf, und sie machte irgendeine Bemerkung wegen meines Alters (das ist jetzt vier Jahre her, damals war ich also vierundzwanzig, genauso wie Syd) – darüber, wie anspruchsvoll mein Beruf als Sozialarbeiter sein müsse. Ich meinte bloß, nein, es sei wirklich keine so große Sache, während ich gleichzeitig versuchte durchblicken zu lassen, dass es das natürlich doch war. Aber es sei ja bestimmt auch ziemlich kompliziert, solche Events zu veranstalten, und …

Ich erspare Ihnen die Details.

Die Sache ist die: Seit wir uns kennen, waren elf U-Bahn-Stationen die kürzeste Entfernung zwischen unseren Wohnungen. Wir hatten schon mal übers Zusammenziehen gesprochen, aber uns war klar, dass wir dann noch länger für ein eigenes Haus sparen müssten, also beschlossen wir, es so durchzustehen. Ein Jahr maximal, dachten wir. Aus diesem einen wurden fast drei Jahre. Als wir also das Haus bekamen, die Schlüssel … Es war genauso, wie Syd es beschrieben hat.

Die Vorfreude. Die Erleichterung. Diese beschissene Schleiereule. Vielleicht habe ich das Haus nie so sehr geliebt wie Syd, aber ich liebte definitiv die Tatsache, dass es uns gehörte.

Wie auch immer, wir zogen ein. Wir konnten immer noch nicht ganz fassen, wie das passieren konnte, aber als die Verträge erst mal unterschrieben waren, war es uns auch vollkommen egal. Und ich änderte meine Meinung, zumindest vorübergehend. Das Haus erschien mir nicht mehr ganz so unheimlich, sondern eher *charaktervoll*. Weniger düster, sondern *atmosphärisch*. Dennoch, es *war* seltsam. Der ganze Kram, meine ich; all dieses Zeug, das der Vorbesitzer hinterlassen hatte. Schon bevor da dieser Geruch war und das, wohin er uns führte, fühlte es sich für mich an wie ... Ich weiß es nicht. Oder eigentlich weiß ich es, aber ich bin mir nicht sicher, wie viel von dem, was ich schreibe, wirklich stimmt. Ob sich meine Erinnerung verändert hat. Ob sie durch den Schatten der Dinge, die seitdem passiert sind, verdunkelt wurde.

Aber ja, ich glaube, dass ich es selbst damals gespürt habe. Dieses neue Leben, worauf Syd und ich uns so freuten – es fühlte sich definitiv so an, als hätten wir es gestohlen.

Der Geruch.

Da wir kein Geld mehr hatten, konnten wir uns keine Entrümpelungsfirma leisten, und davon abgesehen dachten wir auch, dass es Spaß machen könnte. Sie wissen schon, all die alten Sachen des Vorbesitzers zu durchwühlen. Das Ganze war Syds Vorschlag. Ich hätte das gesamte Zeug in riesige Müllsäcke gestopft und es zum Charity-Shop oder zur Müllkippe gebracht, aber Syd überzeugte mich, indem sie aufzählte, was wir alles entdecken könnten. Vielleicht würden wir Möbel finden, die wir nutzen konnten, oder interessante Bücher oder einen Stapel von Briefen, die mir Inspiration für meinen Roman liefern würden, den ich schon ewig schreiben wollte, für den mir aber die zündende Idee fehlte. Alle möglichen Schätze eben.

(Ich weiß, ich weiß: Absurd, oder? Vor allem, wenn man bedenkt, was wir dann wirklich fanden.)

Wir entledigten uns dieser Vögel. Beziehungsweise tat ich das, bevor Syd überhaupt darüber diskutieren konnte. (*Es geht ganz schnell*, sagte ich. *Alles, was ich tun muss, ist, ein Fenster zu öffnen.* Aber Syd konnte ich damit nur ein genervtes Stöhnen entlocken.) Auch die Küche räumten wir aus und das Hauptschlafzimmer. Was aber den Rest anging, da hatten wir keine Eile. Es war ja nicht so, als hätten wir dringend Platz gebraucht. Wir besaßen nur mein altes Sofa und die Matratze, die an dem Morgen geliefert wurde, als wir die Schlüssel bekamen. Am fünften oder sechsten Tag vielleicht saßen wir also auf dem Teppich im zweiten Schlafzimmer und schauten einen Berg alter Schallplatten durch, die wir entdeckt hatten. Es gab auch einen Plattenspieler (so einen richtigen Plattenspieler, keine Ironie), und immer, wenn wir eine LP fanden, deren Gestaltung wir mochten, legten wir sie auf. Der Vorbesitzer hatte eine beachtliche Sammlung von Film-Soundtracks angelegt. Nichts Jüngeres als *Der Pate* und keine Tracks mit Texten, aber neben den üblichen Komponisten (Maurice Jarre, Ennio Morricone, Bernard Herrmann) gab es einige wirklich schwer zu kriegende Klassiker. Eine original Max Steiner zum Beispiel. Oder eine von Miklos Rozsa. Wie ich schon sagte: Schätze.

Syd suchte alle Musicals raus. *My Fair Lady*, *Oklahoma!*, *Grease*. Sogar *Meine Lieder – meine Träume*, mein Gott. Wir bildeten uns gegenseitig fort. Keiner von uns wollte wirklich etwas lernen, aber wir hatten trotzdem Riesenspaß.

Bis Syd an einer der Plattenhüllen schnüffelte.

»Syd?«

Sie betrachtete die Hülle von *Wer die Nachtigall stört*, als wäre sie etwas Ekelhaftes zu essen.

»Riechst du das?« Sie schnupperte wieder an dem Cover, dann in die Luft.

Ich roch es. Ich hatte es schon eine ganze Weile gerochen. Es war sicher Feuchtigkeit oder so. Verschimmelte Turnschuhe irgendwo auf dem Boden eines Schranks, die wir nur noch nicht entdeckt hatten.

»Es ist nicht die Plattenhülle, Syd. Gregory Peck ist viel zu sehr Gentleman, als dass er in Anwesenheit einer Lady einen solchen Geruch fabrizieren würde.«

Syd grinste, verdrehte die Augen und schlug mir das Plattencover gegen die Schulter.

»Es riecht nach …« Sie schnüffelte noch einmal. »Was ist das bloß? Kommt es von hier drin?«

Sie erhob sich aus dem Schneidersitz. Syd trägt niemals einen Rock, nur Hosenanzüge oder Jeans. Sie zeigt nicht gerne Haut, vor allem nicht ihre Arme. Sie schämt sich für ihren Kleidungsstil, von dem sie glaubt, dass er sein müsse, und nennt sich »Mannweib«. Aber die Wahrheit ist, dass sie sich darum gar keine Gedanken machen muss. Was auch immer sie trägt, in welcher Situation auch immer, sie bewegt sich mit der Grazie einer Audrey Hepburn.

Ich schloss mich ihrer Suche nach dem Geruch an, ein bisschen genervt, weil es meine Platte war, die gerade lief und von der wir nun abgelenkt wurden.

Wir endeten auf dem Flur, schnüffelnd und schnaubend wie zwei hypernervöse Polizeihunde. Alles, was mir noch einfällt, wenn ich zurückdenke, ist, dass sich der Geruch im Laufe des Tages wegen des Wetters verschlimmert hatte. Es war fast den ganzen Monat über kühl und feucht gewesen – fast das ganze Jahr über. Endlich, an diesem schönen Tag im Mai, lag zum ersten Mal eine Ahnung des bevorstehenden Sommers in der Luft.

»Hier draußen ist es definitiv stärker«, sagte Syd. Ein durchs Flurfenster einfallender Lichtstrahl schnitt wie eine Scherbe mitten durch ihre in Falten gelegte Stirn.

Der Gestank schien dort, wo wir standen, tatsächlich am heftigsten zu sein. Das Seltsame war nur, dass es nichts gab, was ihn hätte verursachen können. Auf dem schmalen Flur war gerade mal genug Platz für die Bilder an der Wand (hauptsächlich schwarz-weiße Familienfotos, unterbrochen von ein paar von den unvermeidlichen Vögeln). Die nächstgelegene Tür war die zu unserem Pop-up-Musikzimmer, durch die wir eben gekommen waren.

»Kommt es vielleicht von den Rohren?«, fragte Syd. »Irgendeine Erdleitung oder so was?«

Ich wusste zu diesem Zeitpunkt nicht hundertprozentig, was eine Erdleitung überhaupt war, aber wenn ich mich nicht täuschte, schien der Geruch nicht von so etwas zu stammen. Es roch mehr wie … vergammelndes Obst. Oder wie die Mülleimer im Hinterhof eines Restaurants.

Ich schaute nach oben.

Syd folgte meinem Blick.

»Der Dachboden?«

Ich zuckte mit den Schultern. Die Luke lag direkt über unseren Köpfen. Wir waren bisher noch nicht auf dem Dachboden gewesen, doch überzeugt, dass er komplett mit Müll vollgestopft sein würde. Wir wollten zuerst die anderen Räume des Hauses entrümpeln, außerdem – was mich persönlich angeht –, ich bin nicht gerade der größte Freund von Spinnen.

»Soll ich die Leiter holen?«, fragte ich. Es war nicht wirklich eine Frage. Eher eine Verzögerungstaktik.

»Ich gehe hoch«, sagte Syd, die meine Angst zu spüren schien. Wenn sie eine Spinne entdeckt, macht sie witzige Schnalzlaute und trägt sie dann *in ihrer Hand* zum nächsten Fenster.

»Nein«, gab ich zurück, »sei nicht albern.« Da sprach mal wieder mein Vater aus mir, er schien mich als Medium zu nutzen – obwohl er noch nicht mal tot war. Probleme mit Abflussrohren? Aufgaben, für die eine Leiter benötigt wurde? Das war Männersache.

Ich war im Nachhinein froh, dass ich es gesagt hatte. Und sehr froh, dass ich als Erster die Leiter hochgeklettert war. Denn nachdem ich erst mal kapiert hatte, wie man die Taschenlampe einschaltete, und dann sah, *was* da oben war ... Wenigstens hatte ich so die Möglichkeit, Syd zu warnen.

»Komm nicht hoch!«, rief ich. »Syd? Ich mein's ernst. Komm nicht hoch!«

Sydney

Ich werde nicht vom Dachboden sprechen. Ich will von Elsie Payne erzählen.

Ich kann mich daran erinnern, wie ich befürchtete, dass sie davonfliegen würde. Ihr Haar peitschte hinter ihr her wie Drachenschnüre, der Wind jagte Kräuselungen über ihren Regenmantel. Das schöne Wetter, das fast den ganzen Sommer über geherrscht hatte, hatte sich ein paar Tage freigenommen, und für diese Zeit fühlte es sich in jenem Monat so an, als wären wir direkt im Herbst gelandet. In ihrem grünen Mackintosh-Regenmantel und mit ihrem blonden Haar glich Elsie einem Blatt mit vergilbtem, zerfasertem Stiel, das zu früh vom Baum getrennt worden war und auf der Suche nach einem sicheren Landeplatz durch den Sturm taumelte.

Ich folgte ihr zum Laden an der Ecke. Ich mochte es, dass wir einen Eckladen hatten, der kein Londis oder Tesco war. Mr Hirani, der Besitzer, scherte sich nicht allzu sehr um Malerarbeiten, und was auch immer jemals auf seinem Firmenschild gestanden haben mochte, war jetzt nur noch als Schatten erkennbar. Drinnen aber gab es alles, was man brauchte. Cornflakes, Kreuzkümmel, Katzenfutter – sogar Champagner, wenn auch, das muss ich zugeben, zum absoluten Wucherpreis. In der Nachbarschaft wurde der Laden einfach nur *der Laden* genannt. Im Gegensatz dazu gab es *die Läden* – das war die uniformierte Parade der Outlets im Londoner Süden, fünfzehn Minuten Fußweg entfernt von der Hauptstraße in unserem Viertel.

Ich hatte Elsie nie zuvor bemerkt. Nicht, dass ich das unbedingt hätte tun müssen, denn wir wohnten erst ein paar Wochen in dem Haus. Aber nach dem Umzug hatte ich mir zwei Wochen Urlaub genommen; das war etwa so viel, wie ich mir in den bisherigen zwei Jahren in meinem Job insgesamt freigenommen hatte. In dieser Zeit hatte ich oft auf der Fensterbank in unserer neuen Diele gesessen oder war durch die Straßen der Umgebung gestreift, sodass mir bald viele Gesichter aus der Nachbarschaft – zumindest vom Sehen – vertraut waren.

Natürlich war da Mr Hirani, der so zuverlässig hinter dem Tresen seines Ladens stand, dass ich langsam den Verdacht hatte, er habe einen Katheter gelegt bekommen. Da waren die Pinke Frau (ihre Kleider, nicht die Frau selbst; ihre Haut hatte diesen dunklen Toffeebraun-Ton) und der Russen-Mob-Mann (der sich als Kevin aus Essex entpuppte, aber exakt wie ein russischer Gangster rüberkam, bis er den Mund aufmachte), genauso wie Gitarren-Cowboy (Gitarrenkoffer, Cowboyhut) und Telly Savalas (leider nur ein Doppelgänger). Oh, und die JAMIE!-Familie, die anscheinend ausschließlich durch das Brüllen eines Wortes – genau, JAMIE! – kommunizierte. Das Auto ausladen, sich für die Schule fertig machen: Es gab kein Unterfangen, das die Familie in der Öffentlichkeit austrug, das nicht vom kreuzfeuerartigen Einsatz dieses einen Wortes abzuhängen schien.

Es gab auch noch andere, deren Gewohnheiten und Routinen ich irgendwann kennenlernte. Aber nicht Elsie, nicht bis zu jenem Morgen.

Aufgrund ihrer Größe schätzte ich sie auf zehn oder elf, allerdings sollte sich herausstellen, dass sie in echt dreizehn war. Und auch wenn sie niemals stolperte oder auch nur strauchelte, schien ihr Blick permanent in den Wolken zu hängen; so, als nutzte sie sie zum Navigieren oder stellte sich vor, Teil ihrer Welt zu sein. Als ich sie dieses erste Mal sah, suchte ich für ein paar Augenblicke nach dem Etwas, das sie anstarrte – ein Flugzeug, dachte ich, oder ein kreisender Vogel –, bis ich begriff, dass da oben gar nichts war. Jedenfalls nichts, was ich ausmachen konnte.

Bei Mr Hiranis Laden hatte ich sie fast eingeholt. Als sie die Tür aufstieß, klingelte das kleine Glöckchen, und dann noch einmal, als ich ihr hineinfolgte. Ein kleines Zucken ihrer Schultern verriet ihre Überraschung darüber, dass jemand so dicht hinter ihr war, aber sie drehte sich nicht um. Sie ging nur etwas schneller zum Tresen.

»Elsie«, sagte Mr Hirani.

Ich hatte schon festgestellt, dass er kein Mann war, der gerne lächelte oder, genau genommen, überhaupt irgendeine Regung zeigte – aber da lag ein Lächeln für Elsie in seiner Raucherstimme. (Das war noch so was über Mr Hirani. Seiner Stimme nach rauchte er sechzig Kippen am Tag, aber ich habe ihn nie draußen mit einer Zigarette gesehen. Ich habe nie mitbekommen, dass er seinen Stuhl verlassen hätte. Vielleicht verrichtete er alles, was er verrichten musste, nach Ladenschluss. Einen Happen essen, ein paar Bensons ketterauchen, dann Pipi machen – ausgiebig und sehnsüchtig erwartet.)

Und da ich schon von Zigaretten spreche: Es waren zwei Päckchen Benson & Hedges, die Mr Hirani Elsie ungefragt über den Tresen zuschob. Sie öffnete ihre Hand über seiner und ließ einen zerknüllten Geldschein hineinfallen. Bevor er ihn auch nur auffaltete, um den Betrag zu sehen, gab er ihr schon das Wechselgeld. Sie zählte es sorgfältig nach – zweimal –, auf eine Art, die jeder Ladenbesitzer, der etwas auf sich hielt, bei einem erwachsenen Kunden als Beleidigung aufgefasst hätte. Mr Hirani zuckte nicht mal mit der Wimper. Im Gegenteil, er schien gemeinsam mit ihr zu zählen und nachzurechnen.

Ich fing seinen Blick auf. Wahrscheinlich erkannte er, dass ich das, was ich gesehen hatte, bedenklich fand. Ich meine, ich bin nicht gerade eine Verfechterin von Regulierungen. Das

Recht zu sterben, das Recht, high zu sein, ich würde für beides demonstrieren gehen. Und was mich betrifft, ich habe mit neun geraucht, und meine erste Linie Koks war das Geschenk einer sogenannten Freundin zu meinem fünfzehnten Geburtstag. Das heißt aber nicht, dass ich so was gut finde. Was Kinder angeht (wozu ich jeden unter sechzehn zählen würde, auch wenn ich weiß, dass das extrem optimistisch ist), so glaube ich, dass ein bevormundender Staat mehr als nur ein Mittel zum Zweck ist. Er ist lebensnotwendig, *heilig*. Im gleichen Maße, wie die Unschuld eines Kindes korrumpierbar ist. Alles, was das Leben von Kindern sicherer macht: Dafür würde ich mehr tun, als nur zu demonstrieren. Ich würde dafür sterben.

Also, jep – das war wohl deutlich in meinem Gesicht zu lesen. Mr Hirani kannte mich zu diesem Zeitpunkt gut genug, um zu wissen, dass ich eine ernst zu nehmende Zuckersucht und eine Schwäche für saure Skittles hatte. Aber ich war immer noch neu im Viertel, und er wusste nicht, ob er mir vertrauen konnte. In dem Blick, den er mir zuwarf, lag etwas, das ich zuerst als Sorge missverstand – um seinen eigenen Ruf, vermutete ich. Seine Miene war jedoch meistens schwer zu lesen, und dann begriff ich, dass sein Blick eine Warnung sein sollte. Davor, etwas zu sagen. Mich *einzumischen*. In einer anderen Situation hätte ich das hohe Ross, das ich oft mit mir herumschleife, vielleicht bestiegen – sagen wir, wenn das alles *doch* in einem Londis oder Tesco passiert wäre oder auf der High Street anstatt im Herzen des Viertels, das gerade erst zu meinem Zuhause wurde. Aber an diesem Tag war ich einmal schnell von Begriff. Ich kapierte, dass das, was ich gesehen hatte, nicht meine Angelegenheit war. Und auch, dass es sehr wahrscheinlich nur eine kleine Szene eines Dramas war, das sich ansonsten außerhalb meines Sichtfelds abspielte.

Diesen Mangel an von mir verursachtem Schaden machte

ich natürlich wieder wett. Ich machte ihn wett, und mehr als das. Aber das kam später. Zu diesem Zeitpunkt blieb ich ein Beobachter, gehorchte Mr Hiranis stillem Hinweis und war tatsächlich erleichtert, von meiner Pflicht, eine Szene zu machen, freigesprochen zu werden.

Elsie steckte ihre Zigaretten ein und glitt vom Tresen zur Tür. Als sie an mir vorüberging, erhaschte ich zum ersten Mal einen richtigen Blick auf ihr Gesicht. Nur im Profil und nur für einen Moment, bevor sie sich wie eine Schildkröte in ihren Mantelkragen zurückzog, aber ich bemerkte den aufgewühlten Blick ihrer Augen und wie fragil ihre hohen Wangenknochen wirkten. Ich sah, dass ihr Pony so lang war, dass er ihre Augenlider kitzelte, und ich sah die Narbe über ihrer Lippe, alt und verblasst, aber immer noch sichtbar. Ich war wegen Süßigkeiten hergekommen, doch irgendetwas brachte mich dazu, statt Skittles Milch zu kaufen. Ich zahlte hastig und verließ den Laden so, als hätte ich es nicht eilig. Jetzt schlenderte Elsie nicht mehr herum. Sie schaute nicht in den Himmel und machte stattdessen einen kurzen Kontrollblick, bevor sie die Straße überquerte. Ich folgte ihr und versuchte dabei, nicht so auszusehen, als ob ich ihr folgte – aber wenn sie sich umgedreht hätte, hätte sie keinen Augenblick daran gezweifelt.

Wir passierten die Kirche und den Evening Star (auch das mochte ich an diesem Viertel: dass der Pub und die Kirche einander genau gegenüberlagen. Wenn man in der Mitte der Straße lief, riefen sie wie Engel und Teufel von der rechten und linken Schulter nach einem). Dann gingen wir um eine Kurve in eine der Wohnstraßen. Es war eine Abzweigung vor unserer Straße, aber ich folgte ihr trotzdem. Die Häuser hier sahen haargenau so aus wie die bei uns: roter Ziegelstein, zwei Stockwerke, Naturstein um die Fenster herum, die Türen von ungefähr jedem dritten Eigentümer weiß gestrichen.

Wie ein Schiff, das seine Fahrt verlangsamt, kam Elsie allmählich zum Stehen. Ich näherte mich, so weit ich mich traute, dann blieb ich stehen – sehr schlecht getarnt hinter einem Laternenpfahl. Sie hatte ihr Wechselgeld wieder hervorgeholt und schien es, genau wie im Laden, noch einmal nachzuzählen. Diesmal steckte sie es aber nicht zurück in die Tasche, sondern umschloss es mit der Hand und ging auf die nächstgelegene Haustür zu. Das Haus, auf das sie zusteuerte, lag ziemlich direkt hinter unserem. Ich zählte nach. Es war das fünfte Gebäude, was bedeutete, dass es von unserem Gästezimmerfenster aus zu sehen sein müsste.

Ich nahm eine Bewegung hinter einem der Fenster wahr; im ersten Stock, wahrscheinlich war es der Flur oder ein Abstellraum. Aber alles, was ich erkennen konnte, war ein zurückweichender Schatten. Elsies Vater? Der Umriss war zu breit gewesen, um zu einer Frau zu gehören. Ich starrte noch etwas länger hin, dann sah ich wieder eine Bewegung. Wer auch immer dort war – er war nicht weggegangen. Er hatte sich nur ein wenig zurückgezogen, sodass ich ihn gerade so noch sehen konnte.

Als ich den Blick vom Fenster löste, steckte Elsie gerade ihren Schlüssel ins Schloss. Sie hielt kurz inne, und ich fragte mich, ob sie die Bewegung über sich auch wahrgenommen hatte. Doch dann drehte sie sich um und schaute mich direkt an. Da wurde mir klar, dass sie die ganze Zeit gewusst haben musste, dass ich ihr folgte. Sie lächelte. War das ein Lächeln? Sogar jetzt bin ich mir nicht ganz sicher. Es war auf jeden Fall *etwas*, irgendeine Art von Bestätigung. Es wirkte schüchtern, beinahe wehmütig. Es war derselbe Ausdruck, den ich zwei Monate später auf ihrem Gesicht sehen sollte, als wir uns auf dem Bahnsteig unseres Lokalbahnhofs begegneten und ich dastand und beobachtete, wie sie sich hinunterstürzte.

Jack

»*Arschloch.*«

Ich schaute von meinem Papierkram hoch und sah gerade noch, wie Bartol den Hörer aufs Telefon knallte. Er fing meinen Blick auf und grinste.

»Entspann dich, *amigo*. Er konnte mich nicht mehr hören. Dieser faschistische Penner hatte schon aufgelegt.«

Bart war schon öfter in Schwierigkeiten geraten, weil er offen seine Meinung sagte. Tatsächlich kam das täglich vor, aber was ich meine, ist, dass er sogar beinahe seinen Job verloren hätte. Er war beim Wohnungsamt, genau wie ich. Aber wenn ich der Abräumer im Mittelfeld war – beharrlich, verlässlich, mit einer beständigen, wenn auch unspektakulären Performance –, dann war Bartol unser brillanter exotischer Neuzugang, der nur darauf programmiert war zu attackieren. Er traf oft, verwandelte hoffnungslose Spiele in wertvolle Punktsiege, brachte dabei jedoch viele Leute gegen sich auf. Die Gegner, aber auch Mitglieder seines eigenen Teams. Sogar mich hin und wieder, aber niemals so sehr, dass ich seine Entlassung gewollt hätte. Auch auf die Gefahr hin, dass ich mich wie ein Achtjähriger anhöre: Bartol Novak war mein bester Freund.

»Wer war das?«, fragte ich. »Nein, warte, lass mich raten. Dein Bankberater. Oder Tony Blair.«

Bart grinste noch breiter. »Der beschissene Vermieter«, sagte er, und seine Miene verdüsterte sich. »Weißt du, was er zu mir gesagt hat, als ich versucht habe, Susmitas Situation zu erklären?

Er meinte, wenn sie mal darüber nachgedacht hätte, wie sie die kleinen Blutsauger ernähren soll, hätte sie sich stärker gewehrt.«

Susmita war Opfer einer Vergewaltigung geworden. Ihr Angreifer hatte sie mit einem gebrochenen Handgelenk, einem zerschmetterten Kiefer und Zwillingsjungen zurückgelassen, die sie sich weigerte abzutreiben, weil das gegen ihren Glauben verstieß. Ungeachtet ihrer Entstehung liebte sie die Kinder heiß und innig, und nachdem sie ihren Job und ihren Platz in einer Schutzunterkunft verloren hatte, versuchte sie verzweifelt, sich ein neues Leben aufzubauen. Bart war der einzige Freund, den sie in London hatte. Er versuchte, ein Zuhause für sie zu finden, auf dem Privatsektor, da man an Sozialwohnungen nicht rankam. Es war einer dieser Fälle, die Bart zutiefst persönlich nahm – teilweise, vermute ich, weil Susmita unfassbar schön war und er sich in sie verliebt hatte. Offen gestanden, bei manchen Fällen kann man einfach nicht anders, Verknallt-Sein hin oder her. Man weiß, dass es ein System gibt, dass es eine Grenze gibt bei dem, was man tun kann und was nicht, aber manchmal … Na ja. Man wäre kein Mensch, wenn man die Regeln nicht ab und zu lockern würde.

»Echt, was für ein Arschloch«, sagte Bartol noch mal. Er schüttelte den Kopf, starrte eine Weile vor sich hin, und ich wusste genau, dass er gleich den VSO erwähnen würde. »Ich freue mich drauf, solche Idioten wie ihn nur noch von hinten zu sehen, wenn ich endlich beim VSO mitmache.«

Sich dem *Voluntary Service Overseas* anzuschließen war Barts geheime Exit-Strategie; so ähnlich wie mein Traum, einen Bestseller zu schreiben. Man braucht so einen Ausstiegsplan, wenn man im sozialen Dienst tätig ist. An den härtesten Tagen ist es das, woran man sich klammert, um sich über Wasser zu halten. Der Unterschied zwischen Barts und meiner

Strategie bestand darin, dass seine mehr oder weniger realistisch war. Ich zweifelte absolut nicht daran, dass er eines Tages genau das machen würde: einfach aus seinem Londoner Leben verschwinden, auf exakt die Art und Weise, wie er es vorhersagte. Bart war ein Romantiker. Er stellte sich vor, Gemeindehäuser in Eritrea zu bauen oder Wasserleitungen im Südsudan zu entkorken. Seine einzige Entlohnung wären der Dank der Bevölkerung und vielleicht ein kurzer Auftritt bei *Comic Relief*, der Organisation hinter dem *Red Nose Day*.

»Na ja«, sagte ich. »Besser von ätzenden Vermietern angepisst sein als eine Langzeitbeziehung mit der Ruhr.«

»Ich hab die Schnauze aber voll davon! Wann hast du zuletzt einen Vermieter getroffen, der *nicht* ätzend war? Alle Eigentümer in dieser Stadt verhalten sich, als wären sie verfickte Gesalbte. Was sie wahrscheinlich auch sind, aber das gibt ihnen nicht das Recht, ihre Gedärme über uns zu entleeren.«

»Hey! Du sprichst gerade von Syd und mir, ist dir das klar?«

»Oh. Stimmt. Hatte ich vergessen«, meinte Bart mit einem Grinsen, das mir sagte, dass er das absolut nicht hatte. »Also, wie lebt es sich so da draußen in der Mittelschicht? In letzter Zeit irgendeinem Lesekreis beigetreten? Oder Dinner Partys gegeben?«

Bart lebte in einer WG in Elephant & Castle. Er tat gerne so, als wollte er es genauso haben, aber die wahren Gründe waren erstens, dass er sich keine eigene Wohnung leisten konnte, und zweitens, dass es für seine geistige Gesundheit unverzichtbar war, zur Arbeit laufen zu können. Er mochte keine Busse und hatte eine Heidenangst vor der Tube. Der enge Raum, die zusammengepferchten Leute – allein der Gedanke an die Northern Line ließ ihn schaudern. Er behauptete, das käme vom Krieg. Vom kroatischen Unabhängigkeitskrieg, um genau zu sein, damals in den frühen Neunzigern; auch wenn Bartol noch ein Kleinkind war, als seine Familie auf der Flucht vor der Gewalt nach England auswanderte. Die einzigen Erinnerungen, die ihn quälen konnten, waren die an eine Kindheit in Royal Tunbridge Wells.

»Etliche«, antwortete ich. »Wir hätten dich eingeladen, aber du weißt ja, wie das ist. Alle unsere anderen Freunde wissen, wie man mit Messer und Gabel umgeht.«

»Alles Angeber«, sagte Bart. »Hey, du hast eben von eurem Dachboden erzählt. Wie mutig du deine absolut rationale Panik vor diesen winzig kleinen süßen Spinnen überwunden hast.«

Das hatte ich tatsächlich, bis der Vermieter, dem Bart hinterherjagte, sich endlich dazu herabgelassen hatte, ihn zurückzurufen. Um ehrlich zu sein, war ich froh über die Unterbrechung gewesen. Ich hatte die Geschichte vom Dachboden angefangen, ohne zu wissen, wie ich sie eigentlich beenden sollte. Nicht, weil ich meinem Freund nicht vertraute oder seine Meinung nicht schätzte. Ich hatte nur ... Ich glaube, ich war immer noch dabei herauszufinden, was genau ich da oben gesehen hatte und wie ich es in Worte fassen sollte.

»Es war nur ... eine Katze«, meinte ich. »Eine tote Katze.«

»Das hat diesen Gestank verursacht?«

Ich zuckte mit den Schultern und nickte.

Als ich von der Luke aus den Lichtkegel der Taschenlampe durch den Raum geschwenkt hatte, hatte sich der Dachboden als überraschend leer erwiesen. Nicht leer-leer. Da waren Kisten, ein aufgerollter Teppich, ein alter Wassertank – diese typischen Speicher-Artefakte. Was es aber am meisten gab, waren Spinnweben und Staub. Das erklärte, warum der Rest des Hauses so vollgestopft war. Der Vorbesitzer war entweder zu faul oder zu schwach gewesen, um Dinge, die andere Leute auf den Speicher brachten, die Leiter hochzutragen. Keine Ahnung, was genau auf ihn zutraf. Zu diesem Zeitpunkt wussten wir immer noch so gut wie nichts über ihn, außer der Geschichte mit dem Auswandern, und das beschäftigte mich genauso wie alles andere. Die Katze war die eine Sache: ihr Gestank, ihr Anblick, wie schwierig es war, sie vor Syd zu verstecken. Aber es war nicht nur die Katze, die ich dort entdeckte.

»Sie lag in der Ecke«, sagte ich zu Bart. »Ich konnte nicht erkennen, was sie umgebracht hat. Vielleicht, ich weiß nicht ... Ich dachte, vielleicht war sie da oben aus Versehen gefangen.«

»Wie? Ich meine, gibt es da oben kein Fenster oder so?«

»Ich hab keins gesehen. Aber du weißt ja, wie Katzen sind. Sie kommen überall rein, wo es Luft gibt.«

»Vielleicht wurde sie bei einem Kampf verletzt und hat sich dort verkrochen, um zu sterben.«

»Ja«, sagte ich, »kann sein.« Obwohl die Katze so ausgesehen hatte, als wäre sie in etwas Schlimmeres als einen Kampf geraten. Zwei ihrer Beine waren in seltsamen Winkeln verbogen, und ihr Fell wirkte stellenweise fast wie abgesengt.

»Aber der Punkt ist, da war noch etwas anderes«, fuhr ich fort. »Die Katze lag ganz hinten. Der Speicher hat nur rund um die Luke Dielenboden, also musste ich über die Sparren kraxeln, um sie zu holen.« Und durch Millionen dieser Spinnweben, fügte ich im Stillen hinzu. »Aber als ich erst mal da war, konnte ich in diesen kleinen Alkoven gucken. So eine Nische hinter dem Wassertank. Und da war ein Schuhkarton. Er war groß, und sonst war dort nichts. Als ob er da ... versteckt worden wäre.«

Bart musterte mich abwartend mit einem kleinen Stirnrunzeln. Er hatte dunkles Haar, dunkle Haut, und er sah, auch wenn ich es hasse, das zuzugeben, unverschämt gut aus. Sogar wenn er die Stirn runzelte – vor allem, wenn er die Stirn runzelte –, hätte man ihn für ein Model halten können. Einen dieser gelassenen Typen, die für irgendwas Werbung machen, das dein Leben verändert – zum Beispiel Kaugummi oder Unterwäsche.

»Und was war drin?«

An seinem Tonfall erkannte ich, dass er wirklich neugierig war, und ich war genauso sicher, dass ich ihn enttäuschen würde.

»Nur Kinderkram«, sagte ich.

»Kinderkram? Was meinst du damit?«

Ich zuckte mit der Schulter. »Na ja, ein Karton voller Zeugs, wie Kinder es aufbewahren. Ein kleines Mädchen, glaube ich. Du weißt schon, so was wie eine Schatzkiste. Aber mit Schätzen, die keine richtigen Schätze sind.«

»Ich komm nicht mehr mit.«

»Also, da waren ein paar Muscheln, wie man sie am Strand sammelt. Ein Lesezeichen, der Kopf von einer Puppe, ein paar getrocknete Blumen. Ein Glücksbärchi. Viele Postkarten, alle unbeschrieben, aber wie eine Sammlung. Ein Schatz eben.«

Bart starrte mich an, als redete ich in einer fremden Sprache.

»Hattest du nie eine Schatzkiste?«, fragte ich. »Als du klein warst?«

»Nein, Jack«, sagte Bart. »Ich hatte nie eine Schatzkiste. Ich hatte eine Spardose, aber die war immer leer. Meine Eltern …«

»Ich weiß, ich weiß. Deine Eltern flohen ohne jeden Besitz aus ihrem Heimatland. Das hast du mir schon erzählt, Bart. Wahrscheinlich tausendmal.«

Plötzlich war ich von ihm angepisst, ohne zu wissen, warum. Vielleicht hatte ich eine andere Reaktion erwartet. Oder eine Reaktion, die meiner eigenen ähnelte.

»Okay, Jack, du hast also eine Schatzkiste gefunden. Was ist dann passiert?«

Und das nervte mich sogar noch mehr. »Was meinst du damit, was ist dann passiert? Nichts ist dann passiert. Das war's. Ende der Geschichte. Es war nur … Es war der absolute Horror für mich, sonst nichts. Sachen von einem kleinen Mädchen zu finden, die auf so eine Art versteckt waren.« Auch wenn das nicht ganz stimmte. Da war noch etwas gewesen – ein letztes Detail, das ich noch nicht erwähnt hatte.

»Was genau fandest du denn so schrecklich? Ich meine, der Puppenkopf war wahrscheinlich echt 'ne harte Nummer. Der Glücksbärchi auch. Die Biester sind kleine gruselige Bastarde.«

Normalerweise hätte ich darüber gelacht. Wahrscheinlich erwartete Bart das auch. Da ich es nicht tat, gab er – zu spät – vor, mich ernst zu nehmen.

»Hast du es Syd gezeigt? Was hat sie gesagt?«

Auch das gefiel mir nicht: dass Bart Syd erwähnte. Teilweise deshalb, weil ich ehrlich gesagt etwas misstrauisch bin. Denn wenn wir alle zusammen sind, verstehen die beiden sich verdammt gut. Ich bin nicht wirklich eifersüchtig, nur vorsichtig. Verstehen Sie mich nicht falsch: Ich habe mich noch nie so sicher in einer Beziehung gefühlt wie mit Syd. Aber das allein bereitet mir schon Sorgen, auch wenn es die meiste Zeit überhaupt keinen konkreten Anlass gibt.

Die andere Sache war die, dass ich ihr nichts gesagt hatte. Syd, meine ich. Ich habe ihr noch nicht mal von der Katze erzählt, sondern behauptet, es sei eine Taube gewesen. Ich weiß nicht, warum, aber ich dachte, eine Taube würde sie weniger aufregen. Syd hat diese Aversion gegen Sterblichkeit, wie genau genommen wohl jeder von uns, aber bei ihr scheint es das Äquivalent zu meiner Angst vor Spinnen zu sein. Diese ausgestopften Vögel hatte sie noch gerade so verkraftet, aber eine verrottende Katze auf der anderen Seite der Decke ihres Schlafzimmers? Das hätte sie um Monate zurückgeworfen.

»Ich hab ihr nichts gesagt, weil ich weiß, dass ihr das alles Angst gemacht hätte, und ich nehme so etwas eben ernst ...«

»Ich nehme das doch auch ernst! Gott, Jack, seit wann bist du denn so empfindlich? Ich will nur ... Ich versuche zu verstehen, was daran so eine große Sache ist. Also, du hast einen Karton mit Zeug gefunden. Was ist dabei?«

»Es ist nicht einfach nur *Zeug*. Die Schätze eines kleinen Mädchens, in einem Haus, in dem es ansonsten keinerlei Anzeichen von Kindern gibt, versteckt an einem Ort, an dem sie niemand jemals finden würde. Außerdem hat der Typ, der vor uns dort wohnte, über dreißig Jahre in dem Haus gelebt. Auf keinen Fall waren die Sachen in dem Karton so alt.«

»Aber das *bedeutet* nichts, oder? Jedenfalls nicht, soweit ich sehen kann.«

»Woher willst du das wissen? Es wird wohl kaum eine harmlose Erklärung dafür geben, oder?«

Bart sah mich an, und ich erwartete schon, dass er mit den Augen rollen und sich wegdrehen würde. Aber stattdessen fing er plötzlich an zu lachen. Ein lautes, dröhnendes, Eddie-Murphy-artiges Lachen, das mir für einen Moment Lust machte, ihm eine reinzuhauen.

»Ich sag dir, was das bedeutet«, meinte er. »Es bedeutet, dass du anscheinend endlich den Dreh für deinen Roman gefunden hast. Ich würde vielleicht noch an den Details arbeiten, vielleicht ein paar menschliche Knochen in den Karton legen statt einen Strauß vertrockneter Blumen. Aber deine Vorstellungskraft macht ganz klar Überstunden.«

Ich versuchte, wütend zu bleiben. Das war angesichts Barts Grinsen aber schwierig. Und tatsächlich war ich ein kleines bisschen erleichtert. Denn wie ich merkte, hatte ich gar nicht gewollt, dass mein Freund dasselbe dachte wie ich. Ich wollte, dass er lachte und mich genauso veralberte, wie er es jetzt tat.

Mir gelang kein richtiges Lächeln, aber ich bemühte mich, etwas Ähnliches zustande zu bekommen. Ich erlaubte mir sogar den Gedanken, dass Bart wahrscheinlich recht hatte. Bestimmt war ich überhaupt nur so genervt gewesen, weil ich wusste, dass ich grundlos in Panik geraten war. Sogar dieses Detail, das ich noch nicht erwähnt hatte – wahrscheinlich reagierte ich deswegen auch über. Da war ein Name, wissen Sie, per Hand auf die Innenseite des Kartons geschrieben. Auf die Unterseite des Deckels, um genau zu sein, mit Filzstift, der schon lange verblichen war.

Aber es war nur ein Name. Ein ziemlich gewöhnlicher dazu. Keines der Dinge im Karton deutete darauf hin, dass sein Dasein irgendwas anderes als Zufall war. Ich meine, selbst wenn Syd ihn gesehen hätte … Wenn ich Syd ihn hätte sehen *lassen*, sie hätte sehr wahrscheinlich dasselbe gesagt.

Sydney

Ich bin in dem Glauben aufgewachsen, Liebe sei nur eine Lüge. Nicht bloß eine Lüge, eine *Täuschung*. Wie der Weihnachtsmann oder der Osterhase oder Gott. Ein Ammenmärchen, das unsere Wahrnehmung verändert, das uns glauben lässt, die Welt sei ein besserer Ort, als sie es in Wahrheit ist. Die uns ablenken will und uns mit voller Absicht blind für die kalte Realität macht, sodass wir uns nicht wehren, wie wir es eigentlich sollten, sondern uns stattdessen *fügen*.

Jack war derjenige, der das änderte. Der mir zeigte, dass Liebe wirklich wahr ist.

Als wir uns damals trafen, auf dieser Konferenz – an diesem Morgen hatte ich direkt nach dem Aufstehen drei Nasen Koks gezogen. Offen gestanden plante ich, nach Abschluss der Registrierung direkt noch mal auf die Toilette zu verschwinden. Jack war als einziger Delegierter noch nicht aufgetaucht, und ich saß in der Hotellobby und klopfte mit seinem Namensschild auf den Tisch, als er endlich durch die Doppelflügeltür gestürmt kam.

»Verdammte Züge«, waren seine ersten Worte. »Haben sie schon angefangen? Tut mir leid, dass ich zu spät bin.«

Er sah aus, als wäre er morgens ordentlich zurechtgemacht aufgebrochen, aber wie ein Paket, das auf seinem Weg zum Empfänger verloren geht, auf seiner Reise zerfleddert worden. Sein Anzug war nass, seine Krawatte zerknittert, seine Frisur war ein Hybrid aus kontrastierenden Styles – von denen keiner derjenige war, den er jeden Morgen vor dem Badezimmerspiegel zehn Minuten lang heraufzubeschwören versuchte, wie ich später herausfinden sollte.

»Mr Walsh?«

Ich hatte mir diesen Mr Jack Walsh älter, müder und käsiger vorgestellt. Nicht in meinem Alter, so wie der Mann, der jetzt vor mir stand (oder besser der Junge, denn ich hatte mir immer noch nicht angewöhnt, mich selbst als weiter entwickelt als ein Mädchen zu betrachten), und mit Sicherheit nicht so gut aussehend. Und damit meine ich nicht so was wie ein männliches Kinn und ein strahlendes Lächeln; Jack hatte Ecken und Kanten. Seine Ohren waren ein wenig zu groß, seine Nase ein klitzekleines bisschen zu klein. Aber seine Augen hatten diesen tiefen, tabakfarbenen Braunton. Es waren freundliche Augen. Auch neugierig. Sie waren nicht gefühllos und stumpf, so wie meine.

»Autsch! Mist!«

Er hatte sich mit der Nadel auf der Rückseite seines Namensschildes gestochen. Und als er merkte, dass ich ein Lächeln unterdrücken musste, wurde er rot.

»Tut mir leid«, sagte er noch einmal. »Das ist echt nicht mein Morgen. Soll ich …?« Mit einem hin und her schwingenden Finger deutete er auf die beiden verschlossenen Türen in der Wand hinter mir.

»Ehrlich gesagt«, erwiderte ich, »die erste Runde ist schon fast zur Hälfte rum. Vielleicht wollen Sie lieber hier warten und einen Kaffee trinken?«

Wir hatten Anweisung, keine verspäteten Teilnehmer durchzulassen. Ich tat es häufig zwar trotzdem, aber aus einer Laune heraus befolgte ich an diesem Tag die Regel. Jack sah so geknickt aus, dass ich mir sofort wünschte, ich hätte ihn doch reingeschleust.

Ich sah auf die Uhr. »In fünfzehn Minuten gibt es eine

Pause«, sagte ich. »Und Sie verpassen nichts, ich verspreche es. Die Eröffnungssitzung ist wirklich nur eine Einführung.«

Ich lächelte, und er lächelte zurück. Er ging sich einen Kaffee holen und brachte mir sogar einen mit. Er hatte einen Cappuccino gewählt, mit drei Päckchen Zucker, die er auf dem Deckel balancierte. Ich bedankte mich und brachte es nicht übers Herz, ihm zu sagen, dass ich meinen Kaffee schwarz trinke.

Später beobachtete ich ihn während der Morgensitzungen. Die meisten Leute, die an unseren Events teilnehmen, machen das nur, um einen Tag aus dem Büro rauszukommen. Jack aber hörte tatsächlich zu. Ich weiß, es ist albern, aber schon damals – bevor ich ihn wirklich kannte – gab er mir das Gefühl, etwas Wertvolles zu tun. Dieses Gefühl kannte ich nicht. Ich hatte den Job nur angenommen, weil er gut bezahlt wurde, und er war mir überhaupt nur angeboten worden, weil der Typ, der mich einstellte, mein Dekolleté eindeutig aussagekräftiger fand als die Lücken in meinem Lebenslauf. Doch als ich Mr Jack Walsh, Sozialarbeiter, dort sah, der konzentriert in sein Notizheft schrieb, fühlte ich mich ... wertgeschätzt, das ist wohl das richtige Wort. *Bestätigt.* Im Grunde genommen zum ersten Mal in meinem ganzen Leben.

Ich hatte vorher noch nie einen Freund gehabt.

Hätten Sie mich danach gefragt, hätte ich behauptet, *Beziehungen* gehabt zu haben, aber keine davon dauerte länger als vier Dates. Vier Verabredungen, habe ich herausgefunden, sind die exakte Zeit, die man mit einem Kerl verbringen kann, bevor er von dir erwartet, dass du dich von deiner Unterwäsche trennst. Und es ist nicht so, als hätte ich ein Problem mit Sex. Ich meine, ich habe eins. Auf jeden Fall habe ich ein Problem mit Sex, aber es ist nicht so, dass ich ihn nicht gerne hätte. Ich habe eine Menge Männer *gevögelt*. Dreizehn, um genau zu sein – Jack ausgenommen. Aber Vögeln ist nicht dasselbe wie Sex haben (okay, okay: *Liebe machen*). Wenn Sex bedeutsam wird, dann ziehe ich die Reißleine, in dem Moment, bevor ich jemanden wirklich nahe an mich heranlassen muss. Nachdem das Kaffee-Kino-Drinks- und vielleicht noch Abendessen-Programm absolviert war, kam also jedes Mal der Zeitpunkt, an dem ich dichtmachte. Dann werde ich zur Zicke, das ist normalerweise der einfachste Weg. Ich bin schnippisch, kichere rum, tauche zu spät auf oder ein-, zweimal auch gar nicht. Ich nehme einen Berg Koks und fasele unkontrolliert drauflos, und ich gebe mir nicht die geringste Mühe, die Zeichen meiner Vorliebe für Toilettenspülkästen mit makellosen Lines drauf – mein nicht ganz kleines Geheimnis – zu verbergen. Oder ich nehme überhaupt nichts zu mir, noch nicht mal einen Drink, sitze einfach da und sage gar nichts. Ich habe festgestellt, dass es überraschend wenig braucht, um einen Mann zu vertreiben. Manchmal ist nichts weiter nötig als ein wohlplatzierter Rülpser.

Ich versuchte, dasselbe Spiel mit Jack zu spielen. Ich gestattete uns fünf Verabredungen – vor allem deshalb, weil er mich so sehr zum Lachen brachte und weil er für dieses fünfte Date einen Besuch im Londoner Zoo vorgeschlagen hatte. Was so ungefähr meine liebste Beschäftigung in der gesamten Stadt ist. Es fühlt sich irgendwie *unschuldig* an, und ich gierte nach Unschuld. Mir ist klar, dass einige Leute dagegen protestieren würden. Sie würden sagen, dass es absolut nichts mit Unschuld zu tun hat, Tiere in einen Käfig zu sperren. Aber auch wenn sie in Käfigen leben, immerhin wird für sie gesorgt. Und was ist überhaupt so wahnsinnig aufregend an der großen, weiten Welt? Da draußen geht es immer nur ums Überleben. *Freiheit*. Das ist nur ein anderer Begriff für ein Leben in Angst.

Die andere Sache mit Zoos ist – ich mag Affen.

Und es sollte sich zeigen, dass das der Ort war, an dem alles anfing. Bei den Affenkäfigen. Dort wäre mir Jack beinahe entglitten.

»Weißt du was, in der Nähe meiner Eltern gibt es ein Affenschutzzentrum, Monkey World«, sagte Jack. »Wir sollten irgendwann mal dorthin fahren. Einen Ausflug machen.«

»Nach Monkey World?«, fragte ich, schon ganz benommen. »Oder zu deinen Eltern?«

»Beides«, sagte Jack. »Und danach kannst du mir vielleicht sagen, ob du irgendeinen Unterschied feststellen konntest.«

Er beobachtete die Gibbons, mit dem Finger gegen das Gitter trommelnd, sodass er den Ausdruck auf meinem Gesicht nicht sehen konnte.

Ich drehte mich weg.

»Syd?«

Wir hatten uns eine Zuckerwatte geteilt, und ich warf das ganze Ding in den nächsten Mülleimer.

»Syd? Wo willst du –«

Ich lief los. Jack eilte hinter mir her.

»Meine Eltern sind nicht so schrecklich«, sagte er und schwirrte um mich herum wie eine Wespe mit einem verletzten Flügel. »Ich meine, sie sind schrecklich, aber ich will damit sagen, dass du sie nicht treffen musst. Niemals, wenn du nicht willst.«

Niemals. Das klang verdammt nach *für immer.*

Ich blieb stehen.

»Ich habe dir vielleicht falsche Hoffnungen gemacht, das tut mir leid«, sagte ich, und offen gestanden war ich in so einer Situation noch nie so ehrlich gewesen.

Jack runzelte die Stirn und versuchte zu begreifen, was hier vor sich ging. Für eine Sekunde dachte ich, er würde genauso reagieren wie all die anderen. Die erste Stufe war Verwirrung. Danach kam manchmal Nicht-wahrhaben-Wollen, aber alle Wege führten am Ende zu Wut.

»Ist schon gut«, sagte Jack.

Ich vermutete eine Taktik dahinter. Den Auftakt eines Bombardements von Beleidigungen. »Was?«

»Ich sagte, ist schon gut. Ich meine, ich will deine Eltern ja auch nicht treffen.«

Ich starrte ihn nur an. Er spielte nicht nach den Regeln.

»Ich würde gerne etwas über sie erfahren«, fuhr er fort. »Irgendwann. Aber ich bin mir ziemlich sicher, dass ich sie niemals treffen will.«

Ich kniff argwöhnisch die Augen zusammen. »Du denkst, du kennst mich, ist es das?«

Jack schüttelte sofort den Kopf. »Ich kenne mich selbst kaum«, antwortete er. »Aber ich weiß, dass ich dich mag. Und ich weiß, dass ich keine Eile habe.«

Da habe ich gelacht, glaube ich. Vielleicht stemmte ich sogar die Hände in die Hüften. »Na, das ist ja eine Erleichterung. Ich fände es schrecklich, dich irgendwie aufzuhalten.«

Jack zuckte mit den Schultern. »Das Gegenteil ist der Fall«, sagte er. »Ich habe das Gefühl, in den drei Wochen, die ich dich kenne, mehr gewonnen zu haben als in den letzten vierundzwanzig Jahren.«

Das machte mich sprachlos. Und – glauben Sie mir – ich bin sehr selten sprachlos.

»Aber wie ich schon sagte«, fuhr Jack fort, »ich habe keine Eile. Du weißt, wie du mich erreichen kannst, wenn du deine Meinung änderst.«

Er drehte sich um und ging zurück zu den Gibbons.

»Hey. Hey!«

Jack drehte sich um und schaute mich an. »Das ging ja schnell«, sagte er und wagte sogar ein Grinsen.

»Du bist ein Idiot«, gab ich zurück. Nicht sehr originell, ich weiß. »Was denkst du eigentlich? Dass die Zeit eine Art magischer Radiergummi ist? Dass man sich nur zurücklehnen und ein paar Wochen warten muss? Du *kennst* mich *nicht*, Jack. Noch nicht mal das bisschen, was du glaubst zu kennen. Ich garantiere dir, du hast keinen Schimmer.«

Er schien zu begreifen, dass das mit dem Grinsen falsch gewesen war. »Hör mal, ich … Ich wollte damit nicht andeuten, dass ich dich *kenne*. Aber vielleicht kennst du mich auch nicht so gut, wie du denkst. Das ist alles, was ich sagen will.«

Ich erwiderte nichts darauf. Vor allem deshalb, weil ich vermutete, dass er recht hatte.

»Ich bin auf nichts aus, Syd. Ich … ich bin einfach gerne mit dir zusammen, das war's. Ehrlich, das ist alles.«

Es fühlte sich an, als hätte ich versucht eine Tür zuzuknallen, aber Jack hätte heimlich den Fuß dazwischengeschoben.

»Jack, es tut mir leid. Es tut mir wirklich leid. Aber weiter als bis hierher kann ich nicht gehen. Ich bin eine Katastrophe, okay? Mein Leben … es ist eine verdammte Katastrophe, und ich hätte dir nie das Gefühl geben sollen, dass du ein Teil davon werden könntest.«

»Ich bin Katastrophen gewöhnt«, antwortete Jack strahlend. »Wirklich. Ich meine, komm mal bei mir vorbei und guck dir mein Schlafzimmer an.«

Er brauchte eine halbe Sekunde oder so, um zu kapieren, was er da gerade gesagt hatte.

»Scheiße, Syd. Ich meinte nicht … Ich wollte nur …«

»Ich weiß, was du meintest, Idiot.« Ich versuchte ihn weiterhin anzufunkeln, aber meine Mundwinkel zuckten unwillkürlich nach oben.

»Hör mal, wie wäre es denn, wenn wir einen Kaffee trinken oder so?«, fragte Jack versuchsweise. »Cappuccino, richtig? Drei Stück Zucker?«

Das war unser erster Insiderwitz geworden. Sogar heute noch, wenn Jack eine Bestellung aufgibt und ich ihm sage, dass ich genau das haben möchte, weiß er, dass er mir einen schwarzen Kaffee ohne alles mitbringen soll.

»Und dann was?«, fragte ich. Ich lächelte noch nicht, aber ich konnte auch nicht mehr wütend gucken.

Wieder zuckte Jack mit den Schultern. »Und dann trinken wir«, sagte er. »Das ist alles. Heute und jetzt ist das alles.«

Neun Monate später hatten wir Sex miteinander. Nein, wir *machten Liebe*. Es war mein erstes Mal. Und in diesen neun Monaten und sechsunddreißig Sekunden (hey, ich werte das nicht. Neun Monate sind für einen Mann eine lange Zeit, sich zurückzuhalten) verhielt sich Jack wie ein perfekter Gentleman. Er brachte mir bei, ihm zu vertrauen. Er brachte mir bei zu vertrauen, Punkt. Und ich vermute, das ist es, worauf all das hier hinausläuft – das, was ich ursprünglich sagen wollte. Ich wünschte, du hättest mir vertraut, Jack. Die Sachen, die du gefunden hast, die du vor mir verborgen hast …

Ich wünschte einfach, du hättest so an mich geglaubt, wie ich immer an dich geglaubt habe.

Jack

Ich hatte meine Geheimnisse, zugegeben. Aber zu meiner Verteidigung muss ich sagen, dass es nicht so viele waren, wie Syd damals dachte. Und ich hatte sie vor allem deshalb, weil ich sie schützen wollte. Dieser Karton ist das beste Beispiel. Ich wusste, dass es sie aufwühlen würde, also warum sollte ich Salz in ihre Wunden streuen? Und als ich in dieser einen Nacht dachte, ich hätte jemanden im Haus gehört ... Selbst wenn ich es Syd damals erzählt hätte, sie hätte es nicht einordnen können, nicht mit der Gewissheit, mit der sie das heute tut. Wahrscheinlich hätte sie gesagt, dass ich es mir nur einbildete; dass ich einfach total überspannt sei, weil ich mich in dem Haus so unwohl fühle. Was, um ehrlich zu sein, genau das war, womit ich es mir selbst auch erklärte.

Wir lagen im Bett. Syd und ich. Ich konnte nicht schlafen, was überhaupt nicht zu mir passt. Normalerweise schlafe ich sieben Stunden fest durch. Traumlos, keine Pinkelpausen, nichts. Aber zuletzt war ich immer öfter mitten in der Nacht aufgewacht. Ich bildete mir ein, Dinge zu hören. Geräusche. Keine typischen Geräusche, die ein Haus so macht. Geräusche, wie wenn sich etwas bewegt. Aber wie ich schon sagte: Wir wohnten erst seit vier oder fünf Wochen dort, und ich war immer noch nicht so ganz angekommen. Ich fand es nicht mehr so schlimm wie beim Besichtigungstermin, aber diese Euphorie, die ich gespürt hatte, als wir einzogen, war definitiv am Abklingen.

Dass ich diesen Karton gefunden hatte, half auch nicht weiter. Und die Katze ebenfalls nicht. Je länger ich darüber nachdachte, desto verwirrender fand ich die Frage, wie sie überhaupt auf den Dachboden gekommen war. (Nach meinem Gespräch mit Bart hatte ich noch mal alles überprüft – dort war definitiv kein Dachfenster, noch nicht mal ein loser Ziegel, soweit ich es sehen konnte. Dazu kam, dass ich sicher war, dass die Beine der Katze gebrochen waren.) Und man darf außerdem nicht vergessen, dass wir immer noch von all dem Zeug des Vorbesitzers umgeben waren. Ich wünschte mir inzwischen, dass wir direkt am Einzugstag alles in Müllsäcke gestopft hätten, denn jetzt, da Syd und ich wieder arbeiteten, wusste ich nicht, wann wir wieder dazu kommen würden. Selbst ohne die ausgestopften Vögel kam ich mir vor wie in der Szenerie von *Psycho*. Wie in diesem großen alten Haus auf dem Hügel. Oder im Büro. Sie wissen schon, als Anthony Perkins Janet Leigh einen Teller Sandwiches macht? Und all sein Kram ist um sie herum verteilt, an den Wänden, auf den Arbeitsflächen – dieses ganze seltsame, gruselige Zeug, bei dessen Anblick man sofort weiß, dass die Geschichte nicht gut ausgehen wird.

Aber wie auch immer, ich wachte also wieder auf. Um ein Uhr neunundfünfzig, wie mir mein Handy-Display verriet, und dieses Mal – auch wenn ich es für all die anderen Male nicht beschwören könnte – hatte ich definitiv das Gefühl, etwas Ungewöhnliches gehört zu haben. Und ich bin ehrlich, ich hatte nicht etwa Angst vor Einbrechern. Alles, woran ich denken konnte, war Norman Bates' Mutter. Und diese Katze. Unser geheimnisvoller Besucher. Syd hatte mal Stephen King erwähnt, und *Friedhof der Kuscheltiere* war schon immer eines meiner Lieblingsbücher. Den Film mochte ich nie, der ist für die Tonne, aber der Roman … Kennen Sie die Stelle in *Friends*, wo Joey solche Angst vor *The Shining* hat, dass er das Buch im Gefrierfach aufbewahrt? So geht es mir mit *Friedhof der Kuscheltiere*. Ich weiß nicht, ob Sie es jemals gelesen haben, aber es gibt da diese Katze, die von den Toten zurückkehrt, Church ist ihr Name, die Kurzform von Winston Churchill, und sie ist irgendwie lebendig, nur dass sie es eben nicht ist. Und als ich da mitten in der Nacht lag, stellte ich mir vor, dass die Katze, die ich gefunden hatte, sich von da, wo ich sie im Garten begraben hatte, irgendwie einen Weg hierher bahnte, dass sie wie auch immer ins Haus gelangte (ich nehme an, genauso, wie sie zuletzt reingekommen war), die Stufen hochkam, den Flur entlang, auf unsere Schlafzimmertür zu, und dann ... dann ... keine Ahnung, ehrlich gesagt. Ich meine, selbst die Katze bei Stephen King *macht* nicht wirklich irgendwas. Aber ich dachte nicht logisch. Es war zwei Uhr morgens, und meine Fantasie war grundsätzlich sehr rege.

Für einen Augenblick lag ich einfach nur da und lauschte. Es war nicht Syd gewesen, die mich geweckt hatte. Sie lag mit dem Gesicht ins Kissen gedrückt und war so still, dass ich sie kaum atmen hören konnte. Unter normalen Umständen wäre sie diejenige gewesen, die wach liegen und mich anschauen würde. Syd hat Schlafprobleme, seit ich sie kenne. Sie hat zwei, vielleicht drei Stunden unter Wasser, den Rest der Nacht paddelt sie in seichten Gewässern.

»Syd?«

Keine Antwort. Ich versuchte sie ganz leicht zu stupsen, und da hörte ich es wieder. Das Geräusch, das mich geweckt hatte. Es war ein schlurfendes, rutschendes Geräusch; eher wie das Gleiten von Sohlen als das Klackern von Heizungsrohren.

Ich setzte mich im Bett auf. Ich guckte, ob Syd das Geräusch auch wahrgenommen hatte, aber sie hatte sich noch immer nicht bewegt. Ich unterdrückte den Drang, sie wach zu rütteln, sie dazu zu zwingen, sich mit mir aufzusetzen und zu lauschen. Aber in diesem Moment war nichts mehr zu hören. Was auch immer das Geräusch war, das ich glaubte gehört zu haben, es wiederholte sich nicht.

Nun, ich habe genug Horrorfilme gesehen, um zu wissen, dass man niemals alleine rumwandern sollte, wenn ein mutmaßlicher Zombie in der Nähe ist, ob Katze oder sonst was. Aber es war ausgeschlossen, dass ich wieder einschlafen würde – nicht solange ich mich nicht wenigstens ganz kurz umgesehen hatte. Außerdem hörte ich die Stimme meines Vaters, die jedweder Angst in mir widersprach und mir sagte, ich solle aufhören, mich wie ein Sechsjähriger zu verhalten. Mein alter Herr hätte niemals Angst vor Spinnen gehabt. Er hätte sich niemals Sorgen gemacht, wenn mitten in der Nacht irgendein Geräusch auftaucht, außer es wäre sein nichtsnutziger Sohn gewesen, der nach einem Abend mit seinen Kumpels beschwipst nach Hause kommt. Das hätte ihn aufgeregt, da bin ich mir sicher. Aber ansonsten? Das Einzige, wovor mein Vater Angst hatte, war die Aussicht, eines Tages darum gebeten zu werden, eine andere Emotion als Verärgerung zu zeigen.

Ich löste mich also leise aus den Laken. Da der Abend zuvor sehr schwül gewesen war, überraschte mich die Kälte, die meine nackten Füße begrüßte. Seltsamerweise machte sie mir aber gleichzeitig etwas Mut. Die Dielenbretter waren fest, real. Die kalte Nachtluft war ebenfalls real.

Auf dem Flur war nichts. Ich meine, da war schon etwas, aber damals sah ich es nicht. Soweit ich es wahrnehmen konnte, war der Flur leer bis auf die Bilder an der Wand. Die Dachbodenluke war verschlossen (ich hatte mir angewöhnt, buchstäblich jedes Mal hochzuschauen, wenn ich darunter durchging), und außer Schatten auf den oberen Treppenstufen war nichts zu sehen. Ich spähte ins Badezimmer, als ich daran vorbeiging, dann ins Gästezimmer – immer noch mit Zeug vollgestopft –, um das Fenster zu überprüfen. Wenn es warm war, ließen wir es manchmal offen. Die Fensterrahmen im Hauptschlafzimmer waren so sehr mit Farbe verklebt, dass wir sie nicht öffnen konnten, weshalb dieses Fenster hier die einzige Möglichkeit bot, ein bisschen frische Luft hereinzulocken. Aber in dieser Nacht war es verschlossen. Ich ging weiter zur Abstellkammer, die Syd damals als Yogastudio nutzte, dann lief ich über den Flur zurück zum Treppenabsatz.

Dort hielt ich inne. Das obere Stockwerk zu überprüfen war einfach gewesen. Aber wenn ich nachts ins Erdgeschoss ging, hatte ich immer das Gefühl, eine andere Welt zu betreten. Und auch wenn ich nicht mehr befürchtete, von Anthony Perkins in Frauenkleidern angefallen zu werden, blieben Einbrecher weiterhin doch eine Option. Das Haus war nicht gerade das sicherste. Die Fenster waren einfach verglast, die Türschlösser alt und dürftig. Bart schläft immer mit einem Tennisschläger unter dem Bett. Das ist so ein London-Ding, glaube ich. Als das Thema einmal im Büro aufkam, war ich überrascht, wie viele Leute zugaben, beim Schlafen etwas in Reichweite zu haben, mit dem sie zuschlagen konnten. Ein Typ sagte, er habe einen Baseballschläger zwischen seine Matratze und den Bettrahmen gequetscht. Miriam aus der Personalabteilung hatte das Schwert, das ihr Urgroßvater im Ersten Weltkrieg trug, griffbereit an den Nachttisch gelehnt. Ich persönlich habe noch nie überhaupt darüber nachgedacht, was ich im Fall von Eindringlingen als Waffe benutzen könnte. Syd, hatte ich spaßeshalber erwidert, als die anderen mich fragten. Aber jetzt wäre ich dankbar für etwas Kantiges in meiner Hand gewesen.

Ich ging nach unten.

»Hallo?«

Soweit ich sehen konnte, gab es keinerlei Anzeichen für irgendetwas Unerwünschtes. Kein Licht, keine Geräusche, keinen Luftzug. Aber es war auch hier unten kalt, so als ob irgendwo – wenn auch weiter oben im Haus – ein Fenster offen stehen würde.

Ich überprüfte im Vorbeigehen die Haustür und sah, dass die Kette ordentlich vorlag. Die Wohnzimmerfenster waren genauso von Farbe verklebt wie die in unserem Schlafzimmer, aber ich guckte trotzdem nach ihnen. Ich ging am Esszimmer vorbei – oder was das Esszimmer gewesen wäre, wenn es keine Müllhalde wäre – und arbeitete mich langsam durch die Dunkelheit bis zur Rückseite des Hauses vor. Mir war die ganze Zeit bewusst, dass, sollte tatsächlich jemand bei uns eingestiegen sein, er wahrscheinlich durch die Hintertür oder das Küchenfenster gekommen war. Hier war das Haus am wenigsten gesichert, und von dem Netz aus kleinen Gassen, das unsere Häuserreihe von der in der nächsten Straße trennte, war es am besten zugänglich.

Ich hätte das Licht angemacht, wenn ich nicht befürchtet hätte, damit Syd zu wecken. Und ich wollte fast noch einmal »Hallo« rufen, zögerte aber aus demselben Grund – außerdem schämte ich mich noch für das erste Mal. Ich bin nicht sehr gut darin, bedrohlich zu klingen, und dieses »Hallo« hatte sich angehört wie die schlechte Interpretation eines Lionel-Richie-Songs. Davon abgesehen, wer hätte darauf antworten sollen? Es war wie diese Frage, die man auf dem Einreiseformular für die USA beantworten soll. *Sind Sie oder waren Sie jemals ein Terrorist?* Tja, Mist, jetzt haben Sie mich. Und ich hatte so gehofft, dass Sie nicht danach fragen würden.

Die Küchentür war so weit zugezogen, dass ich nicht hineinschauen konnte. Wir schlossen die Tür normalerweise nicht, aber das musste nicht heißen, dass wir sie abends nicht doch zugemacht hatten. Ich versuchte, durch die Düsternis zwischen Tür und Rahmen hindurchzuspähen, aber sie war so undurchdringlich wie ein verdunkeltes Fenster. Ich hielt den Atem an, lauschte und wagte mich näher heran. Ich streckte den Arm aus, stieß die Tür auf …

Und fand nichts vor. Der Raum war leer, das Fenster geschlossen, die Hintertür gesichert. In der Küche war es am kältesten, aber sie gehörte auch zum exponiertesten Teil des Hauses, und ich nahm an, dass sich die Warmwetterfront schneller aufgelöst hatte, als die Wetterleute angekündigt hatten. Was das Geräusch anging, das ich gehört hatte … Der Boiler, die Rohre, die alten Bodendielen, es hätten Hunderte Dinge gewesen sein können, mal angenommen, ich hatte es mir nicht nur eingebildet.

Ich fühlte mich wie ein Idiot, und zum Soundtrack des höhnischen Lachens meines Vaters in meinem Kopf machte ich mich auf den Weg zurück nach oben. Ich legte einen Stopp im Bad ein, ging auf die Toilette, trank etwas Wasser. Als ich ins Schlafzimmer zurückkam, schlief Syd immer noch tief und fest. Sie lag auf der Seite, in die Decke eingewickelt, und auf einmal konnte ich es kaum erwarten, mich neben ihr einzurollen.

Als ich auf die Matratze sank, bewegte sie sich ein bisschen und sagte etwas.

»Deine Hände sind kalt«, murmelte sie.

Ich sah sie an, aber sie hatte die Augen nicht geöffnet.

»Was?«, antwortete ich und drehte mich zu ihr, sodass ich sie besser ansehen konnte.

Sie kuschelte sich an mich. »Deine Hände«, nuschelte sie wieder. »Als du meine Wange berührt hast. Sie sind eiskalt.«

Dann rollte sie sich auf den Bauch, und alles, was ich noch sehen konnte, war ihr wild abstehendes Haar. Ich saß da, die

Augen aufgerissen, mit offenem Mund, und fühlte ein Schlagzeug in meinem Brustkorb trommeln. Eben noch völlig erschöpft, war ich plötzlich wieder hellwach. Wissen Sie, die Sache ist die – ich hatte sie nicht berührt. Nicht, als ich aufgestanden war, und nicht, als ich ins Zimmer zurückgekommen war. Wessen Hand auch immer sie glaubte gespürt zu haben, es war nicht meine gewesen.

Sydney

Ich hab ein bisschen Vino getrunken. Ein bisschen zu viel wahrscheinlich, aber andererseits genau die richtige Menge, um mehr von Elsie zu erzählen.

Ich gehe gerne laufen. Nicht, dass ich ein Fitness-Freak oder so wäre; mein Körper ist eher unordentliches Jugendzimmer als geheiligter Tempel. Und ich gehe auch nicht laufen, um meine Liebe zu Skittles zu kompensieren. Ich habe einen merkwürdigen Stoffwechsel, der es mir erlaubt, so viel Zucker zu essen, wie ich will, mich aber auseinandergehen lässt wie einen Ballon, sobald ich auch nur Blickkontakt mit einer Scheibe Brot habe. Also im Grunde bestehe ich – von Weihnachten und Feiertagen mal abgesehen – aus komplett muskellosen sechzig Kilo. Ob ich laufe oder nicht, das macht kaum einen Unterschied. Aber ich nehme mir Zeit dafür, wann immer ich kann. Im Prinzip erinnert mich das Laufen daran, dass ich lebe, auch wenn ich dabei oft das Gefühl habe zu sterben.

Ich war noch dabei, meine Route zu optimieren – Entfernungen einzuschätzen, auszuprobieren, welche Strecke sich am meisten nach Bergablaufen anfühlt –, als ich eines Morgens im Juni unter der Woche an einem Spielplatz vorbeitrabte, den ich bis dahin noch nie gesehen hatte. Er lag am Rande eines Brachgeländes hinter einem kurzen, aber dunklen Eisenbahntunnel; ich hatte all meinen Mut zusammengenommen, um ihn zu durchqueren. Der Spielplatz war leer bis auf eine einsame Gestalt, die auf einer Schaukel ganz leicht hin- und herschwang.

Ich erkannte sie nicht sofort. Sie saß mit dem Rücken zu mir, außerdem richtete ich meine Aufmerksamkeit gerade mehr darauf, ob ich ungewollt in eine Sackgasse geraten war. Das war nicht der Fall – es gab einen Pfad, der sich um die Einzäunung herumwand –, aber ich verlangsamte trotzdem mein Tempo, und als ich erkannte, dass Elsie dort saß, blieb ich stehen.

Sie hatte mich trotz meines lauten Atems und meines hämmernden Herzens nicht bemerkt. Ich kam mir vor wie ein Jäger, der windabgewandt in ein Reh hineinstolperte. Genauso unwillkommen. Genauso tödlich.

Die Schaukel war für Kleinkinder gedacht, mit Sicherheitsbügeln um den Sitz herum. Sogar Elsie, die zierliche Haut-und-Knochen-Elsie, passte nicht hinein, also balancierte sie stattdessen oben drauf, ihre Knie bis zur Brust angezogen und ihren Po so weit hineingezwängt, dass er festzustecken schien. Sie guckte wieder in die Wolken. Sie schaukelte nicht: Sie taumelte. Träumte, so wie es aussah.

»Hi«, sagte ich, und der Klang hallte wider wie ein Pistolenschuss.

Elsie glitt so schnell auf ihre Füße, als wäre sie gut geölt. Sie sah mich an, und die Schaukel, aus dem Takt gebracht, schlug ihr gegen die Oberschenkel. Elsie zuckte nicht mal, blickte mich nur an und dann an mir vorbei, als würde sie überprüfen, ob ich alleine war. Ich war nicht sicher, ob sie mich wiedererkannte, bis sie anfing zu sprechen.

»Ach, du bist es«, sagte sie. »Du bist neu.«

Ich japste nach Luft und wischte mir den Schweiß von der Stirn. »Ich fühle mich nicht gerade neu«, sagte ich lächelnd.

Als ich einen Schritt auf sie zu machte, trat Elsie einen zurück und stellte die Entfernung zwischen uns wieder her. Ich machte einen weiteren Schritt, in Richtung des Zaunes, und diesmal blieb sie stehen. Ich zog meinen Fuß hinter mir hoch, um den Oberschenkel zu dehnen, die freie Hand leicht auf das ungestrichene Metall gestützt.

»Ich hatte keine Ahnung, dass es diesen Platz überhaupt gibt«, sagte ich und nickte zur Rutsche, die aussah, als stünde sie da aus Versehen. Es gab auch ein Klettergerüst und ein paar verstreute Bauernhoftiere auf Sprungfedern. Die Ausstattung wirkte nicht wirklich alt, aber sie sah verwüstet aus, wie ein Spielzeug-Set, das am Weihnachtsmorgen ausgepackt worden war und abends schon ersetzt werden musste.

Elsie schien zunächst unsicher zu sein, ob sie antworten sollte. »Es wird voller hier, sobald die Mütter rauskommen. Diese Tageszeit ist die einzige, zu der es jemals leer ist.«

Die bunte Verkleidung des Klettergerüsts war mit Graffiti beschmiert. Graffiti, die von Langeweile zeugten: Namen, Daten, Titten, Schwänze. Ich stellte mir vor, wie die älteren Schüler nach der Schule auf den Spielplatz kamen. Nicht, um zu spielen. Um *abzuhängen*. Wahrscheinlich mussten sie hierherkommen, wenn sie nicht angeraunzt werden wollten, weil sie auf der Straße herumlungerten.

»Kommst du oft hierher?«, fragte ich Elsie und überlegte, ob sie alt genug war, um diese Floskel schon zu kennen.

»Warum fragst du?« Sie schlang die Arme um ihre Taille. Mir fiel auf, dass sie ihre Schuluniform trug, und auf dem Betonboden neben den Schaukeln lag ein Rucksack. Ich hatte keine Uhr dabei, aber ich hatte das Haus um Viertel vor sieben verlassen. Offensichtlich war Elsie sogar noch früher als ich aufgestanden, und aufgrund ihrer Kleidung nahm ich an, dass sie bis Schulbeginn draußen bleiben wollte.

»Sorry«, sagte ich. »Geht mich gar nichts an. Ich wollte nur … Ich hatte bloß nicht damit gerechnet, dich hier zu sehen. Ich hatte nicht damit gerechnet, überhaupt jemanden zu sehen.«

Ich wechselte das Bein und fragte mich, wie lange ich wie ein aus der Form geratener Flamingo dort rumstehen konnte, bevor Elsie für mich entscheiden würde, dass ich besser weiterlaufen sollte.

»Nicht oft«, beantwortete sie schließlich meine Frage. »Ich meine, manchmal andauernd. Und manchmal fast nie.«

Darüber musste ich lächeln.

»Okay«, sagte ich. Ich geriet ins Wanken und setzte den Fuß wieder zu Boden. »Ich sollte wahrscheinlich ...« Ich deutete nach vorn. Der Pfad, den ich entdeckt hatte, lief ungleichmäßig um den Spielplatz herum – was bedeutete, dass Elsie, wenn ich ihm weiterhin folgen würde, gezwungen war, mich zu beobachten, bis ich wieder im Tunnel verschwand. Ich ging stattdessen in die Richtung, aus der ich gekommen war.

»Ich hab heiße Schokolade«, hörte ich sie mir nachrufen. »Und ...« Ich drehte mich um. »Und Zigaretten«, fügte sie hinzu. »Obwohl ...« Sie zeigte mit dem Finger auf meine Klamotten. »Ich denke mal, du rauchst nicht.«

Ich sah ihr in die Augen. Bis zu diesem Tag hatte ich acht Monate lang keine mehr geraucht. »Machst du Witze?«, fragte ich. »Zigaretten und heiße Schokolade. Das Einzige, was noch fehlt, ist eine Tüte Marshmallows.«

Elsie verschwand in ihrem Rucksack. Als sie wieder auftauchte, hielt sie eine Packung Fruchtgummis in der Hand. »Gehen die auch?«, fragte sie lächelnd und wedelte einladend damit in der Luft herum.

Wir saßen nebeneinander auf zwei Schaukeln. Ich war zu groß, um mich so wie Elsie in den Sitz zu quetschen – außerdem hatte ich Angst, dass ich nicht mehr rauskommen würde –, aber es war erstaunlich bequem, oben auf den Streben zu thronen. Ich fröstelte etwas in meinem verschwitzten Lauf-Top, aber in der zunehmenden Hitze des Tages war das Gefühl nicht sehr unangenehm. Auch die Ruhe war schön. Die Stille. In London Frieden zu finden ist gar nicht so schwierig, wie die meisten Nicht-Londoner denken, man muss einfach nur bereit sein, früh aufzustehen. Aber trotzdem fühlt es sich jedes Mal kostbar an. Es ist, als würde man in ein Geheimnis eingeweiht werden.

»Ich bin gerne bei Sonnenaufgang hier«, sagte Elsie. »Die Sonne steigt dann über diese kleine Baumreihe dort.«

Sie schaute über den am meisten verwilderten Teil des Geländes hinweg. Ich stellte mir die Szenerie vor, die Konturen, die Farben, aber gleichzeitig musste ich daran denken, wie lange Elsie hier wohl schon sitzen mochte. Das erste Tageslicht war heute Morgen um fünf aufgetaucht. Ich erinnerte mich daran, weil das Leuchten hinter den Vorhängen mich geweckt hatte.

»Ich stehe normalerweise nicht so früh auf«, sagte sie, als hätte sie meine Gedanken gehört. »Es ist nur … Ich schlafe nicht so gut.«

Ich hatte mir zu diesem Zeitpunkt ihr Leben schon weit genug zusammengereimt, dass ich sie nicht fragen musste, warum.

»Wir sollten die nicht rauchen, weißt du«, sagte ich und schielte auf das brennende Ende meiner Zigarette. Ich nahm einen weiteren Zug und stieß den Rauch gen Himmel aus: die einzige Wolke in einem bisher makellosen Meer aus Blau.

»Ich weiß«, sagte Elsie. »Ich rauche nicht sehr oft. Nur, wenn ich welche kriegen kann.«

Ich gab mein Bestes, um meinen strengen Blick schwesterlich wirken zu lassen. »Als ich dich das letzte Mal gesehen habe, sah es nicht so aus, als hättest du große Probleme damit.« Ich hatte allerdings schon festgestellt, dass Elsie und ich Silk Cuts rauchten. Bei Mr Hirani hatte sie Benson & Hedges gekauft.

»Die waren nicht für mich«, antwortete sie.

»Sie waren für … deine Mum?«, wagte ich mich vor. »Deinen Dad?«

»Meine Mutter ist gestorben, als ich zwei war«, stellte Elsie sachlich fest. »Die Zigaretten waren für meinen Vater.«

Ich wartete, aber sie fügte dem nichts mehr hinzu. »Und dein Eigenbedarf …«, begann ich. »Ich meine, nimm's mir nicht übel, Elsie, aber du siehst nicht wirklich wie achtzehn aus.«

Sie nahm es mir übel, glaube ich, für einen Moment. Aber dann zuckte sie schuldbewusst mit den Schultern.

»Ich kriege sie von anderen Leuten.«

»Von Freunden, meinst du?«

Sie schüttelte den Kopf – wie mir schien, sowohl über den Begriff als auch über die Vermutung. »Meistens von Fremden. Älteren Schülern. Die kaufen sie für mich. Manche finden es lustig, manche machen es, wenn ich ihnen die Hälfte abgebe. Und manche … Ich glaube, sie bemitleiden mich. Ich mag das zwar nicht, aber wenigstens kriege ich dann ein komplettes Päckchen mit zwanzig Stück.«

Sie inhalierte mit spitzen Lippen und stieß den Rauch aus, bevor er ihre Lunge erreicht haben konnte. Gut für sie, dachte ich und sog meinen eigenen Zug quasi bis in den Magen.

»Ich hab dich gesehen«, sagte Elsie aus dem Nichts heraus und in einem Ton, der nach einem Geständnis klang. »Ich habe nicht gespannt«, fügte sie hastig hinzu. »Nur … Unsere Häuser stehen direkt gegenüber. Hintereinander, meine ich. Unseres ist das mit den dreckigen Fenstern.«

Ich hatte das Haus, in dem Elsie wohnte, schon längst identifiziert – an dem Tag, als ich ihr von Mr Hiranis Laden nach Hause gefolgt war. Und ich konnte es von unserem Gästezimmer aus beobachten. Aber selbst ohne dieses Wissen hätte ich verstanden, von welchem Haus sie sprach. Es waren nicht nur die Fenster, die dreckig waren. Der Garten, der hauptsächlich aus Beton bestand, glich eher einer Müllhalde als nutzbarem Außenraum.

»Du hast getanzt«, sagte Elsie. »Du und … dein Freund?«

Ich nickte lächelnd. »Jack«, sagte ich. »Er heißt Jack.« Was das Tanzen anging, musste sie uns an dem Tag beobachtet haben, als wir die Schallplatten abgespielt hatten. An dem Tag, als Jack das fand, was auf dem Dachboden war.

»Ihr saht glücklich aus«, sagte Elsie. »Das war schön.«

Ich musste wieder lächeln. »Ich weiß nicht, ob man das, was wir gemacht haben, Tanzen nennen kann.« Ich erinnerte mich daran, wie ich mich wie Maria zu *Meine Lieder – meine Träume* gedreht und mit Jack einen Pseudo-Walzer zu *2001* hingelegt hatte.

Da lächelte Elsie, als ob sie insgeheim meiner Meinung wäre, aber nicht unhöflich sein wollte.

»Du solltest uns mal besuchen«, schlug ich vor und drehte mich abrupt auf meiner Schaukel um. »Der Vorbesitzer hat uns einen riesigen Plattenstapel mit Film-Soundtracks hinterlassen. Du bist wahrscheinlich zu jung, um auch nur die Hälfte der Filme zu kennen, aber es gibt einen Plattenspieler und Platz auf dem Teppich, und Jack … Jack ist toll. Ich garantiere dir, er bringt dich zum Lachen.«

Elsie schüttelte sofort den Kopf. »Ich kann nicht«, sagte sie. »Er würde es nicht erlauben.«

In ihrem Ton lag dieselbe Endgültigkeit, die mir davor schon aufgefallen war, als sie das einzige Mal ihren Vater erwähnte. Ich frage mich heute, was ich ihr in diesem Moment hätte sagen sollen. Hätte sich alles anders entwickelt, wenn ich mutiger gewesen wäre?

Ich hatte eine Idee. »Habt ihr eine Taschenlampe?«, fragte ich.

»Was?«

»Eine Taschenlampe. Du weißt schon.« Ich tat so, als würde ich auf einen Knopf drücken.

Elsie zuckte mit den Schultern. »Ich weiß nicht. Wahrscheinlich. Warum?«

»Kennst du den Morse-Code?«

»Wen?«

»Das Morse-Alphabet. Es ist wie eine Sprache. Es besteht aus Punkten und Strichen.«

Elsie zog das Kinn zurück. »Ich glaub nicht. Sollte ich?«

»Wahrscheinlich nicht«, sagte ich. »Aber ist auch egal. Ehrlich gesagt, kann ich es auch nicht.«

Als Jack an dem Abend nach Hause kam, saß ich im Dunkeln am Gästezimmerfenster. Ich hatte meinen Bademantel um die Knie geschlungen, und neben mir auf dem Boden stand eine Tasse mit kaltem Kaffee. In meinem Schoß lag, vorläufig ungenutzt, eine Taschenlampe.

»Syd? Bist du da?«

Der Lichtstrahl von gegenüber schien nachzulassen, also hob ich meine Taschenlampe wieder hoch und wiederholte Elsies Muster. Sie hatte eine Blume gezeichnet, soweit ich es erkennen konnte. Ich malte meine größer, mit vier riesigen Blütenblättern, dann machte ich eine gezackte, flüchtige Bewegung, die eine Hummel darstellen sollte.

»Syd? Was machst du?« Jack kam zögernd auf mich zu. Er schaute zu mir und dann aus dem Fenster, wo Elsie mit einem riesengroßen Haken antwortete. So groß sie konnte jedenfalls. Ich nutzte die gesamte Fensterfläche. Elsies Kommunikation war etwas eingeschränkter, als würde sie ihre Nachrichten heimlich unter einer Bettdecke hervorschicken.

»Wir plaudern nur«, sagte ich und lächelte Jack an, der lächelte unsicher zurück.

»Gut ... Willst du noch lange aufbleiben? Es ist fast Mitternacht.«

»Oh Gott, wirklich?« Ich sah auf die Uhr. »Okay, okay, nur noch eins. Das Letzte, ich versprech's.«

Zum Glück war ich mit Zeichnen an der Reihe. Ich schaltete die Taschenlampe ein und schwenkte das Licht diagonal von einer Fensterecke zur anderen. Ich verdeckte den Strahl, dann machte ich noch mal dieselbe Bewegung über das Glas, diesmal von der anderen Seite aus. Nach einem kurzen Augenblick sendete Elsie dasselbe Muster.

»Ein X?«, fragte Jack. »Was bedeutet das?«

Ich sah ihn an, aber er wusste es wirklich nicht.

»Nur ›Gute Nacht‹«, sagte ich. Dann stand ich auf und drückte ihm einen Kuss auf die Wange.

Jack

Ich war noch nie in Evans Büro gewesen, denn zu jedem Termin hatten wir uns beim Haus getroffen. Jetzt war ich überrascht, wie schäbig sein Büro aussah. Ich war inzwischen an glänzendes Glas, an Kühlschränke voller Mineralwasserflaschen und an Reihen von HD-Fernsehbildschirmen gewöhnt, Evan Cohens Büro erinnerte mich dagegen eher an die Immobilienfirmen in den schmuddeligen Nebenstraßen meiner Heimatstadt. In einem Fenster wurden verschiedene zum Verkauf stehende Immobilien präsentiert, die Preise waren in losen, schiefen Reihen mit Klebestreifen angebracht. Die meisten Aushänge waren vergilbt und nur sehr wenige als »Verkauft« ausgezeichnet. Das Schaufenster vermittelte eher den Eindruck, als würde das Büro nicht mehr genutzt werden. Wenn ich nicht zufällig die abblätternden goldenen Buchstaben entdeckt hätte, die sich noch an der gläsernen Sprossentür festklammerten, wäre ich wahrscheinlich vorbeigegangen.

Die Tür war verschlossen, aber ich registrierte eine Bewegung im Dunkel hinter dem Fenster und klopfte schüchtern gegen das Glas.

»Hallo? Ist jemand da drin?« Ich sah wieder eine Bewegung, danach eine Kontur, und dann wurde die Tür geöffnet.

Evan war auf eine Weise dick, wie es Rugby-Spieler sind: Man sah, dass er übergewichtig war, aber es schwabbelte nichts an ihm. Und sein Anzug hatte, genau wie meiner, schon bessere Zeiten gesehen. Es war schwer zu sagen, wie alt Evan war. Bei unseren bisherigen Treffen hatte er sich immer so verhalten, als wäre er in meinem Alter, aber er sah älter aus. Mindestens wie Anfang vierzig. Seine Schläfen waren von Grau durchzogen, und um seine blassgrünen Augen kräuselten sich die Falten eines Rauchers.

»Ja?«

»Ähm … hi«, sagte ich und wartete, bis er mich erkannte. Das tat er offensichtlich nicht, aber er kapierte, dass ich es erwartete.

»Evan? Ich bin's, Jack. Jack Walsh. Sie haben uns das Haus in …«

»Jack!« Einer seiner Arme hatte die Tür verbarrikadiert. Ich war nicht sicher, ob ich es mir einbildete, aber ich glaubte, ein leichtes Zögern zu erkennen, bevor er ihn fallen ließ. »Kommen Sie rein, kommen Sie rein«, sagte er, plötzlich überschwänglich, und grinste mich an, während er mich hineinwinkte. Doch es war das Grinsen eines Geschäftsmannes; es erstarb, bevor es die Augen erreichte.

»Ich hoffe, ich störe gerade nicht.«

»Überhaupt nicht, überhaupt nicht. Was kann ich für Sie tun? Ich muss sagen, ich bin überrascht Sie zu sehen. Ich dachte, Sie sind damit beschäftigt, das ganze Geld zu verschleudern, das Sie auf eBay gemacht haben.«

Seit dem Morgen, an dem wir das Angebot für das Haus abgaben, hatte er diesen Witz bei jedem Gespräch in verschiedenen Versionen fallen lassen. *Kein Grund, sich um die Hypothek Sorgen zu machen, Jack. Sie werden die Rückzahlung allein von dem Geld machen können, das Sie bei eBay absahnen.* Oder: *Ich habe einen simplen Rat für Sie, Jacky-Boy – eBay. Stellen Sie diesen ganzen Müll online, und ehe Sie sichs versehen, haben Sie mehr Kohle als vor dem Hauskauf.*

Als ich ihm in sein spärlich beleuchtetes Büro folgte, stieg ich über Werbepost und leere Papierbögen hinweg. Es war später Vormittag an einem Wochentag, und ich war selbst nur kurz zwischen zwei beruflichen Meetings vorbeigekommen. Es war also ganz normale Geschäftszeit, aber Evan Cohen Agents Ltd hatte ganz offensichtlich dichtgemacht.

»Verlagern Sie Ihre Geschäftsräume oder so?«, fragte ich.

Evan zögerte für eine halbe Sekunde, bevor er antwortete. »Korrekt«, sagte er. »Genauso ist es. Wir verlagern die Geschäftsräume«, wiederholte er, als ob er gerade beschlossen hätte, dass ihm der Klang dieses Ausdrucks gefiel. So wie es aussah, hatte er an einem der Tische gesessen, bevor ich ihn gestört hatte. Seine Jacke war achtlos über die Stuhllehne geworfen, und auf der Tischfläche lag eine Ausgabe der *Racing Post* ausgebreitet, in der hier und da etwas mit blauem Kuli angestrichen war. »Also, Jack.« Er setzte sich auf die Tischkante. »Sie denken nicht schon über einen Verkauf nach, hoffe ich?«

»Nein, keine Verkaufspläne«, sagte ich. »Um ehrlich zu sein, wir sind noch nicht mal richtig eingezogen. Ich … ich hatte nur gehofft, dass Sie mir ein paar Informationen geben können.«

»Informationen?«, wiederholte Evan und schaute mich ein wenig skeptisch an. Ich vermutete, weil Informationen etwas waren, das er nicht in Rechnung stellen konnte – und welchen Immobilienmakler kennen Sie, der freiwillig etwas umsonst rausrückt? »Was für Informationen denn?«

»Einfach, Sie wissen schon, über das Haus.«

In Wahrheit war ich mir gar nicht sicher, warum ich zu ihm gekommen war. Seitdem ich diesen Karton gefunden und in dieser einen Nacht meinen eigenen Schatten durchs Haus gejagt hatte, wusste ich nur, dass sich irgendetwas an unserem neuen Zuhause nicht richtig anfühlte. Ich hatte sogar wieder angefangen, über die Geschichte nachzudenken, die uns über den Vorbesitzer erzählt worden war: Ein Mann in den Sechzigern lernt im Internet eine Frau kennen, und dank Skype verlieben sie sich ineinander. Wenn es sein musste, konnte ich diesen Teil bis zu einem gewissen Grad vielleicht glauben. Aber dass er alles aufgegeben hatte, um abzuhauen und mit ihr zusammen zu sein? Ohne dass die beiden einander jemals getroffen hatten? Nennen Sie mich zynisch (wie Syd es getan hat), aber ich persönlich konnte mir das einfach nicht vorstellen. Ich meine, wer macht so was? Es war wie eine Mischung aus *Cocoon* und *e-m@il* für Dich – und in meinen Augen genauso plausibel wie jeder dieser Filme für sich allein.

»Zum Beispiel der Mann, dem das Haus vorher gehört hat«, sagte ich. »Patrick Winters? Ich hatte gehofft, dass Sie mir etwas über ihn erzählen können.«

Daraufhin lächelte Evan, als wäre das nicht die Anfrage, die er erwartet hatte. »Was genau wollen Sie denn über Winters wissen?«

»Also, vielleicht können wir mit der Geschichte über seine Auswanderung anfangen, die Sie uns erzählt haben. Stimmt die?«

Evans Lächeln verzog sich zu einem schiefen Grinsen, als er die Stirn runzelte. »Hey, ich hab Sie nicht angelogen, Kumpel.«

»Nein, ich weiß, das wollte ich damit nicht sagen. Ich meine, haben Sie die Geschichte *geglaubt?* Sie ist einfach seltsam, finden Sie nicht? Vor allem … Sie wissen schon, wenn man sein Alter und alles bedenkt.«

Die Fotos in unserem Flur zeigten hauptsächlich Winters, wie ich festgestellt hatte. In seinen früheren Jahren hatte er noch dunkles Haar gehabt, aber irgendwann in seinen frühen Vierzigern war es ziemlich schnell weiß geworden. Auf den neuesten Bildern sah Winters deutlich älter aus als seine sechzig Jahre. Er war immer noch groß, aber stand gebeugt da, auf manchen Bildern brauchte er sogar einen Gehstock. Nicht gerade der Typ, der in der Welt des Online-Datings zu Hause ist, das will ich damit sagen.

Evan erlaubte sich ein weiteres Grinsen, diesmal ohne erkennbaren Widerwillen. »Haben Sie es noch nicht gehört, Jacky-Boy? Sechzig ist das neue Vierzig! Und die meisten dieser Rentner kennen sich im Internet besser aus als ein durchschnittlicher Zehnjähriger.« Sein Grinsen wurde konspirativ und anzüglich. »Zwanzig Mäuse darauf, dass Winters das gute Material abgreift, bevor Sie oder ich auch nur ›Hardcore‹ googeln können.«

Er zwinkerte, und ich musste an Syd denken. Sie hasst es, wenn Typen zwinkern. Sie findet, dass es uns schmierig aussehen lässt, und in Evans Fall würde ich ihr nicht widersprechen. Die vorigen Male, die ich ihn getroffen hatte, hatte ich ihn tatsächlich irgendwie gemocht. Syd dagegen hatte sich nie wirklich für ihn erwärmen können. Langsam dämmerte es mir, dass sie seinen Charakter wohl viel besser eingeschätzt hatte als ich.

»Alles, was ich sagen will, ist, dass der Mann nicht zu beneiden war«, fuhr er fort. »Er saß total einsam auf einem Ziegelhaufen, der mehr wert war, als er in seinem ganzen Leben verdient hat. Warum also *nicht* die Chance mit einer Tante aus irgendeinem Chatroom ergreifen, die ihm gefallen hat?« Er lachte, eine Einladung an mich, es ihm gleichzutun. »Bei allem Respekt, aber Genossen wie Winters müssen nehmen, was sie kriegen können. Entweder das, oder man muss dafür zahlen, stimmt's? Und warum zahlen, wenn man es auch umsonst haben kann?«

Ich wusste genau, wie Syd darauf reagiert hätte. Sie hätte

Evan einen schmierigen, frauenverachtenden Widerling genannt, und vielleicht hätte sie ihn auch noch darauf hingewiesen, dass eine Einstellung wie seine gegenüber Frauen schuld daran war, dass unsere Gesellschaft immer noch im Mittelalter festhing und die politische Macht in den Händen von ein paar wenigen privilegierten Penisschwingern lag. Was mich betrifft: Ich lächelte bloß.

»Hey«, sagte Evan, »falls Sie sich Sorgen machen, weil der Deal, den Sie gemacht haben, zu gut ist, um wahr zu sein – hören Sie auf damit. Sie hatten Glück, das ist alles. Und es ist nicht so, als ob Winters schlecht aus der ganzen Sache rausgekommen wäre.«

Diesmal wand ich mich unbehaglich. Ich wusste die ganze Zeit, dass Syd und ich das Haus günstiger bekommen hatten, als es der Fall sein sollte. Und auch wenn ich zuerst froh gewesen war, fühlte ich mich in letzter Zeit schuldig deswegen. Zum Teil hatte das mit meiner Arbeit zu tun. Ich verbrachte die Tage damit, ein System zu bekämpfen, das in Schieflage geraten war, und es fühlte sich nicht richtig an, jetzt zu feiern, bloß weil es sich zufälligerweise einmal zu meinen Gunsten gedreht hatte. Aber das war nicht alles. Irgendetwas nagte an mir, irgendwas, das zu diesem Zeitpunkt nur ein Gefühl war, aber mein Unbehagen trotzdem verstärkte.

Ich wechselte das Thema. »Was ist mit seiner Familie? Hat Winters eine, wissen Sie das? Kinder vielleicht?«

Ich dachte wieder an diese Schachtel. Nach den Bildern auf dem Flur zu schließen, hatte Winters wohl Verwandte mit Kindern, aber es gab keine Anzeichen dafür, dass er selbst welche hatte oder je verheiratet gewesen war.

»Nicht, dass ich wüsste«, sagte Evan schulterzuckend. »Aber nehmen Sie das nicht für bare Münze. Ich hab den Typen nur zweimal getroffen.«

Doch was er sagte, deckte sich mit dem, was uns einige Nachbarn erzählt hatten. Ich hatte mich umgehört, wissen Sie, nur beiläufig, getarnt als allgemeine Fragen, wie gut sie Winters gekannt hätten; aber niemand hatte ihn je mit einer Begleitung gesehen. Er blieb gern für sich, war die vorherrschende Antwort. Was Nachbarn immer sagen, oder? *Er wirkte ganz harmlos, blieb immer für sich.* Sogar – oder vielleicht erst recht –, wenn der Betreffende gerade seine gesamte Familie mit einer Axt ermordet hat.

»Was ist mit dem Haus selbst?«, fragte ich Evan. »Als Sie dort waren, fanden Sie da irgendetwas ... Na ja, seltsam? Oder ...« – unheimlich, gruselig, furchteinflößend – »... ungewöhnlich?«

Evan wirkte zuerst amüsiert, dann schien ihm allmählich zu dämmern, was ich meinte. »Was ist los, Jacky-Boy? Halten diese ausgestopften Viecher Sie vom Schlafen ab?«

Ich machte mir nicht die Mühe zu erklären, dass wir Winters' Vögel – wenigstens die – rausgeworfen hatten. Außerdem lag Evan mit seiner Behauptung richtiger, als ihm bewusst war, und ich konnte nicht verhindern, dass ich rot wurde.

»Nein, es ist nur ... Ach, egal«, sagte ich, vor seinem Grinsen zurückscheuend. »Hören Sie, ich ... Ich nehme an, Winters hat nicht vielleicht seine neue Adresse oder so hinterlassen? Eine Mobilnummer oder irgendwas, das Sie mir geben könnten?«

Evan sog scharf die Luft ein. »Sorry, Kumpel. Ich dürfte Ihnen solche Informationen gar nicht weitergeben ohne die Erlaubnis des Auftraggebers. Selbst wir Immobilienmakler haben einen Ehrencode.« Das klang, als wollte er wieder zwinkern.

»In Ordnung«, sagte ich. »Gut. Trotzdem danke.« Ich wusste nicht, was ich noch fragen könnte.

»Hey, null Problemo.« Evan sprang auf die Füße. »Wenn es noch irgendwas gibt, das Sie umtreibt, melden Sie sich einfach. Sie wissen ja, wo Sie mich finden.« Jetzt lächelte er breit und bot mir seine Hand an. Ich hatte keine andere Wahl, als sie zu ergreifen.

»Danke«, sagte ich noch mal, »das werde ich.« Auch wenn ich in diesem Moment nicht vorhatte, Evan Cohen jemals wieder zu belästigen. Natürlich suchte ich ihn wieder auf. Später. Aber da waren die Geschäftsräume verbarrikadiert und Evan selbst schon lange nicht mehr da.

Ich habe ihn trotzdem gefunden. Patrick Winters. Über Kommunalsteuer-Aufzeichnungen, die ich von der Arbeit aus über eine Datenbank abrufen konnte. Die Festnetznummer in der Akte war nicht mehr gültig, aber es gab eine E-Mail-Adresse, und als ich dorthin schrieb und erklärte, wer ich war, kam innerhalb weniger Tage eine Antwort. Winters war sogar bereit, mit mir zu sprechen. Es stellte sich heraus, dass er in Perth an der Westküste Australiens lebte; als ich ihn also um neun Uhr morgens auf der Nummer anrief, die er mir gegeben hatte, war dort gerade früher Abend. Er klang nicht wirklich wie ein Sechzigjähriger, sondern so, als hätte er mehr Energie als ich. Was vermutlich der erste Hinweis für mich hätte sein sollen, denn die Sache mit dem Online-Date, die ganze Geschichte über seine Auswanderung, die mir erzählt worden war – sie erwies sich als wahr. Jedes kleine Detail.

Ich rief ihn vom Büro aus an, daher konnte ich nicht sehr lange mit ihm sprechen. Aber Winters war absolut überzeugend. Die frisch gefundene Liebe seines Lebens, erzählte er mir, war eine Frau namens Sheila, was er irrsinnig witzig fand. (Eine australische Frau namens Sheila, verstehen Sie? *Der*

Klischeename in Australien schlechthin. Und er dachte darüber nach, seinen Namen in Bruce zu ändern, das männliche Pendant dazu). Das Einzige, was er an seiner Flucht aus England bereute, war, dass er es nicht schon viel früher getan hatte. Nein, er brauche und wolle nichts von seinem ganzen Kram. Es täte ihm nur leid, dass er ihn mir aufgehalst habe. Eine Katze? Nein, habe er nie besessen. Und was für ein Schuhkarton? Er habe keinen Schimmer, wovon ich rede. *Schmeißen Sie es weg*, schlug er vor, *schmeißen Sie alles weg!* Ich hätte keine Ahnung, wie befreiend es sei, diesem Gefühl von »Zugemüllt-Sein« zu entkommen. Alles, was er jetzt noch besitze, passe in einen einzigen Koffer, und dort unten komme er sogar mit noch weniger zurecht. Eine Zahnbürste, ein Paar Flipflops, eine Badehose: Das sei alles, was er momentan brauche. Was – abgesehen von dem Bild, das seine Ausführungen vor meinem geistigen Auge heraufbeschworen – tatsächlich irgendwie inspirierend auf mich wirkte. Für ein paar sehnsüchtige Sekunden war ich versucht, es ihm nachzutun.

Doch als wir das Gespräch schon fast beendet hatten, sagte Winters etwas, das mich bis an die Stuhlkante rutschen ließ. Ich dankte ihm für seine Zeit und dann – eher in einem Nachsatz – auch dafür, dass er mich und Syd als Käufer ausgewählt hatte. Aber er wiegelte ab und insistierte, dass er derjenige sei, der uns zu danken habe. Wer hätte gedacht, dass es sich als so schwierig erweisen würde, mitten im Immobilien-Boom ein Haus zu verkaufen? Er sei sehr dankbar, dass wir ein Angebot gemacht hätten, denn hätten wir es nicht getan, wäre nicht absehbar gewesen, wie lange der Vorgang noch gedauert hätte.

Er legte auf, und ich saß da und starrte auf mein Telefon. Da war sie: die Quelle des Unwohlseins, mit dem ich mich herumquälte. *Glück gehabt*, hatte Evan gesagt, als Syd und ich überrascht waren, dass unser Angebot angenommen worden war. Aber es war eben nicht Glück. Konnte es nicht sein, wenn man bedachte, was Winters mir eben gesagt hatte. Und ich selbst war dabei gewesen, als sich am Besichtigungstag die Leute gegenseitig über den Haufen rannten, um ihre Angebote einzureichen. Es war genauso, wie ich befürchtet hatte: Es gab einen anderen Grund, warum das Haus an uns gegangen war. Und wenn das stimmte, musste ich mir noch über etwas anderes Gedanken machen: unsere Schulden. Syds und meine. Denn wenn mein Vater mir irgendwas beigebracht hat, dann, dass wahre Schnäppchen äußerst selten sind. Alles, was es wert ist, besessen zu werden, hat auch seinen Preis. Die Frage ist nur, wie und wann man dafür bezahlen muss.

Jack

Ich hätte es ihr fast gesagt. Syd, meine ich. Ich wollte es auch. Das Problem war nur, dass nichts von dem, was ich herausgefunden hatte, auf etwas Konkretes hinauslief. Ich wusste einfach nicht, wie ich ihr davon erzählen sollte, ohne den Eindruck zu erwecken, ich würde Gespenster sehen.

Eines Abends war ich kurz davor. Wir hatten uns im Wohnzimmer aneinandergekuschelt. Es war der gemütlichste Raum im Haus, vor allem wegen all der Bücher, die Winters in den Regalen zurückgelassen hatte, die fast eine komplette Wand bedeckten. Die schweren Vorhänge waren zugezogen, die Wandlampen leuchteten, und der Fernseher brabbelte in der Ecke vor sich hin. Ich weiß nicht mehr genau, was wir guckten. Irgendwas Lustiges auf BBC2, glaube ich, ein Quiz oder so, das mich normalerweise zumindest zum Kichern gebracht hätte. Aber nicht an diesem Abend. An dem Abend hätten wir genauso gut zu einer dieser grottigen amerikanischen Umstyling-Shows schalten können, die Syd so liebt, ich hätte es wahrscheinlich noch nicht mal bemerkt.

»Syd …«, begann ich.

Sie lag an mich geschmiegt, die Schulter in meiner Armbeuge, ihre linke Hand locker in meiner rechten. Sie antwortete nicht, und ich drehte den Kopf so, dass ich sie ansehen konnte.

»Syd?«

Sie blinzelte und schaute vom Fernseher zu mir auf. »Hm?«

In diesem Moment wurde mir bewusst, dass sie ebenfalls nicht über die Fernsehshow gelacht hatte. »Hey, alles okay?«

»Sorry«, sagte sie. »Ich habe nur … Ich war nur mit den Gedanken woanders.« Sie lächelte mich schwach an.

»Beschäftigt dich irgendwas?«, fragte ich und vergaß meine eigenen Sorgen vorübergehend.

Ich spürte, wie sich ihre Schulter in meinem Arm ein wenig hob. »Ich denke nur an eine Freundin. Sie … hat ein paar Probleme.«

Ich hob unsere verschlungenen Hände zu meinen Lippen und küsste ihre Knöchel. »Willst du drüber reden?«

Sie dachte kurz nach, dann schüttelte sie den Kopf. »Ist schon okay. Ehrlich gesagt weiß ich gar nicht genau, was ich da erzählen könnte.«

Daraufhin zuckte mein Mundwinkel kurz. Für einige lange Sekunden starrten wir abwesend ins Wohnzimmer, unsere Gedanken hilflos umhertreibend. Ich setzte mich etwas auf.

»Wir sollten uns Farbkarten ansehen«, erklärte ich.

Syd antwortete mit einem erstaunten Lachen. »Farbkarten?«

Ich löste mich von ihr und lehnte mich zu dem Stapel Broschüren, die ihren Weg in die Ablage unter Patrick Winters' alten Couchtisch gefunden hatten. Crown, Dulux, Farrow & Ball – die letzte hatte Syd trotz meiner entrüsteten Proteste im Baumarkt mitgenommen. (»Fifty Shades of Schlamm. Und dann noch fünfzig Pfund die Dose! Wer auch immer das für einen Becher Farbe zahlt, wandert direkt in die Hölle.«)

»Hier.« Ich warf zwei Broschüren in Syds Schoß und öffnete eine andere in meinem. »Ich glaube, es ist an der Zeit, dass wir etwas dafür tun, damit dieses Haus sich wie ein Zuhause anfühlt. Ich meine, bisher haben wir nichts gemacht, als Krempel aus Kisten zu holen und wieder reinzupacken.«

Wieder lachte Syd, offensichtlich von meinem plötzlichen Enthusiasmus überrascht. Das letzte Mal, dass einer von uns das Thema Renovieren überhaupt erwähnt hatte, war in der Woche vor unserem Einzug gewesen. Wir hatten es kaum erwarten können – damals, bevor der Umzug unsere ganze Energie aufzehrte. Und am Ende ließen wir uns von dem enormen Ausmaß der Aufgabe abschrecken, die plötzlich vor uns lag. Wäre das Haus leer gewesen, hätten wir wahrscheinlich irgendwann angefangen, aber angesichts dessen, was wir noch alles zu tun hatten, ließen wir uns nur allzu gerne ablenken. Mir kam in den Sinn, dass auch das vielleicht der Grund für mein mulmiges Gefühl in der letzten Zeit sein könnte: Vielleicht bastelte ich mir unbewusst einen Grund dafür zurecht, dass ich keine emotionale Bindung zu dem Haus aufbauen konnte, damit ich so lange wie möglich keinen Pinsel in die Hand nehmen musste.

»Gut, welches Zimmer sollen wir zuerst angehen?«, fragte Syd und wedelte mit den Seiten einer Broschüre.

»Lass es uns andersrum machen«, sagte ich. »Lass uns Farben aussuchen, die uns gefallen, und dann entscheiden wir, wo sie hinpassen.«

»Hab eine«, verkündete Syd fast im selben Moment. *»Raspberry Bellini.«*

Ich schaute mir die Farbe an, auf die sie zeigte. »Lila?«

»Ich würde sagen, sie tendiert eher ins Rote. Und außerdem hab ich gar nicht auf die Farbe geachtet. Was mich anspricht, ist der Alkoholgehalt.«

»Na dann: *Appletini*. Oder die hier: *Tequila Sunrise*.«

Syd verzog das Gesicht und schauderte. »Tequila. Bäh!«

Ich hatte Syds besondere Beziehung zu Tequila vergessen. Sie hatten sich einst sehr nahegestanden, bis sie sich eines Nachts auf der Party zum fünfundzwanzigsten Geburtstag eines gemeinsamen Freundes plötzlich – und ziemlich übel – verkrachten.

Für ein, zwei Augenblicke saßen wir still da und blätterten.

»Glaubst du, es werden Leute dafür bezahlt, sich diese Namen auszudenken?«, fragte Syd.

»Ich glaube, es ist sogar ein hochspezialisierter Job«, erwiderte ich. »Sechs Jahre Ausbildung, dann drei Jahre Lehre als Grußkartenschreiber ... Aber du sollst dir die Farben angucken. Hier, wie wäre es mit dieser fürs Schlafzimmer?« Ich zeigte auf einen Rotton, der in einem Schlafzimmer schon fast unanständig wäre.

»Sehr stilvoll. Vielleicht sollten wir auch einen Spiegel an die Decke hängen, wenn wir schon dabei sind.«

Ich hob die Augenbrauen, als wäre das gar keine schlechte Idee, und erntete dafür einen Stoß von Syds Ellbogen in meinen Magen.

»Im Ernst, Jack, ich kriege Hunger davon. *Lemon Meringue Pie*«, zitierte sie. *»Apple Cobber. Millionaires' Fudge Delight.* Für uns beide Braun, falls du dich gerade fragst.«

Ich prustete los, zum Teil wegen dem, was Syd sagte, zum Teil wegen eines Namens auf der Seite vor mir. »Vergiss deinen Hunger. Mich macht es geil. *Subtle Touch*«, las ich vor. »*Velvet Glove*. Und, ha, *Golden Spray.*« Der Halbwüchsige in mir kicherte. Der Erwachsene auch.

Neben mir konnte sich auch Syd ein Grinsen nicht verkneifen. »Ich hab eine«, sagte sie. *»Salty Whip.«*

Ich kicherte wieder und nickte begeistert, dann hob ich einen Moment später die Hand. »Meine Damen und Herren, wir haben einen Gewinner!« Ich hielt die Broschüre so, dass Syd sie sehen konnte.

»Electric Banana«, las sie lächelnd.

Ich grinste und schaute wieder in die Broschüre. »Ich

glaube, meine Mum hat so eine in ihrer Sockenschublade versteckt.«

»Jack Walsh!«, rief Syd mit gespieltem Entsetzen, und dieses Mal hatte ihr Stoß genug Nachdruck, um mir den Atem zu rauben.

Ich tat so, als bekäme ich keine Luft mehr, was sie nur dazu anstachelte, mich zu kitzeln, und wir fingen an, miteinander zu raufen, bis wir irgendwie in der Horizontalen landeten. Syd kicherte immer noch, als ich sie küsste.

»Das mit dem Geilsein war also kein Spaß«, sagte sie.

Ich grinste sie an. »Wer hätte das gedacht? Farbkarten-Porno.« Und dieses Mal war Syd diejenige, die mich küsste.

Später lagen wir auf dem Sofa. Ich hatte meinen Kapuzenpulli als Deckenersatz über uns gebreitet, obwohl es ein warmer Abend und nicht unbedingt notwendig war.

»Jack?«, murmelte Syd schläfrig.

»Hm?«

»Du wolltest irgendwas sagen, oder? Vorhin. Bevor du … abgelenkt wurdest.«

Ich sah sie an und erkannte, dass sie ein Auge leicht geöffnet hatte. Da war eindeutig ein Schimmer zwischen den Lidern erkennbar.

»Bevor *du* mich abgelenkt hast, meinst du«, korrigierte ich und wanderte mit den Fingerspitzen ihre Wirbelsäule entlang.

Ihr Auge schloss sich wieder, und ich musterte ihr Lächeln. »Also?«

»Also was?«, murmelte ich zurück.

»Was wolltest du sagen?«

Die Hand, mit der ich sie streichelte, hielt inne, aber nur für einen Augenblick. »Ist egal«, sagte ich und rückte auf dem Sofa etwas tiefer. Denn in diesem Moment war es das. Einfach so dazuliegen, Syd im Arm zu halten und von ihr im Arm gehalten zu werden. Beinahe hätte ich vergessen, was es war, das mich so beunruhigte.

Sydney

Es hielt eine Woche, das mit Elsie und mir. Unsere nächtlichen Gespräche.

Ich weiß nicht mehr genau, wie es kam, aber vom Bildermalen waren wir dazu übergegangen, Spiele zu spielen. Wir hatten es mit Galgenmännchen versucht, was gut klappte, solange wir kurze Wörter wählten. Das Problem war nur, dass die meisten Wörter mit vier oder fünf Buchstaben, die ich kannte, nicht für den Dialog mit einer Dreizehnjährigen geeignet waren. Ich zweifelte nicht daran, dass Elsie genauso viele Schimpfworte kannte wie ich, aber ich wollte nicht dafür verantwortlich sein, dass sie ein noch umfangreicheres verrohtes Vokabular entwickeln würde, so wie meines. Als sie »Titte« erriet, bevor ich überhaupt einzelne Buchstaben bestätigt hatte, musste ich also einen Schlussstrich ziehen. (Im wahrsten Sinne des Wortes, auch wenn ich lachen musste, als ich es tat.)

Nach Galgenmännchen versuchten wir es mit einem Wettbewerb, in dem eine von uns mit der Taschenlampe ein bestimmtes Muster blinkte (kurzer Strahl, lang, kurz, kurz, lang, laaaaang – Sie verstehen schon), und die andere es sich merken und wiederholen musste. Wenn ich dran war, blinkte ich die Rhythmen meiner Lieblingslieder (»Rid of Me« von PJ Harvey, »The Fear« von Lily Allen, »Imagine« von – muss ich das wirklich sagen?), und auch wenn ich es nicht beschwören könnte – ich war ziemlich sicher, dass Elsie dasselbe machte. Ich versuchte nicht darüber nachzudenken, dass sie sehr wahrscheinlich noch nie eines meiner Lieder gehört hatte, genauso wenig wie ich ihre.

Schließlich spielten wir hauptsächlich Tic-Tac-Toe, was wahrscheinlich öde klingt, aber tatsächlich großartig war. Normalerweise gewinnt bei diesem Spiel nie jemand, was irgendwie der ganze Clou zu sein scheint. In unserer Version war es dagegen schon eine Herausforderung, das Raster überhaupt zu befüllen. Man musste sich nicht nur merken, wo man seine eigenen Symbole platziert hatte, sondern auch noch, welche Stellen frei waren und welche die Gegnerin befüllt hatte. In der Regel endeten unsere Spiele damit, dass eine von uns einen Fehler machte und die andere ihre Freude mit einem Zwinkerzeichen zeigte. Eigentlich war es jedes Mal, wenn jemand gewann, Elsie – zuerst dachte ich, weil ich sie gewinnen ließ, doch es stellte sich heraus, dass sie diejenige war, die versuchte, es mir leicht zu machen.

Also, das spielten wir, als es passierte. Wir waren gerade zur Hälfte mit einer Runde durch, und Elsie war an der Reihe. (Ich hatte die beiden oberen Ecken besetzt. Sie hatte bei ihrem einzigen bisherigen Zug ihren Kreis mitten ins Zentrum platziert.) Auf einmal begann ihr Taschenlampenstrahl zu tanzen. Zuerst dachte ich, sie wollte das Spiel wegwischen, und ich stellte mir vor, wie sie lachte. Aber das Tanzen dauerte zu lang. Sechs, sieben Sekunden vielleicht? Und dann ging das Licht plötzlich aus. Stattdessen sah ich einen Schatten, eine Kontur hinter der Fensterscheibe, dunkler als die Schwärze drum herum. Und zu groß, um Elsie zu sein. Genau die richtige Größe für ihren Vater. Mir wurde bewusst, dass er Ausschau hielt. Suchte. Und obwohl ich sie hatte ausschalten wollen, leuchtete die Taschenlampe schuldbewusst in meinem Schoß.

Ich fummelte nach dem Schalter, um den Lichtstrahl zu

ersticken, aber ich wusste, dass es zu spät war. Der Schatten zog sich von Elsies Fenster zurück, und das Einzige, was in der Dunkelheit zurückblieb und mich beobachtete, war ein schmaler, zerbrechlich wirkender Mond.

Jack

Manchmal denke ich, dass diese Geschichte dasselbe ist wie das Zusammensetzen eines Puzzles. Eins, bei dem die Teile gehörig durcheinandergebracht wurden und man noch nicht mal genau weiß, ob sie alle überhaupt dazugehören. Oder es ist wie bei einem dieser Bilderrätsel, bei denen man Punkte miteinander verbinden muss. Eins von der schwierigen Sorte. Wo alles aufeinander folgt, aber egal, wie viele Linien man auch zieht, immer noch nicht erkennbar ist, was am Ende herauskommt. Und letztendlich ist diese Ungewissheit das Furchteinflößendste: nicht zu wissen, wie alles, was passiert ist, zusammenhängt.

Zum Beispiel Elsie. Mein Instinkt sagt mir, dass ich vom Haus erzählen soll, davon, was wir dort fanden – von all den Dingen, die uns seitdem passiert sind. Aber vielleicht zäume ich damit das Pferd von hinten auf. Vielleicht sieht Syd alles klarer als ich. Gut, wahrscheinlich schreibt sie nur über Elsie, weil sie das Gefühl hat, es tun zu müssen. Aber das heißt nicht, dass sie damit falschliegt.

Ich kümmerte mich um meinen eigenen Kram. Es war, ich weiß nicht mehr genau – halb zehn oder so an einem Sonntagmorgen. Ich war früh wach, weil ich am Abend davor lange unterwegs gewesen war, und ich kann nie schlafen, wenn ich getrunken habe. Zum Teil wegen des Alkohols. Aber hauptsächlich, weil ich darüber nachgrübeln muss, ob ich mich irgendwann im Laufe des Abends zum Deppen gemacht habe. Was eigentlich so gut wie nie der Fall ist, aber das ist der

Grund, warum Alkohol und ich höchstens eine lauwarme Beziehung pflegen. Das soll jetzt keine Kritik sein, aber es ist zum Beispiel undenkbar, dass ich so viel trinke wie Syd. Es hat einfach damit zu tun, dass ich mir nicht sicher sein kann, die Kontrolle über mich zu behalten.

Aber wie auch immer, Syd und ich waren mit Bart und vier oder fünf anderen ausgegangen. Nichts Besonderes, nur eine Bar in Borough Market. Es war mein Vorschlag gewesen, genau wie die Farbkarten ein weiterer Versuch, das Unbehagen, das ich fühlte, zu vertreiben. Eine Art Einweihungsparty ohne das Haus, wenn man so will. Wir hatten noch vor, eine richtige Party zu schmeißen, doch bis wir mit dem Dekorieren so weit fortgeschritten waren, dass wir Leute einladen konnten, war das unser Ersatz.

Als ich an diesem Morgen aufgewacht war, hatte ich Syd, mit dem Gesicht ins Kissen gedrückt, weiterschlafen lassen. Mein Plan war, zurück zu sein, bevor sie aufwachen würde, mit frisch gebrühtem Kaffee, brutzelndem Speck und der Zeitung auf dem Küchentisch. Ich lese gerne das Feuilleton, Syd den Sportteil. Sie ist nicht Fan einer bestimmten Mannschaft, aber sie mag die Psychologie dahinter. Die Psychospielchen. Außerdem hat sie, wenn Sie mich fragen, nichts gegen ein paar Bilder von Roger Federer in Shorts einzuwenden.

Ich kam gerade aus dem Laden, als ich ihn sah. Nicht Roger Federer, einen Typen, der mich ein bisschen an John Malkovich erinnerte – in dem Film, in dem er versucht, den Präsidenten zu ermorden. Er war allerdings kleiner als John Malkovich und dicker. Er hatte eine Glatze, so wie sie Männer früher trugen, bevor sie entdeckten, dass man kahlgeschoren besser aussieht. Er kämmte nicht seine Haare quer rüber, aber sein dickes Haar um die Ohren herum stand im starken Kontrast zu dem nicht vorhandenen auf seinem Kopf. Zuerst dachte ich, er würde mir zulächeln, doch ich blieb nicht stehen, als er auf mich zukam. Ich nahm an, er würde mich mit jemandem verwechseln. Als er aber nicht wegguckte, war paranoiderweise mein erster Gedanke, dass ich in Hausschuhen auf die Straße gegangen war. Durch den Schlafmangel war ich etwas angeschlagen, und ehrlich gesagt, ich hätte es mir zugetraut. Also schaute ich an mir herunter, nur um sicherzugehen. Zu meiner Erleichterung trug ich meine Turnschuhe, also blickte ich wieder hoch – und in diesem Moment packte der Kerl mich an der Gurgel. Ich ließ die Zeitung fallen und auch meine dünne blaue Einkaufstasche, und alles, woran ich in diesem Augenblick denken konnte, waren die Eier, die ich für den Speck gekauft hatte; dass wir sie, wenn überhaupt, nur noch als Rührei würden essen können.

»Morgen, Nachbar!«, sagte John Malkovich und presste mich gegen die Wand von Mr Hiranis Laden.

Ich konnte nicht antworten, da er mir die Luftröhre zudrückte. Und um ehrlich zu sein auch, weil ich nicht wusste, was ich hätte sagen sollen.

»Haltet euch von ihr fern«, zischte mein Angreifer. »Du und deine Schlampe von Freundin, ihr lasst meine Tochter in Ruhe. Hast du verstanden?«

Ich verstand nur Bahnhof. Ich hatte wirklich keinen Schimmer, von wem oder was er sprach.

»Ich fragte, *hast du verstanden?*«, hakte er nach, und diesmal lockerte er seinen Griff gerade genug, sodass ich antworten konnte.

»Wer ... wer sind Sie?«, japste ich.

Er stieß mir das Knie zwischen die Beine. »Frag deine Alte«, hörte ich ihn noch sagen, bevor ich auf dem Bürgersteig zusammenbrach.

Syd war schon aufgestanden, als ich nach Hause kam. Sie kauerte am Küchentisch über einer Tasse Tee.

»Verdammt, ich wurde angegriffen«, stieß ich hervor, als ich ins Zimmer humpelte.

Sie musste glauben, dass ich von gestern Abend sprach.

»Ich weiß, wie du dich fühlst«, sagte sie und verzog das Gesicht. »Der Wein wird in dieser Bar in Eimern ausgeschenkt. Erinnere mich nächstes Mal daran, bei kleinen Lager zu bleiben.«

Ich ließ die Tasche in die Spüle fallen und warf die Zeitung direkt ins Altpapier. »Nein, im Ernst, Syd. Ich bin gerade attackiert worden. Irgend so ein Vollidiot ... Er ... er hat mich einfach am Hals gepackt und mir dann sein Knie in die Eier gerammt. Direkt vor Mr Hiranis Laden.«

Syds Gehirn war noch im Schlafmodus. Ich hatte ihre Aufmerksamkeit gewonnen, aber sie musste sich offensichtlich sehr anstrengen, um zu verarbeiten, was sie gerade gehört hatte.

»Ich rufe die Polizei an«, verkündete ich.

»Was? Jack, warte!« Ich suchte bereits nach meinem Handy. »Jack! Warte kurz! Geht's dir gut? Was ... Ich meine, wer ...« Ich spürte eher, als dass ich sah, wie sie den Kopf schüttelte. »Jack, bitte. Bleib stehen und erzähl mir, was passiert ist.«

»Ich hab dir doch gesagt, was passiert ist!«

»Aber ... geht es dir gut?«

»Ja, mir geht's gut. Okay? Mir geht's richtig super-duper. *Wo zur Hölle ist mein Telefon?«*

Es war nicht auf dem Sideboard, wo es normalerweise lag, und es hing auch nicht am Ladekabel. Hoffentlich habe ich es nicht verloren, dachte ich. Bitte, lass es mich nicht verloren haben. Zusätzlich zu allem anderen wäre das einfach verdammt ...

»Hier ist es. Jack? Dein Telefon ist hier.« Syd winkte mit meinem iPhone. »Es lag auf dem Fußboden neben deiner Jeans, ich hab es dir mit runtergebracht.«

»Danke«, grummelte ich und hielt meine Hand hin.

Syd hielt das Handy noch für einen winzigen Augenblick zurück. »Jack, bitte. Erzähl mir einfach, was passiert ist, ja?«

Ich presste die Lippen fest zusammen und atmete durch die Nase aus. Ich schilderte ihr alles noch einmal. Es dauerte nicht viel länger als beim ersten Mal.

»Aber warum sollte das irgendjemand tun?«, fragte Syd. »Hat er dir was weggenommen? Dein Portemonnaie oder ...«

»Nein, er hat mir nichts weggenommen. Er hat noch nicht mal danach gefragt. Er hat nur ... irgendwas über seine Tochter gesagt, sonst nichts. Syd, bitte, ich ...«

»Seine Tochter? Wieso seine Tochter?«

Ich hatte mein Telefon jetzt in der Hand. Von Bart war eine SMS gekommen, die er auch an Syd gesendet hatte, wie ich leicht irritiert bemerkte *(Hola amigos! Was machen die Schädel?)*, und ein Anruf war eingegangen, um den ich mich später kümmern musste. Aber für den Moment konzentrierte ich mich darauf, das Zahlenfeld aufzurufen.

»Jack? Was ist mit seiner Tochter?«

Syd legte ihre Hand auf meine und blockierte meine Sicht auf das Display. Ich hob den Blick, um zu protestieren, doch da erinnerte ich mich. An die Dinge, die der Psycho zu mir gesagt hatte. Ich hatte mich bisher nur auf sein Verhalten konzentriert. »Er sagte, ich solle mich von seiner Tochter fernhalten. Und dass ich mit dir reden solle. Mit meiner *Alten*.« Ich ließ die Hand mit dem Telefon sinken. »Was ist los, Syd?«

Sie drehte sich weg, um aus dem Fenster zu schauen. Dann ging sie hin und ließ die Jalousie herunter.

»Syd?«, wiederholte ich. »Hat das irgendwas mit diesem Mädchen zu tun, mit dem du rumhängst? Elsie, richtig? Die auf der anderen Seite der Gasse wohnt?«

»Ich vermute es«, sagte sie. »Dieser Typ, wie sah er aus?«

Ich beschrieb ihn, und diesmal nickte sie.

»Ich hab ihn nur mal aus der Ferne gesehen, aber ich würde sagen, das hört sich nach Elsies Vater an.«

»Aber warum sollte er ... Ich meine, ich dachte, Elsie wäre nur ... Dass ihr zwei nur ...«

Was genau hatte ich eigentlich gedacht? Ich wusste, dass Syd mit diesem Mädchen Zigaretten geraucht hatte, als sie laufen gewesen war – wobei ich rückblickend sagen muss, dass ich der Tatsache, dass Syd wieder geraucht hatte, mehr Aufmerksamkeit schenkte als der Frage, warum sie überhaupt mit Elsie geredet hatte. Ich wusste auch, dass sie jeden Abend in der letzten Woche am Gästezimmerfenster gesessen und mit einer Art Morse-Alphabet rumgespielt hatte. Aber ich dachte, dass sie nur ... Ich weiß es nicht, einem einsamen Mädchen Gesellschaft leistete. Vorgab, wieder dreizehn zu sein, und Szenen ihrer verlorenen Kindheit nachstellte. Mir war nicht in den Sinn gekommen, dass Syd mit irgendetwas zu tun haben könnte, das jemanden in Schwierigkeiten bringt.

»Hat es jemand gesehen?«, fragte Syd und brachte meine Gedankenspirale zum Stehen.

»Was gesehen?«

»Wie er dich gepackt hat, Elsies Vater. Hat das jemand gesehen?«

»Nein, nicht, dass ich wüsste. Ich meine, es ist Sonntag. Niemand sonst ist überhaupt schon wach.«

»Was ist mit Mr Hirani?«

»Ich weiß es nicht«, sagte ich wieder. »Ich glaube nicht. Er wäre doch rausgekommen, oder? Aber was spielt es für eine

Rolle, ob es jemand gesehen hat? Das ändert nichts an dem, was passiert ist.«

»Du kannst die Polizei nicht anrufen, Jack.«

»Was?«

»Jack, bitte. Du kannst die Polizei nicht anrufen.«

»Natürlich werde ich die verdammte Polizei anrufen! Hast du gehört, was ich dir gerade erzählt habe? Er hat mich an der Gurgel gepackt. Ich dachte, ich werde ohnmächtig.«

»Wenn da keine Zeugen waren, wird er es einfach abstreiten. Die Polizei wird nichts tun können. Und Elsie, sie ... Er wird es an ihr auslassen, Jack. Sie wird diejenige sein, die dafür bezahlt.«

»Die *bezahlt?*«, echote ich. »Was meinst du?«

Syd holte Luft. Sie sah wieder zur geschlossenen Jalousie, dann zu mir. »Er tut ihr weh, Jack.«

Mein Mund öffnete und schloss sich wieder. »Er tut ihr weh?«, sagte ich endlich. »Du meinst ...«

»Er schlägt sie. Prügelt sie. *Verletzt* sie.«

»Aber ... Bist du sicher? Warum hast du mir nichts gesagt?«

Syd schüttelte den Kopf. »Erstens, weil ich eben nicht sicher war. Ich meine, ich bin mir sicher, aber ich habe keinen Beweis. Und in letzter Zeit schienst du so ... durcheinander zu sein. Beunruhigt. Ich wollte dich da nicht mit reinziehen, bevor ich nicht wusste, was zu tun ist.«

Mein Ärger über mich selbst manifestierte sich in einem tiefen Seufzen. In diesen letzten paar Wochen hatte ich mich an Dingen abgearbeitet, die – soweit ich es beurteilen konnte – nur eingebildet waren. Und die ganze Zeit über musste Syd sich mit *so etwas* auseinandersetzen. Und nicht nur sie. Auch die arme Elsie.

»Die Freundin, die du neulich Abend erwähnt hast«, begann

ich. »Die, von der du sagtest, dass sie Probleme hätte. Du meintest Elsie, stimmt's?«

Zögernd, wie mir schien, als wüsste sie, dass ich mir Vorwürfe machen würde, nickte sie.

»Es tut mir so leid, Syd. Ich hätte nachfragen sollen. Ich war ... Ich war nur in Gedanken, glaube ich, wie du schon sagst, und ...«

Sie unterbrach mich, indem sie meine Hände nahm. »Du hast gefragt, Jack. Weißt du noch?«

»Ich weiß, aber ...«

Diesmal stellte sie mich mit einem Kuss ruhig. »Alles, was jetzt zählt, ist die Frage, was wir machen. Und sosehr ich darüber nachdenke, ich weiß einfach keine Antwort.«

Ich runzelte die Stirn und zog mich etwas zurück. »Wir haben gar keine andere Wahl. Wir rufen die Polizei. Das müssen wir tun.«

Syd ließ meine Hände nicht los, so als hätte sie Angst, dass ich mir sonst wieder mein Telefon ans Ohr halten würde.

»Bitte, Jack, nicht. Es gab einen Grund dafür, dass niemand da war, der den Angriff bezeugen könnte. Und genauso ist es zu Hause. Wenn er vorsichtig genug ist dich anzugreifen, sodass niemand es mitbekommt, dann wird er auch vorsichtig genug sein, an Elsie keine Spuren zurückzulassen.«

Ich seufzte wieder und ließ mein Handy auf den Tisch gleiten. »Das heißt was? Er soll damit davonkommen? Er greift mich mitten auf der Straße an, und ich bin gezwungen, ihn einfach laufen zu lassen?«

Ich kannte die Antwort natürlich schon, auch wenn ich nicht bereit war, sie zu akzeptieren. Syd starrte mich nur an, als würde sie den Gedanken auch nicht mehr mögen als ich.

»Was ist mit ... dem Jugendamt?«, fragte ich. »Ich meine,

vergiss das, was gerade passiert ist. Ich rede jetzt von deiner Freundin. Von Elsie. Die können ihr helfen, Syd. Ich weiß genau, wen ich anrufen muss.«

Sie schüttelte den Kopf. »Sie werden nicht helfen.«

»Sie könnten es, Syd.«

»Sie werden es nicht. Das tun sie nie!«

Was auf der einen Seite extrem ungerecht war, und ich fühlte mich ein bisschen in meinem professionellen Stolz verletzt. Auf der anderen Seite sprach hier Syd, und Syd hatte verdammt noch mal das Recht, so kritisch gegenüber Sozialeinrichtungen zu sein, wie es ihr passte.

»Die Zeiten haben sich geändert, Syd. Sie sind besser geworden. Ich habe es selbst miterlebt. Ich verspreche es dir.«

»Aber es ist genau dasselbe Problem, verstehst du das nicht? Wie mit der Polizei. Die Behörden wollen auch Beweise sehen. Selbst wenn Elsie Narben hat, wird ihr Vater sie erklären können. Und Elsie wird nichts sagen. Glaub mir.«

»Aber sie könnte. Oder nicht? Wenn sie die Möglichkeit hätte.«

Noch einmal schüttelte Syd den Kopf, jetzt vor allem frustriert. »Ich ... ich bin mir nicht sicher, Jack. Ich meine, ich weiß kaum irgendetwas über sie. Über ihn. Ich weiß, dass sie Hilfe braucht, aber ich kann nicht ... Ich meine, so einfach ist das nicht. Es ist nie so einfach. Ich will die Dinge für sie nicht noch verschlimmern.«

»Aber was hättest du getan? Wenn da jemand gekommen wäre, als du in Elsies Alter warst, und ...«

»Und was, Jack? Es ist jemand gekommen. Jede Menge verdammte Leute sind gekommen.«

Plötzlich funkelte sie mich an. Ich wollte etwas sagen, aber ich wusste nicht, was.

»Gut, ich werde mit ihr reden«, sagte Syd, bevor ich mich

entschuldigen konnte. »Okay? Bevor wir irgendetwas anderes tun, lass mich einfach zuerst mit ihr reden.«

Es war ein Kompromiss, und ich wollte ihn gerne akzeptieren, aber es war nicht so, dass ein Gespräch mit Elsie nicht auch seine Gefahren barg.

»Ich werde vorsichtig sein«, versicherte Syd. »Wirklich, Jack. Ich kenne da so einen Ort, und ... ich werde vorsichtig sein.« Sie lächelte mich an. »Ich verspreche es.«

Sydney

Es war der achte Tag, den ich wartete, und der kälteste Julimorgen, an den ich mich erinnern kann.

»Elsie?«

Ich zog völlig durchgefroren meine Runden auf dem Trampelpfad. Als ich sie entdeckte, blieb ich stehen und wurde von einer Welle der Erleichterung überrascht. Ich hatte krampfhaft versucht, nicht daran zu denken, was ihr Vater ihr als Strafe für unsere Freundschaft angetan haben mochte. Es gab keine offensichtlichen Anzeichen, dass sie verletzt worden war, aber als sie mich erkannte, machte sie auf dem Absatz kehrt.

»Elsie, warte!« Im Tunnel holte ich sie ein. Ich streckte meine Hand aus und versuchte, sie am Arm festzuhalten. »Elsie, bitte. Warte einen Moment!«

Sie schüttelte den Kopf und machte sich los. »Ich kann nicht mit dir reden.« Sie rieb ihren Unterarm an der Stelle, an der ich sie berührt hatte, obwohl ich kaum mehr als ihren Ärmel zu fassen bekommen hatte.

»Bitte, Elsie. Natürlich kannst du. Oder wenn du schon nicht mit mir reden willst, dann kannst du wenigstens zuhören, oder nicht? Nur kurz.«

Ich konnte sehen, dass sie panische Angst hatte. Dieser Dreckskerl, dachte ich. Dieser glatzköpfige, sadistische *Dreckskerl.*

»Was ist mit deinem Arm passiert, Elsie?«

Sie ließ die Hände sinken. »Nichts. Nichts ist passiert. Lass mich einfach in Ruhe!«

Der Boden war feucht, obwohl es nicht geregnet hatte, und im Tunnel stank es nach Bierdosen und Pisse. Doch das nahm ich kaum wahr. Ich hatte keine Ahnung gehabt, wie Elsie auf mich reagieren würde, aber auf das hier war ich nicht vorbereitet.

Sie versuchte wieder wegzulaufen. Diesmal stellte ich mich vor sie, um ihr den Weg abzuschneiden. »Ich will dir helfen, Elsie. Bitte lass mich dir helfen. Alles, was du durchmachst, habe ich auch durchgemacht. Das und ...« *Schlimmeres*, hätte ich beinahe gesagt. Und heute quält mich der Gedanke, dass ich das wirklich glaubte. Ich meine, wie scheißarrogant ist das?

Ich hielt mich selbst davon ab, das Wort auszusprechen, aber Elsie verstand dennoch, was ich meinte.

»Verpiss dich!«, sagte sie, und auch wenn ich sie schon zuvor hatte fluchen hören, zuckte ich zusammen, als hätte sie mich geohrfeigt. Sie streifte an mir vorbei, ihren Arm jetzt fest umklammernd. Ich war für den Moment zu benommen, um sie aufzuhalten.

»Elsie, warte, ich ...«

Sie war nur noch etwa einen Schritt vom Tunnelausgang entfernt. Fast im Tageslicht ... Aber dann rief ich ihr nach und holte sie zurück in die Dunkelheit.

»Lass ihn nicht gewinnen, Elsie! Lass nicht zu, dass er dich in einen Feigling verwandelt.«

Meine Worte hallten in der Rundung des Tunnels wider. Elsie hielt inne und stand für eine, zehn, zwanzig Sekunden ganz still. Ich machte den Mund auf, um noch etwas hinzuzufügen, aber ein Teil von mir, auf den ich nur selten höre – der Teil, auf den ich verdammt noch mal so gut wie *nie* höre – warnte mich, dass ich schon genug gesagt hatte.

Als Elsie sich umdrehte, weinte sie. Auf einmal sah sie so

klein aus, so verloren und müde und erschöpft, dass ich beinahe auch weinen musste.

»Es ist zu spät«, sagte sie und schüttelte den Kopf. »Ich hab einfach solche Angst, dass es schon zu spät ist.«

Nicht weit entfernt vom Spielplatz fanden wir eine Bank, von der aus wir die Brachfläche überblicken konnten. Es regnete zwar noch nicht, sah jedoch danach aus. Die Bank stand unter dem schützenden Dach einer Kastanie, und wir waren auch vor dem Wind geschützt – an diesem Ort waren wir beinahe genauso sicher wie im Tunnel.

»Du solltest das mit Eis kühlen.«

Elsie sah mich zweifelnd an. Ich schaute auf ihren Arm. Er war mit Blutergüssen überzogen, hauptsächlich auf der Unterseite, so als hätte sie ihn gehoben, um ihr Gesicht zu schützen.

»Eis für Prellungen«, belehrte ich sie, »Druckverbände für Schnitte. Die üblichen Schmerzmittel können manchmal auch helfen. Obwohl ... Vielleicht lässt du lieber die Finger von Pillen, wenn du es vermeiden kannst.«

»Schnitte?«, wiederholte Elsie. »Dein Vater hat dir Schnitte verpasst?«

»Gott, nein.« Ich rollte den Ärmel hoch und zeigte ihr meine Narben. Ich hatte sie niemandem außer Jack je gezeigt. »Schnitte hätte er nur schwer erklären können. Das war alles meine Eigenkreation.«

Ich drehte meinen Arm, um ihn zu inspizieren. Ich versuchte meine Narben niemals anzuschauen, und ich kleidete mich immer so, dass sie verdeckt waren. In Elsies Gegenwart, stellte ich fest, betrachtete ich sie objektiver. Zum größten Teil war meine Erinnerung daran, wie ich sie mir zugefügt hatte, genauso durcheinander wie die Narben selber.

Aber bei einigen – den auffälligsten – erinnerte ich mich lebhaft. Wie ich sie bekommen hatte, was ich benutzt hatte. Und *warum.*

»Ich habe auch welche an den Beinen. Nackt sehe ich aus wie ein Hackbrett.«

Das sollte ein Witz sein – kein sehr guter –, aber Elsie fand ihn nicht lustig. »Ich wette, das stimmt nicht. Du bist ...« Sie blickte zu Boden. »Du bist wunderschön.«

Was in jeder anderen Situation das Komischste gewesen wäre, das ich je gehört hätte. Wenn man mich irgendeiner Sache nie beschuldigen kann, dann *wunderschön* zu sein.

»Siehst du die?« Ich zeigte auf ein paar Punkte zwischen den Linien: harte kleine Knötchen von schimmerndem Fleisch, die meisten selbst nach all den Jahren immer noch rosa am Rand. Im frischen Zustand sahen sie aus wie eine Mini-Sonnenfinsternis, jetzt wirken sie wie die verhärteten Überreste von Pocken. Auch wenn ich sie normalerweise bedecke, sind mir die Narben, die ich mir selbst zugefügt habe, ziemlich egal. Es ist sinnlos, Energie darauf zu verwenden, sich über sie zu ärgern. Schließlich habe ich sie mir selbst zugefügt. Diese anderen Narben aber hasse ich. Wenn ich könnte, würde ich sie mir rausschneiden. Eines Abends – als ich mich mit einem Cocktail aus Wodka und Pilzen komplett zugedröhnt hatte – versuchte ich es sogar.

»Das sind Brandwunden von Zigaretten«, erklärte ich Elsie. »Als er rausfand, dass ich mich ritzte, dachte er, er könnte bei dem Spaß ja mitmachen. Weil die ja wenigstens so wirken, als hätte ich sie mir selbst zugefügt.«

Elsie musterte meine Narben eindringlich. Mir war während meines Berichts nicht aufgefallen, wie intensiv sie sie betrachtete. Als es mir bewusst wurde, schämte ich mich plötzlich. Ich rollte die Ärmel wieder herunter und zog die Bündchen über meine Hände, wie ich es mir angewöhnt hatte.

Elsie drehte sich von mir weg und versuchte, das Rückenteil ihrer Jacke anzuheben. Ich schaute ihr zu, bis ich kapierte, dass sie auf meine Hilfe wartete.

»Siehst du es?«, fragte sie.

»Nach was soll ich Ausschau halten?«, fragte ich, während ich den Stoff hochzog. »Alles, was ich sehen kann, ist ... Meine Güte, Elsie!«

Und ich dachte immer, meine Arme wären ein Desaster. Die Haut um ihr linkes Schulterblatt herum war eine silbrige Mondlandschaft aus Narbengewebe. Knotiges Fleisch umrahmte zarte, schimmernde Täler, sodass der gesamte Bereich einen zerklüfteten Flickenteppich bildete. Er begann in der Mitte ihrer Wirbelsäule und zog sich bis zum Nackenrand.

»Das hat er mit einer Bierflasche gemacht.«

»Meine Güte«, sagte ich noch einmal. »Wie hat er das erklären können?«

Elsie zuckte mit den Schultern. Die zerstörte Haut bewegte sich dabei nicht so, wie sie es sollte. Sie behielt ihre Form bei, wie etwas Zähflüssiges unter Frischhaltefolie. »Das musste er nicht.«

»Er hat dich nicht ins Krankenhaus gebracht?«

»Er hat es selbst behandelt. Gereinigt, bandagiert, all das. Es war seltsam, denn obwohl er derjenige war, der mir das angetan hatte, wirkte er danach so, als wäre es ihm wirklich wichtig, dass ich mich erhole. Als ob es ihm leidtäte.« Elsie drehte den Kopf und versuchte, selbst einen Blick auf die verblasste Verletzung zu werfen. »Ich weiß noch, wie ich dachte, dass das, was er getan hatte, vielleicht nicht so schlimm ist. Falls es bedeuten würde, dass es das letzte Mal war. Verstehst du? Ich dachte, dass es nie wieder passieren würde.«

Ich verstand nur zu gut. Nicht ein Mal hatte mein Vater mir gesagt, dass es ihm leidtäte. Aber manchmal, wenn etwas besonders Schlimmes passiert war, brachte ich es fertig, mich selbst davon zu überzeugen, dass er so *aussah*, als täte es ihm leid – und dass er vielleicht, im tiefsten Inneren, wirklich so empfand. Aber das gehörte alles zu seinem Spiel. Denn das war es für meinen Vater: ein großes, herrliches, beschissenes Spiel.

»Er war betrunken, als er das gemacht hat«, sagte Elsie, während sie ihre Jacke zurechtzupfte, bis sie wieder ihre Taille bedeckte. »Alle schlimmen Sachen passieren, wenn er betrunken ist. Außer wenn er *so* betrunken ist, dass er nicht mal mehr stehen kann. Du hast ihn wahrscheinlich schon gesehen«, fuhr sie fort, »auf der Gasse? Oder gehört. Wenn er vom Pub nach Hause geht. Oder was heißt hier gehen. Wenn er auf dem Weg hinfällt, die Mülltonne von irgendwem umstößt, dann weiß ich, dass ich sicher schlafen kann.«

Jetzt, wo ich darüber nachdachte, hatte ich tatsächlich schon ein- oder zweimal ein Klappern hinter dem Haus gehört, immer um Mitternacht herum. Ich hatte angenommen, es seien Katzen.

»Was ist mit deinem Dad?«, fragte Elsie zögernd.

Ich blinzelte. »Meinem Dad?«

»Du hast gesagt ... Vorhin hast du gesagt, dass du das auch durchgemacht hast.«

Es war verrückt. Ich versuchte hier die Erwachsene zu sein, mich Elsie zu öffnen, damit sie sich mir öffnete, aber jedes Mal, wenn sich die Aufmerksamkeit auf mich richtete, spürte ich das Verlangen, zurück in den Tunnel zu kriechen.

»Mein Dad ...«, fing ich an. »Er ... er hat nie getrunken, nichts dergleichen. Er hatte noch nicht mal das als Entschuldigung. Und ich glaube nicht, dass er jemals *genossen* hat, was er da tat. Die Gewalt, meine ich, mich zu verletzen. Ich meine, er hat es schon genossen, aber ... das war nicht der Punkt. Er wollte mich *kontrollieren*, mehr nicht. Das war der Teil, der ihm am meisten gefiel.« Mein Blick traf den von Elsie und wanderte dann in die Ferne. »Es hat allerdings eine Weile gedauert, bis ich das verstanden habe. Damals war alles, was ich denken konnte, dass es meine Schuld war. Dass er mir nur deshalb wehtat, weil ich irgendwas falsch gemacht hatte.«

Ich beobachtete Elsie aus dem Augenwinkel und sah, wie ihr Blick auf ihre Knie fiel.

»Meiner genießt es«, sagte sie nach einem Moment – und das war alles.

Wir schauten eine Weile in die Wolken. Anstatt Regen zu bringen, war der Morgen heller geworden, und Sonnenlicht fiel schwach durch die Zweige unserer Kastanie. Es munterte mich nicht so auf, wie man vielleicht annehmen könnte. Es erinnerte mich nur daran, wie schnell unsere verbleibende Zeit hier dahinschwand.

»Also, wie geht es jetzt weiter?«, fragte Elsie in die Stille hinein, als ob sie denselben Gedanken hätte.

»Jetzt …«, sagte ich, holte tief Luft und atmete langsam wieder aus. »Jetzt rede ich, wenn du es mir erlaubst, mit Jack. Er wird mit ein paar Leuten sprechen, die er kennt – gute Menschen, Elsie –, und dann …« Und dann was? Ehrlich gesagt, hatte ich keine Ahnung. »Und dann werden sie dir helfen. Sie werden das Ganze beenden.«

»Ist das auch bei dir so gelaufen?«

»Ich … sozusagen«, log ich.

Elsie nickte zuversichtlicher. »Wurde er bestraft? Dein Vater? Ich hoffe, er wurde bestraft.«

»Wurde er«, erwiderte ich zögernd. »Allerdings für … andere Dinge.«

Elsie blinzelte mich gegen das Sonnenlicht an. »Andere Dinge?«

Ich veränderte meine Position. Dieser Tunnel lockte mich

wieder. »Es ist kompliziert. Aber mein Vater war auch auf andere Weise schlecht. Er hat anderen Geld gestohlen. Hinter ihrem Rücken. Fast unmerklich. Sie fanden raus, was er getan hatte, und er kam ins Gefängnis.«

»Wie Al Capone«, verkündete Elsie.

»Was?«

»Wie Al Capone. Ich hab eine Doku gesehen. Er war ein krasser Gangster, aber sie konnten ihm einfach nicht all die schlimmen Sachen nachweisen, die er getan hatte, also haben sie ihn wegen Steuerhinterziehung eingebuchtet.«

Ich musste lächeln – über die Vorstellung, dass Elsie Dokus guckte, genauso wie über alles andere.

»Und dann bist du gegangen?«, fragte sie. »Als er ins Gefängnis kam?«

Ich wiegte den Kopf hin und her. »Mehr oder weniger.«

»Glaubst du, dass mein Vater auch ins Gefängnis kommt?«

»Willst du das?«

Elsie antwortete nicht sofort. Sie drehte sich um und blickte über das Gelände. »Manchmal hoffe ich, dass er da drin verrottet«, sagte sie mit einem eisigen Unterton, der mir Angst einjagte, doch dann wurde ihre Stimme weicher. »Und dann wünsche ich mir, dass es einfach wieder so ist wie damals, nachdem er mir wehgetan hat. Als er sich einfach nur um mich gekümmert hat.«

In diesem Moment wollte ich sie halten, meinen Arm um ihre schmalen Schultern legen. Ich hätte mich besser gefühlt, aber Elsie hätte es nicht geholfen.

»Du weißt, warum er das gemacht hat, oder?«, fragte ich. Meine Stimme klang härter, als ich wollte. »Warum es ihm so wichtig war, dass du gesund wirst?«

Sie sah mich beinahe flehend an, so als hätte sie sich überwunden, mir ihr liebstes Spielzeug zu zeigen, und ich hätte es ihr, statt es zu bewundern, weggeschnappt. Es kostete mich all meine Kraft, einfach nur darauf zu warten, dass sie antwortete.

»Weil er keinen Ärger kriegen wollte«, sagte sie schließlich.

»Genau. Weil er Angst um sich selbst hatte. Nicht um dich, Elsie. Er schert sich einen Dreck um dich.«

Sie bedeckte ihre Augen mit den Händen. »Ich hab Angst«, sagte sie, so leise, dass ich es fast nicht gehört hätte.

Diesmal nahm ich ihre Hand. Ich zuckte fast zurück, so kalt war sie. »Weißt du was?«, fragte ich. »Du erinnerst mich an den mutigsten Menschen, den ich je gekannt habe.«

Sie sah mich an.

»Meine Schwester«, erzählte ich. »Sie war so alt wie du, als ich sie das letzte Mal gesehen habe. Sie hat dir sogar ein bisschen ähnlich gesehen.«

Meine Schwester. Zwei Worte, die ich praktisch vollkommen vermieden hatte, seit ich von zu Hause weggegangen war. Ich hatte Jack von ihr erzählt, als ich wieder mal high gewesen war und weil mir klar war, dass ich es tun musste, wenn ich mit ihm zusammenbleiben wollte. Aber Jack war danach einfühlsam genug gewesen, sie nie wieder zu erwähnen. Und ich habe nie wieder über sie gesprochen, mit niemandem. Ich erzählte nur jetzt von ihr, weil ich dachte, dass es helfen könnte. Ich dachte wirklich, dass es helfen könnte.

»Also, meine Schwester war wunderschön«, sagte ich. »Sie war schlank, wie du, und hatte diese Wangenknochen und große braune Augen, von denen man den Blick nicht abwenden konnte. Sie waren irgendwie ... bodenlos.«

»Wie hieß sie?«, fragte Elsie, und ich antwortete, bevor die Silben in meiner Kehle stecken bleiben konnten.

»Jessica.«

»Hast du sie Jess genannt?«

Darüber musste ich unerwartet lachen. Mit dem Lachen kam auch eine Träne. »Nur, wenn ich sie ärgern wollte. Sie hat es gehasst, wenn sie Jess genannt wurde. Sie meinte, das würde sich anhören, als wäre sie eine Zeichentrickkatze.«

Elsie runzelte die Stirn.

»Postman Pat«, erklärte ich. »Das ... ach, egal. Es war nur eine blöde Fernsehshow.«

Ich bedeckte meine Augen, wie Elsie es zuvor getan hatte, und hasste mich dafür zu zerbrechen. Und dafür, dass ich ein Versprechen brach. Ich hatte zehn Jahre lang um meine Schwester geweint. Es war sentimental, maßlos, und eines Tages habe ich einfach beschlossen, dass es aufhören musste. Genauso wie mit den Drogen. Ich *brauchte* sie nicht, nicht physisch, nicht so sehr, wie sie andere Menschen brauchen. Ich wollte sie nur, weil sie alles für eine kurze Zeit einfacher machten. Also gab ich beides – das Heulen und das Koks – gleichzeitig auf: in dem Moment, in dem es mir mit der Beziehung zu Jack ernst wurde.

Elsie schien genauso überrascht zu sein wie ich selbst, dass ich weinte. »Was ist aus ihr geworden?«, fragte sie, wieder so leise, dass es kaum ein Flüstern war.

Uns beiden war klar, dass ich nicht antworten musste. Elsie hätte es mir nicht übel genommen, und ich hatte weiß Gott schon genug gesagt. Aber irgendwie hatte ich das Gefühl, keine andere Wahl zu haben. Die Tür, die ich aufgestoßen hatte, stand jetzt weit offen, und all die dunklen Erinnerungen purzelten heraus. Und es war so, wie ich bereits sagte: Es war etwas, von dem ich glaubte, dass Elsie es wissen müsste. Wie eine Parabel. Ein Lehrstück, das ihr dabei helfen sollte, ihre eigene Wahl zu treffen. Und so erzählte ich es ihr.

Ich erzählte es ihr und brachte dadurch beinahe auch sie um.

Jack

Sie heiße Karen, sagte sie. Detective Inspector Karen Leigh. Sie war heute hier, heute Morgen. Es ist Mittwoch, und normalerweise wäre ich an einem Mittwoch arbeiten, wie an jedem Wochentag natürlich, aber das ist nicht der Punkt. Der Punkt ist, dass Detective Inspector Karen Leigh nur »auf gut Glück« vorbeigeschaut hatte, für den unwahrscheinlichen Fall, dass ich zu Hause sei. Das wäre unter normalen Umständen aber nie der Fall gewesen, was bedeutet, dass sie sich umgehört haben musste. Was bedeutet …

Shit.

Ich weiß nicht, was es bedeutet.

Vielleicht bedeutet es, dass ich einfach nur paranoid bin. Aber da gibt es doch diesen Spruch: Nur weil du paranoid bist, heißt das nicht, dass niemand hinter dir her ist. Irgendwie so. Der erste Teil, *nur weil du paranoid bist*, ist mir heute wie ein Ohrwurm immer wieder durch den Kopf gegangen. Ohne Melodie allerdings, mehr wie ein Spottvers. Und aus irgendeinem Grund – einem Grund, den ich ehrlich gesagt leicht erraten kann – gehört die Stimme, die mich verspottet, zu einem kleinen Mädchen.

Nur weil du paranoid bist …

Aber die Polizei.

Sie haben mich alles gefragt. Buchstäblich: alles. Es ist, als hätten sie in die gleiche Richtung gedacht wie Syd, nur dass sie irgendwie zu einem anderen Schluss gekommen sind. Oder zu demselben Schluss, wenn man näher darüber nachdenkt. Was verrückt ist. Es ist nur … Es ist absolut verrückt.

Aber ich glaube, ich habe mir selbst keinen Gefallen getan. Ich öffnete die Tür und war sofort in der Defensive. Das hört sich vielleicht dumm an, aber ein Teil des Problems war, denke ich, dass ich in dem Moment, als sie klopften, nicht das getan habe, was ich hätte tun sollen. Ich hätte Papierkram erledigen sollen, aber stattdessen schaute ich *Mord ist ihr Hobby*. Einfach um mich abzulenken, wissen Sie (wahrscheinlich nicht die beste Wahl, wird mir gerade klar). Es waren nur fünf oder zehn Minuten, aber trotzdem hatte ich irgendwie das Gefühl, auf frischer Tat ertappt worden zu sein.

»Mr Walsh? Jack Walsh? Ich bin Karen. Detective Inspector Karen Leigh, aber nennen Sie mich Karen. Das hier ist mein Kollege Detective Constable Granger. Beachten Sie ihn gar nicht. Er sieht aus wie ein Gangster, aber in Wahrheit ist er eine Schmusekatze. Normalerweise bringe ich ihn nicht mit, wenn ich Zeugen befrage – meistens hebe ich ihn mir für die Verdächtigen auf –, aber unser Problem ist, dass wir erst mal welche finden müssen.« Ein winziges Lächeln, kaum erkennbar, bevor sie fragte: »Dürfen wir reinkommen?«

Es fühlte sich an, als wäre ich von den Zeugen Jehovas überrumpelt worden. Ich meine, sie hatten mich quasi schon mundtot gemacht, kaum dass ich die Tür geöffnet hatte. Also, was hätte ich tun sollen? Ich konnte nicht Nein sagen. Wer sagt schon Nein zur Polizei, wenn er nichts Falsches getan hat? Oder vielleicht ist das der einzige Fall, in dem man Nein sagen kann. Bestätigte ich also mit der Tatsache, dass ich sie einließ ohne nach dem Grund ihres Besuchs zu fragen (als ob ich hätte fragen müssen) nur ihren Verdacht? Wenn ich davon ausgehe, dass sie zu diesem Zeitpunkt überhaupt schon irgendeinen Verdacht hatten und nicht erst nach unserem Gespräch …

Mein Gott, Jack. Reiß dich zusammen. Wie hatte Syd es formuliert? *Sei ganz Yoga.* Was mir genau genommen kein bisschen hilft, denn das Einzige, was mir in den Sinn kommt, wenn ich an Yoga denke, sind mittelalte Frauen in Leggings.

Entschuldigen Sie. Jetzt schweife ich ab. Ich neige dazu, wenn ich nervös bin. Was teilweise der Grund dafür ist, warum ich mich nicht wieder beruhigen konnte, nachdem ich mit der Polizei gesprochen hatte.

Also, ich bat sie herein.

Nein, ich bat sie nicht herein. Ich ließ sie herein.

Und dann, als ich sie reingelassen hatte, habe ich ihnen Tee angeboten. Einfach, keine Ahnung. Einfach weil meine Mutter das getan hätte. Und der Typ – dieser Detective Constable oder was auch immer – lehnte ab, aber Nennen-Sie-mich-Karen bat mich um Milch – nur einen Spritzer – und zweieinhalb gestrichene Teelöffel Zucker. Drei, sagte sie, würden sie unruhig machen, und zwei würden einfach nicht richtig schmecken. Und so stand ich schon nur beim Teezubereiten unter Druck. Für mich selbst machte ich keinen, denn ehrlich gesagt hatte ich Angst, ihn zu verschütten. Aber dann hatte ich das Problem, dass ich nicht wusste, wohin mit meinen Händen. Außerdem setzte ich mich, als ich zurück ins Wohnzimmer kam, was ein weiterer Fehler war, denn die Polizisten setzten sich nicht. Die Frau – Karen, sie sagte, ich solle sie Karen nennen, also tue ich das –, *Karen* stand mit ihrer Tasse in der Hand am Kamin, und der Mann, DC Granger – den ich wahrscheinlich selbst dann DC Granger nennen würde, wenn ich mit ihm verwandt wäre –, schlenderte mit den Händen in den Hosentaschen nonchalant durchs Zimmer.

»Schön hier«, sagte er.

Ich konnte nicht heraushören, ob er mich verarschte. Oder besser uns: Syd und mich. Denn, klar, es ist ein schönes Zimmer, aber im Moment gleicht es eher einem leeren Kubus. Es gibt ein Sofa, ein paar Stühle, den Fernseher, aber die ganzen Bilder an den Wänden, die ganzen Bücher, die Vögel, der Krempel, den Winters zurückgelassen hatte – all das ist natürlich seit Langem verschwunden, alles bis zur letzten Schallplatte.

»Danke«, sagte ich. »Es ist alles noch im Entstehen. Wir müssen nur … Sie wissen schon. Streichen, es neu einrichten und was nicht alles.«

Und was nicht alles. Welcher Mensch unter achtzig sagt heutzutage *und was nicht alles?* Wie ich schon sagte: Ich verwandelte mich in meine Mutter. Auch sie wurde vor der Obrigkeit immer nervös, obwohl der schlimmste Verstoß, den sie jemals begangen hatte, war, vor unserem Urlaub die Mülltonne zu früh rauszustellen.

Ich wollte an meinem Tee nippen, aber ich hatte ja keinen.

Karen …

Ich kann sie nicht Karen nennen.

Inspector Leigh beobachtete mich mit diesem neugierigen kleinen Lächeln, als würde sie es genießen, dass ich mich wie ein Idiot aufführte. Sie war halb so groß wie ihr Kollege und halb so breit, aber – und vielleicht ist das einfach wieder dieses Obrigkeitsding in mir – irgendwie schien sie den Raum zu dominieren. Sie ist Anfang vierzig, vermute ich, hat so rotes Haar, dass es fast orange ist, und diesen intensiven, wissbegierigen Ausdruck in den Augen. Das Lächeln, wie ich bemerkte, blieb die ganze Zeit bestehen, sodass ich mich am Ende unseres Gesprächs fragte, ob das nicht einfach ihr normaler Gesichtsausdruck war – oder jedenfalls ihr normaler Ausdruck, wenn sie mich ansah.

»Der Tee ist perfekt, danke«, verkündete sie und prostete mir zu. »Ich hätte keinen angenommen, wenn ich gewusst hätte, dass Sie selbst keinen trinken.«

»Das ist schon in Ordnung, wirklich«, sagte ich. »Kein Problem.« Ich lehnte mich zurück, kam mir vor wie Hugh Hefner, setzte mich wieder auf. Mir war bis zu diesem Zeitpunkt noch nie aufgefallen, wie tief man in unsere Sofapolster einsank.

»Darf ich mich ein bisschen umschauen?«, fragte DC Granger, eine Stimme wie aus einer anderen Welt. Er deutete mit seinem riesigen Daumen zur Tür und ging schon Richtung Diele, bevor ich antworten konnte.

»Äh … Sicher.«

Inspector Leigh beobachtete mich, während ich ihm nachsah. Als ihr Kollege aus dem Raum war, stellte sie ihre Tasse vorsichtig auf dem Kaminsims ab. »Also«, sagte sie, »ich nehme an, ich sollte erklären, warum wir hier sind. Sie haben ja schon mit meinen Kollegen gesprochen, glaube ich. Und Sie wissen, was alles passiert ist.«

Es war keine Frage, aber ich nickte dennoch.

»Also, Jack – darf ich Sie Jack nennen? Also, Jack, DC Granger und ich machen nur die Nachbereitung. Sollen etwas mehr Fleisch auf die Knochen bringen sozusagen. Wäre es in Ordnung, wenn ich Ihnen ein paar mehr Fragen stelle?«

»Klar«, sagte ich. »Natürlich.« Und dann lachte ich und fragte: »Brauche ich einen Anwalt?«

Es war ein Scherz! Nur ein blöder Scherz! Aber für einen Moment wurde Inspector Leighs Lächeln zu einem Stirnrunzeln. »Denken Sie, dass Sie einen brauchen?«

»Was? Nein. Ich meine, ich hab nur, Sie wissen schon. Einen Witz gemacht«, endete ich lahm.

Es dauerte eine halbe Sekunde, bevor die Kommissarin antwortete. »Ich verstehe.« Sie sah sich um, dann lächelte sie wieder. »Darf ich mich setzen?«

»Bitte«, sagte ich und erhob mich halb vom Sofa.

Die Kommissarin zog einen der Esstisch-Stühle zu sich heran und positionierte sich so, dass sich unsere Knie, als wir beide dann saßen, beinahe berührten. Ich hätte mich zurückgezogen, aber es gab auf dem Sofa keinen Platz mehr, wohin ich hätte ausweichen können.

»Also«, sagte Inspector Leigh und zog ihren Notizblock hervor. »Mir ist klar, dass Sie einige dieser Fragen schon beantwortet haben, daher entschuldige ich mich im Vorfeld für … Jack?«

Ich hatte an ihr vorbeigeschaut, um ihren Kollegen zu suchen. Ich dachte, ich hätte ihn in der Küche gehört, aber in dem Teil, den ich von meinem Platz aus sehen konnte, entdeckte ich ihn nicht.

»Machen Sie sich keine Sorgen«, sagte die Kommissarin und lächelte breiter. »Er wird nichts klauen.«

Ich lachte pflichtschuldig. »Nein. Natürlich nicht. Entschuldigen Sie.«

»Kein Grund, sich zu entschuldigen.«

Die Sätze, die sie wählte, ihre Körpersprache, ihr fehlendes Gespür für körperliche Distanz, es war alles noch gerade so in dem Maße, was man als normal empfinden würde. Deshalb dachte ich anfangs, so wäre sie einfach. Sie wissen schon, dass es ein Teil ihres Wesens ist. Ich meine, manche Menschen – besonders manche Polizeibeamte, kann ich mir vorstellen – sind einfach ein bisschen ungeschickt im sozialen Umgang. Das ist keine Kritik. Zumal ich mich selbst zu diesen Menschen zähle. Aber alles war bewusst ausgeführt, das begriff ich in der Sekunde, als sie ging. Sie musste mich von dem Moment an, als ich ihr die Tür geöffnet hatte, studiert haben – und hat genau erkannt, wie sie mich am besten nervös machen konnte. Unterwürfig, der Drang zu gefallen, Angst vor Autorität: Wahrscheinlich stand mir all das ins Gesicht geschrieben. Falls sie nicht schon von einem Kollegen, der mit mir bereits gesprochen hatte, gebrieft worden war. Und falls dem so war, bedeutete das, dass sie mich *wirklich* überprüft und die Tatsache, dass sie mich allein zu Hause antraf, rein gar nichts mit Glück zu tun hatte.

Nur weil du paranoid bist ...

Wir müssen fast eine ganze Stunde dort gesessen haben. Sie hatte recht, die meisten ihrer Fragen hatte ich zuvor schon beantwortet – wo ich gewesen war, was ich getan, gesehen, gehört, mitbekommen hatte –, und ich blieb bei derselben Geschichte. Ich kam sogar in eine Art Rhythmus, und allmählich, besonders da DC Gardner nicht mehr im Raum war, fühlte ich mich etwas weniger unwohl. Bis Inspector Leigh plötzlich ihre Taktik änderte.

»Erzählen Sie mir von Ihrer Arbeit«, sagte sie und legte ihren Notizblock umgedreht in ihren Schoß.

»Meiner Arbeit? Wovon denn genau?«

»Sie hatten ein bisschen Ärger im Büro, wie ich gehört habe.«

Mein Lächeln geriet zu einem einzigen Zucken. »Woher wissen Sie ...«

Inspector Leigh fand es anscheinend nicht nötig zu antworten; vielleicht, weil ich meine Frage nicht beendete. Oder weil es tatsächlich keine Rolle spielte, woher sie es wusste. Sie hatte es eben herausgefunden.

»Das war nicht ... Ich meine, das hat nichts mit dem hier zu tun«, sagte ich, und im Hinterkopf dachte ich an Syd, sah den Unglauben – die Gereiztheit – in ihrem Blick.

»Ich wollte nicht andeuten, dass es das hat«, sagte Inspector Leigh. »Ich bin nur neugierig. Aber wenn Sie lieber nicht darüber reden wollen, ist das natürlich ...«

»Nein, das ist es nicht. Es ist nur … Es gibt nicht viel zu erzählen, das ist alles.«

»Ich habe gehört, dass Sie gefeuert wurden. Dass es möglicherweise eine strafrechtliche Verfolgung gibt.«

»Strafrechtliche … nein. Was? Strafrechtliche Verfolgung? Wer hat Ihnen das gesagt?«

Dieses Mal antwortete sie ganz unmissverständlich nicht.

»Nein«, sagte ich wieder, diesmal auch zu mir selbst. »Ich habe nur … Ich bin suspendiert, das ist alles. Es ist alles … ein Missverständnis.« *Strafrechtliche Verfolgung.* Plötzlich echote dieser neue Spottvers in meinem Kopf, immer noch mit der fröhlichen Stimme des kleinen Mädchens.

Inspector Leigh beobachtete mich für einen Moment, dann änderte sie erneut den Kurs. »Sagen Sie, Jack. Seit wann kennen Sie Elsie?«

»Elsie? Elsie Payne?«

»Mhm. Wie lange kennen Sie sie?«

»Ich … ich kenne sie nicht. Nicht richtig.«

»Sie wissen, was ihr passiert ist?«

»Sie ist im Krankenhaus.«

»Sie liegt im Koma.«

»Ja. Das meine ich. Meine Freundin, Syd, sie …«

»Sydney Baker. Ihre Partnerin. Miteigentümerin dieser Immobilie.«

»Richtig. Sydney … sie und Elsie, sie …«

»Ich weiß alles über Ms Bakers Beziehung zu Elsie, Jack. Wir haben vor dem ICU mit ihr gesprochen.«

»Haben Sie?« Syd hatte nichts davon gesagt. Es sei denn, Inspector Leigh meinte damit heute, an diesem Morgen. Ich dachte, Syd wäre direkt ins Büro gegangen, aber sie hat zuletzt so viel Zeit im Krankenhaus verbracht, dass es gut möglich ist, dass sie auf dem Weg ins Büro abgefangen wurde. Dort hat sie die meisten ihrer Einträge geschrieben: auf einem orangefarbenen Stuhl im Wartezimmer des Krankenhauses. Sie ist so oft dort, dass ich mich allmählich frage, ob ich mir Sorgen um sie machen sollte. Ich weiß, dass das in Anbetracht der Umstände lächerlich klingt, denn es gibt zurzeit keinen Augenblick, in dem ich mir keine Sorgen um uns *beide* mache.

»Ich habe nach *Ihrer* Beziehung zu Elsie gefragt, Jack. Wie lange *Sie* sie schon kennen.«

»Das meinte ich ja. Ich kenne sie nicht, nur durch Syd.«

»Aber es hat Sie mitgenommen? Was mit ihr passiert ist?«

»Nun … ja. Natürlich.«

»Und Sie sind derjenige, der Elsies Fall den Behörden gemeldet hat, richtig?«

»Ja, ich denke schon. Ich meine, wir haben es beide getan. Syd und ich.«

Inspector Leigh nickte, offenbar voller Anteilnahme. »Es war ganz klar eine schwierige Zeit für Sie beide. Was mit Elsie passiert ist, wie aufgebracht Ms Baker war. Dann Ihre Probleme auf der Arbeit, dieses große neue Haus …« Sie ließ den Blick zur Wohnzimmerdecke wandern, die mir plötzlich höher als je zuvor erschien.

Ich wartete auf die Frage. Inspector Leigh schien auf eine Antwort zu warten.

»Ja«, stimmte ich zu. »Schwierig trifft es ungefähr, würde ich sagen.« Ich lächelte probehalber und hoffte auf eine weitere Dosis Anteilnahme. Aus der Reaktion der Kommissarin konnte ich nicht herauslesen, ob ich welche gewonnen hatte.

»Ich kann mir vorstellen, dass Sie ziemlich frustriert waren«, sagte sie. »Zweifellos auch wütend.«

Ich wiegte den Kopf. »Ich denke schon, ja, ich meine … Warten Sie! Wütend?« Auf einmal wurde mir klar, wohin das führte – wohin es die ganze Zeit schon führen sollte. »Nicht wütend«, sagte ich kategorisch – man könnte fast sagen wütend. »Ich bin *nie* wütend.«

»Sind Sie sicher?«

»Absolut. Ich ... bin es einfach nie. Fragen Sie Syd. Fragen Sie irgendwen.«

Diesmal sagte mir Inspector Leighs Lächeln, dass sie das bereits getan hatte. »Und nach einem oder zwei Drinks, Jack? Sagen wir, wenn Sie im Pub sind. Könnten Sie dann wütend werden?«

Ich schluckte, aber irgendwo in meinem Hals war plötzlich eine Blockade. Der Pub. Sie wusste, was im Pub passiert war. Es hätte mich wohl nicht überraschen sollen. Im Gegenteil, ich hätte darauf vorbereitet sein müssen.

»Das war etwas anderes«, sagte ich.

»Was war etwas anderes?«

»Das ... worauf Sie sich beziehen.«

Sie runzelte die Stirn, als ob sie es wirklich nicht verstünde. Und dabei schaffte sie es trotzdem, dieses schmale Lächeln aufrechtzuerhalten.

Ich stand etwas ungeschickt auf, um einen Zusammenstoß unserer Knie zu vermeiden, ging in die Mitte des Zimmers und wollte gerade nach einer Pause fragen, als ich DC Gardner entdeckte, der am Türrahmen lehnte. Ich hatte nicht bemerkt, dass er zurückgekommen war, und keine Ahnung, wie lange er schon dort stand.

»Im Messerblock fehlt ein Messer«, sagte er, als wäre er die ganze Zeit am Gespräch beteiligt gewesen.

»Was?«

»In der Küche. In Ihrem Messerblock fehlt ein Messer.«

Ich schaute zu Inspector Leigh, die ungerührt und teilnahmslos dasaß, und dann wieder zu Dwayne Johnson, der meinen Türrahmen ausfüllte.

»Wahrscheinlich ist es in der Spülmaschine.«

DC Granger schüttelte langsam den Kopf. »Hab ich geprüft. In der Spülmaschine ist es nicht.«

»Sie haben in unsere Spülmaschine geguckt?«

Sein Schulterzucken glich einem rollenden Felsbrocken. »Sie war offen. Ich hab einen Blick reingeworfen.«

Was eine Lüge in der Größe von DC Granger war. Auf keinen Fall hatte die Spülmaschine offen gestanden. Wenn sie das tut, kommt man noch nicht mal bis zum Spülbecken. Aber die Spülmaschine war zu diesem Zeitpunkt nicht das, was mir Sorgen machte. Es war das Messer. Das fehlende Messer. Ich hatte bemerkt, dass es verschwunden war, mich bislang aber noch nicht nach dem Grund gefragt.

»Ich glaube ... ich glaube, Sie sollten jetzt gehen«, sagte ich. Es sollte patzig klingen. Beleidigt. So wie ein unschuldiger Steuerzahler in einer Situation wie dieser klingen sollte. Sogar in meinen eigenen Ohren kam ich dem allerdings noch nicht mal nahe.

Zu meiner Überraschung widersprach mir Inspector Leigh nicht. Sie stand auf, als ob sie mehr oder weniger schon darauf gewartet hätte, dass ich das sagen würde.

»Nun«, sagte sie, »danke, dass Sie sich Zeit genommen haben, Jack. Und für diesen köstlichen Tee.«

Dieses Lächeln. Sie hatte mich eben noch gefragt, ob ich wütend gewesen sei, und wenn ich jemals das Recht dazu gehabt haben sollte, dann jetzt, in diesem Moment. Wegen ihres Verhaltens, ihrer Anspielungen. Aber sobald ich plötzlich wieder allein in der Diele stand, fühlte ich einfach nur aufsteigende Angst. Denn mir wurde klar, dass das hier tatsächlich passierte. Was auch immer es war – was auch immer es *ist* –, ich kann nicht mehr leugnen, dass es real ist.

Jack

Es ist schon spät, und Syd ist immer noch nicht zu Hause. Ich würde sie gerne anrufen und ihr erzählen, was heute passiert ist, aber ich will sie nicht in Panik versetzen. Andererseits – wenn sie der Typ dafür wäre, hätte sie das Ganze schon längst in Panik versetzt. Sie hat es schließlich kommen sehen. Mir ist klar, dass das kein Trost für sie ist, aber es gibt kaum irgendwas, das sie momentan trösten kann.

Ich weiß nicht, was ich schreiben soll. Oder doch, ich weiß es, aber es fällt mir schwer, den Anfang zu machen. Das hasse ich am meisten daran, wenn ich mir Sorgen mache: Die Tatsache, dass es mich davon abhält, irgendetwas anderes zu tun. Aber ich habe wohl keine Wahl.

Wir sind noch nicht mal bis zur Hälfte durch – auf halber Strecke zu dem Punkt, an dem wir jetzt stehen –, und die Zeit rennt uns davon. Wenn wir das hier nicht in Ordnung bringen, bevor die Polizei wiederkommt, wer weiß, ob wir dann noch mal die Gelegenheit dazu haben?

Also, die Sache mit meinem Job. Ich sagte der Polizei, dass es nichts mit alldem hier zu tun hat. Das habe ich auch Syd gesagt; das habe ich mir selbst wie ein Mantra vorgebetet. Aber es ist nicht so, als ob ich es einfach ignorieren könnte. Und außerdem wird mir langsam bewusst, dass ich bislang öfter falsch- als richtiglag.

Ich erwähnte einen verpassten Anruf, falls Sie sich erinnern.

Nach meinem Zusammenstoß mit Elsies Dad. Der Anruf eines Freundes. Er …

Moment. Das ergibt keinen Sinn, wenn ich nicht weiter aushole. Vielleicht kann ich Ihnen noch nicht erzählen, wie dieser Teil der Geschichte endet, aber ich kann wenigstens erzählen, wie er angefangen hat.

Da war noch etwas, das ich schon mal erwähnte, als ich von Bart erzählt habe; davon, wie er versuchte, Susmita zu helfen. Ich sagte, dass man kein Mensch wäre, würde man in einem Job wie unserem nicht ab und zu die Regeln lockern. Was vielleicht eine Art Vorspiel zu einem Geständnis ist. Diesem Geständnis. Syd sprach über Dinge, die ich vor ihr verheimlicht habe, und dies ist ein Beispiel für eine Sache, die ich ihr definitiv von Anfang an hätte erzählen sollen.

Da war diese Familie.

Warten Sie, nein.

Da war diese Frau. Was jetzt schon so klingt, als wäre ich in dieselbe Falle getappt wie Bart, aber es ist etwas ganz anderes, versprochen. Diese Frau kam in unser Büro; sie brauchte Hilfe. Sie sollte zwangsgeräumt werden, sagte sie. Was die Gründe betraf, blieb sie vage, was bei mir vielleicht die Alarmglocken hätte klingeln lassen sollen, aber bei den meisten Leuten, die zu uns kommen, ist mangelnde Information ein Teil des Problems. Sie wissen oft nicht genau, was mit ihnen passiert, oder – sogar noch häufiger – was von ihnen erwartet wird. Und ich dachte, bei Sabeen sei es genauso.

Unser Treffen dauerte nicht sehr lange. Ich erfuhr, dass Sabeen aus dem Irak geflohen und ihre Aufenthaltsgenehmigung bewilligt worden war. Sie war fünfunddreißig Jahre alt, hatte schwarze Haare und grüne Augen und die Angewohnheit, an der Haut um ihre Fingernägel zu knabbern. Ich vermutete zuerst, dass sie sich bei mir für eine Notunterkunft bewerben wollte, aber sie wollte genau dort bleiben, wo sie war. Das Problem war, dass das, wovon Sabeen mir berichtete, im Prinzip eine Auseinandersetzung zwischen Vermieter und Mieter war. Und auch wenn ich natürlich Verständnis für sie hatte, gehörte das einfach nicht in meine Zuständigkeit.

Ich versuchte, ihr das zu erklären. Sie hörte zu und schien zu begreifen, was ich sagte. Ich gab ihr ein paar Nummern, die sie anrufen konnte, die Namen einiger Organisationen, aber als ich ihr schließlich die Hand schütteln wollte, fing sie plötzlich an zu weinen. Ich habe wirklich noch nie jemanden so Verzweifeltes gesehen. Und glauben Sie mir, in meinem Job gehört es zum Alltag, Menschen weinen zu sehen. Es war ausgeschlossen, dass Sabeen mir nur etwas vorspielte. Auch das sehe ich oft genug.

Ich versprach ihr nicht mehr, als ich anbieten konnte. Ich sagte nur, dass ich ihren Vermieter anrufen und versuchen würde herauszufinden, wo genau das Problem liegt. Sabeens Dankbarkeit war so groß, dass ich sofort ein schlechtes Gewissen bekam, weil ich ihr Hoffnung gemacht hatte. Sie ging mit einem so strahlenden Lächeln, als hätte ich mein Wort gegeben, einen Weg zu finden, ihr zu helfen. Was ich nicht getan hatte. Ich versuchte später, mir ins Gedächtnis zu rufen, dass ich nichts dergleichen getan hatte, auch wenn das keinen Unterschied machte. Als ich herausfand, was es war, das Sabeen verheimlichte, fühlte ich mich so oder so verpflichtet.

Als ich dem Vermieter erklärte, wer ich war – wen ich vertreten würde –, lachte er. Und als ich fragte, warum Sabeen ausziehen solle, erwiderte er, dass ich mich erstens um meinen eigenen Kram kümmern und mir zweitens doch selbst einen Eindruck verschaffen solle, falls es mich so wahnsinnig interessiere.

Sie waren zu fünft. Zusammengepfercht in einem möblierten Zimmer, das kaum groß genug für einen von ihnen gewesen wäre. Amira war mit siebzehn die Jüngste. Sie war Sabeens Schwester. Ali war der Zweitälteste, und man spürte sofort, dass es ihn rasend machte, die Situation seiner Familie nicht verbessern zu können. Aber zusätzlich zu der Tatsache, illegal im Land zu sein (was sie im Gegensatz zu Sabeen alle waren), hatte Ali auf der Flucht aus Bagdad einen Fuß verloren. Er war von einem Laster überrollt und in Deutschland amputiert worden, doch bevor die Behörden allzu großes Interesse an Ali entwickeln konnten, floh er aus dem Krankenhaus, und so war die Verletzung nie ganz verheilt. Das Bein schmerzte permanent, aber ich vermute nicht so sehr wie das Gefühl, dass er es zugelassen hatte, zu einer Bürde zu werden. Seine Familie hatte in Deutschland auf ihn gewartet, hatte ihn den restlichen Weg bis nach England mehr oder weniger getragen, und so hätte es für Ali nicht sein dürfen. Er hatte den Irak verlassen, um ihnen zu helfen. Seiner jüngeren Schwester Amira, aber auch seinen Eltern – seiner Mutter Kalila und seinem Vater Hakim, die beide älter aussahen als ihre sechzig Jahre und die ihre eigenen gesundheitlichen Probleme hatten.

Sabeens Eltern waren es, die den größten Eindruck auf mich machten. Ich meine, als ich Sabeen erst mal überzeugt hatte, die Zimmertür zu öffnen und ich sie alle auf dem Sofa kauern sah, war mein erster Reflex, mich einfach wieder umzudrehen. Ich konnte schon an Sabeens Gesicht erkennen, dass sie mich bewusst getäuscht hatte. Aber sie zog mich hinein, schleifte mich Sätze murmelnd vor ihre Familie, und auch wenn ich nicht verstehen konnte, was sie ihnen sagte oder was ihre Eltern erwiderten, sahen sie mich an wie … Nun ja, das hört sich jetzt ziemlich pathetisch an, ich weiß: Aber sie sahen mich auf eine Weise an, von der ich wünschte, dass meine eigenen

Eltern mich jemals so angeschaut hätten. Einfach, ich weiß nicht. Stolz, denke ich. Anerkennend. Einfach dankbar, mich auf ihrer Seite zu haben.

Was hätte ich ihnen sagen sollen? Die naheliegende Antwort wäre wohl: die Wahrheit. Dass ihr Vermieter absolut im Recht war und dass sie von Glück reden konnten, dass er sie noch nicht den Behörden gemeldet hatte. Dass ich im Grunde die Behörde war und dass ich sie ebenfalls melden sollte. Aber die Sache war ... ich konnte nicht. Ich ... ich konnte es einfach nicht. Sie brauchten mich, und es fühlte sich gut an, gebraucht zu werden – ich will nicht abstreiten, dass das seinen Teil dazu beitrug. Aber als ich dann auch noch hörte, was sie durchgemacht hatten, als ich sah, was sie immer noch durchmachten ... Ich brachte es einfach nicht übers Herz.

Ich nehme an, Sie haben schon erraten, wohin das hier führt. Am Ende habe ich die Regeln nicht einfach nur gelockert, ich habe sie gebrochen. Es war ganz leicht: Ich fügte Sabeens Namen zu einer bestimmten Liste hinzu, benutzte gewisse Kriterien, um sicherzustellen, dass sie ziemlich weit nach oben wanderte, und überging dann den üblichen Bürokratiekram, um ihr die nächste freie Sozialwohnung zu vermitteln. Es war nur ein Wohn-Schlaf-Appartement, aber weitaus geräumiger als ihr jetziges Zimmer, und vor allem war es fast komplett separat. Keine lauten Nachbarn würden sie verängstigen und auch keine bedrohlichen Vermieter. Wie ich schon sagte, es war leicht, aber es war auch unverantwortlich. Ich dachte, ich würde helfen, aber so, wie es jetzt aussieht, wäre es für Sabeen und ihre Familie besser gewesen, wenn ich mich niemals darauf eingelassen hätte.

Es war ein Anruf von Ali, Sabeens Bruder, den ich verpasst hatte – an dem Tag, an dem ich das erste Mal auf Elsies Vater getroffen war. Seit ich Sabeens Familie kennengelernt hatte, war Ali derjenige geworden, der mir am nächsten stand. Er war gut sechs oder sieben Jahre jünger als ich, aber in Anbetracht all dessen, was er durchgemacht hatte, schaute ich zu ihm auf wie zu einem älteren Bruder. Ich vermutete, dass Ali genauso zu mir aufsah, aus keinem anderen Grund, als dass er meinen Job als viel wichtiger erachtete, als er es war. Doch was ich an unserer Beziehung am meisten schätzte, war, dass keiner von uns beiden seine Bewunderung offen zeigte. Wir ärgerten einander gnadenlos, warben offen um die Zuneigung seiner Eltern, eben so, als wären wir Brüder, nur ohne die Komplikationen der echten Rivalität unter Geschwistern.

»Das Scheißwetter in diesem Land.«

Alis Englisch war sogar besser als das seiner älteren Schwester. Vor allem Schimpfwörter beherrschte er so flüssig, dass selbst Syd wahrscheinlich beeindruckt gewesen wäre.

»Ist das der Grund, warum du mich sehen wolltest, Al? Um mich zu fragen, ob ich irgendwas gegen das Wetter machen kann?«

Ich grinste, aber in Wahrheit war ich auch besorgt. Als ich Ali als Antwort auf seinen Anruf eine SMS geschrieben hatte, bat er mich um ein Treffen. Schon der Anruf war ungewöhnlich gewesen, denn wir hatten uns darauf geeinigt, dass er mich nur im Notfall anrufen würde. Also bedeutete die Tatsache, dass er mich persönlich sprechen wollte, dass es um etwas Ernstes ging.

Er schaute finster drein, während er mich links und rechts auf die Wange küsste, dann drehte er eine seiner Handflächen in Richtung der Wolken. Der Himmel war grau, wie schmutziges Spülwasser, und die Luft schwer von einem Niederschlag, der zu schüchtern war, um als richtiger Regen durchzugehen.

»Selbst Allah könnte nichts tun, um diese Wolken zu teilen. Das ist der Grund, warum er England den Heiden gab.«

Wir standen vor der U-Bahn-Haltestelle Balham, und ich suchte nach einem Platz, der sowohl geschützt als auch abseits der Menschenmenge lag. Ich schlug nicht vor, einen Kaffee zu trinken, denn Ali hätte nur Leitungswasser bestellt und dann darauf bestanden, die Rechnung zu zahlen. Stattdessen zeigte ich auf die nahe gelegene Eisenbahnbrücke, und als wir dort ankamen, kauerten wir uns in der Dunkelheit zusammen.

»Was macht der Fuß?«, fragte ich. Ich hatte es geschafft, Ali mit einem Arzt in Verbindung zu setzen – jemand, den Bart kannte, nicht gerade der Nationale Gesundheitsdienst –, und er sollte jetzt eine Prothese und Krücken bekommen.

»Fehlt immer noch«, gab er zurück. »Ich hoffe nach wie vor, dass er in einer meiner Socken auftauchen wird.« Er verlagerte sein Gewicht, sodass er bequemer stehen konnte. »Hör zu, Jack. Du hast gesagt, ich kann dich anrufen, wann immer ich Fragen hätte.«

Die Tatsache, dass er so schnell zum Geschäftlichen kam, machte mich noch nervöser. »Hat euch jemand belästigt?«, fragte ich. »Wer?«

»Nicht wirklich belästigt«, sagte Ali. »Nur ... beobachtet.«

Mein Stirnrunzeln sagte wohl alles.

»Sabeen hat es als Erste erwähnt«, fuhr Ali gleich fort. »Da war jemand, der ihr von der U-Bahn aus nach Hause gefolgt ist. Und Amira glaubt, dass jemand unseren Müll durchwühlt.«

»Was? Warum sollte jemand euren Müll durchwühlen?«

Ali verdrehte die Augen. »Um nach Beweisen zu suchen«, sagte er. »Ist doch klar.«

»Aber … was denn für Beweise?«

»Beweise dafür, wer wir wirklich sind! Amira sagt, es ist schon mehr als einmal vorgekommen. Sie hat den Müll rausgebracht, und als sie die Tonne geöffnet hat, waren die anderen Müllsäcke alle aufgerissen.«

»Das können aber auch Füchse gewesen sein. Oder, keine Ahnung, Vögel?«

»Warum war dann der ganze Müll noch drin und der Deckel der Mülltonne geschlossen? Füchse räumen nicht hinter sich auf, Jack. Nicht mal in diesem Land.«

Ich öffnete den Mund, schloss ihn wieder. Ich wusste, dass Ali mich nicht angerufen hätte, wenn er nicht ernsthaft besorgt wäre, und ich wusste auch, wie hilflos er sich fühlte und wie anfällig sie alle für Paranoia sein mussten. Um ehrlich zu sein, war ich überrascht, dass sie sich nicht schon früher gezeigt hatte.

»Was ist mit dieser Person, die Sabeen gefolgt sein soll?«, fragte ich. »Hat sie irgendwas gesagt? Wie hat sie ausgesehen?«

»Es war zu dunkel, um etwas zu sehen. Und außerdem hat sie Abstand gehalten. Aber auch das ist mehr als einmal passiert, und Sabeen … Sie hat Angst, dass es jemand von der Regierung ist. Zum Beispiel ein Beamter von der Einwanderungsbehörde.«

Diesmal war mein Lächeln ehrlich gemeint. »Ein Beamter von der Einwanderungsbehörde?«

Ali verzog den Mund. »Ich wusste, dass du lachen würdest. Deshalb wollte ich persönlich mit dir sprechen.«

»Ich lache nicht, Al, ehrlich. Es ist nur … Ich meine, das geht ein bisschen weit, oder? Vielleicht war es einfach nur ein anderer Pendler, der denselben Heimweg hatte.«

Ali straffte die Schultern. »Du spürst es, wenn dir jemand

folgt, Jack. Und es ist ausgeschlossen, dass meine Schwester lügt.« Der Unterton seiner Stimme sagte mir, dass ich mich vorsehen musste. Auch wenn Ali Spaß an ein bisschen gegenseitigem Necken hatte, gab es für ihn nichts Wichtigeres als das Wohlergehen seiner Familie.

»Erzähl mir mehr«, sagte ich besänftigend. »Hat noch jemand irgendwas Ungewöhnliches bemerkt? Du selbst auch?«

Ali schüttelte widerwillig den Kopf.

»Was ist mit deinen Eltern?«

»Du kennst sie«, sagte Ali. »Sie gehen so gut wie nie raus. Aber ich vertraue dem Instinkt meiner Schwestern, Jack. Sie machen sich Sorgen, das weiß ich, auch wenn sie so tun, als ob sie es nicht täten.«

»Wie meinst du das?«

Wieder verlagerte Ali sein Gewicht. »Sie wollten nicht, dass ich mit dir rede«, gab er zu. »Niemand wollte das.«

Ich konnte mir genau vorstellen, wie sich dieser Streit abgespielt haben musste. Sabeen, Amira und ihre Eltern, die sich weigerten, einer Sache zuzustimmen, die sie als anmaßend empfanden. Es war ja schon schwer genug, sie bei meinen Besuchen davon zu überzeugen, auch nur ein Glas Honig anzunehmen. Ali wird es allerdings als seine Pflicht angesehen haben, mit mir zu sprechen – Anmaßung hin oder her. Ich hatte enormen Respekt vor dieser Leidenschaft in ihm: der Tatsache, dass er, wenn es darauf ankäme, freiwillig seinen anderen Fuß opfern würde, um seine Familie zu beschützen.

»Du hast das Richtige getan«, sagte ich, was sich normalerweise unglaublich gönnerhaft anhörte, aber in diesem Moment genau das war, was Ali hören wollte. Tatsächlich wurde er sichtbar größer, und ich konnte mir vorstellen, wie er den Satz vor seinen Schwestern wiederholen würde, wenn er ihnen später von unserem Gespräch erzählte. »Also, dieser …

Einwanderungsbeamte«, sagte ich. »Wie oft ist er Sabeen gefolgt?«

»Zweimal, glaubt sie. Und sie hätte es nicht erwähnt, wenn sie nicht sicher wäre, Jack. Ich erfinde das nicht.«

»Entspann dich, Al. Ich bezweifle das nicht. Ich werde mich darum kümmern, versprochen. Aber wenn du meine Meinung hören willst, ich glaube, es gibt nichts, worüber ihr euch Sorgen machen müsst. Beamte von der Einwanderungsbehörde lungern eigentlich nicht im Halbschatten herum. Und sie werden nicht gut genug bezahlt, um fremde Mülltonnen zu durchwühlen.«

Es sollte ein Scherz sein – ein ziemlich lahmer, zugegeben –, aber trotzdem entlockte er Ali ein zögerliches Lächeln.

»Wahrscheinlich werdet ihr nur von einem dieser Südlondoner Irren verfolgt. Es gab mal eine Anstalt am Ende eurer Straße, weißt du? Sie wurde in den Neunzigern geschlossen, und alle Patienten wurden einfach auf die Straße gesetzt. Bestimmt treiben sich einige immer noch in der Gegend herum, und vielleicht hat einer von ihnen ein Faible für hübsche Einwanderer aus dem Nahen Osten.«

Ali schnaubte. »Und das soll mich beruhigen?«

»Ich sagte hübsch, Al. Ich glaube nicht, dass *du* irgendwas zu befürchten hast. Deine Schwestern sind diejenigen, auf die du achten solltest.«

Ali lachte wieder; seine Stimmung hatte sich spürbar gebessert. »Sie mag dich, weißt du?«

»Wer?«

»Amira. Sie sagt, du siehst aus wie Doctor Who.«

Jetzt grinste er, und auch wenn ich wusste, dass er mich aufziehen wollte, musste ich mich bemühen, meine Verlegenheit zu verbergen. Er hatte mich schon mal damit geärgert – wir beide hatten es bemerkt, wie Amira mich ansah, wie sie immer mal beiläufig meinen Arm berührte. Ich fühlte mich natürlich geschmeichelt, aber ich gab mein Bestes, es zu ignorieren. Was nicht einfach war, wenn ihr älterer Bruder mich quer durch den Raum angrinste.

»Welcher Doctor Who?«, fragte ich. »Der kleine? Oder der alte?«

»Der idiotische. Mit den bescheuerten Haaren.«

Ich antwortete mit einem sarkastischen Lächeln. »Richte ihr aus, dass ich mich geschmeichelt fühle«, sagte ich, »und dass ich, wenn ich nicht schon versprochen wäre – und ihr Bruder nicht selbst so ein Idiot wäre –, um ihre Hand anhalten würde.«

Ali schnalzte mit der Zunge. »Ich sagte, sie mag dich, Jack. Ich sagte nicht, dass sie dich heiraten will.« Er schüttelte den Kopf. »Ihr Engländer. Wollt immer alles kolonialisieren.«

Und dabei beließen wir es: bei einem Grinsen und einem Händedruck. Man sollte annehmen, dass ich in Anbetracht dessen, was auf dem Spiel stand – für Ali und seine Familie, aber auch für mich –, die Sorgen meines Freundes etwas ernster nehmen würde. Aber ich war davon überzeugt, dass er nicht wirklich verängstigt war. Außerdem stimmte, was ich zu ihm gesagt hatte: Beamte der Einwanderungsbehörde benehmen sich nicht wie Geheimdienstagenten. Sie benehmen sich wie Gerichtsvollzieher, hämmern an Türen und verlangen Ausweise. Also, nein, ich machte mir keine Sorgen. Tatsächlich war das Einzige, was ich nach dem Vorfall mit Elsies Vater in diesem Moment fühlte, Erleichterung.

Sydney

Ich kann keiner einzigen Erinnerung an meine Schwester trauen.

Zum Beispiel der Kram, den ich Elsie erzählt habe. *Sie sah dir sogar ähnlich.* Auch wenn ich glaube, dass das stimmt, könnte es genauso gut eine Lüge sein. Ich habe ein Bild von Jessica in meinem Kopf, aber es verändert sich, flackert, verblasst, immer wenn ich es genau betrachten will. Als ich sie das letzte Mal gesehen habe, war ich dreizehn Jahre alt und Jessica elf, und in all der Zeit, die seitdem vergangen ist, habe ich nicht ein Foto von ihr gesehen. Also, diese hohen Wangenknochen, die ich erwähnte, diese bodenlosen braunen Augen – ich kann sie sehen, wenn ich mir meine Schwester *vorstelle*, aber das heißt nicht unbedingt, dass sie wirklich so aussah.

Und was ich über ihren Mut gesagt habe. Auch das ist etwas, woran ich mich erinnere, aber die Erinnerung beruht auf einer einzigen Tatsache: dem Fakt, dass sie das getan hat, wozu ich mich nicht überwinden konnte. Ich bin der lebende Beweis, dass ich einfach nie die Eier dafür hatte.

Ich habe Erinnerungen an unser Zusammensein – natürlich habe ich die –, aber selbst diese fühlen sich mehr wie Träume an, an die man sich nur vage erinnert. Letzten Endes gibt es nur zwei Dinge über meine Schwester, derer ich sicher sein kann. Ich weiß, dass ich sie nie genug geliebt habe. Und ich weiß, dass ich schuld daran bin, dass sie starb. Und vielleicht mache ich mir etwas vor, wenn ich diese zwei Dinge getrennt betrachte, wenn das eine doch direkt zum anderen geführt hat.

Ich sagte, ich habe Jessica nie genug geliebt. Die Wahrheit ist aber, dass ich sie gehasst habe. Nicht nur, weil sie meine nervige kleine Schwester war, sondern weil unser Vater sie so anders behandelt hat als mich. Er hat sie nie geschlagen, kein einziges Mal, nicht mal in einem der seltenen Momente, wenn er wütend wurde. Oder eher die *Beherrschung* verloren hat. Sie wurde auch von den Demütigungen verschont, von der Entwürdigung, der subtilen Kritik, die er in so perfekter Vollendung beherrschte. Der Einschüchterung. Der *Angst*. Für mich gab es kein Entkommen vor seinen sadistischen Spielchen, während Jessica bloß Zuschauerin war. Auch wenn das natürlich ein Teil des Spiels war. Mein Vater brachte mich dazu, meiner kleinen Schwester böse zu sein, um etwas von dem Hass abzuwenden, den ich ihm gegenüber verspürte. Auch meine Mutter manipulierte er. Zu dieser Zeit war ich ihr genauso böse wie Jessica. Sie hätte sich für mich einsetzen können, doch sie zog es vor, das nicht zu tun. Aber Jessica war mindestens teilweise ihr Beweggrund. Es war, als ob mein Vater ein Messer an den Hals meiner kleinen Schwester drückte. Ein kleiner Ausrutscher meiner Mutter, und die Hand meines Vaters würde ebenfalls ausrutschen. Er machte, was die Römer getan hatten. Waren es die Römer? Im Grunde genommen säte er Zwietracht zwischen uns, damit er herrschen konnte.

Aber wie auch immer; es funktionierte, und nur das zählte. Meine Schwester wollte meine Freundin sein, und ich habe es nicht zugelassen. Nebenbei bemerkt glaube ich, dass meine Erinnerungen an sie deshalb so unscharf sind. Die Therapeuten, die ich aufgesucht habe, sagten alle, ich hätte diese Erinnerungen unterdrückt, weil ich es musste. Als eine Art Schutzmechanismus. Nicht als eine Art, als *exakt* das. Sie sagen, diese Erinnerungen seien immer noch da, aber um mich selbst vor der Schuld zu schützen, die ich empfände, hätte ich sie hinter einer Mauer verschanzt. Nur dass diese Mauer schon früher da war, wenn Sie mich fragen. Ich habe meiner Schwester nie genug Aufmerksamkeit geschenkt. Mich nie darum *geschert*, wer sie war, oder versucht, überhaupt irgendwelche bleibenden Erinnerungen an sie zu sammeln.

Und die andere Sache ist die: Ich habe es versucht. Mich zu erinnern, meine ich. Wenn diese Erinnerungen noch da sind, wie kommt es, dass ich sie nicht sehen kann? Ich meine, verdammt noch mal, ich erinnere mich an alles andere. *Alles.* Warum kann ich mich an den ganzen kranken Scheiß aus meiner Kindheit erinnern, aber nicht an das einzig Gute?

Ich brachte sie an dem Tag um, als ich von zu Hause wegging. Sie starb zwei Monate später an einer Überdosis von den Schlaftabletten meiner Mutter, aber dass ich sie allein gelassen hatte – sie *verlassen* hatte –, hat meine Schwester das Leben gekostet.

Ich bin an meinem vierzehnten Geburtstag abgehauen. In der Nacht davor, um genau zu sein. Geburtstage waren immer etwas Besonderes für meinen Vater. An dem Tag, als ich sieben wurde, hielt er mein Gesicht über die Kerzen auf meinem Kuchen. Nicht sehr lange. Nur bis ich zu schreien anfing. Und mit der Zeit wurden seine Mittel, meine Geburtstage zu feiern, ausgefeilter. (Auch die meiner Mutter – sie ist dem jährlichen Ritual auch nicht entkommen. Nur Jessica.) Er fing an, sie zu planen, so wie normale Leute Weihnachten planen. Zu meinem zwölften Geburtstag kaufte er mir zum Beispiel ein Kätzchen. Ein kleines graues. Zuerst konnte ich nicht glauben, dass mein Vater so großzügig war. Ich meine das nicht aufs Geld bezogen. Mein Vater war wohlhabend genug – und ich vermute, in der Folge waren wir es alle –, dass Geld nie eine Rolle spielte. Was ich meine, ist, dass er so großzügig mit seiner Zuneigung war. Denn das musste es doch sein, oder nicht? Dass er mir etwas gekauft hatte, was ich mir so sehr wünschte? Er musste mich irgendwie also doch lieben. Vielleicht hatte ich endlich irgendwas getan, das ihn stolz machte.

Er wartete zwei Wochen. Lange genug, damit Pipkin (was soll ich sagen? *Unten am Fluss* war mein absolutes Lieblingsbuch) zum Zentrum meines Lebens werden konnte. Um ehrlich zu sein, hätte dafür auch ein Tag ausgereicht, aber ich vermute, er wollte sichergehen, dass ich Pipkin wirklich liebte. Und die Vorfreude war schon das halbe Vergnügen für meinen Vater. Es dauerte also vierzehn Tage, bis er ihn tötete. Er behauptete, Pipkin sei von einem Auto überfahren worden. Dass ich, als ich an diesem Morgen zur Schule gegangen war, vergessen hätte, die Haustür zu schließen. Aber das hatte ich nicht, ich war mir *sicher*, dass ich es nicht vergessen hatte. Die gesamten zwei Wochen lang war ich so vorsichtig gewesen, dass es fast schon an Paranoia grenzte. Und als ich Pipkins Leiche sah – als mein Vater sie mir *zeigte*, auf einer Zeitungsseite mitten auf dem Küchentisch –, waren da keine Spuren an ihm. Kein Blut, kein Dreck, nichts. Selbst durch meinen Tränenschleier konnte ich das sehen. Außerdem hätte mein Vater, wenn es wirklich meine Schuld gewesen wäre, getobt. Doch was er stattdessen tat, war lächeln.

Es war mein nächster Geburtstag – mein dreizehnter –, der die entscheidende Wende brachte. Nach Pipkin könnte man meinen, dass ich klüger geworden wäre, aber das Talent meines Vaters bestand teilweise darin, dich während seiner Vorbereitung auf den nächsten Angriff einzulullen. Dieses Mal hatte er mir eine Feier versprochen. Ich hatte keine Freunde, also verspürte ich gar nicht den Wunsch nach einer Party. Ich war nicht wirklich unbeliebt, sondern wurde einfach übersehen, kann man wohl sagen, denn ich blieb in der Schule lieber für mich. Aber es gab da ein Mädchen, Helen Donohue, die nach und nach, über ein Jahr hinweg, zu einer Art Freundin für mich geworden war. Das dachte ich jedenfalls. Ein- oder zweimal in der Woche gingen wir, anfangs eher aus Zufall, gemeinsam von der Schule nach Hause. Und ich vermute, mein Vater muss uns gesehen haben. Ich versuchte es abzustreiten, als er mich nach ihr fragte – *sie ist keine Freundin, ich weiß noch nicht mal ihren Nachnamen* –, denn irgendwie wusste ich, dass eine *Freundin* etwas war, das ich nicht haben durfte, auch wenn es nie explizit gesagt worden war. Aber mein Vater durchschaute mich natürlich, durchschaute meine *Sehnsucht* danach, jemanden zu haben, irgendjemanden, dem ich vertrauen konnte. Und er schlug vor, dass wir Helen zu meinem Geburtstag einladen könnten. Zum Geburtstagstee, falls ich nicht zu erwachsen für so was wäre. Ich war natürlich skeptisch. Nicht wegen des Vorschlags an sich – ich hatte mir einen Geburtstagstee gewünscht, seitdem ich vier geworden war. Eher weil ich mich fragte, ob das nicht wieder einer seiner Tricks war. Aber naiv und mich nach Liebe sehnend, wie ich war, beschloss ich, seinem Versprechen zu trauen. Ich konnte nicht anders. Die mögliche Belohnung war, verglichen mit dem Risiko, einfach zu fantastisch.

An meinem Geburtstag sollte Helen um fünf kommen. Meine Mutter ging nachmittags mit mir einkaufen: ein neues Kleid, eine Geburtstagsgirlande, etwas Besonderes zu essen und zu trinken für Helen und mich. Es war der schönste Tag, an den ich mich erinnern konnte ... Bis wir mitten am Nachmittag nach Hause kamen und feststellten, dass Helen bereits da war.

Mein Vater hatte die Uhrzeit geändert. Als meine Mutter, Jessica und ich ins Haus kamen, saß Helen auf dem Sofa. Auch mein Vater war im Wohnzimmer, er stand mit dem Rücken zum Fenster und sagte nichts, als wir den Raum betraten. Er hielt seinen Blick fest auf Helen gerichtet. Ich sah sie ebenfalls an und bemerkte, was ich zuerst übersehen hatte, als ich hereingekommen war. Sie sah verängstigt aus. Nicht nur verängstigt, panisch. So, wie ich aussehen musste, wenn mein Vater *mich* bedrohte.

»Helen? Was machst du denn hier? Was ... was ist los?« Ich wandte mich an meinen Vater. »Dad? Was hast du ...?«

Helen stand auf und hastete nach einem ängstlichen Blick auf meinen Vater zur Haustür. Ich folgte ihr in die Diele und nahm beim Rausgehen das befriedigte Funkeln in seinen Augen wahr.

»Helen? Helen, warte! Mein Geburtstag ...«

Sie drehte sich zu mir um und ließ mich, jetzt, da wir alleine waren, lieber ihre Wut als Angst spüren.

»Du bist ein *Freak*«, zischte sie unter Tränen, von denen ich nicht sicher war, ob sie sie bemerkte. »Du, dein Vater, deine ganze Familie, ihr seid *Freaks*.«

Es waren die letzten Worte, die sie jemals an mich richten sollte. Ich weiß nicht, was mein Vater ihr an diesem Tag gesagt hat. Natürlich nichts, was Helen im Nachhinein hätte beweisen können. Alles, was ich zu diesem Zeitpunkt wusste, war, dass die Geburtstagsparty, die mein Vater mir versprochen hatte, eine weitere Illusion gewesen ist, und dass meine Freundschaft zu Helen endete, bevor sie überhaupt angefangen hatte. Schlimmer noch – und das, wurde mir klar, war für meinen Vater der wahre Grund gewesen, sie einzuladen, neben dem Kummer, den er mir zufügen wollte –, was auch immer er zu Helen gesagt hatte, genügte, um sie und auch die anderen Kinder gegen mich aufzubringen. Vielleicht hatte er sie instruiert, die Gerüchte zu verbreiten. Vielleicht hatte er das gar nicht tun müssen. So oder so wurde ich vom übersehenen zum meistgehassten Mädchen der Schule. So fühlte ich mich jedenfalls. Ich war nicht nur ein Freak, sondern auch eine Lesbe, eine Bettnässerin, eine Schlampe: Jede grausame und rachsüchtige Bezeichnung, die meinen Mitschülern in den Sinn kam, wurde mir angeheftet. Die Schule war bis dahin meine Zuflucht gewesen, der einzige Ort auf der Welt, an dem ich mich sicher fühlte. Doch dann, nach Helen, gab es keinen Ort mehr, an dem ich keine Angst hatte.

Und das war, denke ich, der Punkt, an dem es bei mir ankam: Ich verstand, dass ich niemals in der Lage sein würde, mit *irgendjemandem* eine Beziehung zu führen, deren Bedingungen nicht von meinem Vater diktiert wurden. Und sogar noch schwerer zu ertragen war die plötzliche Erkenntnis, dass mein Vater mich kein bisschen liebte. Ich hatte immer angenommen, dass ich ihm auf irgendeine Art wichtig war, mochte seine Zuneigung auch noch so tief vergraben sein. Aber das stimmte nicht. Er hasste mich, fand mich *abstoßend* – und bevor er zulassen würde, dass ich glücklich wäre, würde er alles in seiner Macht Stehende tun, damit jeder andere auf der Welt mich ebenfalls hasste.

Also ja, das war es – zusammen mit der Aussicht auf eine weitere Geburtstagsfeier –, was mich endlich zum Abhauen bewegte. Mitten in der Nacht, mit einem Rucksack voller Buttermilch und Erdnussbutter und einem Nudelholz aus der Küchenschublade zur Verteidigung, nur für den Fall, dass mein Vater auf die Idee käme, mich zu verfolgen. Aber meine Flucht veränderte alles. Es war nicht vorgesehen, dass ich wegging. Es war mir nicht *gestattet*. Mein Vater war nicht nur verärgert, er war rachgierig. Auf alttestamentarischem Niveau *angepisst*. Ich kann mir nicht vorstellen, was er mit Jessica in den Wochen vor ihrem Tod angestellt haben muss. Oder ehrlich gesagt kann ich es. Ich kann mir alles viel zu gut vorstellen. All die Schutzwälle, die er um sie herum aufgebaut hatte, müssen umgehend eingebrochen sein, und all die Boshaftigkeit, die bisher zurückgehalten worden war, stürzte auf sie ein. Ich hatte Jahre Zeit, um diese Bilder, die ich mit mir herumtrage, zu verfeinern, um die Szenen, die sich am deutlichsten in meinem Schlaf abspielen, zu veredeln. Absurderweise sind die Erinnerungen an meine Schwester am schärfsten, wenn ich mir vorstelle, wie mein Vater sie verletzt. Es ist nicht ihr Gesicht, das ich dann sehe, es sind ihre Gefühle. Ich kann den Schmerz sehen, der ihre fragilen Züge verzerrt, und die Angst, die ihre Augen verdunkelt. Auch die Verletzung spüre ich. Das Gefühl von Verrat.

Ich habe von Jessicas Tod nur durch Zufall erfahren. Als ich abgehauen bin, war das für immer. In meinem Kopf wurde ich am nächsten Morgen zu Sydney Baker. (Sydney, weil mir gefiel, dass es auch ein Jungenname und dazu noch ein so weit entfernter Ort war. Warum ich mich für Baker entschied, weiß ich nicht mehr. Vielleicht stand ich gerade vor einer Bäckerei oder so.) In den ersten beiden Wochen wagte ich mich allerdings nicht über die Grenze unserer Grafschaft hinaus. Mein mittelfristiger Plan war, nach London zu gehen, aber zunächst fehlte mir der Mut, also zog ich zwischen den unzähligen Bed-and-Breakfasts umher, die im Sommer von Touristen frequentiert wurden, die ans Meer fuhren. Wäre ich sofort nach London gegangen, hätte ich vielleicht nie den Artikel entdeckt, der eines Tages in der Lokalzeitung stand.

Bekannter Geschäftsmann aus der Gegend erleidet Tragödie lautete die Überschrift, und unterhalb des Falz war ein Bild meines Vaters zu sehen. Mein erster Gedanke – meine erste *Hoffnung* – war, dass er tot wäre. Von einem Bus überfahren, von einem Baum erschlagen, von einem göttlichen Blitz getroffen. Ich hatte mir im Laufe der Jahre so viele mögliche Szenarien ausgemalt, dass in dem Artikel kaum etwas hätte stehen können, das mich überrascht hätte. Das Einzige, was das vollbringen konnte, war wohl das, was ich schließlich las.

Selbst die Zeitungsfritzen gaben mir die Schuld, nur mit ihrer Begründung lagen sie falsch. Sie vermuteten, dass Jessicas Selbstmord eine Reaktion auf mein Weglaufen war. Das mochte im Kern stimmen, aber sie schrieben, es sei Kummer gewesen, der sie dazu gebracht habe, die Schlaftabletten zu nehmen; Verzweiflung über das, was auch immer in mich gefahren sei. Mein Vater wurde als Opfer dargestellt. Ein ehrenwertes Mitglied der Gesellschaft, über das innerhalb von zwei Monaten zweimal das Unglück hereingebrochen war. Sie zitierten sogar eine Bitte, die er an mich gerichtet hatte. *Falls du da draußen bist*, sagte er, *und das liest: Ich flehe dich an, nach Hause zu kommen. Mir zuliebe. Dir zuliebe. Und deiner Mutter zuliebe.* Sie schrieben, es sei eine Bitte. Für mich war es ganz offensichtlich eine Drohung.

Ich dachte darüber nach. Nicht wegen meiner Mutter. Ehrlich gesagt, tauchte sie erst Jahre später wieder in meinen Gedanken auf. Was ich zu diesem Zeitpunkt wollte, war mich selbst zu bestrafen, und was wäre passender gewesen, als es meinen Vater für mich tun zu lassen? Auf der anderen Seite war ich nicht bereit, ihn gewinnen zu lassen. Eine Zeit lang nach dem Tod meiner Schwester war das das Einzige, was mich vorantrieb, die Entschlossenheit, meinen Vater genauso leiden zu lassen, wie Jessica es getan hatte. *Ich hoffe, er wurde bestraft*, hatte Elsie zu mir gesagt, und ich vermute, dass er das letztendlich wurde. Nicht genug allerdings. In meinen Augen nicht mal annähernd genug.

Dieses Nudelholz war nämlich nicht das Einzige, was ich zu meinem Schutz mitgenommen hatte. Ich hatte auch Papiere eingesteckt. Aufzeichnungen, Kontoauszüge, das Adressbuch, das mein Vater in seiner Brieftasche aufbewahrte – alles, was ich in den Stunden, bevor ich mich davonschlich, in seinem Büro finden konnte. Ich wusste nicht, was genau diese Dinge beweisen würden, aber *irgendetwas* würden sie aufdecken. Denn zusätzlich zu allem anderen war mein Vater ein Gauner. Ein Schwindler, ein Lügner, ein *Betrüger*, und zwar ein unverhohlener. Er war dabei nicht vorsichtig. Er machte sich nicht mal die Mühe, seine Brieftasche zu verschließen. Für ihn gehörte das zum Spiel: die Unverfrorenheit, mit der er bei all den schlimmen Dingen, die er tat, davonkam. Niemand im Vollbesitz seiner geistigen Kräfte würde versuchen, ihm die Stirn zu bieten. Doch zu seinem Unglück war ich nicht im Vollbesitz meiner geistigen Kräfte, nicht nach dem, was mit Jessica geschah.

Alles, was es brauchte, waren eine Briefmarke und ein Anruf bei derselben Zeitung, die meinen Vater als *ehrenwertes Mitglied unserer Gesellschaft* gepriesen hatte. Wahrscheinlich waren die Dokumente, die ich ihnen schickte, noch nicht mal wirklich notwendig. Ein Hinweis hätte ausgereicht, ein Vorschlag, wo man anfangen könnte zu graben, der darauf beruhte, was ich all die Jahre in den Telefonaten meines Vaters mitgehört hatte. Er hatte sich mit dem Interview über Jessica selbst zu Fall gebracht. Alles, was ich tat, war, ihm einen Schubs zu geben. Und ich konnte – das war das Wichtigste – mitansehen, wo er landen würde. Mein Wunsch wäre ein Bottich voller kochender Jauche gewesen, aber der Knast war das Nächstbeste.

Danach – nachdem ich in Sicherheit war – löste ich mich auf. Der Alk, die Drogen, die Trostficks, meine wahre Selbstverstümmelung begann damals. Ich schaffte es letztendlich nach London, aber in meiner Verfassung war London der schlechteste Ort, an dem ich sein konnte. Der liebe Gott allein weiß, wie ich einen Job fand. Und weiß der Geier, wie ich ihn behalten habe. Eine gesamte Dekade lang fühlte sich mein Leben an wie ein Versehen, ein Buchungsfehler zu meinen Gunsten, den irgendjemand irgendwann unweigerlich zurückrufen würde.

Aber ich dachte, ich hätte es überstanden. Ich dachte, dass ich es dank Jack endlich auf die andere Seite geschafft hätte. Anscheinend habe ich mich wohl selbst verarscht. Das hier ist keine neue Episode meines Lebens. Es ist wieder Teil eins, der in Dauerschleife läuft. Jack sagt, das, was mit Elsie passiert ist, sei seine Schuld. Er war derjenige, der den Anruf gemacht hat. Er war derjenige, der als Erster vorgeschlagen hat, das Jugendamt einzuschalten. Aber am Ende ist das alles, worauf Jacks Zutun zurückzuführen ist: Vorschläge. Ich kann mich nicht aus der Tatsache herauswinden, dass er letztendlich meinem Beispiel folgte.

Tja, das System. Die Leute, die uns mitteilten, dass sie nichts tun könnten. Ich vermute, ich könnte die Schuld ihnen zuschieben, nur kannte ich das System genauso gut wie sie. Ich wusste, wie vorsichtig sie auftreten mussten, wie langwierig jede Intervention in Elsies Lage geplant werden musste. Ich hatte es Jack gesagt. Ich habe es auf diesen Seiten niedergeschrieben. *So einfach ist das nicht. Es ist nie so einfach.* Was habe ich mir dabei gedacht? Dass nur weil ich diesmal alles anders machen wollte, es auch anders laufen würde? Ich *weiß*, dass ich nicht so naiv bin. Nicht mehr.

Ich habe versucht, die Schuld auf Elsie zu schieben, die am Ende der Mut verlassen hat. Aber wieder erinnere ich mich genau daran, was ich Jack gesagt hatte. *Elsie wird nichts sagen. Glaub mir.* Wie kann ich sie verantwortlich machen, wenn ihr einziger Fehler – nicht mal ein Fehler: ein Gefühl – Angst war? Ihr die Schuld zu geben wäre so, als würde man das Opfer für das Verbrechen verantwortlich machen. *Wenn Sie so einen tollen Fernseher kaufen, sind Sie selbst schuld, dass bei Ihnen eingebrochen wird. Wenn sie ein Kleid trägt, das ihr noch nicht mal bis zu den Knien reicht, fordert sie es ja heraus, vergewaltigt zu werden.* Ich weiß, dass ich auch in dieser Hinsicht nicht so naiv bin. Ich weiß, dass ich nicht so verdammt *dumm* bin.

Elsies Vater gebe ich die Schuld. Ich weiß nicht, was er ihr angetan hat, nachdem der nette Mann vom Jugendamt seinen Tee ausgetrunken hatte. Vielleicht hat er gar nichts getan, vielleicht hat er ihr nur damit gedroht. So funktioniert es manchmal. Solange Leute zuschauen, werden deine Schulden nicht sofort eingetrieben. Doch irgendwann zahlst du sie, und in der Zwischenzeit wachsen die Zinsen. Elsie wird das genauso wie jeder andere begriffen haben.

Aber selbst Elsies Vater kann die Verantwortung, die bei mir liegt, nicht von mir nehmen. Ich war genauso kurzsichtig wie bei Jessica, genauso selbstbezogen. Davon abgesehen war ich diejenige, die Elsie auf die Idee gebracht hat. *Wenn man in einem Verlies gefangen ist, wird selbst das schwächste Flimmern im Dunkel zu einer Verheißung von Tageslicht. Und wenn sich herausstellt, dass es das nicht ist, wenn es sich in Wahrheit als eine brennende Treppe herausstellt … Tja, dann nutzt man dennoch die Gelegenheit.*

Klingt vertraut? Jep, ich wieder. Als welch ein Brunnen der Weisheit ich mich doch entpuppe. Ich war diejenige, die auf dieses Flimmern in der Dunkelheit zeigte und Elsie die brennende Treppe hinunterzwang. Ich habe ihr von Jessica erzählt. Ich habe ihr erzählt, wie *sie* da rauskam. Ich habe sie sogar dafür gepriesen! Großer Gott. Genauso gut hätte ich Elsie selbst vor diesen Zug stoßen können.

Woran ich mich am deutlichsten erinnere, ist der Schrei. Nicht Elsies. Sie hat keinen Ton von sich gegeben, nichts, das ich durch den Lärm des 8-Uhr-16-Zugs ausmachen konnte. Es war auch nicht der Schrei einer Frau. Es war ein Mann, der qualvoll aufbrüllte. Ein Geräusch, das er auf keinen Fall jemals wiederholen könnte.

Ich entdeckte sie zuerst vor dem Bahnhof. Ich hatte beständig Ausschau nach ihr gehalten, seit … Ich wollte schon schreiben, seit das Jugendamt uns gesagt hat, dass sie keinen Grund zum Einschreiten sähen, aber eigentlich schon davor. Tatsächlich habe ich nie aufgehört, Ausschau nach ihr zu halten, seitdem ich sie das erste Mal getroffen hatte. Aber nach der ganzen Geschichte wurde mir *bewusst*, dass ich nach ihr suchte. Auf der Straße. Auf dem Spielplatz. Vom Gästezimmerfenster aus. Als eine Woche vergangen war, ohne dass ich sie irgendwo gesehen hatte, musste ich mich davon abhalten, rüberzumarschieren und an die Tür zu hämmern. Und dann, als ich am wenigsten darauf vorbereitet war – als ich von der Kaffeewarteschlange zur Zugwarteschlange schlurfte, auf meinem Weg zur Arbeit –, war sie da. Zwanzig, fünfundzwanzig Meter vor mir glitt sie durch die Menge, wieder wie ein Blatt, das im Wind tanzte.

Ich rief nach ihr, aber sie hörte mich nicht. Ich beeilte mich, verschüttete meinen Kaffee, warf den ganzen Becher im Vorbeihasten in einen Mülleimer. Fast hatte ich sie eingeholt, aber dann hing ich an der Ticketschranke fest. Beschissene Oyster-Card. Beschissenes fehlendes Guthaben. Als ich endlich durch war, war Elsie in dem Tunnel verschwunden, der zu den Gleisen führte. Unser Bahnhof hat drei, doch morgens werden nur zwei genutzt, eins für die Züge in die City, das andere für die Gegenrichtung.

Ich las die Fahrpläne am Fuß der Treppen. In zehn Minuten kam ein Zug nach Surrey, in zwei Minuten einer nach London, Victoria Station; das war zufälligerweise meiner. Ich erinnere mich, wie ich mich kurz fragte, ob Elsie zum Bahnhof gekommen war, um mich zu sehen. Auch später habe ich darüber nachgedacht – ob das Timing implizierte, dass Elsie mir eine Art Nachricht schicken wollte. Ich glaube nicht, dass dem so war. Ich kann mich nicht daran erinnern, ihr jemals erzählt zu haben, wie oder wann ich zur Arbeit fuhr. Aber trotzdem.

Nach einer Minute entdeckte ich sie. Eine wertvolle Minute. Das Gleis war wie an jedem Morgen unter der Woche überfüllt, und Elsie war bis ans hintere Ende gegangen, zu der Stelle, an der der Zug am schnellsten sein würde, wenn er in den Bahnhof einfuhr. Tatsächlich konnte ich ihn schon in der Ferne herannahen sehen. Die Gleise beschrieben eine große Schleife in den Bahnhof hinein, so wie eine Stadionbahn sich zur Zielgerade hin krümmt. Der Zug nahm gerade die letzte Kurve.

»Elsie?«

Mein Ruf war nur so laut gewesen, dass sich in meiner direkten Nähe ein paar Köpfe umwandten. Ich sah, wie Elsie sich auf den Rand des Gleises zubewegte. Ihre Aufmerksamkeit war auf den einfahrenden Zug gerichtet. Einmal mehr fragte ich mich, was sie da machte, wo sie hinwollen könnte. Zwei Männer in Anzügen gingen zwischen uns durch, und für einen Augenblick verschwand Elsie hinter einem Vorhang aus Nadelstreifen.

Als ich sie wieder sehen konnte, hatte sie ihre Position erneut verändert, einer ihrer Füße war hinter die gelbe Sicherheitslinie geglitten. Überall auf dem Gleis formierten sich die Leute zu Reihen, bereit für den Kampf um einen Sitzplatz, aber ganz hinten, wo Elsie stand, waren kaum Menschen um sie herum. Es gab keinen Grund dafür, dass sie so nahe am Rand stand. Keinen Grund bis auf einen.

»Elsie ...«

Ich lief schneller. Ich stieß mit einem dieser Geschäftsmänner zusammen, ignorierte sein kaffeebesprenkeltes Fluchen. Ich ließ die Mappe fallen, die ich in der Hand hatte, zögerte, ließ sie liegen.

»Elsie!«

Da hörte sie mich. Drehte sich um, sah mich, wirkte für einen Moment verwirrt – und lächelte mich dann über ihre Schulter hinweg an. Dieses Lächeln. Ich erkannte es als ihr Hallo an mich, an jenem Tag, als ich ihr von Mr Hiranis Laden aus gefolgt war. Ich erkannte, dass es diesmal ihr Lebewohl war.

»Scheiße, Elsie, warte! Stopp!«

Vielleicht habe ich diese Dinge gesagt, vielleicht habe ich sie nur gedacht. Um ehrlich zu sein, ich habe keine Ahnung. In dem Moment war der Zug genauso weit von Elsie entfernt wie ich – mit anderen Worten, direkt vor ihr. Ich fühlte mich dagegen, als wäre ich noch Hunderte Meilen entfernt. Sie …

Fuck!

Ich meine, ich kann es noch nicht mal beschreiben. Aber ich glaube … Was man mir gesagt hat, ist … Sie traf an der Seite des Zuges auf und nicht an der Front. Oder an der Ecke oder … Ich weiß es nicht. Vielleicht hat sie im letzten Moment gezögert. Vielleicht hat sie ihren Sprung falsch abgepasst. Nur dass sie nicht sprang, daran erinnere ich mich. Sie schritt. Als ob sie einfach in den Zug steigen würde. Ruhig. Still. Sie machte einfach einen Schritt.

Ich versuchte, mich zu ihr durchzukämpfen, kam aber nicht mal in ihre Nähe. Der Mann, der brüllte – ich konnte nicht sehen, wer es war. Ich kann mich nicht daran erinnern, danach irgendetwas klar gesehen zu haben. Nur Elsie, durch die Menge hinweg, die da lag, verdreht, wo sie auf das Gleis zurückgeworfen worden war, ihr grüner Regenmantel nach und nach rot erblühend.

Sie sagen, sie hätte eine Chance. Sie sagen, sie sei eine Kämpferin, sie könnte über die Runden kommen. Sie haben tatsächlich diese Phrase benutzt. Aber wie auch immer sie es ausdrücken, es ist Bullshit, denn erstens konnte ich sehen, was sie wirklich dachten, als sie es sagten, und zweitens weiß ich, dass Elsie keinen Kampfgeist mehr in sich trägt. Das ist alles, worauf es ankommt. Wenn man kämpft, muss man es für *irgendwas* tun, und was Elsie angeht, gibt es nichts mehr in ihrem Leben, für das es sich zu kämpfen lohnt. Ich würde ihr gerne sagen, dass das nicht stimmt. Ich will es ihr *beweisen*. Aber selbst wenn sie mir erlauben würden, sie zu besuchen, gibt es keine Garantie dafür, dass sie mich auch hören könnte – und eingedenk der gegebenen Umstände erst recht nicht dafür, dass sie mir zuhören würde.

Also, was mache ich hier? Warum komme ich immer wieder ins Krankenhaus? Es ist, wie Jack gesagt hat: Es fühlt sich an, als würde ich jede freie Minute auf demselben orangefarbenen Plastikstuhl verbringen. Die Wahrheit, wenn Sie die hören möchten, ist, dass ich Angst habe. Ich gebe es nicht gerne zu, vor allem nicht vor mir selbst, aber das habe ich. Ich habe Angst um Elsie, ich habe Angst um Jack, ich habe Angst um mich. Ich habe Angst vor dem, was kommt. Ich habe Angst vor all den Dingen, die ich bereits getan habe. Vor allem habe ich Angst davor, dass alles, was ich durchgemacht habe – alles, was ich *anderen* angetan habe –, umsonst gewesen ist. Und so kommt es, dass ich mich im Grunde genommen verstecke. Hier, an dem einzigen Ort, der sich sicher anfühlt, wie der Feigling, der ich immer nur vorgegeben habe, nicht zu sein.

Jack

Das mit Elsie passierte Anfang August. Vor einem Monat – obwohl es sich so anfühlt, als wäre es gestern gewesen. Sie liegt immer noch im Krankenhaus. Sie hat ihr Bewusstsein noch nicht wiedererlangt, und die Ärzte wissen immer noch nicht, ob sie noch etwas für sie tun können. Im Prinzip befinden wir uns in einer Warteschleife. Nichts hat sich verändert. Was merkwürdig ist, wenn man bedenkt, dass sich in derselben Zeit für Syd und mich alles verändert hat.

Syd sagt, dass sie sich versteckt. Ich mache ihr deshalb keinen Vorwurf, aber sich zu verstecken wird nichts an alldem ändern. Ich sage nicht, dass ich wüsste, *was* etwas ändern würde, aber das hier aufzuschreiben, die Dinge zu sortieren, das muss doch helfen, oder? Es muss. Und es gibt noch so viel, das wir noch nicht erzählt haben. Genau genommen das Allerwichtigste. Oh Gott, das hört sich so an, als fände ich das, was mit Elsie geschehen ist, nicht wichtig, aber das meinte ich nicht so, ich schwöre es.

Es ist nur … Es fühlt sich allmählich so an, als würde ich sie verlieren. Syd, meine ich. Je länger das hier dauert, desto mehr denkt sie ans Aufgeben. Und das ist einfach überhaupt nicht typisch für sie.

Ich habe auch Angst, Syd. Besonders jetzt. Wegen der Polizei, ja, aber auch, weil mir langsam dämmert, dass du wahrscheinlich recht hattest. Damit, was passiert ist. Und *warum.* Ich meine, ganz ehrlich? Die Wahrheit ist, dass ich verfickte Panik habe. Aber das trägt erst recht dazu bei, dass ich mit dem hier weitermachen will. Etwas *machen*, statt nur hier zu sitzen und abzuwarten, was als Nächstes kommt. Und wenn die Leute das, was geschehen ist, verstehen sollen, liegt es an uns, dazu beizutragen. Oder?

Bitte, Syd.

Bitte.

Sydney

Gerade ist Jack gegangen. Er ist ins Krankenhaus gekommen, um Elsie zu besuchen, und ich vermute, auch um nach mir zu sehen. Ich hatte den Eindruck, dass er reden wollte, aber letztendlich haben wir kaum ein Wort gewechselt. Was können wir in Anbetracht der Umstände auch sagen? Sie lassen uns immer noch nicht in Elsies Zimmer, aber man kann sie sehen, wenn man das Gesicht gegen das Glas drückt. Natürlich tue ich das regelmäßig, und jedes Mal, wenn ich zu meinem Stuhl zurückkehre, fühle ich mich schlechter als zuvor. Elsie sieht so klein aus in diesem Bett, sie bildet kaum einen Hügel unter der Bettdecke. Schläuche kommen aus ihrer Nase, ihren Armen, aus jedem Körperteil, scheint mir; so viele, dass es fast so wirkt, als würde sie von Schläuchen festgehalten. Sie ist wie ein Schmetterling, der in einem deformierten Netz gefangen ist, und auch wenn ich hoffe, dass sie die Kraft findet auszubrechen, sieht sie jedes Mal, wenn ich nach ihr schaue, eingeschnürter aus als vorher.

Aber ich gebe nicht auf, Jack, weder Elsie noch *uns*. Was ich zuletzt geschrieben habe, das war nur ... Es war eine Art nervöses Flügelschlagen. Es ist absolut ausgeschlossen, dass ich dich mit alldem hier alleine lasse. Vertrau mir. *Bitte.* Aber das sagt sich so leicht. Was ein Urteil darüber angeht, wem man vertrauen kann und wem nicht, sieht meine Chronik nicht gerade besser aus als die eines jeden anderen.

Timing war nie die größte Stärke meiner Mutter. Nach dem Vorfall mit Elsie war ein Besuch von ihr das Letzte, wonach mir der Sinn stand, aber als sie eine Woche später anrief, war ich nicht in der Verfassung zu diskutieren. Und tatsächlich wollte ein Teil von mir sie gerne sehen. Zwei Teile, um ehrlich zu sein, die mir beide keine Ehre machten. Da war das kleine Mädchen, das einfach ihre Mami wollte. Und da war das Miststück in mir, das irgendwem die Verantwortung zuschieben wollte. Für Elsie. Für alles.

Seit ich abgehauen war, hatte ich ihr noch nie eine meiner Wohnungen gezeigt. Wir schrieben uns hauptsächlich, also wusste sie, wo sie mich finden konnte, aber seitdem ich zum ersten Mal wieder mit ihr in Kontakt getreten war – vor ungefähr fünf Jahren –, habe ich immer wieder klargemacht, dass sie mich nie, *niemals* ohne Einladung zu besuchen hatte. Fairerweise muss ich zugeben, dass sie sich nie darüber beschwert hat. Sie war dankbar dafür, dass ich überhaupt den Kontakt zu ihr aufrechterhielt, alles Weitere hätte sie als Bonus aufgefasst. Und auch diesmal machte sie kein großes Aufhebens darum. Sie erwähnte nur, wie schön es wäre, wenn sie sich ein Bild davon machen könnte, wie ich lebte, mehr nicht. Es wirklich zu *sehen*, anstatt es sich immer nur auszumalen. Ich glaube, das hatte damit zu tun, dass wir uns endlich etwas Eigenes gekauft hatten – die Vorstellung, dass ich auf ein Happy End zusteuerte.

Ha!

»Hallo, Sydney.«

Mit einem breiten Lächeln versuchte sie ihre Anspannung zu verbergen. Ich habe meine Mutter immer nur so selten gesehen – zweimal im Jahr höchstens –, dass mich ihr Aussehen jedes Mal wieder überraschte. Heute war ich vor allem darüber erstaunt, wie alt sie wirkte. Nicht alt, müde. Sie war genauso elegant gekleidet und frisiert wie immer. Auch wenn sie nicht mehr an das Geld meines Vaters kam und inzwischen mehr oder weniger von Sozialhilfe lebte, bemühte sie sich, sich der Welt so zu zeigen, wie sie es immer getan hatte. Sie bleichte ihr Haar immer noch einmal im Monat silberblond und verbrachte jeden Morgen zwanzig Minuten damit, ihr Gesicht anzumalen. Doch diesmal kompensierte das Make-up nicht ihre Blässe. Ich wusste, dass sie genau wie ich an Schlafstörungen litt, und ich vermutete, dass sie einfach müde sei – bis sie hereinkam und ich ihr Hinken bemerkte.

Es war die Hüfte. Keine Müdigkeit, die auf ihr lastete, sondern Schmerzen. Ihre Hüfte war gebrochen gewesen (das klingt so passiv; was ich meine, ist, ihre Hüfte *wurde* ihr gebrochen), als sie sich das einzige Mal zwischen ihre älteste Tochter und ihren Ehemann stellte. Es passierte, als ich noch klein war, irgendwann nachdem die Angriffe meines Vaters von meiner Mutter auf mich übergegangen waren. Erst als ich älter wurde, konnte ich wertschätzen, was der Einsatz meiner Mutter an diesem Tag wirklich bedeutete. Ich habe ihr immer vorgeworfen, dass sie mich nicht beschützt hat, dass sie nicht einfach *gegangen* ist und Jessica und mich mitgenommen hat, und in vielerlei Hinsicht tue ich das immer noch. Aber diese verletzte Hüfte versöhnte mich mit ihr. Wenn sie es nicht *dieses eine Mal* versucht hätte, wäre meine Flucht das Ende von allem gewesen. Ich hätte meine Mutter niemals wiedersehen wollen. Unter den gegebenen Umständen brauchte ich fast zehn Jahre, um den Kontakt zu ihr zu suchen, und sogar noch länger, um ihr von meinem neuen Leben mehr anzuvertrauen als meine E-Mail-Adresse.

»Es heißt Syd, Mum«, erinnerte ich sie. »Nur mein Chef nennt mich Sydney.«

Ich drückte mich an die Wand, um sie vorbeizulassen, vorsichtig darauf bedacht, sie nicht zu berühren. Ich weiß noch, wie sie mich umarmen wollte, als wir uns das erste Mal trafen.

Seitdem hat es keine weiteren Versuche gegeben, körperlichen Kontakt herzustellen.

»Oh, Schatz, das ist wunderschön«, sprudelte es aus ihr heraus. »Das gehört euch? All das ist eures?«

»Es gehört uns, ja. Jack und mir und der Bank. Die Küche ist da hinten, Mum. Einfach da lang.«

»Aber es ist riesig! Wie konntet ihr euch das bloß leisten?«

»Wir haben gespart, Mum. Wir haben gearbeitet. Das ist das Wohnzimmer. Die Küche ist ...«

»Hinten. Ich weiß, Liebling, ich habe dich verstanden. Aber ich kann nicht widerstehen, überall reinzuschauen. Schau dir nur die Decken an!«

»Ich zeig dir alles noch, Mum, aber lass uns einfach erst mal ... Ich weiß nicht. Teewasser aufsetzen oder so.«

Meine Mutter machte weiterhin anerkennende Laute, während wir durch die Diele zockelten und ich mein Bestes gab, nicht allzu genervt von ihrer Begeisterung zu sein. Sogar die Art, wie sie meinen Namen aussprach, verärgerte mich manchmal. Nicht manchmal, immer. Ich weiß nicht genau, ob sie ihn auf irgendeine andere Weise hätte aussprechen können – abgesehen davon, mich *Syd* zu nennen, worum ich sie ungefähr eine verdammte Fantastillion Mal gebeten habe –, aber irgendwie klang es bei ihr immer nach einem Vorwurf. Eine *Züchtigung* dafür, dass ich den Namen, den sie mir gegeben hat, weggeworfen habe. Und dieses Humpeln. Es war deutlicher, als ich es je gesehen hatte, und ich konnte mich nicht des Eindrucks erwehren, dass sie es ein bisschen zur Schau stellte. Sie hätte nie gewagt, das auszusprechen, aber wahrscheinlich war sie enttäuscht darüber, dass seit unserem letzten Treffen so viel Zeit verstrichen war. Ihr Leid hochzuspielen war anscheinend ihre Art, mich das wissen zu lassen.

»Wo ist Jack?«, fragte Mum, als wir es endlich in die Küche geschafft hatten. »Kommt er noch?«

Ich füllte den Wasserkocher. »Er muss heute arbeiten«, log ich. »Das ganze Wochenende wahrscheinlich.«

Die Wahrheit war, dass er sich verdrückt hatte. Das war seine Idee gewesen, nicht meine. Jack war, was irgendwie süß war, viel weniger bereit als ich, meiner Mutter zu vergeben. Nicht, dass ich ihr je wirklich vergeben hätte, aber wenn es nach Jack ginge, müsste sie zu lebenslänglich ohne Bewährung verurteilt werden. Er sagt, er könne verstehen, warum ich sie sehen will (was mehr ist, als ich meistens hinkriege), aber dass er sich nicht überwinden könne, dabei zu sein.

(Nur nebenbei, ich fand es immer seltsam, dass Jack bei der Beurteilung seiner eigenen Eltern nicht dieselben Maßstäbe anlegte. Die Sünde meiner Mutter war Unterlassung, aber auch die Verfehlungen von Jacks Eltern liegen in dem, was sie ihrem Kind *nicht* gegeben haben. Aufmerksamkeit zum Beispiel. Ermutigung. *Liebe.* Und dennoch ruft Jack sie gewissenhaft jeden Sonntag an, mit solch einer Sehnsucht in der Stimme, dass es mir das Herz bricht, wenn ich ihn nur höre. Und weil mir klar ist, dass die Distanz zwischen ihnen teilweise meine Schuld ist. Sie haben von Anfang an deutlich gemacht, dass sie nichts von mir halten.)

»Setz dich, Mum. Schieb das ganze Zeug einfach auf die Seite.« Ich fing an, den Tisch aufzuräumen, aber meine Mutter trat ans Fenster.

»Ich freue mich, wenn ich mal stehen kann, Liebes. Ich habe im Zug den ganzen Vormittag gesessen.«

Die Finger meiner Mutter glitten zu ihrer Hüfte, aber sie ließ die Gelegenheit aus, sie zu erwähnen, was in mir die Frage aufwarf, ob der Schmerz überhaupt echt war. Im hellen Licht der Küche konnte ich sehen, dass sie sogar noch blasser war, als ich zuerst dachte, und plötzlich überkam mich eine Welle der Zuneigung. Und der Scham, darüber, dass ich bisher so kalt zu ihr gewesen war. Meine Mutter hatte unter der Fuchtel meines Vaters genauso sehr gelitten wie ich. Auch noch dabei zusehen zu müssen, was mit mir geschah, muss eine zusätzliche Form der Folter gewesen sein. Und auch wenn sie dem Ganzen am Ende genauso wie ich entkommen war – nach Jessica, nachdem mein Vater ins Gefängnis kam –, war es bei ihr eher bergab als bergauf gegangen. Sie war geschieden und lebte ganz allein. Sie hatte einen beschissenen Job und eine beschissene kleine Wohnung und noch nicht mal irgendeinen Trost von echten Freunden.

Das war der Grund, warum ich sie immer wieder traf, erinnerte ich mich selbst. Und das war der Grund, warum ich damals Kontakt zu ihr aufgenommen hatte. Sosehr ich sie auch verabscheute, sie tat mir auch leid. Sosehr ich sie hasste, sosehr liebte ich sie auch. Denn, na ja … Sie war meine Mum. Egal, was sie getan hatte, egal, was ich ihr vorwarf, es gab nichts, was daran etwas ändern konnte.

Wir tranken Tee. Jeder zwei Tassen. Zu behaupten, dass wir uns *unterhielten*, wäre übertrieben, aber wir redeten miteinander, vorsichtig. Sie hauptsächlich über die Preise von irgendwelchen Sachen, ich, auf ihre Nachfrage hin, über meinen Job, was mich wenigstens von Elsie ablenkte. Und ich sah ihr dabei zu, wie sie an einem Keks knabberte. Die Stunde verging beinahe ohne einen Zwischenfall – bis Mum anfing zu weinen.

Sie stand wieder am Fenster, hatte sich weggedreht, sodass sie – ohne es zu wissen – direkt auf Elsies Haus blickte, aber ich hörte das Wimmern, das ihrer Kehle entwich.

»Mum?«

Bis zu diesem Punkt war ich beinahe froh gewesen, dass ich sie eingeladen hatte. Meine Mutter war für mich nie die Schulter zum Anlehnen gewesen, aber nichtsdestotrotz spendete mir ihre Anwesenheit auf eine seltsame, komplizierte Weise etwas Trost. Und die meiste Zeit hatte ich es geschafft, mein inneres Miststück im Zaum zu halten. Doch meine Ausgeglichenheit war fragil, und der Anblick meiner schluchzenden Mutter schubste mich wieder mehr in Richtung Genervtsein. Vielleicht geht das gegen die normale Intuition, aber was mich betraf, hatte sie kein *Recht* zu weinen. Nicht vor meinen Augen.

»Was ist denn, Mum? Was ist los?« Ich versuchte sachlich zu klingen. Sie hätte sonst sofort meine Ungeduld herausgehört.

»Ich ... ich freue mich einfach nur für dich«, sagte sie. »Das ist alles. Dich hier zu sehen. In deinem neuen Zuhause.«

Ich spürte, wie sich mein Blick verfinsterte.

»Ich denke einfach ... Ich *weiß* einfach, dass es dir gut gehen wird, dir und Jack. Dass für euch beide alles gut wird.«

Was wahrscheinlich bestärkend klingen sollte, aber mich nur dazu brachte, wieder an Elsie zu denken. Und deshalb – weil meine Mutter weinte – nahm ich mir heraus, etwas zu fragen, von dem ich sehr gut wusste, dass es sie aufregen würde. Aber eine Sache war mir angesichts Elsie unverhältnismäßig oft durch den Kopf gegangen. So wie ich es sah, hatten meine Mutter und ich beide eine Wahl getroffen: ich, einzugreifen, und sie – kurz gesagt –, sich zurückzuhalten und zuzuschauen. Was mich quälte, war, wie sich zwei so unterschiedliche Antworten auf dieselbe Frage letztendlich beide als so falsch erweisen konnten.

»Verrate mir mal was, Mum«, hob ich an.

Sie tupfte sich die Tränen ab und hielt inne, als könnte sie spüren, was auf sie zukam. Wir hatten nie zuvor über unsere Vergangenheit gesprochen, nicht direkt. Bis zu diesem Tag schien es nie viel Sinn zu ergeben.

»Würdest du heute anders handeln?«, fragte ich. »Wenn du noch mal die Möglichkeit hättest. Würdest du ...« Ich suchte nach Worten, die mir helfen würden, mich klar auszudrücken, besser zu erklären, was ich meinte, aber ich wiederholte einfach nur dieselbe Frage. »Würdest du heute anders handeln?«

Welche Antwort auch immer ich erwartet hatte, ich war nicht auf diejenige vorbereitet, die meine Mutter mir gab. Ihr Hals und Kopf sanken buchstäblich in sich zusammen, sodass sie plötzlich fünfzehn Zentimeter kleiner aussah. Die Tränen, die sie zurückgehalten hatte, stiegen ihr erneut in die Augen, und ihre Hände schlossen sich zu einem stillen Gebet. Sie bewegte sich ungelenk, als wäre ihr erster Reflex, auf mich zuzugehen, während ein Teil von ihr gleichzeitig davonrennen wollte.

»Oh Sydney«, sagte sie. »Liebes, ich …« Sie schüttelte den Kopf, und ich brauchte einen Moment, um zu verstehen, dass diese Geste auch ihre Antwort war.

Ich runzelte wieder die Stirn, alarmiert, verärgert, ich weiß es nicht.

»Mum?«

Sie versuchte zu sprechen – zu einer Erklärung anzusetzen –, aber sie kämpfte mit ihrer Stimme. »Ich … Ich glaube, dass ich es nicht könnte«, sagte sie schließlich. »Sogar jetzt, wenn du mir die Chance geben würdest … ich bin nicht sicher, ob ich stark genug wäre. Ich war einfach nie, niemals stark genug.«

Sie streckte die Hand aus und ließ sie wieder fallen. Sie sah mich an, wartete auf mein Urteil, die Tränen nun getrocknet, aber die Angst sichtbar in ihrem Blick. Auch der Selbsthass.

»Es tut mir leid, Sydney. Es tut mir wirklich leid. Das, was dir passiert ist. Alles.«

Es war das erste Mal, dass sie das sagte, sogar wenn man all ihre Briefe mitzählte. Und offen gestanden war ich nicht sicher, wie ich reagieren sollte. Die Kriegerin in mir wollte sie verhöhnen, das kleine Mädchen sehnte sich danach, festgehalten zu werden. Es war beides, oder besser gesagt, erst das eine und dann plötzlich das andere: wie eine Erwachsene auf einer Wippe mit einem Kind. Zweifellos muss ich für meine Mutter in diesem Moment genauso verloren ausgesehen haben wie sie für mich.

Als sie gehen wollte, passierte es. Ich hatte mich breitschlagen lassen und sie durchs Haus geführt, und wir gingen gerade durch den Flur im ersten Stock, als ich bemerkte, wie sie plötzlich stehen blieb.

»Sydney?« Ich drehte mich um. Sie starrte auf die Bilder an der Wand. »Wo hast du das her?«

Es war lange her, dass ich meine Mutter in diesem Ton zu mir hatte sprechen hören, in einem Ton, der einen Vorwurf enthielt. Sie sah erschüttert aus. Auch verärgert, als hätte sie den Verdacht, irgendwie hereingelegt worden zu sein.

Ich schaute sie prüfend an und versuchte zu verstehen, was sie meinte. Die Bilder auf dem Flur hingen so nahe nebeneinander, dass ihr Finger auf mehrere zu zeigen schien.

»Hab ich doch erzählt, Mum. Die ganzen Bilder waren schon im Haus. Wir wollten sie abhängen, aber bis jetzt haben wir es nicht geschafft.«

»Aber *dieses* Bild ... das hier ...«

Ich ging näher heran und sah, dass das Foto, das sie meinte, das Porträt eines Kindes war. Es war verblasst, eine Farbfotografie, die ein braunhaariges kleines Mädchen mit einem Lolli in seinem grinsenden Mund zeigte. Ich hatte es früher schon bemerkt, aber immer nur im Vorbeigehen. Ehrlich gesagt, hatte ich es immer ziemlich unheimlich gefunden, obwohl ich nicht sagen könnte, warum.

»Was ist damit?«, fragte ich.

»Siehst du das nicht?« Meine Mutter musterte mich stirnrunzelnd, dann wieder das Bild. Sie schien näher herangehen zu wollen, um es besser betrachten zu können, aber gleichzeitig Angst davor zu haben, ihm nahe zu sein.

»Was soll ich sehen?«

Sie antwortete nicht.

»Mum? Was soll ich sehen?«

Sie wandte sich ab. »Ich ... nichts«, sagte sie und schüttelte den Kopf. »Ich ... hab mich vertan. Schon gut.«

Ich blickte wieder auf das Bild. Meine Mutter ging inzwischen an mir vorbei und stieg unsicher die Treppe zur Diele hinab.

»Mum, warte!« Ich beeilte mich, um zu ihr aufzuschließen. »Lass mich dir helfen.«

Aber selbst mit ihrer kaputten Hüfte bewegte sie sich schnell, kurz darauf hatte sie die Treppe ganz alleine gemeistert. Ich versuchte noch mal, sie zu fragen, was los war, aber sie murmelte nur irgendwas davon, dass sie sich beeilen müsse, um ihren Zug zu kriegen. Für einen Augenblick sah sie so aus, als ob sie wieder anfangen würde zu weinen, ich war so durcheinander wegen ihres Verhaltens, dass ich noch nicht mal zusammenzuckte, als sie mich küsste. So, wie sie sich benahm, glaube ich, dass sie selbst überhaupt nicht mitbekam, was sie tat.

Nachdem sie gegangen war, lief ich zurück in den Flur. Irgendetwas an dem Bild hatte sie bestürzt – irgendetwas, von dem sie überrascht war, dass ich es nicht auch bemerkte. Aber ich konnte es nicht sehen. In meinen Augen hatte das Bild nichts mit uns zu tun: Es war eine Erinnerung aus der Vergangenheit von jemand anders. Und dabei beließ ich es. Ich hatte keinen Grund, es nicht zu tun. Bis zu jenem Tag, an dem ich es schluchzend aus seinem Käfig riss, schenkte ich dem kleinen Mädchen kaum einen weiteren Blick.

Jack

»Jack? Hast du einen Moment?«

Mein Boss, Mr Yazdani, war ein großer, spindeldürrer Mann, so bar jeglichen Haars und Körperfetts, dass man die exakte Form seines Schädels sehen konnte. Ich mochte ihn trotz seiner totenartigen Erscheinung sehr, aber sein Ton klang ungewöhnlich formell. Hinter ihm standen drei weitere Abteilungsleiter, die ich kannte, und ebenso Margery von der Personalabteilung.

»Jack? Sofort, wenn es geht.«

Ich blickte zu Bart rüber. »Ja«, sagte ich. »Alles klar. Lassen Sie mich nur …«

»Fassen Sie Ihren Computer nicht an! Bringen Sie einen Stift mit, wenn Sie mögen, nur für den Fall, dass Sie sich Notizen machen wollen. Aber den Rest … Lassen Sie es einfach, wie es ist«, schloss Mr Yazdani.

Ich konnte nicht einschätzen, ob sich sein offensichtlicher Unmut auf eine neue Initiative bezog, die unserer Abteilung aufgehalst werden sollte, oder ob er gegen mich gerichtet war. Als ich Bart noch einmal ansah, vermied er den Blickkontakt. Dafür starrte mich im Prinzip jeder andere im Büro direkt an, diese drei Abteilungsleiter inbegriffen. Was auch immer auf mich zukam, ich wusste, dass es nichts Gutes sein würde.

Danach lief Bart hinter mir her. Ich durchquerte gerade die Lobby unseres Gebäudes, als er vom Durchgang zum Treppenhaus aus nach mir rief.

»Jack! Hey, Jack, warte!«

Seine Stimme klang dumpf, als wäre ich in einer Blase. Ich bewegte mich per Autopilot, Bart musste noch einmal rufen, um mich zum Anhalten zu bewegen.

»Jack! Warte doch mal! Was ist da drin passiert? Was haben sie dir gesagt?«

Ich drehte mich um und sah ihn an. Sein Gesicht schien irgendwie anders zu sein. Alles war anders. »Sie haben es rausgefunden«, sagte ich.

»Rausgefunden? Was worüber rausgefunden?«

»Das über Sabeen. Und Ali. Über sie alle.«

Außer dem Wachmann war niemand in der Nähe, aber Bart warf trotzdem einen Blick über die Schulter und zog mich in eine der schwach beleuchteten Nischen. Ich wehrte mich nicht.

»Was meinst du?« Bart dämpfte seine Stimme zu einem Wispern. »Wie können sie das rausgefunden haben?«

Ich schüttelte den Kopf. Alles, woran ich denken konnte, waren Sabeens Mutter und Vater, die Enttäuschung, die sich auf ihren Gesichtern spiegeln würde.

»Was haben sie denn gesagt?«, presste Bart hervor. »Warum gehst du? Haben sie ...? Ich meine, bist du ...?«

»Ich bin suspendiert«, sagte ich. Ich betonte es beinahe wie eine Frage, aber als ich es aussprach, wurde es real. Ich war suspendiert worden. Ich würde wahrscheinlich – definitiv – gefeuert werden. Und das ließ mich an meine eigenen Eltern denken. Was würde meine Mutter sagen? Mein Vater würde gar nichts sagen, das wusste ich. Das musste er gar nicht.

»Scheiße«, sagte ich plötzlich »Verfickte ... Oh *fuck*!«

Da musste Bart grinsen. Ich vermute, wegen des seltenen Schauspiels, mich fluchen zu hören. Er wollte mich aufbauen, so viel konnte ich sogar in diesem Moment erkennen, aber trotzdem tat er genau das Falsche.

»Es ist nicht lustig, Bart!«

»Ich lache nicht, Jack. Ich …«

»Du lachst wohl. Du grinst immer noch.«

Seine Mimik wurde ausdruckslos. »Tut mir leid, Kumpel. Ich hab dich wirklich nicht ausgelacht. Ich versuche nur, das zu kapieren, mehr nicht.«

Jetzt musste ich lachen. *Bart* versuchte, das zu verstehen.

»Aber woher wussten sie davon?«, wiederholte er. »Haben sie dir gesagt, wie sie es rausgefunden haben?«

Ich schnaubte noch mal. »Sie erwähnten einen besorgten Nachbarn. Sie meinten, sie könnten keine Details nennen. Aber das ist sowieso Bullshit, weil Sabeen und ihre Familie überhaupt keine Nachbarn haben. Aus dem Grund habe ich sie dort untergebracht.«

»Also … was? Denkst du, Mr Yazdani und die anderen haben das erfunden? Dass sie es auf andere Art rausgefunden haben?«

In Wahrheit hatte ich mir bis zu diesem Zeitpunkt nicht allzu viele Gedanken darum gemacht, *wie* genau sie es herausgefunden hatten. Ich habe vor allem an Sabeen und ihre Familie gedacht, daran, was jetzt mit ihnen passieren würde. Und, ja, daran, was mit mir passieren würde. Mir war bis dahin noch nicht mal der Gedanke gekommen, dass ich strafrechtlich verfolgt werden könnte. Meinen Job zu verlieren – gefeuert zu werden: Das war schlimm genug für mich.

Bart wartete darauf, dass ich antwortete. Ich wollte wieder den Kopf schütteln, wiederholen, dass ich keine Ahnung hätte, als mich die Erkenntnis traf, dass ich der Antwort direkt ins Gesicht starrte. Im wahrsten Sinne des Wortes.

»Warum sagst *du* es mir nicht?«, fragte ich.

Ich wusste ganz sicher, dass ich bei der Vermittlung der Wohnung meine Spuren verwischt hatte. Auf keinen Fall war ich durch irgendetwas aufgeflogen, das ich selbst im System hinterlassen hatte. Ich dachte kurz an Alis Phantom-Einwanderungsbeamten, aber wenn wirklich das Innenministerium an der Aufdeckung beteiligt wäre, hätten Mr Yazdani und seine Kumpanen mir das gesagt. Sie hatten keinen Grund, sich hinter einer Lüge zu verstecken. Es gab immer die Möglichkeit, dass irgendein Nachbar sich einmischte, genauso wie Mr Yazdani behauptet hatte, aber wie gesagt: Sabeen und ihre Familie hatten kaum Nachbarn, und erst recht keinen, der einen Grund haben könnte, sich zu beschweren. Außerdem waren Sabeen und die anderen vorsichtig. So sehr, dass die Hälfte der Familie kaum jemals vor die Tür ging. Wenn irgendwer aus ihrer Umgebung sie angezeigt haben sollte, musste es jemand extrem Rachsüchtiges sein. Und ich persönlich glaube, dass Menschen nach Möglichkeit grundsätzlich gut miteinander auskommen wollen. Nur wenn sie sich bedroht fühlen, beißen sie zurück, und in Sabeens Familie hatte niemand den Charakter oder einen Grund, andere zu bedrohen.

Nein, so wie ich es sah, stand die Erklärung direkt vor mir. Bart war der einzige andere Mensch auf der Welt, der von Sabeen wusste. Ich hatte es noch nicht mal Syd gebeichtet. Und da war er nun und fragte mich darüber aus, ob ich wüsste, wie die Abteilungsleiter es rausgekriegt hätten. Ich meine, Herrgott noch mal, er war daran mehr interessiert als an der Tatsache, dass ich gerade suspendiert worden war.

Er sah mich an und tat so, als hätte er nicht verstanden. »Was hast du gesagt?«

Ich blickte ihm direkt ins Gesicht. »Ich sagte, warum sagst du es mir nicht?«

Wieder dieses Lächeln, diesmal etwas spitzer. »Du denkst, *ich* habe es ihnen verraten?«

»Du bist der Einzige, der es wusste. Du bist der Einzige, dem ich *vertraut* habe.«

»Ehrlich, Jack. Ich weiß, dass du gerade angepisst bist, aber denk mal für einen Moment darüber nach, was du da sagst. Welchen Grund sollte ich denn haben, dir in den Rücken zu fallen?«

»Zufälligerweise fallen mir ein Dutzend Gründe ein.«

In letzter Zeit waren Gerüchte aufgekommen, dass eine neue Stelle in der Gehaltsklasse über unserer geschaffen werden sollte, und es war möglich, dass Bart sich für eine Beförderung in Position bringen wollte. Aber das zu behaupten wäre mir ziemlich mickrig vorgekommen, und selbst in diesem Moment hatte ich genug Verstand, um zu wissen, dass so ein Manöver komplett untypisch für Bart wäre. In Wahrheit kam mir ehrlich gesagt nur eine mögliche Erklärung in den Sinn.

»Vielleicht warst du einfach sauer auf mich«, sagte ich. »Oder eifersüchtig.«

»Eifersüchtig? Worauf zur Hölle soll ich denn eifersüchtig sein?«

»Auf das Haus zum Beispiel. Auf Syd.»

»*Syd?* Was zur Hölle, Jack!«

Barts Empörung bestätigte in meinen Augen nur meinen Verdacht. Sein Verhältnis zu Syd war etwas, das mir buchstäblich seit dem Tag, an dem ich die beiden einander vorgestellt habe, Stiche versetzte. Ich hab nie das Gefühl abschütteln können, dass sie sich hinter meinem Rücken über mich lustig machten. Es waren kleine Dinge: Blicke, die sie austauschten, Sprüche, die zwischen ihnen hin und her wanderten. Ich habe immer versucht, meine Gefühle, die ich als Paranoia empfand, zu unterdrücken, aber es ist so, wie ich vorher schon sagte, oder? *Nur weil du paranoid bist*... Und ganz offen gesagt, es tat gut, den Verdacht endlich mal auszusprechen, den ich in mir herangezüchtet hatte. Und auch auf Angriff zu gehen, nachdem ich so lange komplett in der Defensive gewesen war.

»Ich hatte erwartet, dass du es abstreiten würdest«, sagte ich. »Aber ich habe gesehen, wie du sie angeschaut hast. Ich habe gesehen, wie du dich an sie rangewanzt hast, immer wenn du dich unbeobachtet gefühlt hast.«

Bart tat ziemlich überzeugend so, als wäre er zu entgeistert, um zu antworten. *»An sie rangewanzt«*, bekam er dumpf heraus.

Er sah sich um, als suchte er nach Unterstützung. Der Wachmann interessierte sich ein bisschen für uns, aber ansonsten war die Lobby nach wie vor leer. Dafür kann ich wohl dankbar sein: dass niemand sonst mitbekam, wie ich mich zum Affen machte.

»Ich bin hinter dir hergelaufen, weil ich fragen wollte, ob ich helfen kann«, sagte Bart. »Du weißt schon, ein bisschen moralische Unterstützung liefern. Ich hatte nicht erwartet, verdammt noch mal, *beschuldigt* zu werden. Dafür, dass du deinen Job verloren hast. Dafür, dir die Freundin ausspannen zu wollen. Ich meine, *zur Hölle*, Jack!«

Ich glaube, zu diesem Zeitpunkt muss ich erkannt haben, dass Barts Ärger echt war. Dass ich wieder mal falschlag. Und mir muss auch klar geworden sein, dass ich, wenn ich unsere Freundschaft retten wollte, genau jetzt damit anfangen sollte. Ich konnte die Vorwürfe nicht mehr zurücknehmen, aber Bart wusste, was ich gerade durchmachte. Er kannte mich gut genug, um das, was ich ihm vorgeworfen hatte, nicht zu ernst zu nehmen. Sicher, auch wenn ich ihn um Entschuldigung bitten würde, wäre er noch für eine Weile sauer auf mich und wahrscheinlich wirklich verletzt, aber wir hatten uns früher schon gestritten und es überstanden. Ich hatte keinen Grund anzunehmen, dass es diesmal anders laufen würde – wenn ich nur für einen Moment meinen unangebrachten Stolz beiseitegeschoben hätte.

Der Wachmann war hinter seinem Tisch hervorgekommen. Ich hatte höchstens noch zehn Sekunden, bis ich aus dem Gebäude eskortiert und Bart wieder nach oben verschwinden würde. Aber genug Zeit, um zu sagen, dass es mir leidtat. Mehr als genug Zeit, eine Entscheidung zu treffen.

»Danke«, sagte ich zu Bart. »Aber wenn deine moralische Unterstützung so aussieht, dann kannst du sie dir ehrlich gesagt in den Arsch schieben.«

Sydney

Ich habe die Drogen von einem Typen bekommen, den ich von der Arbeit kenne. Ich vermute, Jack wird es nicht gutheißen, wenn ich darüber rede, denn er will nicht, dass ich mir Schwierigkeiten einhandle. Und außerdem hat er wohl das Gefühl, dass es mich unglaubwürdig macht, wenn ich zugebe, Drogen zu nehmen. Aber so wie ich das sehe, ist die Frage, welche Art von Mensch wohl schlechter dastehen würde: jemand, der Drogen nimmt und das auch zugibt, oder jemand, der so tut, als ob er keine nähme, aber bei dem man es später herausfindet? Und sie *würden* es rausfinden, das weiß ich. Jacks neue Freundin Karen hat es wahrscheinlich schon rausgefunden. Was also das Problem angeht, dass ich in Schwierigkeiten gerate – ich bin mir ziemlich sicher, dass dieses Kind schon längst in den Brunnen gefallen ist. Und außerdem: eine Verwarnung wegen Drogenbesitzes; wenn das alles ist, wohin all das hier am Ende führt, werde ich mich auf dem gesamten Weg in die Entzugsklinik totlachen.

Also, jep, ich hab mir was besorgt, nachdem mir vier komplette Jahre lang noch nicht mal der Gedanke daran gekommen war. Okay, okay, es ist mir durch den Kopf gegangen, aber eher wie eine Erinnerung. Oder vielmehr eine Sorge.

Es passierte nach dem Vorfall mit Elsie, genau wie der Besuch meiner Mutter. Tatsächlich kam ich gerade aus dem Krankenhaus, wo ich Elsie über mehrere Stunden unbeweglich in ihrem Bett hatte liegen sehen, in exakt derselben Position wie bei meinem letzten Besuch. Ich saß an meinem Schreibtisch im Büro und tat so, als würde ich über irgendwas anderes nachdenken, als ich sah, wie Howard (nicht sein richtiger Name. *Jede Ähnlichkeit mit lebenden oder toten Personen* etc. pp.) an seinem eigenen Tisch in der Nähe der Kaffeemaschine herumlungerte. Und ich bin einfach aufgestanden und zu ihm rübergegangen. Und ich sagte: ›Hi, Howard, wie geht's‹, und ehe ich michs versah, war ich um sechzig Pfund ärmer.

Zu meiner Verteidigung muss ich sagen, dass ich es nicht sofort genommen habe. Fast vierzehn Tage lang nicht. Erst an dem Tag, als Jack ins Büro seines Chefs zitiert wurde, bin ich schwach geworden. Aber nicht wegen Jacks Job. Das Timing war reiner Zufall. Oder nicht wirklich, aber Sie wissen, was ich meine. Und verstehen Sie, das ist der Grund, warum es wichtig ist, dass ich es zugebe. Dass ich meine koksverkrusteten Kreditkarten auf den Tisch lege. Denn es lag teilweise an den Drogen, dass ich so reagierte, wie ich reagierte, als Jack nach Hause kam. Und es lag *definitiv* an meiner Reaktion, dass Jack danach direkt zum Evening Star ging. Das war also auch meine Schuld, will ich sagen. Ich hab's versaut, mal wieder. Und Jacks Tag, der schon unschön angefangen hatte, sollte noch sehr viel beschissener werden.

Ich bekam eine E-Mail, damit fing es an. Während Jack an seinem Schreibtisch saß, nicht ahnend, dass die Hand seines Chefs sich schon bald auf seine Schulter senken würde, saß ich auf unserem Klodeckel und starrte auf mein iPhone. Die Dusche lief, und der Badezimmerspiegel tropfte schon vor Dunst, aber ich hatte noch nicht mal meinen Pyjama ausgezogen. Ich glaube, ich hatte meine Zahnbürste im Mund. Ja, hatte ich, denn ich erinnere mich, wie ein Zahnpasta-Sabberfaden aus meinen geöffneten Lippen auf das Display lief.

Ich hatte nicht auf den Absender geachtet. Ich öffnete die E-Mail einfach, weil Jacks Name in der Betreffzeile stand, und der Anhang wurde automatisch angezeigt. Da war keine Nachricht, nichts Geschriebenes. Nur das Bild, das mich blindlings auf den Klodeckel fallen ließ.

Das Foto zeigte Jack. Er grinste. *Anzüglich*, auf eine Art, wie ich es nie an ihm gesehen hatte. Und neben ihm stand, mit einem Ausdruck in den Augen, der mehr enthüllte als jede Zeile Text es gekonnt hätte, ein Mädchen, das ihn auf die Wange küsste. Eine Frau, könnte man wohl sagen, gerade so. Sie sah fremdländisch aus. Irgendwie mediterran, vielleicht persisch. Zusätzlich zu ihrem Kuss umfasste sie Jacks Arm. Umklammerte ihn. Und die beiden standen vor einer Haustür. Ich konnte nicht erkennen, wohin sie führte. Zu einem Appartement. Einem möblierten Zimmer? Was mich auf den Gedanken brachte, dass es vielleicht eins von Jacks war. Eins von denen, die er zuwies – genauso, wie auch das Mädchen wahrscheinlich eins von Jacks war. Eins, das er *gerettet* hatte. Eins, das das Gefühl hatte, ihm etwas schuldig zu sein. Das im Prinzip genauso dankbar und naiv war wie ich. Eine Zeitlang saß ich da, zu fassungslos, um zu denken.

Jack. *Mein* Jack. Der ... *so etwas* tat.

Ich starrte noch einen weiteren Moment auf das Foto, dann schmiss ich das Telefon – Jacks *Grinsen* – gegen die Handtuchstange. Es traf auf ein Handtuch (Überraschung) und zerbrach nicht, noch nicht mal, als es auf dem Holzboden landete. Als es wieder zu mir schlitterte, trat ich es weg, und es machte einen Salto unter den Wäschekorb und kauerte sich gegen den Sockel. Beschissener Dreckskerl. Beschissener, verlogener, untreuer Sugardaddy-*Dreckskerl*. Ich spuckte meine Zahnbürste ins Waschbecken und würgte die Dusche ab, ungeachtet dessen, dass das Wasser mein Oberteil durchnässte. Da stand ich eine Weile im Dampf und funkelte den Duschvorhang an, als wäre *er* es. Durch meinen Kopf rasten all die Dinge, die ich plötzlich tun wollte und die alle in der Vision kulminierten, irgendetwas zu zertrümmern. Den Spiegel hinter mir, meine Zehen an der Badewanne, Jacks Kiefer. Wenn ich mein Telefon noch in der Hand gehabt hätte, hätte ich ihn angerufen, hätte sein Trommelfell perforiert. Ich musste irgendetwas tun, das sich genauso befriedigend anfühlte, etwas, das genauso befreiend war wie ein Schrei.

Und da kam sie. Die Erinnerung an das kleine Päckchen, das ich in einer meiner alten Handtaschen versteckt hatte. Scheiß auf Jack, scheiß auf Ausgenutztwerden, scheiß auf Scheiß-*Abstinenz*. Nachdem ich so lange widerstanden hatte, war die Alternative plötzlich sehr viel attraktiver.

Als Jack nach Hause kam, saß ich auf meiner Yogamatte. Immer noch in meinem leicht feuchten Pyjama. Meine Haare waren wahrscheinlich ein strohiges Desaster, wegen des ganzen Dampfs. Zahnpasta-Streifen wie Schneckenspuren auf meinem Oberteil. Meine Wut war nicht kleiner geworden. Stattdessen war sie jetzt – dank des halben Gramms von ziemlich urinfarbigem Koks, das ich genommen hatte – fokussierter. (In meinen anspruchsvolleren Zeiten hätte ich Howard was erzählt, aber momentan war ich nicht in der Stimmung, kleinlich zu sein.) Feingeschliffen, so wie das Küchenmesser, dessen Verschwinden wir zu diesem Zeitpunkt nur am Rande wahrgenommen hatten. Ich hatte keine Ahnung, wie spät es war. Normalerweise zu früh dafür, dass Jack nach Hause kam, aber da sich dieser Tag als überhaupt nicht normal herausgestellt hatte, war ich kein bisschen überrascht, ihn zu hören. Ich würde sogar so weit gehen zu sagen, dass ich ihn erwartet hatte.

»Syd? Bist du zu Hause? Was ist das ganze Zeug hier?« Jacks Stimme, die aus der Diele kam.

Ich antwortete nicht. Ich bewegte mich nicht.

»Syd?«

Ich hörte, wie er in die Küche ging. Nachdem er mich dort nicht fand, kehrte er in die Diele zurück und kam die Treppe hoch, zwei Stufen auf einmal nehmend. Mich überrollte eine Woge von Abscheu, als er näher kam.

»Syd? Bist du hier drin?«

Nach dem Stampfen seiner Füße klang seine Stimme, draußen vor der Tür, seltsam gedämpft. Ich vermutete, dass er dachte, ich sei krank, da ich nicht im Büro war. Sein Lächeln, als er mich da sitzen sah, wirkte irgendwie grimmig.

»Syd? Was machst du hier drin? Ist alles okay? Hör mal, ich ... Es ist was passiert. Auf der Arbeit.« Er sah mich an. Ich konnte die Schuld sehen, die sich hinter Bedauern versteckte.

Ich warf ihm mein Telefon hin. Warf es *nach* ihm, besser gesagt. Er war so überrascht, dass er es nur gerade so auffing. Und ich glaube, in dem Moment registrierte er den kleinen Schminkspiegel neben mir. Den Puderstaub, den aufgerollten Geldschein. Meinen Zustand allgemein. Das Feuer in meinen geweiteten Pupillen.

Ich stand auf und schoss an ihm vorbei. Bis Jack reagierte, war ich schon auf halbem Weg nach unten.

»Syd?« Er klang fassungslos. »Syd, was zur ...«

Ich hörte, wie er mir nachlief. Vom Fuß der Treppe ging ich direkt ins Wohnzimmer und konnte mich nicht davon abhalten, die Tür zuzuknallen.

Ich stand am Fenster, als ich hörte, wie sie wieder geöffnet wurde. »Wichser«, zischte ich im Umdrehen, und Jack zuckte zusammen, als hätte ich ihn geschlagen. »Du verlogener, überheblicher Wichser!«

»Was zur Hölle ist los, Syd? Was hab ich denn getan?«

Er hatte immer noch mein Telefon in der Hand. Ich sah, dass das Display leer war.

»Guck dir das Foto an, Jack. Guck dir das Foto an, und dann sag du es mir.«

»Welches Foto?« Jack starrte dumpf auf mein iPhone. Er drückte die Home-Taste, wischte mit dem Finger über den Bildschirm. »Es ist gesperrt«, sagte er und schaute hoch.

»Meine Fresse noch mal!« Ich stürmte durchs Zimmer, schnellte mit der Hand nach vorn und schnappte es ihm weg. Ich wischte und hackte meine PIN ein. Vertippte mich, hackte noch mal. Noch härter diesmal, langsamer. Das Bild erschien, und ich hielt es fünf Zentimeter vor Jacks Nase. Er zuckte zusammen, als ob ich ihn hätte schlagen wollen, dann betrachtete er das Display. Sein Gesicht wurde zu einem Porträt der Verwirrung, so perfekt, dass er es geübt haben musste.

»Amira?«, sagte er.

Ich bellte ein Lachen heraus. »*Amira.* Wie exotisch!« Ich schniefte, rieb mir die Nase mit einem Fingerknöchel.

Jack hatte mir das Telefon irgendwie aus der Hand genommen. Er studierte das Bild, zoomte es heran, die Bewegung seiner Finger wirkte auf mich wie eine Liebkosung. Ich schlug ihm das Handy aus der Hand. Es traf auf die Granit-Umrandung des Kamins, und das Display zerbrach – endlich.

»Mein Gott, Syd!« Jack hielt nur noch dünne Luft in der Hand. Er schaute mich jetzt an, als wäre ich genauso kaputt wie mein iPhone.

»Hau ab, Jack! Hau verfickt noch mal aus diesem Haus ab!«

»Syd. Ganz ehrlich. Ich weiß nicht, was du denkst, was auf dem Foto zu sehen ist, aber ich verspreche dir, es ist ganz anders …«

»Hau ab! Hau ab, oder ich werde dich eigenhändig rausschmeißen, ich schwöre es!« Was so lächerlich klang, dass ich überrascht bin, dass Jack nicht lachen musste.

»Sie ist nur eine Mieterin! Jemand, der mich um Hilfe gebeten hat. Wobei nicht *sie* das getan hat, sondern ihre Schwester. Diese Sache von der Arbeit, die ich dir erzählen wollte, sie ...«

»Ich will nichts davon hören, Jack! Ich will nichts über deinen kleinen Harem hören. Obwohl ich ehrlich gesagt neugierig bin: War die Schwester dir nicht jung genug? Bist du deshalb bei *ihr* gelandet?« Ich nickte mit dem Kinn zum Kadaver meines Telefons.

»*Bei ihr gelandet?* Ich hab nicht mit ihr geschlafen, Syd! Ich hab mit niemandem geschlafen! Ich habe nur ...« Er machte plötzlich eine Pause und ließ, was auch immer ihm gerade durch den Kopf geschossen war, fallen. »Wo hast du das überhaupt her? Das Bild. Hast du ...« Er straffte sich, als würde er sich für einen Angriff wappnen. »Hast du mir nachspioniert?«

»Was? Nein, ich hab dir nicht nachspioniert, verdammte Scheiße!«

»Wo hast du es dann her?«

»Es spielt keine Rolle, wo ich es herhabe. Alles, was zählt, ist, was es zeigt. Erzähl mir nicht, dass du abstreiten willst, dass du das bist.«

»Warum sollte ich das abstreiten? Es ist ein Foto von mir auf der Straße!«

»Es ist mehr als das, und das weißt du!«

Jack atmete aus. »Wo hast du es her, Syd?«, wiederholte er. »Wenn du mir irgendwas vorwerfen willst, dann sag mir wenigstens, woher du deine Beweise hast. Oder bist du gerade zu vollgedröhnt, um dich zu erinnern?«

»Fick dich! Jemand hat es mir geschickt, okay? Es war in meinen Mails, als ich aufgewacht bin.«

»Wer?«

»Was?«

»*Wer* hat es dir geschickt?«

»Nur ein …« Ich schüttelte den Kopf. »Ich weiß es nicht. Es war irgendeine AOL-Adresse. Buchstaben und Zahlen. Kein Name.«

Jack bückte sich, um mein Telefon aufzuheben, versuchte es wieder zum Laufen zu bringen und schnitt sich.

»Au! Scheiße!« Er lutschte an seinem Finger, blutig vom zersplitterten Glas.

Ich brachte ein schnaubendes Lachen heraus. »Geschieht dir recht. Ich hoffe, du kriegst eine verdammte Blutvergiftung.«

Jack ignorierte mich und versuchte es noch mal. »Es ist im Arsch. Du hast es komplett ruiniert.« Er starrte das Handy an und fingerte an der Power-Taste herum. »Nicht, dass es was ausmachen würde. Ich weiß genau, wer dir das Bild geschickt hat. Obwohl ich überrascht bin, dass er sich die Mühe gemacht hat, es anonym zu schicken. Ich hätte gedacht, dass er sich den Verdienst anrechnen lassen will.«

»Wovon redest du? Von *wem* redest du?«

»Vom beschissenen Bart rede ich.«

»*Bart?* Warum sollte Bart …?«

»Weil er von dir rangelassen werden will, darum! Er will auch meinen Job. Meine Beförderung. Im Prinzip will er mich umlegen, damit er die Chance hat, dich flachzulegen.«

Jetzt musste ich lachen. Ich konnte nicht anders. »Das ist lächerlich. Bart will mich nicht *flachlegen.* Er ist dein Freund, Jack, erinnerst du dich?«

»Das habe ich auch gedacht. Bis er mich hat feuern lassen.«

»Feuern? Du bist gefeuert worden?«

»Gefeuert. Suspendiert. Macht keinen Unterschied.«

Ich presste die Hände gegen die Schläfen. Der Fokus, den

ich mir aufgebaut hatte, löste sich langsam auf. Was ich wollte, war noch eine Nase. Nicht wollte. *Brauchte.*

»Wie auch immer, ich hätte wissen müssen, dass du ihn verteidigen würdest.«

Ich schaute hoch. »Was?«

»Bart. Ich hätte wissen müssen, dass du ihn verteidigen würdest.«

»Was zur Hölle soll das heißen?«

»Was glaubst du, was es heißt?«

Ich schnappte nach Luft. »Du bist derjenige, der mit anderen ins Bett geht, Jack! Versuch nicht, das auf mich abzuwälzen!«

»Ich wälze gar nichts auf dich ab. Ich nenne die Fakten, sonst nichts.«

»Meine Güte, Jack. Und ich dachte immer, *ich* bin am Arsch. Deine Eltern haben dich so verunsichert, dass du noch nicht mal deinem besten Freund vertraust. Deiner *Freundin.*«

Jack zuckte zusammen. Kurz schien er zu straucheln, aber dann fing er sich wieder. Er sah mir in die Augen. »Tja, also«, sagte er. »Es könnte schlimmer sein. Wenigstens bin ich kein beschissener Junkie.«

Ich weiß nicht, was genau mich so ausrasten ließ. Dass Jack so nahe an meiner Wunde getroffen hatte, vielleicht. Dieses kleine rohe Stück tief in uns, das uns aus purem Reflex um uns beißen lässt, wenn jemand es anrührt. Und genau das tat ich. Ich schoss auf ihn zu und schlug so sehr auf ihn ein, dass er keine andere Wahl hatte, als sich in die Diele zu flüchten. Letztendlich kriegte er meine Arme zu fassen, aber erst, nachdem meine Faust seine Wange getroffen hatte.

»Verdammt noch mal, Syd!«

Ich zappelte und wand mich frei. Jack hielt eine Hand hoch, als ob er den Verkehr anhalten wollte. Mit der anderen Hand berührte er die Stelle unter seinem Auge, wo ich ihn getroffen hatte, überprüfte, ob ich wirklich sein Blut vergossen hatte.

»Du hast mich geschlagen!«

»Gut! Das war der Plan!«

Er schaute wieder auf seine Fingerspitzen, als würde er einen Beweis dafür brauchen, wie verletzt er war.

»Hau ab, Jack.« Ich atmete schwer und stieß die Worte hervor. »Hau verdammt noch mal einfach ab!«

Ich glaube, er überlegte kurz, ob er einen Kampf anfangen sollte. Er hätte ihn gewonnen, denn ich hatte all meine Energie aufgebraucht. Nach dem ganzen Koks war es Zeit zum Runterkommen, was sich für mich immer so anfühlte, als würde ich von einem Dementor ausgesaugt werden. Normalerweise ist das Einzige, was es erträglich macht, eine weitere fette Nase, aber in diesem Moment wollte ich mich einfach nur unter meiner Bettdecke zu einer Kugel zusammenrollen.

Jack drehte sich um und nahm seine Schlüssel. Die Schale, in der wir sie aufbewahren, fiel vom Sideboard, aber er nahm sich nicht die Zeit, sie wieder hinzustellen. Er knallte die Tür so fest zu, dass sie wieder aufsprang, und während ich zu Boden sank, sah ich, wie er auf die Straße stürmte. Und das war der Moment, als es mir zum ersten Mal klar wurde: die Sorge, die seit jeher an mir genagt hatte. Jack sagte, es fühle sich so an, als würde er mich verlieren, aber die wahre Gefahr ist, dass wir uns gegenseitig verlieren. Mir ist bewusst, dass das ein Teil des Ganzen ist – dass es der Sinn dieses schmutzigen Spiels ist –, und ich habe Angst, es nicht aufhalten zu können. Das macht mir am meisten Angst, Jack. Vielleicht gibt es keinen Weg mehr, es aufzuhalten.

Jack

Wir gehen zur Polizei. Okay, Syd? Wir zeigen ihnen das, was wir aufgeschrieben haben, erklären und erzählen ihnen alles, was wir wissen. Zu Beginn haben wir ja gesagt, dass wir das tun würden, wenn es darauf ankäme, und ich sehe keine andere Möglichkeit, die uns noch bleiben sollte. Außerdem ist es mir jetzt klar. Es ist offensichtlich, so offensichtlich, wie es für dich von Anfang an war.

Aber zuerst müssen wir beenden, was wir angefangen haben. Es wird nicht mehr lange dauern. Wir haben es fast geschafft. Der einzige Teil, der noch fehlt, ist der, vor dem wir beide uns am meisten gefürchtet haben. Der Teil, der mich schuldig erscheinen lässt und Syd – um es mit ihren Worten auszudrücken –, als wäre sie komplett durchgeknallt. Ich muss zugeben, das ist nicht weit von dem entfernt, was ich dachte, als das alles hier begann. Ich dachte, Syd würde nur wegen Elsies Unfall so reagieren. Dass sie eins und eins zusammenzählte und eins herauskam: ein Grund, eine Bedrohung, eine absurde Erklärung. Ich konnte nicht verstehen, wie diese grundverschiedenen Bestandteile zusammenpassen sollten. Ich *wollte* es nicht sehen. Es war einfacher – und weniger furchteinflößend –, alles, was geschah, als eine Pechsträhne zu begreifen. Aber stellen Sie sich vor, dass, sagen wir, Ihre Sicht getrübt wird. Sie bekommen Kopfschmerzen. Und manchmal, wenn Sie husten, spucken Sie Blut. Vielleicht sind Sie in der Lage, sich selbst etwas vorzumachen, Sie sagen sich, dass alles in Ordnung ist, dass keins der Symptome mit den anderen zusammenhängt, aber für einen Außenstehenden wäre die Wahrheit glasklar. Er würde begreifen, dass sich etwas Dunkles anbahnt. Etwas Tödliches. Etwas, dem Sie sich früher oder später stellen müssen, wenn Sie es davon abhalten wollen, Sie umzubringen.

Es war noch nicht mal Mittag, als ich zum Evening Star ging. Ich erwähnte ja, dass ich kein großer Trinker bin, aber dies war einer der Momente, in dem mir der Pub als der einzig angemessene Ort erschien, wo ich hingehen könnte. Syd und ich waren erst einmal in unserer neuen Stammkneipe gewesen, aber nur anstandshalber. Sie wissen schon, um sagen zu können, dass wir dort gewesen sind. Aber ganz offen gesagt, auch wenn er von außen ganz okay aussieht, der Evening Star ist nicht wirklich die Art von Pub, wo ich dringend noch mal hinmüsste. Er war nicht wirklich prollig, soweit ich es beurteilen konnte, nur ein bisschen deprimierend. Im Grunde eine typische Südlondoner Kneipe. Die Art von Laden, in der einem, wenn man nach der Weinkarte fragt, ein Roter und ein Weißer angeboten wird. Es gab keine Musik, keine Sky-Sportübertragung, keinen Gourmet-Burger. Vor dem Rauchverbot hatte die Luft wahrscheinlich mehr Kohlenmonoxid als Sauerstoff enthalten, und danach übernahmen die Düfte, die bisher überdeckt worden waren, das Ruder: von Urin und Chlorbleiche im Umfeld der Toiletten, von durchnässtem Lappen und abgestandenem Bier überall sonst.

»Kann ich helfen?«

Der Barmann, ein Typ mit grünlich ausgeblichenen Tattoos an den Unterarmen, der alles zwischen vierzig und sechzig hätte sein können, sah mich an, als hätte er den Verdacht, dass ich mich verirrt habe. Es war nicht ganz wie in *American*

Werewolf, aber für einen Moment fühlte ich mich von Tooting in die Moore von Yorkshire verfrachtet.

»Ein Pint Foster's, bitte«, sagte ich. »Moment, nein«, verbesserte ich mich. »Jackie-Cola. Doppelt.«

Der Barmann zögerte kurz, bevor er ein Glas in die Hand nahm, als wäge er immer noch ab, ob er mich bedienen sollte. Er pumpte zwei Shots Bell's Whisky aus dem Spender, ohne darauf zu achten, ob ich zufrieden mit der Menge war, dann drehte er sich wieder zu mir um.

»Eis?«, fragte er, und ich schüttelte den Kopf. Auf dem Weg zu mir füllte er das Glas aus dem Zapfhahn auf, sodass mein Drink zur Hälfte aus Whisky und zur Hälfte aus zuckrigem braunen Wasser bestand. »Zehn Pfund sind das Minimum«, sagte er, als ich ihm meine Karte gab.

»Behalten Sie sie«, antwortete ich. »Ich werde mehr als einen brauchen.«

Ich trug mein Glas zu einem Tisch neben dem staubigen, ungenutzten Kamin und setzte mich auf den am wenigsten verklebten Stuhl. Außer einem Typen an der Bar, dessen Hund zu seinen Füßen lag, waren nur drei andere Kunden im Pub, der vielleicht ein Drittel von der Größe unseres Erdgeschosses hatte: zwei Männer, die zusammen am Fenster saßen und die letzten Schlucke ihrer Pints tranken, und ein weiterer Einsamer an einem Tisch bei der Tür. Es sah so aus, als machte er ein Kreuzworträtsel. Als ich hereingekommen war, hatten sich die Köpfe mir zugewandt, aber nachdem ich mich erst mal hingesetzt hatte, starrte mich nur noch der Hund unter dem Barhocker an. Ich prostete ihm zu, dann stürzte ich den Drink in einem Schluck runter.

Was für ein Tag. Ich meine, im Ernst: Was für ein ganz und gar beschissener Tag. Erst das auf der Arbeit, dann Syd, und mittendrin Sabeen und ihre gesamte Familie. Ich konnte immer noch nicht ganz sortieren, was alles geschehen war. Wie das geschehen konnte an einem Morgen, der genauso wie jeder andere angefangen hatte. Das Foto war mir am deutlichsten im Gedächtnis geblieben; das, auf dem ich und Amira zu sehen waren. Syd hatte es mir nur kurz gezeigt, aber man konnte nicht abstreiten, dass wir gut zusammen aussahen. Mir fiel Alis Hänselei wieder ein und wie ich meine Verlegenheit mit einem Witz überspielt hatte, aber jetzt lachte niemand mehr. Am allerwenigsten Syd. Obwohl ich nicht fassen konnte, dass sie wirklich dachte, ich würde sie betrügen – mit einer Siebzehnjährigen, zum Himmel! Und nur aufgrund eines Fotos; das reichte in Syds Augen schon, um jeden begründeten Zweifel zu zerstreuen. Ich war beschuldigt, überführt und verurteilt worden, bevor ich überhaupt wusste, dass ich vor Gericht stand.

Und Bart. Mein sogenannter *bester Freund*. Das, was er getan hatte, erschütterte mich am meisten. Genau wie er unserem Chef gesteckt hatte, dass ich Sabeen geholfen hatte, hatte er Syd dieses Foto gemailt. Mehr als das: Er hat mir nachspioniert, den passenden Zeitpunkt abgewartet, dieses Foto gemacht und *dann* dafür gesorgt, dass Syd es sehen würde, während er sich hinter einer beschissenen erfundenen E-Mail-Adresse und seiner vorgetäuschten Freundschaft zu mir verbarg. Ich konnte nicht glauben, dass ich ihm vertraut hatte, in manchen Dingen sogar noch mehr als Syd. Was dazu führte, dass ich mir kurz Sorgen darum machte, was er noch in der Hand haben könnte – welche anderen meiner Geheimnisse könnte er noch ausplaudern? Aber mir ging ziemlich schnell auf, dass es kaum etwas ausmachte. Er hatte mir meinen Job genommen, meine Beziehung zu meiner Freundin sabotiert. Die Lage war schon so schlimm, wie sie überhaupt sein konnte.

Ich hatte vier doppelte Whisky-Cola getrunken, als er hereinkam. Elsies Vater. Mein Lieblingsirrer aus der Nachbarschaft. Er erkannte mich sofort und hielt für einen Moment inne, aber als er bemerkte, dass der Barmann ihn beobachtete, ging er direkt zur Theke.

Ich muss betrunkener gewesen sein, als ich dachte, denn ich kicherte. Laut.

Elsies Vater ließ das Kinn Richtung Schulter sinken. »Ist irgendwas witzig?«

Was ich noch witziger fand als die Situation an sich. Ich meine, wie viel Klischee geht noch? Genauso gut hätte er mich beschuldigen können, dass ich sein Pint verschüttet hatte, das der Barmann ihm gerade hinschob.

Diesmal kriegte ich es hin, meine Belustigung für mich zu behalten. »Nur mein Tag heute«, sagte ich.

Elsies Vater starrte mich weiter an, dann wandte er sich nach ein oder zwei Sekunden seinem Bier zu.

In diesem Augenblick hätte ich gehen sollen. Ich hatte den Rest meines Whisky-Cola getrunken und fand die Aussicht, zum Tresen zu gehen, um einen weiteren zu bestellen, nicht gerade verlockend. Aber während ich meine nächste Handlung bedachte, fiel mir auf, dass ich sowieso zum Tresen gehen musste, um meine Rechnung zu zahlen. Und wenn ich das tun musste, könnte ich genauso gut noch einen Drink bestellen. Denn ich *wollte* noch nicht gehen. Und ich wollte ganz sicher nicht, dass Elsies Vater dachte, ich würde *seinetwegen* gehen. Also scheiß drauf, dachte ich. Scheiß auf ihn, scheiß auf Bart, scheiß auf jeden. Wenn ich noch einen Drink wollte, konnte ich verdammt noch mal noch einen bestellen. Ich hatte genug davon, ständig zu überlegen, was andere dachten. Davon, mich so zu verhalten, dass ich es anderen recht machte, nur damit sie mir dann das Messer in den Rücken rammten.

Ich nahm meine leeren Gläser mit an die Theke.

»Zahlen?«, fragte der Barmann.

Ich schüttelte den Kopf. »Noch mal das Gleiche.«

Der Barmann blickte zu Elsies Vater, dann nahm er eins meiner benutzten Gläser und hielt es unter den Spender.

»Bist du sicher, dass du nicht genug hast?«, fragte eine Stimme vom Barhocker neben mir. »Was ist denn passiert, hast du dir beim Kotzen den Kopf am Klo gestoßen?«

Ich hatte vorgehabt, Elsies Vater zu ignorieren, falls er mich ansprechen sollte. »Wovon reden Sie?«

Er drehte sich auf seinem Stuhl zu mir. »Der Fleck in deinem Gesicht«, sagte er. »Sieht aus, als ob du entweder hingefallen wärst oder als ob dir jemand eine Handtasche ins Gesicht gehauen hättte. Hm, wer könnte das wohl gewesen sein? Deine süße kleine Lady vielleicht?« Er lehnte sich etwas zu dem Mann, der auf dem Hocker neben ihm saß. »Die, die ganz hübsch wäre, wenn sie nicht ein Neuner-Eisen im Arsch stecken hätte.«

Der Mann neben ihm starrte in sein Pint, als wüsste er, was kommen würde, und nichts damit zu tun haben wollte. Ich berührte meine Wange dort, wo Syd mich geschlagen hatte. Eher vor Überraschung als Schmerz zuckte ich zusammen.

Dieses Mal war Elsies Vater derjenige, der kicherte. »Sie war es, oder? Ich wette, sie hat dich auch rausgeschmissen. Deshalb bist du hier gelandet.« Er lachte in sein erhobenes Glas, grinste immer noch, nachdem er getrunken hatte.

Meine Hand fiel von meiner Wange, und ich nahm meinen Drink. Ich war auf halbem Weg zurück zu meinem Platz, als mir dämmerte, was Elsies Vater gesagt hatte. Oder eher, was er nicht gesagt hatte. Denn zu diesem Zeitpunkt musste er davon ausgehen, dass wir diejenigen waren, die das Jugendamt gerufen hatten. Und ungeachtet dessen, was Elsie seitdem geschehen war, hatte er offensichtlich keinen Gedanken an seine Tochter verschwendet.

»Kümmert es Sie überhaupt nicht?«, fragte ich und drehte mich um.

Noch einmal berührte sein Kinn seine Schulter, und seine Oberlippe zuckte auf halbem Weg zu einem Grinsen.

»Ihre Tochter liegt im Krankenhaus und stirbt, und Sie sitzen hier und ... was? Feiern, richtig?«

Sein Grinsen fiel in sich zusammen, ich sah, wie sein Blick zum Barmann schoss. Er mochte vielleicht nicht an seine Tochter denken, aber er fürchtete genug um seine eigene Haut, um darüber nachzudenken, was andere Leute von ihm halten könnten. Der Pub war wirklich nicht voll, aber zusätzlich zu den Stammkunden, die da waren, als ich gekommen war, saßen nun auch ein Mann und eine Frau in einer Sitzecke, und ein anderes Paar stand an der Theke. Aller Augen waren auf uns gerichtet.

Elsies Vater erhob sich von seinem Barhocker. Langsam, sich wappnend, spritzte er etwas Bier auf mich.

»Ich dachte, du hättest deine Lektion gelernt«, sagte er und stellte sein Glas vorsichtig neben sich ab. »Ich hab dich davor gewarnt, deine Nase irgendwo reinzustecken, wo sie nicht hingehört.«

Die Erinnerung an unsere frühere Auseinandersetzung überkam mich; an den Schmerz, als sein Knie meine Weichteile getroffen hatte. Ich machte trotzdem weiter mit meiner Attacke. »Haben Sie sie überhaupt besucht?«, fragte ich. Ich war sicher, dass Syd, wenn er es getan hätte, ihn gesehen und es mir gegenüber erwähnt hätte. »Wissen Sie überhaupt, in welchem Krankenhaus sie liegt?«

Elsies Vater bleckte die Zähne und wollte auf mich zugehen. Der Barmann langte zwischen den Zapfhähnen hindurch und fasste ihn an der Schulter. »Sean«, sagte er. »Ich hab dich gewarnt, hier drin irgendwas anzufangen.« Dann sah er mich schräg an. »Und du, du hättest den Tipp ernst nehmen und zahlen sollen. Ich schlage vor, dass du jetzt gehst. Du kannst deine Kreditkarte morgen abholen.«

In seinem Ton lag eine Bestimmtheit, die mich aus dem Nichts heraus an meinen Vater denken ließ. Er trug keine Zweideutigkeit in sich, ließ keinen Raum für Beschwerden. Er war kurz angebunden, geschäftsmäßig: nichts Persönliches. Was er sagte, wurde einfach gemacht. Und das war es, was bei meinem Vater immer so wehgetan hatte. Bei ihm war es auch nie etwas Persönliches. Er redete mit mir, wie er mit einem Fremden auf der Straße gesprochen hätte. Höflich, wenn nötig, aber niemals mit Zuneigung. Öfter noch barsch, und nie hatte man den Eindruck, dass es ihn wirklich kümmerte.

Ich wandte den Blick ab, merkte, wie er durch den Raum jagte. Ich stellte mein Glas auf den nächstbesten Tisch und drehte mich um, um meinen Mantel zu nehmen. Ich kam bis zur Tür.

»Armes kleines Schaf«, rief Elsies Vater. »Jetzt gibt es nichts mehr, wo er hingehen könnte. Warum tust du uns allen nicht einen Gefallen und befreist dich von deinem Elend?« Er gluckste, und dieses Glucksen war es – hämisch, rachgierig, *triumphierend* –, das mich anhalten ließ.

»Was?«, fragte ich.

Elsies Vater schüttelte sich aus dem Griff des Barmanns. »Ich sagte, befrei dich von deinem Elend. Geh und nimm ein Bad in der Themse!« Ein weiteres Lachen, ein zufriedener kurzer Blick auf die anderen Stammgäste in der Nähe der Theke. Er lachte nicht nur, wurde mir klar. Er war schadenfroh.

Und in diesem Moment begriff ich alles. Denn wer sonst

hätte ein so starkes Motiv gehabt wie er? Syd und ich hatten uns in sein Leben eingemischt, jetzt mischte er sich in unseres ein. Auf einmal ergab es auch Sinn, dass er nicht schon früher die Konfrontation mit mir gesucht hatte: Der Mann hatte seine Rache schon bekommen.

»Du?«, fragte ich. »*Du* hast das getan?«

Ich musste an Bart denken. Was ich ihm vorgeworfen hatte. Meinem besten Freund. Tatsächlich mein einziger wirklich enger Freund außer Syd. Aber ich hatte falschgelegen, schrecklich, hoffnungslos falsch. Syds Reaktion kam mir in den Sinn. *Er ist dein Freund, Jack – erinnerst du dich?* Und ich erinnerte mich, endlich – aber zu spät.

Elsies Vater sagte nichts, aber der Ausdruck in seinem Gesicht sagte alles.

»Du … was? Bist mir gefolgt? Und Ali … Sabeen. Das warst du?« Ich ging auf ihn zu. »Du … du hast dafür gesorgt, dass ich meinen Job verliere. Meinen besten Freund. Meine *Freundin.*«

Als die Polizistin danach gefragt hatte, sagte ich, dass ich niemals wütend werde. Und das tue ich auch nicht. Ehrlich, ich bin einfach nicht so. Aber jeder hat seine Grenzen, und wenn man fragt, wie viel ich bereit war hinzunehmen (und wie viel ich getrunken hatte), so waren meine schon längst überschritten. Außerdem ging es nicht nur um mich. Es ging um Sabeen und Ali und ihre ganze Familie. Es ging um Elsie. Und – in meinen Augen mehr als alles andere – um Syd.

Es war kein großer Kampf. Vielleicht hätte es mir schon gereicht, wenn ich einen guten Treffer gelandet hätte. Aber der Barmann sprang schnell hinter dem Tresen hervor und hielt mich fest, bevor ich überhaupt kapierte, dass er da war. Ich glaube, irgendjemand hielt auch Elsies Vater zurück, obwohl meine Erinnerung ehrlich gesagt ziemlich vernebelt ist. Ich weiß noch, wie ich versuchte, ihn zu schlagen, aber nicht traf, dann wurde ich zur Tür zurückgeschoben. So wie wenn im Rugby einer der schmaleren Spieler von einem Stürmer hochgehoben wird. Ehe ich michs versah, war ich draußen auf der Straße, auf meinem Hintern, um genau zu sein, und der Barmann auf mir. Ich schrie das Erste, was mir in den Sinn kam.

Ich behaupte nicht, dass ich es nicht gesagt habe. Ich habe es gesagt, das gebe ich zu. Aber der Punkt ist, dass ich es nicht so meinte. Ich schwöre bei Gott, dass ich es nicht so meinte. Ich habe auch andere Sachen gesagt, an die ich mich nicht erinnern kann. Und auch darum geht es: Ich hatte den Verstand verloren. All diese Leute können sagen, was sie wollen, können der Polizei erzählen, was immer sie möchten, aber es ist ausgeschlossen, dass sie wissen, was ich dachte. Ich meine, man hört so was im Grunde täglich, oder nicht?

Ich bring dich um. Ich bring dich verdammt noch mal um!

Es ist doch nur, Sie wissen schon. Ein Ausdruck. Nur weil jemand das sagt, heißt das noch nicht, dass er es auch wirklich vorhat.

Sydney

Jack hat mir Nachrichten hinterlassen. Lange, weitschweifige Erklärungen, die im Grunde überhaupt nichts erklärt haben. Es war alles ein Fehler, sagte er. Ein Missverständnis. Er erwähnte eine Prügelei im Pub, irgendein Aufeinandertreffen – ein weiteres – von ihm und Elsies Vater. Er sagte, der habe alles eingefädelt. Das Foto, unseren Streit, *alles*. Er sagte, Elsies Vater habe ihm auf der Arbeit eine Falle gestellt, auch die Suspendierung sei seine Schuld. Was sich für mich beinahe wahnhaft anhörte, so als wäre Jacks angeborene Unsicherheit zu einer Art abgedrehter Paranoia geworden. Und außerdem ging es völlig am Wesentlichen vorbei. Es war nicht Elsies Vater, der uns entzweit hatte. Es war *Jack*. Seine Lügen. Seine *Untreue*.

Ich rief Bart an und sagte, er solle Jack ausrichten, dass er mich nicht mehr anrufen solle. Da ich ihn nicht mehr ins Haus gelassen hatte, ging ich davon aus, dass er bei ihm untergekommen war, aber Bart hatte ihn ebenfalls nicht reingelassen. Jack sei zu ihm gekommen und habe eine halbgare Entschuldigung hervorgebracht, aber scheiß auf ihn, sagte Bart zu mir. Wenn Jack ihm wirklich das zutraue, was er ihm vorgeworfen hat, dann sei es Glück, dass er ihn los war. Was ziemlich genau das ist, was ich auch zuerst fühlte, trotzdem war ich überrascht, es von Bart zu hören. Er und Jack mussten sich heftiger gestritten haben, als mir klar war. Ich wusste, wie gern Jack Bart hatte, und plötzlich merkte ich, dass er mir leidtat. Sogar so sehr, dass ich überlegte, ob ich nicht zu hart zu ihm gewesen war. Dieses Foto war wirklich verdammt überzeugend, aber ich musste auch zugeben, dass ich nicht gerade in der besten Verfassung gewesen war, als ich es erhielt. Vielleicht hatte ich es irgendwie falsch interpretiert.

Ich fing an, Jacks Sachen zu durchsuchen. Ich bin nicht stolz darauf. Niemals hätte ich von mir gedacht, so was zu tun. Wenn ich ehrlich bin, fühlte es sich an, als wäre ich komplett verrückt geworden, und das machte mich wütend: dass die Umstände mich dazu brachten, mich wie eine schizophrene Hausfrau aufzuführen. Aber wie auch immer, so habe ich ihn gefunden. Ich ging den Stapel Schuhkartons auf dem Boden von Jacks Kleiderschrank durch und suchte, keine Ahnung was, Liebesbriefe? Mehr Fotos? Verdammte *Höschen?* Im Prinzip einfach irgendetwas, das beweisen würde, dass Jack eine Affäre hatte – oder das Gegenteil. Und da war er, vergraben unter einem Haufen von Jacks Turnschuhen.

Er schloss die Tür auf. Ich saß in der Küche und wartete auf ihn.

»Was zur Hölle soll das, Jack?«

Jack sah auf die Uhr. Er war zu früh und glaubte wohl, dass ich ihn deshalb anmachte. Er schien den Schuhkarton, den ich auf den Küchentisch gestellt hatte, nicht zu bemerken.

»Tut mir leid, Syd. Ich dachte ... Ich meine, ich habe nicht ...« Er schaute wieder auf die Uhr.

»Ich meine nicht die Uhrzeit, Jack. Ich meine *das* da. Dieses ... was auch immer es ist.« Ich schubste den Karton, sodass er über den Tisch auf Jack zurutschte.

Er verstand immer noch nicht, sah den Karton zwar, aber schien ihn nicht zu erkennen.

»Hör zu, Syd ... Was auch immer da drin ist, ich schwöre dir, dass ich nichts Falsches getan habe.«

Ich wollte etwas sagen, aber er redete weiter.

»Es ist Elsies Vater. Der verdammte Sean ›Begbie‹ Payne. Er ist irre. Ein Wahnsinniger. Alles, was passiert ist, war seine Schuld. Wie dieses Foto«, presste er hervor, bevor ich ihn unterbrechen konnte. »*Er* hat das gemacht. Genauso wie er meinem Chef von Sabeen erzählt hat. Er hasst mich. Uns. Wegen Elsie. Nicht wegen dem, was mit ihr passiert ist, ich meine, das ist ihm scheißegal, aber weil wir uns *eingemischt* haben.«

Während er sprach, war Jack näher gekommen und umfasste jetzt mit beiden Händen die Lehne eines Stuhls. Er sah beschissen aus, stellte ich fest. So wie an dem Tag, als wir uns zum ersten Mal gesehen hatten, als er, vom Wetter gebeutelt, durch die Tür dieser Hotellobby geweht worden war. Anscheinend hatte er sich nicht mehr rasiert, seitdem ich ihn rausgeschmissen hatte, und ich war mir ziemlich sicher, dass er noch dieselben Klamotten trug. Ich fragte mich, wo er schlief. Auf keinen Fall wäre er zu seinen Eltern gegangen, nicht unter so peinlichen Umständen, und da Bart sich geweigert hatte, ihn aufzunehmen, wohnte er wahrscheinlich in irgendeinem billigen Hotel.

»Jack …«

»Ich flehe dich an, Syd, bitte.« Seine Knöchel auf der Stuhllehne traten weiß hervor. »Du musst mir glauben. Elsies Vater hat es praktisch zugegeben.«

»Jack!«

»Ich meine, Himmel noch mal, Syd, er ist sogar bei uns eingebrochen!«

Ich hatte die Finger gegen meine Schläfen gepresst, aber als ich das hörte, fielen meine Hände herunter, und ich schaute hoch. »Er ist was?«

Jack ging jetzt auf und ab, zwei Schritte in die eine Richtung, zwei Schritte in die andere, die Breite unserer Küche vermessend. »Ich kann nicht beweisen, dass er es war, aber irgendjemand war definitiv hier drin. Mehr als einmal, glaube ich inzwischen. Dieses eine Mal habe ich ein Geräusch gehört und bin runtergegangen, und als ich nichts gefunden habe, bin ich zurück ins Schlafzimmer gekommen. Und du, du hast gesagt ...« Jack hielt inne und schaute mich an. »Ich meine ... Ich habe nur ... Ich hatte dieses Gefühl, sonst nichts.« Er fuhr fort, sein Blick strich über mich hinweg. »Und ich hab darüber nachgedacht, vermutlich ist er durch die Küche reingekommen, durch eins der Fenster vielleicht oder sogar durch die Hintertür, wenn wir sie nicht abgeschlossen haben. Und dann, als ich wieder hochgegangen bin, als ich auf der Toilette war, denke ich, muss er an mir vorbeigeschlichen sein und ist auf demselben Weg wieder ausgestiegen.« Er sah mich eindringlich an. »Verstehst du?«

Was ich verstand, war, dass Jack sogar noch schlimmer drauf war, als ich angenommen hatte. Aus seinen Mailbox-Nachrichten hatte ich bereits geschlossen, dass er überzeugt davon war, dass Elsies Vater es auf ihn abgesehen hatte. Dass er irgendeinen elaborierten Plan ausgeheckt hätte, um Jacks Leben zu zerstören. *Elsies Vater.* Der gleiche Kerl, der sich bei ihrer ersten Auseinandersetzung dazu entschlossen hatte, Jack einfach ein Knie in die Eier zu rammen. Klammheimliche Überwachung schien mir nicht wirklich der Stil dieses Mannes zu sein.

»Jack, hör mir zu ...«

»Ich sage es dir, Syd«, beharrte Jack, »er ist ein Geisteskranker. Im Pub hat er ...«

»JACK!«

Er war wieder auf und ab gelaufen und erstarrte auf halbem Weg zwischen Hintertür und Herd.

»Es spielt keine Rolle«, sagte ich. »Kapierst du das nicht?

Diese ganze ... *Paranoia* ändert überhaupt gar nichts. Sie ändert nichts von dem, was du *getan* hast!«

»Aber das ist doch der Punkt! Ich habe nichts *getan!* Ich meine, ja, das von der Arbeit gebe ich ja zu, aber in dieser Situation hättest du genau dasselbe gemacht. Sie waren völlig mittellos, Syd. Und sollten auf die Straße geworfen werden!«

Ich drehte mich weg, und Jack muss begriffen haben, dass er mich verlieren würde. Dass das, was er sagte, einmal mehr am Wesentlichen vorbeiging.

Er hob die Hand und wedelte verzweifelt damit herum. »Das Foto«, sagte er. »Ich verstehe das, Syd, das tue ich. So wie es aussieht ... Was du gedacht haben musst. Aber ich schwöre bei Gott: Es ist ein völlig unschuldiges Bild. Amira ist nur ein Kind. Und dieses Foto: Ich weiß wieder, wann es aufgenommen wurde. Amiras Bruder stand direkt neben uns. Es wurde beschnitten, damit er nicht mit im Bild ist. Ich hab dir doch gesagt, es ...«

Diesmal war ich diejenige, die eine Hand hob. Ich hatte genug gehört. Über Elsies Vater, über Jacks geliebte Amira, einfach *genug.* »Alles, was ich wissen will«, verkündete ich, »ist, wo du diesen Karton herhast. Und warum er auf dem Boden deines Kleiderschranks versteckt war.«

Zum ersten Mal, seit er den Raum betreten hatte, schaute Jack den Schuhkarton auf dem Tisch genauer an. Er hatte ihn vorher kaum eines Blickes gewürdigt, aber als er jetzt hinguckte, sah er richtig hin. Und er erkannte ihn, das konnte ich sehen. Er wusste genau, was ich in dem Karton gefunden hatte.

»Syd ...« Er kam auf mich zu, die Hände ausgebreitet, in der Absicht, eine weitere Lüge einzudämmen. »Syd, das ist ... Es ist nur ... Es ist nichts. Es ist etwas, das ich gefunden habe, sonst nichts.«

Ich schob meinen Stuhl vom Tisch zurück, stand auf, nahm

den Karton und schüttete ihn aus, sodass sein Inhalt sich über den Tisch ergoss. Ich hielt den Deckel hoch, damit Jack es sehen konnte. Lesen konnte, was auf der Unterseite geschrieben stand.

»Syd, ich weiß. Ich weiß, was da steht. Deshalb habe ich nicht ...«

»Jessica«, las ich vor. »Der Name meiner Schwester, Jack. Mit Filzstift geschrieben. So wie ein Kind ihn schreiben würde. Ist das ...? Ich meine, das ganze Zeug ... Ist es ...?«

Ist es echt?, wollte ich fragen, aber alles, was ich zustande brachte, war ein Kopfschütteln. Weil ich es wusste. Auch wenn ich die Sachen im Karton nicht wiedererkannte – die Postkarten, die Muscheln, diesen verdammten Glücksbärchi –, wusste ich in dem Moment, als ich ihn fand, dass alles echt war. Es *fühlte* sich echt *an*. Wie ... Ich weiß nicht. Wie Bücher. Wie ein gelesenes Buch, das man in die Hand nimmt und immer auch sehen kann, ob es geliebt wurde. Ich sage, ich erkannte die Dinge im Karton nicht, und vielleicht tat ich das wirklich nicht – aber irgendwie fühlte es sich so an, als ob ich es tun müsste.

»Wo hast du das her, Jack? Warum hast du es versteckt?«

»Syd, bitte ...« Jack wollte mich berühren, aber ich zog mich zurück.

»Sag es mir einfach! Gib mir ein einziges Mal eine eindeutige Antwort!«

»Ich hab es dir erzählt!«, sagte Jack. »Ich hab ihn gefunden! Oben auf dem Dachboden. Als ich auch die tote Katze gefunden habe. Er steckte hinter dem ...«

Ich hatte mir wieder die Dinge auf dem Tisch angeschaut. Mein Blick schoss nach oben. »Welche Katze?«

Jack schloss die Augen, kniff sie zusammen.

»Jack? Welche verfluchte *Katze?*«

Da kam alles heraus. Alles, was Jack verheimlicht hatte. Angefangen mit dem Karton, wie er ihn gefunden und vor mir verborgen hatte. So wie die Katze, die er in unserem zugewucherten Garten vergraben hatte, wie sich herausstellte. Seine Bedenken wegen des Hauses, wie sie ihn wieder zu Evan gebracht hatten – und wie er danach mit Patrick Winters sprach. Es waren nur Kleinigkeiten, nehme ich an. *Kleine Teile*, wie Jack sagte, aber zusammen ergaben sie etwas Größeres. Ein Tableau von Lügen, und ich erinnere mich, wie ich dachte, dass ich Jack nie mehr vollkommen würde vertrauen können. Aber mir wurde noch etwas anderes klar. Etwas Dunkleres. Es war, als würde ich in eine Grube schauen und mit ansehen, wie die Schatten dort langsam eine Form annahmen.

»Was habe ich gesagt, Jack?«

Er sah mich mit leerem Blick an.

»Du sagtest, ich hätte etwas gesagt. In der Nacht, als du jemanden im Haus gehört hast. Du wärst wieder nach oben ins Schlafzimmer gekommen, und ich sagte ...« Ich ließ den Satz in der Luft hängen und versuchte, das Grauen zurückzudrängen, während ich darauf wartete, dass Jack ihn vervollständigte.

Er schluckte. »Du sagtest ... du sagtest, du hättest eine Hand an deiner Wange gespürt.«

»Aber du ... Ich meine, konnte es nicht einfach ...«

»Ich war es nicht, Syd. Aber du hast geschlafen. Wahrscheinlich hast du geträumt. Ich dachte ...«

Ich merkte, dass ich wieder den Kopf schüttelte. Nicht nur, um Jacks Erklärung abzuwürgen, sondern diejenige fernzuhalten, die mir langsam dämmerte. Das Haus, dieses Haus, das wir niemals hätten bekommen sollen. Der Karton, Jacks Job. Diese E-Mail ...

Die Hand, die ich an meiner Wange gespürt hatte.

Das Schluchzen baute sich in meinem Bauch auf und klang, als es sich Bahn brach, wie ein Flehen. Ich tastete blind in der Luft hinter mir herum und nutzte den zurückgeschobenen Stuhl, um mich hinfallen zu lassen. Ich habe nie zuvor eine Panikattacke gehabt, habe nie wirklich verstanden, was genau der Begriff bedeutet. Aber es fühlte sich an wie dieser Moment, wenn man aus einem Albtraum erwacht und das Einzige, von dem man weiß, dass es real ist, die Angst ist, die einem die Hände um den Hals legt. Dein Herz hämmert in deinem Brustkorb, und dir ist so kalt, dass dein gesamter Körper zu schwitzen anfängt. Sogar im Sitzen bekam ich kaum Luft. Ich spürte, wie Jack nach mir griff und mich halten wollte, aber irgendwie scheuchte ich ihn weg. Ich wollte ihn nicht in meiner Nähe haben. Ich wollte *gar nichts* in meiner Nähe haben – die Wände um mich herum, der Boden unter mir, die Decke, die mir gegen den Kopf drückte. Es fühlte sich an, als würde ich ersticken, als wäre die Luft plötzlich von einem giftigen Gas erfüllt.

Es war meine Mutter, die mich wieder zurück auf die Füße brachte. Die Erinnerung an sie, als sie bei uns im Haus gewesen war. Mein Unterarm stieß gegen den Tisch, als ich aufstand, und die Schätze meiner Schwester fielen zu Boden.

»Syd?« Jacks Stimme, weiter entfernt, als es bei seinem Abstand zu mir möglich war. »Syd, warte! Geht es dir gut? Wo gehst du hin?«

Ich stolperte an ihm vorbei, in die Diele. Ich ging die Treppe hoch, stolperte, krabbelte weiter. Ich war mir Jacks Präsenz hinter mir dunkel bewusst, aber mein Fokus war darauf gerichtet, was vor mir lag. Auf diese Bilder. Winters Bilder.

Das heißt, nicht auf alle. Nur auf eines.

Ich erkannte sie sofort. Diesmal stach sie zum ersten Mal heraus. Doch mein Arm war schwer – schwerfällig vom Adrenalin –, und ich warf mehrere Bilderrahmen herunter, als ich danach griff. Mit dem Bild in meiner Hand krabbelte ich rückwärts, drehte mich um und stieß mit Jack zusammen. Er trat zur Seite, oder ich schubste ihn, ich weiß es nicht mehr. Ich zielte auf das Treppengeländer, das Bild jetzt fest im Griff, holte aus, mit dem Glas nach vorne. Es zerbrach sofort, aber ich holte noch mal aus. Ein drittes Mal, ein viertes. Als ich es umdrehte, blutete ich schon, aber alles, was mich interessierte, war, die Fotografie aus diesem Rahmen zu befreien. Meine Finger waren glitschig und klebrig, das Glas nagte hungrig an ihnen, doch ich fühlte es gar nicht. Plötzlich war ich, auf eine Weise, die ich seit meiner Kindheit nicht mehr erfahren hatte, gefühllos geworden.

Nach Hause kommen. Dieses Konzept ist in Filmen, in der Poesie, in kitschigen Weihnachtsliedern so mit Gefühl aufgeladen worden, dass es inzwischen fast nicht mehr möglich ist, es als etwas Schlechtes zu empfinden. Aber für mich ist *Zuhause* wie eine abgedunkelte Ecke. Ein verdorbener Ort, irgendwie beschmutzt, dem ich die meiste Zeit meines Lebens versucht habe zu entfliehen. Ich dachte, dass unser neues Haus mein Zuhause werden würde – irgendwann. Wie sich herausstellte, hatte es nie die Chance dazu gehabt. Vielleicht gibt es sie nirgendwo. Vielleicht ist der Ort, den man Zuhause nennt, etwas, das für einen auserwählt wird und das man nie mehr ändern kann.

Die Reise dauerte keine zwei Stunden, aber irgendwie erschien sie mir zugleich sowohl länger als auch kürzer. Einerseits war es nur ein Lidschlag, andererseits ein ganzes Leben. Während ich von der Bewegung des Zuges gewiegt wurde, hielt ich das Foto vom Flur in meinen zerschnittenen Fingerspitzen. Das Bild selber – das Gesicht dieses kleinen Mädchens – war dunkel von Blut, aber der Schriftzug, den ich auf der Rückseite entdeckt hatte, war noch sichtbar. Nur ein Datum, ein Name. Derselbe Name wie im Deckel dieses Schuhkartons. Diesmal aber erkannte ich die Handschrift, so wie meine Mutter das Foto selbst erkannt hatte. Sie hatte es schließlich aufgenommen, und auch die Beschriftung war von ihr. Sie hatte auf allen Fotografien von Jessica und mir, die sie aufgenommen hatte, eine Anmerkung gemacht. Ich konnte mich selbst sehen, wie ich sie dabei beobachtete.

Es war typisch für meine Mutter, dass sie es nicht geschafft hatte wegzuziehen, typisch für ihre Schwäche. Für ihre Feigheit. Nachdem mein Vater ins Gefängnis gekommen war, hatte sie die Möglichkeit, sich ein neues Leben aufzubauen, doch nachdem das Haus verkauft war, gab sie sich damit zufrieden, eine Wohnung am Rand desselben Viertels zu mieten. Am *äußersten* Rand, im schmuddeligen Randbezirk. Es zählte überhaupt nicht mehr zum selben Viertel, um ehrlich zu sein, aber es verhielt sich genauso wie der Umstand, dass sich meine Mutter immer noch elegant kleidete oder sich weiterhin Mühe mit ihrem Make-up gab. Solange sie dieselben Straßen entlangging und in denselben Läden einkaufte, konnte sie sich selber vormachen, dass das Leben ein Kontinuum war, dass die Fehler, die sie begangen hatte – und was für Fehler das waren! Der allergrößte war die Hochzeit mit meinem Vater gewesen –, keine Weggabelungen waren, sondern Bremshügel, Schlaglöcher, kleine Dinge, über die sie hinweggleiten und ihre Fahrt fortsetzen konnte. Es war ein weiterer Akt des Nicht-wahrhaben-Wollens, so wie es immer bei ihr gewesen war. Denn auch wenn ich noch nicht alles begriff, eines war mir zumindest klar: Die Dinge, an denen meine Mutter festgehalten hatte – ihre Gewohnheiten, ihre *Routinen* –, waren es, die letztendlich uns beide geopfert hatten.

Während ich ging, spürte ich, wie die Wut in mir anwuchs. Ich hatte erwartet, dass sie dahinschmelzen würde, sobald ich aus dem Zug stieg, dass sie sich stattdessen in so was wie Angst wandeln würde. Aber ich bemerkte kaum noch die Fixpunkte, die in meinen Gedanken so verhasst geworden waren, ich zuckte noch nicht mal, als unser altes Haus auf der anderen Straßenseite in Sicht kam. Als ich den Block mit der Wohnung meiner Mutter erreichte, benutzte ich die Lieferantenklingel, um reinzukommen. Ich nahm zwei Treppenstufen auf einmal, und als ich die Tür ausgemacht hatte, die ich suchte, hämmerte ich mit der Faust dagegen.

»Wie konntest du nur?«

Die erschrockenen Augen meiner Mutter linsten durch den Türspalt. Wenn sie nicht die Kette vorgelegt hätte, wäre ich gewaltsam eingedrungen.

»Weißt du überhaupt, was du *getan* hast?« Ich funkelte sie an und schlug noch mal gegen die Tür, mit beiden Händen diesmal, beiden Handflächen, sodass meine Mutter aus Reflex zusammenfuhr, obwohl die Kette sicher hielt.

»Sydney, bitte«, zischte sie. »Du solltest nicht hier sein. Du …«

»Mach die Tür auf! Mach verdammt noch mal die Tür auf, oder ich schwöre bei Gott, dass ich sie einschlage!« Ich hämmerte noch einmal gegen die Tür und drehte mich nicht um, als ich hörte, dass eine andere Tür hinter mir geöffnet wurde.

»Was ist denn hier los?«, fragte die Stimme einer alten Frau.

»Lass mich rein, Mutter«, sagte ich, ohne mich umzudrehen.

»Sydney, bitte …«, gab sie zurück, ihr Blick zwischen mir und ihrer wichtigtuerischen Nachbarin hin und her zuckend.

»Mach. Die. Verfickte. *Tür.* Auf!«

Ich hörte ein missbilligendes Schnalzen hinter mir, als meine

Mutter zurücktrat. Sobald die Kette gelöst war, stürmte ich in ihre Diele. Sie breitete die Arme aus und versuchte mir weiterhin den Weg zu versperren.

»Hör mir zu, Sydney. Bitte! Du musst gehen. Du musst *gehen.*« Obwohl die Wohnungstür jetzt geschlossen war, erhob sie ihre Stimme nicht über ein Flüstern.

»Was habe ich zu dir gesagt?«, fragte ich und ignorierte sie. »Was war das Einzige, worum ich dich gebeten habe?« Mir entging nicht, dass ich diejenige war, die wie ein Elternteil sprach. Meine Mutter krümmte sich vor mir wie ein verängstigtes Kind.

»Es tut mir leid«, sagte sie – flehte sogar –, und ich konnte sehen, dass sie gleich anfangen würde zu heulen. »Aber, Sydney, bitte. Lass uns ... lass uns rausgehen, okay? Lass uns draußen über alles reden.«

»Ich gehe verdammt noch mal nirgendwohin, bis du mir eine Erklärung lieferst!«

Und in dem Moment wurde mir klar, dass sie das bereits getan hatte. An dem Tag, als sie bei mir zu Besuch gewesen war. *Ich bin nicht stark genug,* hatte sie gesagt. *Ich war einfach nie, niemals stark genug.* Und was gab es dem noch hinzuzufügen?

Meine Mutter schrumpfte auf der anderen Seite der Diele in sich zusammen. Ihr Widerstand war gebrochen: gegen meinen Angriff, gegen ihre Tränen. Aber das war nicht alles. Sie schien auf etwas zu warten, sich in etwas zu fügen. Als ob mein Angriff, ihre Tränen, nicht alles wären, das sie aufhalten wollte.

Ich starrte sie an, immer noch wutschnaubend, aber plötzlich fühlte sich diese Wut eher wie Angst an. So, wie ich es erwartet hatte, als ich aus dem Zug stieg. »Mum?«

Die Stimme, die ich hörte, war nicht länger meine. Beziehungsweise war sie es, nur nicht die von Sydney Baker. Sie gehörte zu meinem alten Ich. Zu dem Mädchen, von dem ich glaubte, dass ich es hinter mir gelassen hätte. Ich hatte mich immer gefragt, ob die Frau, die ich geworden war, nur eine Fassade war – ob *Sydney Baker*, eher wie eine Rüstung, in Wahrheit nicht mehr war als eine bröckelnde Hülle. Und dort, als ich in der trostlosen Diele meiner Mutter stand, wurde mir bewusst, dass ich es nun endlich herausfinden würde.

»Oh Mum. Was hast du getan?« Ich ertappte mich selbst dabei, wie ich mich in Richtung der Wohnungstür zurückzog. Meine Mutter sah mich mitleidig an. »Er ist hier, oder? Er ist wirklich *hier.*«

Ich roch ihn, bevor ich ihn überhaupt hörte. Der Geruch – der *Gestank* – war für sich genommen nicht unangenehm, und vielleicht war er eher eine Erinnerung, als physisch in der Luft wahrzunehmen. Aber ich roch sein Aftershave, irgendwas Orangenartiges. Den Kaffee, den er trank. Das Zeug, das er sich ins Haar schmierte. Zusammen war all das schlimmer als Abwasser, und ich hätte wahrscheinlich gewürgt, wenn nicht in diesem Moment jemand in die Diele getreten wäre. Als wäre er hier zu Hause. Als wäre er nie weg gewesen.

Er lächelte mich an. Der Mann, der mich verhöhnt hatte, mich betrogen, geschlagen, gebrochen hatte. Er war hier, jetzt, direkt vor mir, und *lächelte*.

Und dann sprach er.

»Hallo, Maggie«, sagte mein Vater.

II

Jack

»Und dann haben wir mit dem Schreiben angefangen.«

»Wann?«

»Nachdem Syd ihren Vater getroffen hat. Drei Tage nachdem Sean Payne in der Gasse hinter unserem Haus gefunden wurde.«

Inspector Leigh hebt den Blick. »Seine Leiche, meinen Sie. Nachdem Sean Paynes *Leiche* gefunden wurde. Mit insgesamt siebzehn Stichwunden in seinem Hals, seiner Brust und seinem Bauch.«

Sie beobachtet mich, und ich versuche krampfhaft nicht wegzuschauen. Ich fühle mich schuldig, natürlich tue ich das, aber würde das nicht jeder? *Siebzehn Stichwunden.* Das ist einfach … Es ist grauenvoll, es gibt kein anderes Wort dafür. Und ich weiß, dass sie uns diesen Fakt bewusst hingeworfen hat, sie hat es vorher nicht erwähnt. Niemand hat das, noch nicht mal die Zeitungen.

Siebzehn.

Ich schaue Syd an und kann sehen, dass sie an dasselbe denkt wie ich. An dem Morgen, an dem die Leiche entdeckt wurde, haben wir aus unserem Gästezimmerfenster geguckt, und selbst inmitten all der Polizeibeamten konnten wir es sehen. Das Blut. Sean Paynes Blut. Es war überall. Syd musste sich fast übergeben. Ich vermute, es hat mit ihrer Schwester zu tun, dass sie so auf das Thema Tod reagiert. Der Anblick des ganzen Blutes war es letztendlich, was sie von meinem Vorschlag überzeugt hat, alles aufzuschreiben. Für sie ging es nie darum, verstehen zu wollen – nicht so wie für mich –, denn Syd war von Anfang an klar, was hier passierte. Sie erkannte, dass das alles etwas war, das ihr Vater inszeniert hat, und sie begriff, was der Mord an Sean Payne wirklich für uns bedeutete. Aber all das Blut … Es führte dazu, dass sie verstand, wie wichtig es war, dass wir unsere Geschichte sortierten. Als Vorbereitung auf den Moment, in dem wir uns jetzt gerade befinden.

Detective Inspector Karen Leigh verschränkt ihre Hände und lässt sie auf dem Papierstapel vor sich ruhen. »Warum?«

Syd und ich tauschen einen weiteren Blick.

»Wie bitte?«, fragt Syd.

»Ihr Vater war kaum sechs Monate Freigänger«, sagt Inspector Leigh. »Er hatte gerade erst angefangen, sein Leben neu aufzubauen, und trotzdem nimmt er es aus einer Laune heraus auf sich, einen vollkommen Fremden umzubringen? Ihn abzuschlachten, um genau zu sein.« Sie macht eine Pause, gerade lange genug, um meine Reaktion zu beobachten. »Das ist Ihre Theorie, wenn ich recht verstehe. Was ich Sie also frage, Ms Baker, ist *warum?*«

In Syds Augen blitzt es auf, und jeder, der diesen Ausdruck kennt, würde ihn als Alarmzeichen erkennen. »Haben Sie es nicht gelesen?«

Ich rutsche etwas auf meinem Stuhl herum. Wir befinden uns in einem Vernehmungszimmer, das abgesehen von den grauen Plastikmöbeln völlig leer ist. Nur wir drei: Inspector Leigh auf der einen Seite des Tisches, Syd und ich auf der anderen.

Die Hände der Kommissarin liegen immer noch auf dem Ausdruck. Sie macht sich nicht die Mühe, sie zu bewegen, als sie hinunterblickt. »Ich habe es gelesen, Ms Baker. Zweimal, seitdem Sie es mir gestern gegeben haben. Ein weiteres Mal erst heute Morgen.«

»Was ist das dann für eine bescheuerte Frage?«

»Syd ...«

»Nein, sorry, Jack, ich meine das ernst. *Warum?*«, äfft sie nach. »Ich denke, Sie sind eine verdammte Ermittlerin. Also *ermitteln* Sie, verdammt noch mal. Warum tun Sie das nicht?«

»Syd, bitte!«

Inspector Leigh – das muss man ihr zugestehen – zuckt nicht mal mit der Wimper. Sie nickt nur leicht mit dem Kopf, als würde sich ihr erster Eindruck von Syd bestätigen.

»Es ist ein Spiel«, sagt Syd atemlos. »Okay? Rache, Heimzahlung, wie auch immer Sie es nennen wollen, aber für meinen Vater ist es vor allem ein Spiel. *Sein Leben neu aufzubauen*«, zitiert sie und schüttelt den Kopf. »Das hier ist sein Leben: dieses *Spielen* mit Menschen. *Dafür* lebt mein Vater.« Es entsteht Stille, bis Syd hinzufügt: »Oh, und nur fürs Protokoll: Mein Vater hat sich niemals an irgendeinem Morgen aus *einer Laune heraus* auch nur für seinen Anzug entschieden.«

Inspector Leigh muss lächeln, dasselbe schmale Lächeln, das sie quasi die ganze Zeit über im Gesicht trug, als ich sie das letzte Mal sah. Bisher ist es nicht oft in Erscheinung getreten. Heute ist ihr Auftreten irgendwie anders, als ob sie wüsste, dass die Rolle, die sie mir vorgespielt hat, bei Syd nicht funktionieren würde. Sie kann Menschen genauso gut lesen, denke ich, wie ich vermutet habe. Mir kommt der Gedanke, dass mich das wahrscheinlich beruhigen sollte, aber stattdessen macht es mir noch mehr Sorgen.

»Also, bei diesem Spiel«, sagt die Kommissarin mit einer leichten Betonung auf dem letzten Wort, was ihre Skepsis verdeutlicht, »ist das die Art, wie Ihr Vater gewinnt?«

Ein kaum wahrnehmbares Nicken in meine Richtung – das erste Mal, dass Inspector Leigh stillschweigend zugibt, dass ich ein Verdächtiger bin. Nicht nur ein Verdächtiger. *Der*

Verdächtige. In einem Mordfall, in dem *siebzehnmal* auf das Opfer eingestochen wurde. Nicht, dass mich das überraschen würde – warum sonst sollten wir hier sitzen? –, aber dennoch trifft mich dieses kleine Nicken wie ein Faustschlag.

»Ganz ehrlich?«, fragt Syd. »Ich weiß nicht, was mein Vater als Sieg ansieht.«

»Glauben Sie, Sie sind in Gefahr?«, fragt die Kommissarin, und ich betrachte Syd genau, während sie antwortet.

»Nein.« Sie verlagert ihr Gewicht. »Ich weiß nicht.«

»Natürlich ist sie in Gefahr!«, werfe ich ein.

Die Kommissarin lässt ihren Blick zu mir wandern.

»Ich meine, es ist doch offensichtlich, dass sie es ist. Oder nicht?«

Syd geht dazwischen, bevor die Kommissarin antworten kann. »Ob ich in Gefahr bin oder nicht, ist nicht wichtig. Hier geht es nicht darum, was mein Vater vorhaben könnte. Es geht darum, was er bereits getan hat.«

Inspector Leigh schaut sie einen Moment nachdenklich an, dann betrachtet sie wieder das Manuskript. Sechs Tage haben Syd und ich gebraucht, um es zu schreiben – praktisch jede freie Stunde seit der Nacht von Sean Paynes Ermordung. Und es ist ja nicht gerade so, als hätte ich einen Job gehabt, wo ich hätte auftauchen müssen. Auch Syd hat ihren kaum besser behandelt, trotzdem frage ich mich allmählich, ob es den ganzen Aufwand wert war. Auf der einen Seite haben wir das erreicht, was wir uns vorgenommen hatten, da sind Syd und ich uns zumindest jetzt einig. Aber der Plan war auch, andere Menschen zu überzeugen.

»Es ist gut geschrieben«, sagt Inspector Leigh, »das gestehe ich Ihnen zu. Und einzigartig. Ich glaube nicht, dass ich schon mal von einem ...« – sie zögert und schaut wieder in meine Richtung – »... von einem *Zeugen* gehört habe, der ein schriftliches Geständnis präsentiert, bevor er überhaupt vernommen wurde. Mit Sicherheit keines mit so viel Tiefgang.« Sie fächert die Seiten auf.

»Aber?«, wirft Syd ein, und die Kommissarin erwidert ihren eiskalten Blick.

»Aber es gibt einen Aspekt in Ihrer Geschichte, den ich immer noch verwirrend finde«, sagt sie. »Das Haus zum Beispiel. Sie sagen, Ihr Vater hat es für Sie gekauft. Aber ohne Ihr Wissen. Er ...«

Syd schüttelt den Kopf, und Inspector Leigh gibt ihr die Möglichkeit zu einem Einwurf. Begriffsstutzigkeit – das ist die Taktik der Kommissarin bei Syd. Und es funktioniert. Syd ist verärgert, genau das scheint Inspector Leigh erreichen zu wollen. Ich begreife, dass sie es mag, wenn die Befragten sich aufregen, vermutlich weil sie denkt, dass sie dann eher irgendetwas ausplaudern, was sie eigentlich für sich behalten wollen. Die Sache mit dem Haus zum Beispiel. Wir sind das schon durchgegangen. Im Manuskript, in unseren Gesprächen. Aber die Kommissarin fängt wieder davon an, weil sie merkt, dass Syd jedes Mal, wenn sie etwas wiederholen soll, genervter wird.

»Er hat es nicht *gekauft*«, sagt Syd. »Er hat gesehen, dass wir Interesse hatten, und hat dann den Makler *bestochen*, damit wir ausgewählt werden. Wahrscheinlich hat er so getan, als wäre er nur ein besorgter Vater, und bestand vor Evan darauf, dass er ihn nicht verraten würde. Ich wette, er hat sogar für ein weiteres Schlüsselset extra gezahlt.«

Sie sagt das voller Überzeugung, obwohl dies der Teil unserer Geschichte ist, den wir nur mutmaßen können. Aber es ergibt alles Sinn. Evan Cohen betrieb seine Geschäfte in einem schmuddeligen kleinen Büro zwei Kreuzungen von der Laufkundschaft auf der örtlichen Hauptstraße entfernt. Er hatte keine Angestellten, keine Neubauten zum Verkauf (den Zetteln nach zu urteilen, die in seinem Bürofenster hingen), noch nicht mal eine gescheite Website. Er war das Immobilien-Äquivalent eines Winkeladvokaten, der wahrscheinlich nur an Patrick Winters' Auftrag geraten war, weil der Mitleid mit ihm hatte (und noch wahrscheinlicher, weil er sich in Evans Büro wohler gefühlt hatte als in dem affektierten Weinbar-Interieur von Foxtons). Außerdem war da die erwähnte Ausgabe der *Racing Post*, die ich gesehen hatte, als ich ihn besuchte – was hieß, dass Evan Spaß am Wetten hatte. Also, ein zerrüttetes Geschäft, mögliche Wettschulden; es passt alles zusammen. Und er war verschwunden. Das bleibt ein entscheidendes Argument für Syd und mich. Nicht lange nach meinem ersten Besuch suchte ich ihn wieder auf – nach meinem Gespräch mit Patrick Winters, um genau zu sein –, und Evans Büro war da schon verrammelt. Als Syd und ich noch einmal gemeinsam hingingen, wurde es gerade zu einem Café umgebaut. Geschäftsräume verlagern, am Arsch. Es ist so, wie ich sagte: Syd hatte ihn von Anfang an durchschaut.

»Er bestach also den Immobilienmakler«, wiederholt Inspector Leigh. »Ich muss noch einmal fragen: *Warum?* Ich meine, damit hat er Ihnen im Endeffekt geholfen, richtig?«

»Er hat uns nicht *geholfen«*, gibt Syd zurück. »Er hat uns kontrolliert. *Mich* kontrolliert, mir demonstriert, dass er es immer noch kann. Für meinen Vater ist Kontrolle alles, worum es ihm jemals ging, bei allem.«

»Mit allem meinen Sie ...«

»Ich meine *alles!* Alles, was er mir jemals angetan hat! Wie mit dem Haus. Es war seine Art, uns exakt da hinzubringen, wo er uns haben wollte, wo er uns jederzeit kriegen kann.«

»Und das Geld?«

»Welches Geld?«

Wieder zeigt die Kommissarin ihr schmales Lächeln.

»Genau das ist der Punkt. Das Vermögen Ihres Vaters wurde beschlagnahmt, als er verurteilt wurde. Vielleicht hat er ein paar Extraschichten in der Gefängniswäscherei eingelegt, aber was schätzen Sie, worauf es ein durchschnittlicher Immobilienmakler heutzutage abgesehen hat?«

»Mein Vater würde nie pleitegehen«, antwortet Syd. »Niemals. Er war dreist, aber nicht dumm. Welches Vermögen auch immer Sie glauben beschlagnahmt zu haben, die doppelte Summe wird unter irgendeiner Matratze versteckt gewesen sein. Und er war nie an Geld interessiert, um es anzuhäufen. Es ging immer darum, was er damit *machen* kann. Darum, wen und was Geld kaufen kann. Deshalb war er überhaupt im Gefängnis, wissen Sie noch?«

Für mich war lange ein bisschen schleierhaft geblieben, wie Syds Vater im Knast gelandet war; vor allem, weil sie genauso schleierhaft darüber redete. Aber jetzt bin ich auf dem Laufenden. Syd hat mir von den Betrügereien ihres Vaters erzählt: wie er bestimmte prominente Mitglieder des Gemeinderats schmierte, um seiner Firma Grundstücksgeschäfte zu ermöglichen. Und wie er danach dieselben Ratsmitglieder erpresste, ihm dieselbe Summe zurückzuzahlen, die er ihnen gegeben hatte, plus Zinsen.

Inspector Leigh muss das genauso wissen. Sie verzieht das Gesicht, halb zweifelnd, halb beeindruckt, dass Syd so überzeugt von ihrer eigenen Geschichte ist – und dass sie es schafft, immer die richtigen Antworten zu geben. Doch das Schreckliche ist, dass ich in den Reaktionen der Kommissarin auch meine eigenen Zweifel gespiegelt sehe. Das Vor und Zurück, das ich gerade beobachte, ist eine Wiederholung des Hin und Hers zwischen Syd und mir, als all das anfing. Denn auch ich konnte es zuerst nicht akzeptieren: dass alles, was uns passiert war, Teil eines zusammenhängenden Plans sein sollte. Als wir mit dem Schreiben anfingen, war für mich immer noch Elsies Vater derjenige, dem man das meiste vorwerfen konnte, und der Rest – der Schuhkarton, der Name von Syds Schwester, vielleicht sogar das Haus – waren ... Ich weiß es nicht. Zufall, dachte ich. Fügung. Was den Mord an Sean Payne betrifft, nahm ich an, dass er einen weiteren Streit oder so im Pub gehabt haben musste. Ich meine, der Typ ist ein Irrer. War ein Irrer. Es ist naheliegend, dass er außer mir und Syd auch andere Feinde hatte.

Und da war noch etwas anderes. Ich sagte Syd, dass ich nicht glauben könne, dass jemand aus bloßem Hass so weit gehen würde. Dass es doch nicht möglich sei, über so eine lange Zeit solch einen Groll zu hegen. Das war das einzige Mal, an das ich mich erinnern kann, dass Syd mich mit offener Verachtung ansah. Wenn ich das nicht verstehen könne, sagte sie, dann würde ich gar nichts verstehen.

»Und überhaupt«, sagt Syd zur Kommissarin, »das Haus war nur der Anfang. Die Bühne. Eine gute Bühne für die Bedürfnisse meines Vaters, aber falls Evan ihm abgesagt hätte, oder sagen wir, wenn Jack und ich uns rausgezogen hätten, es hätte keine Rolle gespielt. Wo auch immer wir gelandet wären, wäre auch mein Vater gewesen.«

Inspector Leigh ist dem Punkt ziemlich nahe, an dem ich auch war, glaube ich. Sie weist unsere Geschichte nicht direkt zurück, aber sie weiß, dass wir ein entscheidendes Detail übersehen haben.

»Beweise«, sagt sie. »Die fehlen, Ms Baker. Und das hier zählt nicht, tut mir leid.« Sie hebt die Hand, um auf die Objekte zu zeigen, die zwischen uns auf dem Tisch liegen: der Schuhkarton und die Sachen, die darin waren, das (blutverschmierte) Foto vom Flur, Ausdrucke von der E-Mail, die Syd bekommen hat, und von dem Foto, auf dem ich geküsst werde.

Und noch anderes Zeug – Sachen, die wir gefunden haben, als wir endlich das Haus ausräumten, nachdem wir begriffen, was los war. Ein Buch, von dem Syd sagt, es sei das Lieblingsbuch ihrer Schwester gewesen. Eine Halskette, die ebenfalls einmal Jessica gehört hatte.

Und da waren noch mehr Sticheleien ihres Vaters; mehr Hinweise darauf, was uns erwartete. Wie diese Katze zum Beispiel. Sogar die Katze, meinte Syd, sei ein Teil des Ganzen. Zunächst mal war sie ein Wegweiser, ein Pfeil, der uns zu dem Schuhkarton führte. Und es war eine Botschaft als solche. Erinnern Sie sich an das Kätzchen, das Syds Vater ihr zum zwölften Geburtstag geschenkt hatte? Sie bestand darauf, dass sich die tote Katze darauf bezog, und als ich mir ins Gedächtnis rief, in was für einem Zustand ich sie gefunden hatte, musste ich einräumen, dass Syd damit richtigliegen konnte. Ich meine, wie sonst sollte die Katze auf den Dachboden gekommen sein, wenn sie nicht jemand persönlich dort hingelegt hatte?

»Was ist mit all den Dingen, die mein Vater zerstört hat?«, fragt Syd. »Jacks Karriere zum Beispiel. Seine Freundschaften. Seine … Beziehungen.« Sie meint uns, und ich muss mich daran erinnern, dass sie das nur wegen des Effekts sagt. »Zählt das alles nicht auch als Beweis? Dieses Zeug, das wir mitgebracht haben – diese *Dinge* –, sind nur Requisiten. *Warnungen.* Das Leid, das mein Vater angerichtet hat, sollte Sie überzeugen.«

Inspector Leigh lehnt sich in ihrem Stuhl zurück. »Das ist auch etwas, das ich verwirrend finde, Ms Baker. Dieses ganze Leid, das Sie erwähnen. All diese Dinge, von denen Sie sagen, dass Ihr Vater sie getan hat. Für mich sieht es so aus, als wäre hauptsächlich Jack von ihnen betroffen. Ausgehend von dem, was Sie mir berichtet haben, hätte ich aber vermutet, dass sie hauptsächlich auf Sie abzielen würden.«

In Syds Augen lodert sichtbar Wut auf. »Sie *zielen* auf mich ab! Alles tut das! Er benutzt Jack bloß, sonst nichts. Was er will, ist, Jack …« Sie hält inne, schneidet sich selbst das Wort ab, was auch immer sie sagen wollte. »Was er will, ist, Jack zu verletzen, denn er weiß, dass er dadurch mich verletzt. Ich habe Ihnen doch gesagt, für ihn ist es ein Spiel. Und je mehr Spieler dabei sind, desto mehr Spaß macht es ihm.«

Inspector Leigh nickt. »Warum haben Sie sich selbst unterbrochen?«

»Wie bitte?«

»›Was er will, ist, Jack …‹ Aus dem Weg räumen? Ist es das, was Sie sagen wollten? Warum Sie sich selbst unterbrochen haben?«

Syd schüttelt frustriert den Kopf. »Hören Sie, ich will einfach niemandem Sorgen bereiten, sonst nichts.« Sie blickt in meine Richtung, und ich kapiere, dass sie mit *niemandem* mich meint.

Die Kommissarin bemerkt es ebenfalls. »Also *glauben* Sie, dass Sie in Gefahr sind.«

»Was? Nein. Das habe ich nicht gesagt.« Wieder ein Blick zu mir.

Ich runzle die Stirn, ich kann es fühlen. Hat Syd mehr Angst, als sie zugibt? Und wenn ja, warum hat sie mir das nicht gesagt? Einerseits bin ich jetzt ihretwegen besorgt – noch besorgter, als ich es sowieso schon war –, andererseits nervt mich der Gedanke, dass sie ihre wahren Gefühle vor mir verborgen hält. Keine Geheimnisse mehr, das haben wir einander versprochen, als wir mit dem Schreiben angefangen haben. Trotzdem macht Syd gerade genau das, was wir beide nicht mehr tun wollten.

»Sie sagten, Sie hätten mit ihm gesprochen«, sagt Inspector Leigh und wechselt mal wieder das Thema. »Mit Ihrem Vater. Als Sie Ihre Mutter zur Rede stellten.«

»Ich habe nicht mit ihm *gesprochen*. Ich habe ihn *gesehen*.«

»Und hat er irgendwas zu Ihnen gesagt?«

»Er sagte Hallo. Und er hat meinen alten Namen benutzt.«

»Richtig.« Inspector Leigh konsultiert ihre Notizen. »Margaret Anabelle Robinson.« Sie hebt den Blick, ohne den Kopf hochzunehmen. »Sie sehen nicht wie eine Margaret aus«, urteilt sie.

Syd blinzelt noch nicht mal. »Das ist der Grund, warum ich es nicht bin.«

Im Mundwinkel der Kommissarin erscheint ein kleines Grübchen. Sie klappt ihr Notizbuch zu. »Das ist es also. Dieses … diese Stellungnahme, diese Objekte und ein mögliches Sichten Ihres Vaters. Das ist im Grunde alles, was Sie haben, um Ihre Geschichte zu untermauern.«

»Daran ist nichts *Mögliches*. Er war es, okay? Er war es, verdammt noch mal. Stand in der Diele meiner Mutter, als ob ihm die Wohnung gehören würde.«

»Ja, aber dennoch. Um all das zu inszenieren, was er laut Ihnen getan hat, hätte Ihr Vater Sie über Monate hinweg beobachten müssen. Ein Sichten ist in meinen Augen kein …«

»Ich habe ihn auch gesehen.«

Es ist das erste Mal seit einer ganzen Weile, dass ich etwas sage. Meine Stimme klingt, verglichen mit denen der beiden, dünn und wenig überzeugend, aber trotzdem sehen sie mich an.

Ich räuspere mich.

»Bei der Besichtigung«, sage ich. »An dem Tag, als wir das Haus das erste Mal gesehen haben. Ich glaube, er war dort. Hat uns beobachtet.« Dieser ältere Typ, der uns von der anderen Seite des Wohnzimmers aus angestarrt hatte: Damals dachte ich, es wäre nur der großkotzige Vater eines dieser verwöhnten Schnösel, der die Nase über meine zerknitterte Jeans und ausgebeulten Turnschuhe rümpfte. Aber er passte zu der Beschreibung, die Syd uns gegeben hatte. Und abgesehen davon, dass er uns beobachtete, drückte er sich in der Nähe der Tür herum – der perfekte Ort, um schnell rauszuschlüpfen, falls Syd Anstalten gemacht hätte, in seine Richtung zu gucken.

Syd ist sichtlich schockiert. Ich kann förmlich sehen, wie sich ein Kloß in ihrem Hals bildet. »Das hast du mir gar nicht gesagt«, flüstert sie mit voller Angst in der Stimme.

Ich könnte es erklären, nehme ich an. Ihr versichern, dass ich bis jetzt nicht hundertprozentig sicher gewesen sei. Aber um ehrlich zu sein, fühle ich gerade nicht den Drang, irgendetwas zu erklären; nicht wenn Syd so offensichtlich ebenfalls Dinge zurückhält. Je länger ich darüber nachdenke, desto mehr empfinde ich das als unfair. Denn es ist so, wie die Kommissarin gesagt hat: Ich bin derjenige, der seinen Job verloren hat, ich bin der Hauptleidtragende dieses Spiels, das Syds Vater spielen mag. Im Prinzip derjenige, der hier sitzt und darauf wartet, wegen Mordes angeklagt zu werden. Was gibt Syd das Recht, mir Dinge vorzuenthalten, wenn es gerade um meinen Arsch geht?

»Sie ...« Syd hat sich schnell wieder erholt und wendet sich an Inspector Leigh. »Sie könnten mit der Familie sprechen, der Jack geholfen hat. Sabeen. Amira. Sie haben ihn auch gesehen. Oder, Jack?« Als sie meinen Namen sagt, ist da ein Fragezeichen in ihrer Stimme, das nichts mit dem zu tun hat, was sie mich fragt.

»Sie haben jemanden gesehen«, bestätige ich, ohne ihr in die Augen zu blicken. Denn das ist noch so was: Amira. Syd hat sich immer noch nicht dafür entschuldigt, mich des Fremdgehens bezichtigt zu haben. Ich bin noch nicht mal sicher, ob sie inzwischen völlig davon überzeugt ist, dass da wirklich nichts gelaufen ist. Das würde zum Beispiel diese Bemerkung erklären, die sie über unsere Beziehung gemacht hat. Ich meine, vielleicht hat sie das nur für den Effekt gesagt, aber ein kleines Zeichen der Solidarität wäre nicht verkehrt, und wenn es nur eine Hand wäre, die sich unter dem Tisch auf mein Knie legen würde.

»Leider wissen wir nicht, wo Sabeen und ihre Familie sind«, sagt Inspector Leigh. »Sie sind verschwunden.« Sie fängt meinen besorgten Blick auf, als ich den Kopf hebe. »Von alleine«, versichert sie mir. »Das Innenministerium würde genauso gerne mit ihnen sprechen wie wir.«

Ich spüre, wie ich mich etwas auf meinem Stuhl entspanne. Das ist wenigstens etwas. Sosehr es mir wehtut, so viele meiner Freunde verloren zu haben, wenigstens wurden sie nicht ausgewiesen, und wahrscheinlich sind sie ohne mich besser dran.

»Dann eben mein Vater«, sagt Syd. »Sie wissen, wo er sich aufhält. Warum befragen Sie ihn nicht wenigstens, statt noch mehr Zeit damit zu verschwenden, uns zu grillen?«

»Sie sind diejenige, die zu mir gekommen ist, Ms Baker. Diese Konversation findet aufgrund Ihrer Anfrage statt.«

»Genau!«, blafft Syd. »Exakt! Und trotzdem zählt die Tatsache, dass wir freiwillig hergekommen sind, anscheinend überhaupt nicht. Sprechen Sie mit meinem Vater. Fragen Sie ihn! Fragen Sie ihn, was er in der Mordnacht gemacht hat.«

Inspector Leigh hört Syd geduldig zu, dann lässt sie die Bombe platzen, die wir hätten kommen sehen sollen.

»Das haben wir bereits getan«, sagt sie.

Was Syd augenblicklich in Schockstarre versetzt. Wir tauschen einen Blick aus, und für einen kurzen Moment ist das Unbehagen, das sich zwischen uns ausgebreitet hat, vergessen. Aber wie gesagt: Inspector Leigh hat unser Manuskript seit fast vierundzwanzig Stunden. Wenn Sie bereits meine Geschichte über Sabeen überprüft hat, ist es nur einleuchtend, dass sie ebenso unseren Behauptungen über Syds Vater nachgegangen ist.

»Und?«, frage ich.

Inspector Leigh seufzt, wie mir scheint, ziemlich genervt. Weil sie uns unsere Geschichte glaubt und genauso frustriert ist wie wir? Oder weil es sie ärgert, dass wir weiterhin ihre Zeit vergeuden? »Und er hat exakt so reagiert, wie Sie es von ihm erwarten würden«, sagt sie. »Überrascht vor allem. Beleidigt.« Syd will sie unterbrechen, aber die Kommissarin bringt sie mit erhobenem Zeigefinger zum Schweigen. »Und er hat ein Alibi. Für die Nacht des Mordes an Sean Payne.«

Syd versteift sich auf ihrem Stuhl. »Lassen Sie mich raten. Meine Mutter.«

Die Kommissarin nickt halbherzig. »Sie sagt, Ihr Vater sei die ganze Nacht bei ihr gewesen. Sie sagt, sie habe zuletzt nicht gut schlafen können – irgendwas mit Schmerzen in ihrer Hüfte – und dass sie in dieser Nacht auf keinen Fall länger als eine halbe Stunde ein Auge zugetan habe. Sie sagt, Ihr Vater habe die ganze Zeit neben ihr geschlafen.«

Was meinem Alibi nicht unähnlich war, wie mir auffällt. Es ist irgendwie sogar besser, überzeugender. Meine Geschichte geht so, dass ich mit Syd im Bett lag und sie zu keinem Zeitpunkt in der Nacht gehört hat, dass ich das Haus verlassen habe.

»Natürlich sagt sie das!«, platzt es aus Syd heraus. »Sie hat Angst vor ihm. Sie wird immer das sagen, was er verlangt. Zum Beispiel auch, wo er mich überhaupt finden würde!«

Inspector Leigh sieht sie mit einem Blick an, der ausdrückt, dass das vielleicht stimmt, was aber nichts daran ändert, dass sie nichts dagegen tun kann. *Das hier ist vorbei*, sagt ihr Blick. *Diese Befragung, die Ermittlungen. Es ist vorbei.*

»Sie denken, dass Jack das getan hat«, sagt Syd, ihre Stimme jetzt leiser, aber nicht mehr kontrolliert. »Sie haben es noch nicht ausgesprochen, Sie haben sich verdammt noch mal nicht getraut, aber das glauben Sie, nicht wahr?«

Was zur Hölle, Syd? Es fühlt sich so an, als wäre das aus *mir* herausgeplatzt, doch sie ist diejenige, die es dadurch, dass sie es ausspricht, wahr macht.

»Also, warum haben Sie ihn noch nicht verhaftet?«, poltert sie weiter. »Wenn Sie so sicher sind, warum sperren Sie ihn nicht einfach ein?«

Ich starre Syd jetzt mit unverhohlener Panik an, machtlos, während sie den Tiger kitzelt, der uns in seinem Käfig in die Enge getrieben hat. Gleichzeitig komme ich nicht umhin, mich zu fragen, wie die Kommissarin wohl reagieren wird. Denn was Syd da sagt, ist mir auch schon durch den Kopf gegangen. Natürlich ist es das. Die ganze Zeit seit dem Mord, all die Tage, die die Polizei uns beobachtet hat. Ich habe gehofft, dass es an Beweisen mangelt, dass sie mehr finden müssten, als sie es taten. Ich habe es gehofft, aber nicht richtig geglaubt.

Inspector Leigh lächelt ihr schmales Lächeln. Für einen Augenblick hält sie inne, dann fängt sie an, ihre Sachen zusammenzuräumen. »Darf ich das hier behalten?«, fragt sie und legt eine Hand auf die Titelseite unseres Manuskripts.

Syds Gesichtsausdruck besteht zu einem Teil aus Unglauben, zu zwei Teilen aus Ekel. Ihr Stuhl kreischt, als sie ihn vom Tisch wegschiebt. »Tun Sie, was Sie nicht lassen können«, sagt sie, und als sie aufsteht, knallt ihr Stuhl zu Boden. Sie geht daran vorbei zur Tür und erwartet eindeutig, dass ich ihr folge.

Als ich zögere, unterbricht die Kommissarin das Aufräumen und schaut mich an. Syd hält an der Tür inne.

»Kann ich Ihnen einen Rat geben, Jack?«, fragt Inspector Leigh. Syd nennt sie Ms Baker, fällt mir auf, mich Jack. Wieder mal Taktik, und trotzdem schafft sie es, mich damit einzuwickeln. Bitte. Ja, einen Rat. *Irgendwas.*

»Nutzen Sie die Zeit, die Ihnen bleibt, und finden Sie einen guten Rechtsanwalt«, sagt sie, dann geht auch sie zur Tür.

Sydney

Auf dem Weg nach Hause sagt Jack kaum ein Wort. Wir nehmen ein Taxi, und während der gesamten zwanzigminütigen Fahrt wippt er mit dem Bein. Er macht auch kleine knirschende Geräusche mit den Zähnen, so wie er es immer tut, wenn er angespannt ist. Ich bin mir nicht sicher, ob er es überhaupt mitkriegt. Ich fummle einen Kaugummi aus meiner Tasche und biete ihn Jack an, aber er schüttelt den Kopf und starrt weiter aus dem Fenster.

»Ich glaub, ich hab's«, sagt er, als wir anhalten, und reicht dem Taxifahrer hastig einen Zwanziger durch den Spalt in der Abtrennung. Er ist schon draußen, bevor der Fahrer ihm Wechselgeld geben kann, obwohl ein Zwanni viel zu viel ist. Also bleibe ich sitzen und warte auf unsere sechs Pfund fünfzig.

Als ich ins Haus komme, zieht Jack die Vorhänge zu. »Jack?« Wir sind im Wohnzimmer, und er geht an mir vorbei, um auch den Vorhang auf der anderen Seite zu schließen. »Es ist helllichter Tag. Was tust du?«

Er ignoriert mich und geht in die Diele. Die zweite Gardine, die er zugezogen hat, ist zerknittert, und aus Gewohnheit streiche ich sie glatt. Als ich wieder zu ihm stoße, schließt er gerade die Jalousie in der Küche. Aber kurz hält er inne und linst durch die Lamellen zu Elsies Haus hinüber. Dann strafft er sich und lässt die Jalousie runter.

»Jack, bitte. Du machst mir Angst.«

Da bleibt er stehen und schaut mich finster an. Er will etwas sagen – etwas, von dem ich den Eindruck habe, dass er es bereuen könnte –, aber was auch immer es war, er hält sich zurück.

»Ich denke darüber nach, was die Kommissarin gesagt hat«, erklärt er. »Sonst nichts.«

Sein Blick schießt durch den Raum. Neben dem Tisch ist noch ein Fenster. Es bietet nur einen Ausblick auf den rückwärtigen Anbau, aber er geht trotzdem hinüber und schließt auch dort die Jalousie.

»Worüber genau?«

Wieder scheint es so, als ob Jack sich zusammenreißen müsste, um überhaupt mit mir zu sprechen. »Dass wir mehr Beweise brauchen.« Er geht zurück zum Fenster bei der Spüle und zieht die Lamellen auseinander, sodass er wieder in den Garten sehen kann.

»Aber … Was hat das damit zu tun, dass du alle Fenster dichtmachst?«

Ein Seufzer diesmal, genervt, ungeduldig, als wäre das doch offensichtlich. »Dein Vater hat uns beobachtet. Richtig?«

»Richtig«, stimme ich zögerlich zu.

»Ich frage mich, von wo aus.« Wieder späht er hinaus in den Garten. »Aus einem parkenden Auto auf der Straße? Von der Gasse hinterm Haus? Aber wenn das der Fall ist, wie kommt es, dass keiner von uns ihn bemerkt hat?«

»Ich weiß nicht. Ich meine … Vielleicht haben wir das ja. Vielleicht haben wir nur nicht erkannt, dass er es war.«

Daraufhin runzelt Jack die Stirn. »Aber *du* hättest ihn erkannt, oder nicht? Wenn du ihn gesehen hättest.«

Das gefällt mir nicht. Die Art, wie Jack mit mir redet. Die Art, wie er mich ansieht. »Nicht unbedingt«, antworte ich. »Warum sollte das einer von uns tun, wenn wir nicht nach ihm suchen?« Ich unterdrücke ein Schaudern. Es ist dunkel wegen der geschlossenen Jalousien, und ich drehe mich um, um das Licht einzuschalten. Jack zuckt zusammen und scheint mich anfahren zu wollen, aber dann zieht er sich einen Stuhl vom Küchentisch in die Mitte des Raumes.

»Jack? Was machst du da?«

Er steigt auf den Stuhl und schiebt den Kopf unter den Rauchmelder. Er fummelt eine Minute daran herum, bevor er antwortet. »Man kann sich heutzutage Kameras besorgen, oder? Winzige Kameras, die praktisch überall reinpassen.«

Kameras. Darauf bin ich nicht gekommen. Aber es klingt zu abgefahren, wie aus einem Roman von John le Carré. Jack versucht, die Abdeckung zu entfernen. Sie löst sich schließlich mit einem *Knack*, das den Eindruck vermittelt, man würde sie nicht wieder anbringen können. Ich schaue unwillkürlich hoch, aber der einzige Bestandteil, den ich klar ausmachen kann, ist die Batterie.

»Jack, denkst du nicht …«

»Was ist das?«

»Was?«

»Das. Da.«

Ich kann nicht sagen, worauf genau er zeigt. »Ich weiß nicht. Es sieht aus wie …«

Auf einmal legt er beide Hände um das Gehäuse und zieht daran, versucht förmlich das gesamte Ding von der Decke zu reißen. Wenn es sich plötzlich löst oder der Stuhl unter ihm wegrutscht, wird er runterfallen und sich den Kopf aufschlagen. »Himmel, Jack! Sei vorsichtig!« Normalerweise würde ich zu ihm hingehen und ihn an der Hüfte festhalten, aber ich bin mir nicht sicher, wie er jetzt auf eine Berührung reagieren würde.

Er stöhnt und schnalzt genervt. »Gib mir den Schraubenzieher, ja?«

Ich scanne den leeren Raum um mich herum. »Welchen Schraubenzieher?«

»In der Schublade da drüben. Die untere.«

Ich brauche einen Moment, um ihn zu finden. Als ich ihn habe, zögere ich, ihn Jack zu geben, aber er winkt ungeduldig, und ich gebe nach. Als er den Rauchmelder endlich herausbricht, kommt die halbe Decke mit runter. Okay, vielleicht nicht die halbe Decke, aber auf jeden Fall ein Stück Putz. Ich huste und blinzele im Staub. »Jack …«

»Schau dir das an.«

Ich versuche es, aber ich kann *gar nichts* sehen. Ich huste und wedele mit der Hand, um meine Sicht in der Staubwolke zu klären.

»Guck, hier. Was ist das?«

Ich folge mit dem Blick seinem Finger. »Es ist nur … ein Kabel.«

Jack hält das Gehäuse dicht vor seine Augen. Er zieht das Kabelende heraus und studiert es. »Ja«, stimmt er zu, als wäre sein Plan vereitelt worden, und klettert endlich vom Stuhl herunter. Die Vorderseite seines T-Shirts ist voller weißem Staub. Er schaut sich wieder im Zimmer um, den ausgeweideten Rauchmelder baumelnd in seiner Hand. Er wirft ihn auf den Küchentisch.

»Was ist das da oben? In der Ecke?« Er benutzt den Schraubenzieher, um meinen Blick zu lenken, und wieder folge ich ihm aus Reflex. Er zeigt auf den Sensor einer Alarmanlage, glaube ich. Die Anlage selbst war kaputt, als wir einzogen, und der Sensor ist ganz staubbedeckt. Zweifellos hat das Ding jahrelang niemand angefasst.

»Jack, hör auf! Bitte.«

Er dreht sich um und sieht mich scharf an. »Was?«, sagt er. »Warum?«

»Ich glaube einfach … ich glaube, dass du deine Zeit verschwendest.«

»Er hatte einen Schlüssel, Syd. Er war im Haus. Es wäre naheliegend, dass er eine Kamera oder sonst was irgendwo versteckt hat. Vielleicht ein Mikrophon.« Die Erwähnung eines Mikrophons lässt ihn in alle möglichen Richtungen schauen, in Ecken der Küche, die er bislang nicht in Betracht gezogen hat. »Ich meine, vielleicht hat er so das herausgefunden, was er wusste«, fährt er mehr zu sich selbst sprechend fort. »Es muss einfacher gewesen sein, als uns zu verfolgen. Er könnte einfach zugehört haben. Uns beobachtet haben.« Er betrachtet wieder den staubigen Alarmsensor. »Wer sagt, dass er uns nicht jetzt gerade beobachtet?«

Mich durchfährt ein Schauer, und ich schüttle ihn ab. »Ich glaube immer noch, dass du deine Zeit verschwendest.«

Diesmal kommt Jack auf mich zu. »Meine Zeit verschwenden?« Er lacht, und zum ersten Mal überhaupt ist es ein Geräusch, das mir Angst macht. »Ich sag dir mal, was Zeitverschwendung für mich war: dieses beschissene Manuskript zu schreiben.«

Er wartet darauf, dass ich es sage: *Ich hab es dir doch gesagt*. Ich weiß, dass er das tut. Er will, dass ich es sage, damit er so auf mich losgehen kann, wie er es offensichtlich gerne würde. Doch das mache ich nicht. Ich würde es sowieso nicht tun, denn ich teile seine Meinung nicht. Egal, was ich gesagt haben mag, als Jack es zum ersten Mal vorschlug, ich glaube immer noch daran, dass es uns letzten Endes helfen wird.

»Du hast ihre Reaktion gesehen, du warst dabei«, fährt Jack fort und lenkt seinen Frust jetzt auf Inspector Leigh. »Scheiß-*gut gemacht*«, äfft er sie nach. »Scheiß-*einzigartig*. Beschissene, arrogante, verfickte Schlampe.«

Das ist nicht Jack. Ihn so fluchen zu hören, ihn so boshaft zu erleben. Das ist – wie mir selbst zuzuhören. Ich will ihn beschwichtigen, aber ich weiß nicht wie. Und er spürt das, glaube ich. Ich habe es schon gespürt, als wir mit der Polizistin geredet haben: die Distanz, die sich zwischen uns aufbaut. Und ich weiß, dass es meine Schuld ist. Ich weiß, dass es unausweichlich ist, sogar *notwendig*, aber es bricht mir dennoch das Herz.

Ich presse die Lippen zusammen und schaue zu Boden. Jack geht auf den Alarmsensor zu, den Stuhl hinter sich herziehend.

»Woher hast du das gewusst?«

Wir stehen im Flur. Man sieht immer noch die Geister der Bilder, die wir bis letzte Woche hatten hängen lassen; kleine Vierecke, in denen das Kirschrot der Tapete einen Ton dunkler ist als drum herum. Ich sitze auf dem Boden, und das Treppengeländer bohrt sich in meinen Rücken. Das Unbequeme fühlt sich an wie Buße tun, und ich bewege mich nicht. Jack hängt vornübergebeugt auf dem Küchenstuhl, er nimmt den Staub, der jetzt sowohl den Stuhl als auch ihn einhüllt, anscheinend nicht wahr. Über ihm befindet sich ein Loch, wo er den letzten unserer Rauchmelder und einige Kabel herausgerissen hat, die bis vor Kurzem hinter dem Lichtschalter verborgen gewesen waren. Nirgendwo gibt es irgendeinen Hinweis auf irgendwelche Kameras.

»Woher hast du das gewusst?«, fragt er wieder. »Wie konntest du so sicher sein, dass wir nichts finden würden?«

Ich habe natürlich darüber nachgedacht, wie ich diese Frage beantworten könnte. »Weil es nicht die Art ist, wie mein Vater vorgehen würde«, sage ich. »Er würde es als … Schummeln ansehen, glaube ich.«

»Schummeln?« Jack schaut mich voller Abscheu an, als ob das meine Regeln wären.

Ich nicke und zucke mit den Schultern. Ich bin Jack wie ein treudoofer Welpe hinterhergelaufen, habe ihn dabei beobachtet, wie er diesen Stuhl von einem Zimmer zum nächsten geschleift und Löcher in alle unsere Einbauten und Armaturen gestoßen hat. Ich dachte, das zu beobachten wäre schon schmerzhaft gewesen, aber das jetzt, wie er *jetzt* ist, das ist viel schlimmer. Er hatte es offensichtlich geschafft, sich selbst davon zu überzeugen, auf dem richtigen Weg zu sein – nur einen zerschmetterten Rauchmelder davon entfernt, den Beweis zu finden, von dem die Kommissarin sagte, dass wir ihn brauchen. Aber jetzt hat er keinen Halt mehr, vermute ich. Ist verzweifelt. Was in Anbetracht der Umstände kaum überraschend ist. Ich habe ja selbst keinen Halt mehr.

»Also, einen Immobilienmakler mit einem Bündel Bargeld zu schmieren, ist okay«, sagt Jack, »aber eine Kamera zu installieren, die – wie viel? Hundert Mäuse? – kostet, ist nicht erlaubt?«

Ich seufze. Nicht wegen Jack. Sondern wegen der lächerlichen Logik dahinter. »Evan zu schmieren ist in Ordnung, weil es …« – ich zögere, den Begriff zu benutzen, sage es aber trotzdem – »clever ist. Es ist schlau; ein Teil des Ganzen, um seine Falle zu positionieren. Aber Kameras …« Ich zucke wieder mit den Schultern. »Kameras sind simpel. Billig. Und damit meine ich nicht ihren Preis.«

Jack setzt sich aufrechter hin, und etwas Putzstaub rieselt von seinen Schultern. »Was ist mit dem Foto von mir und Amira?«, fragt er. »Ich meine, er muss jemanden angeheuert haben, der mir gefolgt ist, oder nicht? Ali sagte, sie hätten jemanden gesehen, aber wir wissen nicht sicher, ob es dein Vater war. Also, würde es nicht auch als Schummeln zählen, wenn er einen Privatdetektiv oder was auch immer anheuert?«

»Wahrscheinlich«, sage ich.

Jack runzelt die Stirn, als ob ich diejenige wäre, die unfair spielt. »Das heißt was? Dass du denkst, er hat jemanden angeheuert? Oder dass er selbst mir gefolgt ist und das Foto gemacht hat?«

»Wenn er es gekonnt hätte, hätte er es selbst getan, ja. Mein Vater war nie gut im Delegieren. Er mochte es immer, sich die Hände schmutzig zu machen.« Ich zittere wieder. Es liegt nicht an der Temperatur. Selbst wenn es wärmer wäre, würde ich zittern. »Außerdem«, fahre ich fort, »ist es wie mit den Kameras: Jemanden anzuheuern würde bedeuten, eine Spur zu hinterlassen, und er ist schlau genug, das nicht zu tun.«

Jack wird wieder wütend, denn dies ist eine weitere zerronnene Möglichkeit, Beweise zu liefern. Und ich glaube, dass er trotz allem immer noch damit kämpft, das zu verstehen: diese Mühe, die mein Vater auf sich genommen hat.

»Was ist mit dem Hacken meiner Mails?«, fragt er nach einer Weile. »Kann er das getan und damit vielleicht irgendwie eine Spur hinterlassen haben? Ich meine, es ist möglich, dass er so von Sabeen erfahren hat. Bloß ...« Er lässt die Schultern sinken und sackt wieder in seinem Stuhl zusammen. »Wir haben nie per E-Mail kommuniziert. Wir haben immer nur telefoniert oder SMS geschrieben.« Er denkt einen Moment nach, dann senkt er den Blick. »Ich kann mir vorstellen, dass er mein Handy gecheckt hat, als er im Haus war und es hat rumliegen sehen. Zum Beispiel auf meinem Nachttisch.«

Er blickt zu unserem Schlafzimmer, und dieses Mal ist es an ihm zu erschaudern. Es ist ansteckend, wie ein Gähnen. Ich stehe auf. Will wieder runtergehen, um weiter zu ... was? Zu warten, vermute ich. Was mich darüber nachdenken lässt, ob

Jack nicht doch den richtigen Einfall hatte. Mit einem Schraubenzieher Löcher in den gesamten Putz zu hauen, war nicht effizient. Es war nicht produktiv. Aber wenigstens war es irgendetwas.

»Scheiße«, platzt es hinter mir plötzlich aus ihm heraus. Als ich mich umdrehe, wirft er gerade den Schraubenzieher von sich und schlägt damit ein weiteres kleines Stück Wand heraus. »Wir können hier nicht einfach nur blöd rumhocken, Syd. Wir können uns nicht einfach zurücklehnen und ihn gewinnen lassen!«

Es ist wie ein Echo der Worte der Kommissarin. *Auf diese Art gewinnt er.* Ich will Jack beruhigen, aber es gibt nichts, was ich sagen könnte. Wenn es etwas gäbe, hätte ich es schon gesagt.

»Wir könnten ... Evan auftreiben«, fährt Jack fort. »Oder nicht? Denn er muss deinen Vater gesehen haben. Er muss, und wenn auch nur, um sein Geld abzuholen.«

Ich habe selbst schon über Evan nachgedacht. Mir ist durch den Kopf gegangen, dass die Polizei – wenn es stimmt, dass sie mit meinem Vater gesprochen haben – auch ihn gefunden haben könnte. Aber wenn sie das hätten, hätten sie irgendetwas *getan*. Mit Sicherheit. Und ich bezweifle nicht, dass das Schmiergeld, das mein Vater Evan angeboten hat, zusammen mit irgendeinem Anreiz zu verschwinden geliefert wurde.

»Wie viel, glaubst du, hat dein Vater ihm gezahlt? So was wie ... Tausende? Oder würdest du sagen, fünftausend? Zehn?«

»Ich glaube nicht, dass es so viel war. Wenn es irgendetwas gibt, das ich daraus gelernt habe, meinen Vater zu beobachten, dann, dass Menschen in der Regel billiger zu haben sind, als man denkt.«

Es ist jetzt sowieso egal, wie viel Evans Gewissen wert war, doch meine Antwort scheint Jack nur noch mehr zu entmutigen. »Aber wir könnten ihn finden«, insistiert er. »Glaubst du nicht? Und die Polizei könnte ihn zum Reden bringen. Oder?«

Ich versuche zu nicken, aber es wird eine schwankende Seitwärtsbewegung. »Wir könnten es versuchen.«

»Mein Gott, Syd!« Plötzlich steht Jack auf. »Warum bist du so …« Er sucht nach dem richtigen Wort. »So verdammt *ruhig?* Bei der Polizei warst du kurz davor, mit Stühlen zu werfen!«

Und bei dir ist es genau andersherum, weise ich ihn nicht zurecht. »Ich bin nicht ruhig, Jack. Ich bin nur …« Ich schließe die Augen und muss kämpfen, um sie wieder zu öffnen. »Ich bin müde. Das ist alles. Einfach … müde.«

Das ist untertrieben. Jack hat recht – auf der Polizeiwache war ich eine einzige Masse rasender Energie, aber es hat mich erschöpft. Dieser Morgen, den wir hatten. Dieses beschissene Jahr. Und ich weiß, dass ich schnell wieder zu Kräften kommen muss, aber momentan sehe ich nicht, wie das gehen soll. Ich stelle mir vor, dass Fußballer sich so fühlen, wenn sie zur Halbzeit drei Tore zurückliegen und vom Feld trotten. Oder Schauspieler, die sich in den ersten Szenen verausgabt haben und sich in der Pause vor dem großen Finale ausruhen.

Jack hat wieder diesen Ausdruck, den ich schon vorher bemerkt habe. Misstrauisch, verbittert, als wäre er kurz davor, etwas Verletzendes zu sagen. Aber dieses Mal macht er sich nicht die Mühe, sich zurückzuhalten.

»Da ist irgendwas, das du mir nicht sagst.«

»Wovon redest du?«, frage ich. Aber das war's dann. So viel zum Thema Müdigkeit. Der Vorwurf wirkt wie ein Schuss Adrenalin.

»Als wir mit Inspector Leigh gesprochen haben. Du hast irgendwas zurückgehalten.«

»Du hast es selbst gesagt, Jack. Ich hab mich überhaupt nicht zurückgehalten. Wenn überhaupt, habe ich das Gegenteil davon getan.«

»Das meine ich nicht. Ich meine, dass du eine Information verschwiegen hast. Du *weißt*, dass das hier noch nicht vorbei ist. Was passiert als Nächstes, Syd? Was plant dein Vater jetzt?«

»Wie soll ich wissen, was mein Vater plant? Meine Güte, Jack!«

»Das endet nicht mit mir, Syd. Das kann es nicht sein. Da ist irgendwas anderes, das dein Vater will. Du weißt, dass da noch mehr ist.«

»Es spielt keine Rolle, was er will«, sage ich. »Er kann es nicht haben. Nicht jetzt.«

»Warum nicht? Es hat sich nichts verändert. Die Polizei wird ihn nicht aufhalten. Du hast sie noch nicht mal um Hilfe gebeten.«

»Hast du nicht zugehört, Jack? Das ist genau das, was ich getan habe!«

»Um Schutz, meine ich! Du bist in Gefahr, Syd. Warum gibst du das nicht einfach zu? Warum gibst du es nicht mal vor *mir* zu?«

»Weil ich wirklich glaube, dass ich das nicht bin!«, sage ich, und sogar in meinen Ohren klinge ich nur halb überzeugt.

Jack antwortet mit einem angewiderten kleinen Schnauben. »Schön«, sagt er. »Mach, was du willst!«

»Was soll das heißen?«

»Es heißt, dass du mir nicht vertraust. Ganz offensichtlich.«

»Das tue ich, Jack! Ich vertraue dir mehr als irgendjemandem sonst, den ich je kannte!«

»So wie du mir wegen Amira vertraut hast?«

Ich zögere, mein Mund sinnlos offen stehend. Es ist so weit: Das alles, was uns passiert ist, wird wahr. Genau das hatte ich befürchtet, genau davor hatte ich solche Angst – dass wir nicht in der Lage sein würden, es aufzuhalten.

»Ich vertraue dir, Jack«, sage ich noch mal. »Was ich brauche, ist *dein* Vertrauen in *mich*.«

Für einen Moment denke ich, dass ich zu ihm durchdringe. Aber dann wird Jack höhnisch, während er meinen Blick meidet. »Tja, okay«, sagt er. »Ich finde es gerade verdammt schwierig, irgendjemandem zu vertrauen.«

Ich gehe einen Schritt auf ihn zu. »Jack, bitte ...«

Als ich versuche, ihn zu berühren, schüttelt er mich ab. »Und noch was«, sagt er. »Wie konntest du nicht wissen, dass dein Vater seine Zeit abgesessen hat?«

Dieser plötzliche Angriff lässt mich zusammenfahren. »Was?«

»Hast du das nicht überprüft?«

Für eine oder zwei Sekunden stehe ich wieder mit offenem Mund da. »Nein, ich habe es *nicht* überprüft, verdammt! Ich habe meinen Vater verlassen, Jack. Ich bin *abgehauen*. Ich hab mich danach einen Scheiß darum geschert, wo er ist, solange er nur nicht in meiner Nähe war.«

Das ist eine Vorlage, und Jack kann nicht widerstehen. »Und sieh dir an, wie das für dich ausgegangen ist.«

Ich spüre ein Brennen unter der Haut. Du *beschissener Scheißkerl*, will ich sagen. Sogar jetzt, trotz allem. Es kostet mich das letzte bisschen meiner Selbstbeherrschung, mich zurückzuhalten. Zu seiner Verteidigung muss ich sagen, dass Jack vor Scham errötet. Weniger zu seiner Verteidigung, dass er versucht, es zu verbergen.

»Ich denke darüber nach, meine Eltern anzurufen«, verkündet er. Er sagt das so, als sollte ich es ja nicht wagen, nun zu protestieren. Das würde ich natürlich normalerweise. Jacks Beziehung zu seinen Eltern ist eine ständige Quelle für Spannungen zwischen uns, von der wir nach Möglichkeit so tun, als gäbe es sie nicht. Er denkt, dass ich finde, er sollte sie mit derselben Ignoranz behandeln wie sie ihn; dass er sie im Endeffekt verstoßen, sich loseisen sollte. Das finde ich nicht. Ich will nur, dass er sich weniger *Gedanken* darum macht, was sie von ihm halten. Dass er nicht jeden kleinen, subtilen Dämpfer, den sie ihm verpassen, als etwas begreift, das er sich selbst zuzuschreiben hat.

Jack wartet auf meine Reaktion.

»Das ist eine gute Idee«, sage ich. »Das solltest du tun.«

»Was?«

»Ich finde, das solltest du tun. Du hast die Kommissarin gehört. Wir können uns keinen Anwalt leisten, Jack. Keinen guten.«

Die Andeutung ist unmissverständlich. So offen hat noch keiner von uns zugegeben, dass es gut möglich ist, dass Jack ins Gefängnis muss. Er ist für einen Augenblick zu fassungslos, um zu antworten. Einmal mehr möchte ich ihn festhalten. Einmal mehr weiß ich, dass ich das nicht kann.

»Vielleicht ... vielleicht wäre es besser, wenn du sie besuchen würdest«, sage ich. »Dich mit ihnen hinsetzt und in Ruhe mit ihnen redest. Ihnen sagst, dass das alles meine Schuld ist – natürlich.« Ich versuche ein Lächeln.

Jack lächelt nicht zurück, sondern entschließt sich dazu, beleidigt zu sein. »Ich soll nach Dorset fahren, meinst du? *Jetzt?*«

»Lieber so, als sie herzubitten.« Denn ich weiß, dass sie besser darauf reagieren würden, wenn Jack derjenige wäre, der die Pilgerreise auf sich nimmt. Sie kommen schon nicht gerne nach London, wenn alles in Ordnung ist. Und jetzt, da Jack und ich zusammengezogen sind, besuchen sie ihn schon aus Prinzip nicht mehr.

»Auf keinen Fall, Syd. Auf gar keinen Fall lasse ich dich allein.«

Ich wusste, dass er das sagen würde. Es ist der alte Jack – *mein* Jack –, der zu einem Zeitpunkt durchscheint, als wir beide ihn am wenigsten brauchen können.

»Jack, hör mir zu.« Diesmal ergreife ich gewaltsam seine Hände. »Bei alldem hier geht es nicht mehr um *mich*. Bei dem, was jetzt kommt, geht es nur noch um *dich*. Und du musst dich selbst schützen. Deine Eltern können dir helfen, Jack. Auf eine Weise, wie ich es nicht kann.«

Er runzelt wieder die Stirn. Überlegt, *zermartert* sich den Kopf. Er befreit seine Hände aus meinen. »Das hört sich an, als ob du mich loswerden wolltest.«

Ich schließe wieder die Augen und öffne den Mund, um zu antworten. Aber ich sage nichts.

»Syd? Hast du mich verstanden? Ich meine, vergiss mal deinen Vater. Es ist so, als ob *du* mich nicht hierhaben wolltest. Als wolltest du mich aus dem Weg haben.«

»Ich hab dich verstanden, Jack. Ich ...«

Aber das ist alles, was ich sagen kann. Zum Teil liegt es an dieser Erschöpfung, die wieder angekrochen kommt. Am Vortäuschen, wie mir klar wird. Am Irreführen. Außerdem habe ich Jack schon so viel belogen. Ich kann mich nicht dazu überwinden, ihn noch einmal anzulügen.

Sydney

Letzten Endes ist es sowieso egal. Sie kommen noch am selben Abend, um Jack abzuholen.

»Jack Laurence Walsh? Ich nehme Sie fest wegen des Verdachts, Sean Payne ermordet zu haben. Sie haben das Recht zu schweigen, aber es wird sich vor Gericht nachteilig für Sie auswirken, wenn Sie uns während Ihrer Befragung etwas verschweigen, auf das Sie später während Ihrer Verhandlung Bezug nehmen. Alles, was Sie sagen, kann gegen Sie verwendet werden.«

Wie in diesen Fernsehfilmen, Wort für Wort. Inspector Leigh hält die kleine Ansprache mit monotoner Stimme, sie klingt überhaupt nicht wie ihr normales Ich. Dies sollte der Moment ihres Triumphs sein, aber stattdessen sieht sie aus wie jemand, der gerade verprügelt wurde. Ich habe den Verdacht, dass sie Jack mag und dass dieser Fall deshalb einer von denen geworden ist, die nicht zu ihrem professionellen Stolz beitragen.

»Syd?«, sagt Jack, als sie ihm die Handschellen anlegen. Nur das, nur meinen Namen. Es ist kein Flehen, nicht in meinen Ohren. Für mich klingt es eher wie eine Anschuldigung.

Ich will ihn berühren, bekomme ihn aber nicht zu fassen, bevor sie ihn aus der Tür und auf die Straße führen. Ich merke, dass ich weine. Ich kann nichts dagegen tun. Ich presse mir meinen über die Hand gezogenen Ärmel vor den Mund. Weder Inspector Leigh noch ihr Kollege – ein Mann so groß wie ein Kleiderschrank – sucht Blickkontakt zu mir. Sie tun so, als wäre ich gar nicht da. Ich folge ihnen dennoch nach draußen, barfuß, und es fühlt sich an, als würde ich gegen eine Strömung waten.

»Jack? Oh Jack, es tut mir so leid.«

Ich glaube nicht, dass er mich hört. Inspector Leigh legt ihm die Hand auf den Kopf und manövriert ihn auf den Rücksitz des Polizeiwagens. Die Fenster sind getönt, und als die Tür zugeworfen wird, verschwindet Jack aus meiner Sicht.

Und das ist der Moment, in dem ich mich zum ersten Mal umsehe.

Es ist noch hell, sodass ich die Nachbarn sehen kann, die uns beobachten. Ein oder zwei stehen draußen auf ihrer Treppe, noch mehr glotzen aus dem Fenster. Aber es sind nicht die Nachbarn, die meine Aufmerksamkeit fesseln. Es ist der Mann auf der anderen Straßenseite, der auf der Kühlerhaube seines Autos sitzt. Er trägt einen Anzug. Seine Schuhe sind poliert. Und obwohl sein Gesicht teilweise im Schatten liegt, kann ich erkennen, dass ein Lächeln seinen Mund umspielt. Doch mein Vater hat manchmal eine kleine Angewohnheit; eine, die er nie gut zu verstecken wusste. Es ist nur eine Geste: Der Zeigefinger seiner rechten Hand reibt kreisförmig um seine Daumenspitze. Es bedeutet, dass er etwas will. Dass er ungeduldig wird. Und als ich es sehe, weiß ich, dass er wütend ist und dass dieses Spiel zwischen uns auf sein Finale zuläuft.

Sydney

Ich bin vier. Vielleicht ein bisschen älter. Da beginnt es nicht, aber es ist der Beginn meiner Erinnerungen. Ich liege im Bett, meine Füße der Tür zugewandt. In meinem Zimmer ist es dunkel, beziehungsweise wäre es das, wenn nicht das Licht vom Flur hereinscheinen würde. Ich hatte einen Albtraum und habe geschrien, habe nach meiner Mutter gerufen. Sie ist da, auf der Türschwelle, aber vor ihr steht – den Eingang blockierend – mein Vater. Er trägt seinen Pyjama, meine Mutter neben ihm ihr Nachthemd, und es ist deutlich, dass ich sie beide aus dem Schlaf gerissen habe.

Meine Mutter hat ihre Hand auf den Unterarm meines Vaters gelegt. Sie streicht auf und ab, als würde sie ihn trösten, so wie sie mich manchmal tröstet, wenn es mir schlecht geht. Von seinem Arm aus wandert ihre Hand zu seiner Brust, und dort ruht sie für einen Moment und drückt dagegen. Die ganze Zeit über flüstert sie meinem Vater etwas ins Ohr, ihr Blick flackert ab und zu – beunruhigt – zu mir. Eines ihrer Knie ist gebeugt, ihr Fuß positioniert wie der einer Ballerina. Sie sieht so schön aus, und ich kann nicht verstehen, warum mein Vater, anstatt sie zu betrachten, mich so angestrengt anstarrt. In den Händen hält er einen seiner Gürtel. Er ist schwarz, aus Leder, und die Schnalle zwinkert mir zu, wenn sich das Licht in ihr bricht.

Die Hand meiner Mutter fängt an, nach unten zu wandern, ihre Finger wie winzige kleine Füße. *Eine kleine Spinne*, denke ich zwischen zwei Schluchzern – wenn meine Mutter das Spiel auf meinem Bauch spielt, muss ich jedes Mal kichern. Aber mein Vater kichert nicht. Er guckt mich genauso an, wie wenn ich esse und weiß, dass ich zu viel kleckere.

Meine Mutter fummelt an den Knöpfen des Pyjama-Oberteils meines Vaters. Sie scheint mit ihnen zu kämpfen, und ich denke, vielleicht klemmen sie, deshalb hilft sie ihm. Sie hilft mir auch, wenn meine Kleider linksherum sind oder ich nicht in den Fuß meiner Strumpfhose komme. Aber mein Vater scheint die Hilfe meiner Mutter nicht zu wollen. Er wackelt mit der Schulter, und als das nichts nützt, dreht er sich um und haut sie. Nicht böse. Eher so als würde er eine Mücke verscheuchen. Meine Mutter jault auf. Sie fällt nicht hin, stolpert aber; als sie ihre Hand wegnimmt, ist ihr Gesicht ganz nass und fleckig. Mein Vater scheint es nicht zu bemerken. Er guckt wieder mich an. Er geht einen Schritt in mein Zimmer, und ohne das Licht anzuschalten, schließt er meine Mutter auf dem Flur aus.

Danach rufe ich nicht mehr, wenn ich Albträume habe. Danach sind es nicht mehr die Albträume, vor denen ich am meisten Angst habe.

Ich bin sieben. Ich müsste glücklich sein. Ich habe in der Schule einen Tanz aufgeführt, und alle fanden ihn toll, aber nach der Hälfte ist mein Vater aufgestanden und gegangen. Er wartet draußen nicht auf uns. Als wir am Parkplatz ankommen, ist unser Auto nicht mehr da. Meine Mutter, meine Schwester und ich haben keine andere Wahl, als zu laufen. Es regnet, und wir sind klitschnass, als wir zu Hause ankommen. Meine Schwester weint, denn normalerweise, wenn wir so weit laufen, schiebt meine Mutter sie im Buggy.

Er sitzt im Wohnzimmer auf dem Sofa. Als meine Mutter sein Gesicht sieht, will sie etwas sagen, aber er scheucht sie mit einer Handbewegung aus dem Raum. Er befiehlt mir, reinzukommen und die Tür zu schließen.

»Ich hoffe, du bist stolz auf dich«, sagt er zu mir.

»Daddy, ich …«

»Du hast stolz ausgesehen. Da oben auf der Bühne. Als du da *rumgetänzelt* bist. So *rausgeputzt*.«

Ich weiß nicht, was Rausputzen bedeutet. Und ich dachte, Tänzeln wäre etwas, das Pferde machen.

»Hol deine Sachen.«

»Was?«

»Sag nicht *was*. Hol deine Sachen.«

»Aber … was für Sachen? Ich meine … welche Sachen, Daddy, ich verstehe nicht …«

»Hol. Deine. Sachen!«

Er muss meine Ballettsachen meinen. Meinen Turnbeutel. Ich hab ihn in der Diele abgelegt, als wir reinkamen.

»Mach ihn auf«, sagt er, als ich damit zurückkomme. »Dein Kostüm, deine Schuhe, hol sie raus.«

Ich habe kein Kostüm. Was ich habe, ist ein Turnanzug und ein Röckchen, aber das sage ich ihm nicht, falls die Wahrheit ihn noch wütender macht.

»Wo soll ich …?« Ich schaue mich um auf der Suche nach einem Platz, wo ich sie hinlegen könnte, und da entdecke ich die Schere. Normalerweise liegt sie in der Küche, aber jetzt auf dem Couchtisch.

»Benutz sie.«

Ich gucke skeptisch. Auf die Schere, auf mein Ballettkostüm, auf meinen Vater. »Was?«

Mein Vater drischt mit einer Faust auf den Couchtisch, und ich erschrecke so sehr, dass ich alles fallen lasse, was ich in der Hand habe. »Sag. Nicht. *Was!* Die Schere. Nimm sie. Fang mit den Schleifen an.«

An meinen Ballettschuhen sind Schleifen statt Gummibändern. Als meine Mutter sie mir geschenkt hat, habe ich mich darüber am meisten gefreut. Mein Vater weiß das. Er war dabei, als ich sie aus der Tasche geholt habe.

»Aber …«

Seine Faust kracht wieder auf den Couchtisch. Diesmal bringt der Knall meine Tränen zum Fließen. »Noch ein Wort, junge Dame. Wenn noch ein Wort aus deinem Mund kommt, bevor du mit Schneiden anfängst, benutze ich diese Schere an dir.«

Ich sollte glücklich sein. Das denke ich, als ich die Schere in die Hand nehme. Meine Mutter, meine Lehrer, sie alle haben mir versprochen, dass Tanzen mich glücklich machen würde. *Und dein Vater*, haben sie gesagt, *er wird so stolz sein*. Als ich mich daran erinnere, fange ich freiwillig an zu schneiden. Am Ende muss ich mich dazu zwingen, wieder aufzuhören.

Ich bin neun. Mein Kinn ist geschwollen, und mein Vater sitzt neben mir und füttert mich mit Suppe. Es ist Heinz-Tomatensuppe, meine Lieblingssuppe, und ihr Geschmack macht, dass ich mich am liebsten übergeben würde.

»Du kleckerst, Maggie«, sagt mein Vater. Die Suppe ist an mir heruntergelaufen bis auf den Tisch und ist wahrscheinlich auf den Boden getropft.

»Maggie? Du kleckerst.«

Er sagt es immer wieder und löffelt immer weiter. Es würde keinen Sinn ergeben, ihm zu sagen, dass ich meinen Mund nicht weit genug aufmachen kann oder dass der Löffel – ein Esslöffel – zu groß ist. Er weiß das mit dem Löffel, weil er ihn ausgesucht hat, und er weiß das mit meinem Kinn, weil er derjenige war, der mich geschlagen hat. Außerdem glaube ich, dass er es lustig findet. Er wird mich auch dann noch zum Essen zwingen, wenn ich anfange zu spucken und mir die Suppe aus der Nase blutet.

»Weit aufmachen«, sagt er. Ich fühle das Metall des Löffels über meinen Zahnschmelz kratzen.

Meine Mutter spült, mit dem Rücken zu uns, sehr langsam Kochtöpfe. Meine Schwester sitzt mir gegenüber. Sie hat auch eine Schüssel mit Suppe. Aber sie darf sich selbst füttern, und da, wo sie sitzt, ist die Tischdecke fleckenfrei. Sie guckt mich nicht an, aber ich weiß, dass sie mich beobachtet.

Ich bin zwölf, vielleicht elf. Mein Vater sieht vom Schreibtisch auf und erblickt mich, wie ich ihn von der Tür seines Büros aus anstarre. Ich würde mich umdrehen und davoneilen, aber mein Vater hebt einen Finger. Ich bin überhaupt nur stehen geblieben, weil ich so erstaunt darüber war, ihn so viel Geld zählen zu sehen.

»Daddy ...«

Wieder der Finger. Schneller, schärfer.

Das Geld liegt in Stapeln da. Ich weiß nicht, was es für Scheine sind, aber auch wenn es nur Fünfer sind, könnte man mit der Summe, die mein Vater vor sich hat, wahrscheinlich ein Auto kaufen. Zwei Autos und zwei Chauffeure, die sie fahren.

»Daddy, es tut mir leid, die Tür war offen, ich ...«

Ich tue mir keinen Gefallen, aber es ist ein Reflex. Es muss doch irgendetwas geben, was ich zu ihm sagen kann, habe ich oft gedacht. Irgendeine magische Kombination von Wörtern, die, im richtigen Moment gemurmelt, wie ein Zauberspruch funktionieren würde. Das würde ihn einfrieren. Seine Grimasse würde sich auflösen, und seine Faust würde herunterfallen, und welcher dunkle Fluch auch immer es war, der ihn gefangen hielt, würde einem Licht weichen, das in seinen Augen aufscheint. Doch alles, was mir jemals eingefallen ist, ist irgendeine lahme Version von *Es tut mir leid*. Aber *es tut mir leid,* wie auch immer man es formuliert, ist kein Abrakadabra. Man sollte meinen, dass ich das inzwischen gelernt hätte.

Er stapelt die Stapel und trägt den Turm zu seinem kleinen Safe. Er gibt den Code ein (sechs Zahlen, mein Geburtstag, was eine Art Witz sein muss), wirft das Geld hinein und zieht dann eine verbeulte Metallkiste heraus. Bevor er sich umdreht, schließt er den Safe wieder und trägt die Metallkiste zurück zu seinem Schreibtisch.

»Komm rein. Mach die Tür zu.«

Ich zögere, aber dann tue ich, was er sagt. Ich will es nicht, aber ich weiß, dass nicht zu gehorchen alles nur schlimmer macht.

»Daddy, ich …«

»Setz dich.«

Auf der anderen Seite des Schreibtischs steht ein Stuhl – ein Besucherstuhl –, und ich parke vorsichtig auf dem Rand der Sitzfläche.

»Hast du mir nachspioniert, Maggie?«

Ich schüttle den Kopf, bevor er überhaupt die Frage fertig gestellt hat. »Nein, Daddy, ich schwöre es! Ich war nur … Ich hab nicht …«

Wieder dieser Finger. Sofort bringt er mich zum Schweigen. »Weißt du, was sie in diesem Land mit Spitzeln gemacht haben?«

Still, langsam schüttle ich den Kopf. Ich kann spüren, dass es eine Falle ist, aber ich kann ihr nicht entkommen.

Mein Vater stellt die Kiste quer vor sich hin. Es ist ein rostiges, angefressenes Teil, wie etwas, das aus dem Garten ausgegraben wurde. Aber mein Vater geht damit um, als wäre es etwas Wertvolles – etwas, das mit so viel Sorgfalt behandelt werden muss, wie es meine Mutter mit ihrem besten Porzellan tun würde.

»Wenn jemand«, sagt er, »während des Krieges der Spionage überführt wurde, dann wurde er exekutiert.« Er schielt zu mir rüber. »Man wurde erschossen, Maggie.«

Er hebt den Deckel der rostigen Kiste. Er klappt zu mir auf und blockiert meine Sicht. Mein Vater greift in die Kiste, und als er mir zeigt, was darin ist, höre ich mich selbst nach Luft schnappen.

»Der gehörte meinem Großvater. Er behauptete immer, dass er ihn benutzt hätte, um sechs Deutsche umzubringen.« Mein Vater lächelt ein bisschen – ob aus Belustigung oder Bewunderung, kann ich nicht sagen. »Es ist ein Enfield«, erklärt er mir. »Ein No. 2 Mark 1 Star. Ohne Hahnsporn, um dem Träger schnelles Feuer zu ermöglichen.«

Er wendet den Revolver in seiner Hand und behandelt ihn sogar mit noch mehr Ehrfurcht als die Metallkiste. Ich beobachte, wie er ihn wiegt, dann blinzle ich und sehe, dass er mir den Griff anbietet.

»Nimm ihn.«

Unwillkürlich schüttle ich den Kopf. »Nein, ich ... ich will nicht.«

»Nimm ihn«, wiederholt er. »Halt ihn fest.«

Wieder lässt er keinen Widerspruch zu. Ich nehme die Pistole mit beiden Händen, und trotzdem sinken sie in Richtung Boden, als mein Vater das Gewicht der Waffe freigibt.

»Ziel«, sagt mein Vater.

Ich starre auf die Pistole in meinen Händen. Sie ist kalt, schwarz und todbringend schwer.

»Ziel«, wiederholt mein Vater. »Nicht in diese Richtung«,

sagt er, als ich den zitternden Lauf auf das Fenster richte. »Dreh sie um. Richte die Pistole auf dich.«

»Was? Aber …«

»Lass es mich nicht noch mal sagen, Maggie. Du weißt, dass ich mich nicht gerne wiederhole.«

Ich gehorche seiner Anweisung – was habe ich für eine Wahl? –, und mein Vater beobachtet mich zufrieden.

»Jetzt steck dir den Lauf in den Mund.«

Ich schüttle den Kopf und merke, dass ich weine. Er kann das nicht ernst meinen. Er kann das doch sicher nicht ernst meinen. Ich bin doch nur vorbeigelaufen. Ich wollte noch nicht mal reingucken!

»Steck. Den Lauf. In. Deinen Mund.«

»Daddy, es tut mir leid, wirklich, ich werde dir nie wieder nachspionieren, ich verspreche es, ich meine, das hab ich gar nicht gemacht, ich wollte nicht, ich bin nur …«

Er sagt nichts. Er wartet nur. Und immer noch weinend, mit laufender Nase, lerne ich den Geschmack von kaltem Stahl kennen.

»Jetzt zieh den Abzug.«

Ich habe solche Angst, dass ich das Gefühl habe, in Ohnmacht zu fallen. Ich schluchze jetzt, so still, wie es geht, aber ich kann mich immer noch schniefen hören. Meine Sicht verschwimmt, als meine Augen sich mit Tränen füllen. Der Pistolenlauf liegt nur auf meinen Vorderzähnen, aber trotzdem scheint er meinen Mund komplett auszufüllen, ich kann mich gerade so davon abhalten zu würgen.

»Keine Sorge, Maggie, sie ist nicht geladen. Jedenfalls glaube ich, dass sie es nicht ist.«

Ich spüre, wie Speichel über mein Kinn läuft. Ich will betteln, ihn anflehen, aber ich weiß, dass nichts, was ich sage, etwas daran ändern wird, was als Nächstes kommt. Und plötzlich fühle ich eine gewisse Befreiung, eine Wärme, die sich in meinem Bauch ausbreitet. Das hier könnte vorbei sein, auf die eine oder andere Art. Alles, was ich tun muss, ist das, was mir gesagt wurde, und alles – die Schmerzen, die Angst, die Demütigung –, *alles* könnte noch vor meinem nächsten Herzschlag vorbei sein.

Ich muss mit beiden Daumen zudrücken und die Augen fest schließen, um den Abzug umzulegen. Ich spüre einen Widerstand, bevor er sich bewegt, bis allmählich eine Art Schwung einsetzt: eine Bewegung, die nicht mehr gestoppt werden kann. Der Hammer spannt sich, die Trommel rotiert … und der Revolver entlässt ein leeres Klicken.

Die Pistole wird mir aus den Händen geschnappt, bevor ich sie fallen lassen kann. Ich schluchze jetzt unverhohlen, beinahe jaulend, ich weiß nicht, ob vor Erleichterung oder Enttäuschung. Ich spüre, dass ich mich eingenässt habe. Fühle warme Rinnsale, die bis zu meinem Knöchel hinablaufen, Feuchtigkeit, die sich in meinem Strumpf bildet. Und da ist die Stimme meines Vaters einen Zentimeter von meinem Ohr entfernt und gleichzeitig tausend Meilen weit weg.

»Mach dich sauber«, sagt er. »Dann schrubb den Teppich. Und nächstes Mal halt deine neugierigen kleinen Augen von meinem Büro fern.«

Ich bin dreizehn. Seit Wochen, Monaten, habe ich mir jetzt eingeredet, dass ich gehen muss. Aber was, wenn er mich dabei erwischt? Was, wenn er wartet? Mich beobachtet? Was, wenn er mir folgt? Was ist, wenn ich mich jemandem anvertraue, aber mir nicht geglaubt wird, oder ich abhaue und nichts finde, wo ich mich verstecken könnte? Was, wenn es sicherer ist, da zu bleiben, wo ich bin? Was, wenn ich mich ändere, anstatt davonzurennen? Was, wenn mein Vater sich ändert? Was, wenn alles, was ich dafür tun müsste, nur ist, ihm eine Chance zu geben? Oder was, wenn das alles einfach normal ist, überall, und es keinen Ort *gibt*, wo ich hinkönnte, keinen sicheren Ort, keinen sichereren als das Bett, in dem ich gerade liege?

Was wenn was wenn was wenn …

Ich bin fünfzehn, bin es gerade geworden, und habe das Gefühl, frei zu sein. Ich bin auf einer Party mit Leuten, von denen ich fälschlicherweise glaube, dass sie meine Freunde sind.

Ich habe heute Abend Koks ausprobiert, und ich mochte es, jetzt gibt mir jemand Acid. Das mag ich nicht so sehr. Überhaupt nicht, um genau zu sein. Irgendwas liegt auf mir, und ich versuche es runterzukriegen, aber es sitzt fest, ist unverrückbar wie ein Schatten.

»Da ist jemand!«, rufe ich und höre Lachen. »Im Ernst«, sage ich, und sie lachen noch mehr.

Zuerst sind es viele Stimmen, aber dann ist es nur noch eine. Ich kenne niemanden, der so lacht. Und irgendwas ist definitiv auf mir und fasst mich um den Oberarm.

Dieses Lachen. Es ist *sein* Lachen. Seine Hand, die meinen Arm umfasst.

»Leute?«, sage ich. »Zieht ihn von mir runter!«

Bitte, will ich hinzufügen, aber alles beginnt zu schwanken, ich höre ein Stöhnen, und irgendwas blubbert aus meinem Mund.

»Ekelhaft«, sagt endlich jemand. Dann ist das Lachen wieder da, weiter entfernt.

»Lass sie einfach in Ruhe«, sagt jemand, und ich schätze, das haben sie auch, denn hundert Stunden später wache ich auf, mein Mund zu einem stummen Schrei geöffnet, meine Haare in meiner eigenen Kotze am Teppich festgeklebt.

Ich bin neunzehn und vögle irgendeinen Typen. Ich weiß nur seinen Vornamen und noch nicht mal, ob der überhaupt stimmt. Er hat mir gesagt, sein Name sei Charlie, aber für mich sieht er eher wie ein Chris aus. Ein Arschloch jedenfalls. Ich hab noch nie einen Chris kennengelernt, der kein absoluter Idiot gewesen wäre.

Aber dieser hier – er ist hübsch. Buchstäblich; wie ein Mädchen. Ich stehe zwar nicht auf Mädchen (das weiß ich, weil ich es ausprobiert habe), aber Typen, die wie Mädchen *aussehen*, sind was anderes. Halten Sie davon, was Sie wollen.

Charlie/Chris ist nicht wirklich grob, aber er will es zu sehr. Als er mich küsst, ist es eher wie ein Saugen, und seine Hände sind gierig wie die eines Kindes. Sie kneifen auch wie die eines Kindes, kratzen mich, und er ist blind gegenüber dem, was meine Hände ihm zu sagen versuchen. Ich kann mich nicht losmachen, weil er auf mir liegt, mich festhält; seine Hüfte folgt meiner, als ich mich entziehen will. Das, was er macht, hat keinen Rhythmus. Wenn Sex im besten Fall wie Musik ist, dann ist Charlie ein Bläsersatz, der die Treppe runterfällt.

»Stopp!«

Meine Hände sind jetzt auf seiner Brust und pressen dagegen. Ich weiß nicht, ob ich es mir einbilde, aber da macht er dieses Geräusch, seine feuchten Lippen an mein Ohr gepresst. *Schschsch* … Ein beruhigender Laut oder einer, der es sein soll.

Ich drücke fester.

»Stopp«, insistiere ich. *»Nicht.«*

Aber ich bin schwach. Kraftlos. Charlie stößt weiter zu,

drängender jetzt, und es tut weh, es tut körperlich weh, und ich will schreien, komme aber kaum zu Atem, kann gegen sein Drängen nicht tief genug Luft holen, um die Worte zu formen.

Ich weine, als er kommt. Stumm, jede Träne ein kleiner saurer Tropfen Scham. Sobald er sich zurückzieht, drücke ich ihn von mir weg und rolle mich zum Sitzen auf, meine Beine über der Couchlehne, die Haare wie ein Vorhang vor meinem Gesicht.

»Was zur Hölle ist dein Problem?«, fragt Charlie. Ich kann ihn aus dem Augenwinkel sehen; er schwitzt, während er flucht. Er sieht überhaupt nicht mehr hübsch aus. Ich kann nicht glauben, dass ich das jemals dachte.

»Das war keine Vergewaltigung«, sagt er. »Wag es ja nicht und versuch es als verfickte Vergewaltigung hinzustellen!«

Ich schüttele den Kopf, es ist eher ein Erzittern. »Geh einfach«, sage ich. Ruhig, aber ich weiß, dass er mich hört.

»Du wolltest es. Du hast mich praktisch angefleht. Auf keinen Fall war das eine Scheißvergewaltigung!«

»Geh einfach!«, schreie ich und drehe mich zu ihm um, und letztendlich braucht er nicht lange, denn er hat noch seine Schuhe an, und die Jeans hängt ihm um die Knöchel. *Schlampe*, zischt er statt eines Danke-für-die-Einladung, und ich vermute, dass er nur deshalb nicht mit der Tür knallt, weil er jetzt weiterdenkt. Daran, was die Nachbarn sagen würden, falls jemand nachfragen sollte. Dass sie den Eindruck haben könnten, er hatte es eilig wegzukommen.

Und ich bin wieder allein. So allein, wie ich es für immer sein werde. Mein Vater lacht mir über die Schulter. Er gewinnt immer noch.

Ich bin vierundzwanzig und mit Jack zusammen. Endlich, gebunden, *zusammen.* Und der Ort, von dem ich befürchtet habe, dass ich ihn niemals finden würde? Ein sicherer Ort? Das hier ist er. Mein Vater kann mich hier nicht kriegen. Er ist jetzt draußen gefangen, in der Peripherie. Und ich kann ihn dort lassen. Solange ich mit Jack zusammen bin, kann mein Vater nichts tun, um mich zu verletzen.

Das ist, was ich mir einrede.

Es ist, was ich inzwischen selbst glaube.

Und jetzt ist Jack fort. Ich bin achtundzwanzig und wieder vier, sieben, neun, zwölf und all die anderen Alter. Ich bin verloren. Allein. Schwach. Geschlagen. Ich bin alles, was mein Vater aus mir gemacht hat. Ich bin das, was herauskommt, wenn man negative Ziffern addiert – eine Zahl, die kleiner ist als die Summe ihrer Teile.

Und ich bin nicht bereit. Ich dachte, ich könnte es sein. Ich dachte, ich *würde* es sein. Aber ohne Jack … Ich glaube einfach nicht, dass ich das hier alleine hinkriege. Ich habe vergessen, wie stark Jack mich gemacht hat, wie ich davor gewesen bin. Ich bin wieder am Ausgangspunkt angekommen. Es ist, als wären die Lichter ausgegangen, und alles, was ich jetzt noch tun kann, ist abwarten – während mein Vater in der Dunkelheit näher kommt.

Jack

»Warum hast du uns denn nichts davon erzählt?«

Das kommt von meiner Mutter. Mein Vater hat bisher kaum ein Wort gesagt. Er verarbeitet das alles immer noch, glaube ich, oder versucht es jedenfalls. Sein Gesichtsausdruck ist für mich so unergründlich wie eh und je. Mein alter Herr fand es immer wichtig, niemals aufgewühlt zu erscheinen, aber ich bin mir ziemlich sicher, wenn ihn irgendetwas brechen kann, dann dies. Doch im Moment sitzt er steif da auf seinem am Boden angeschraubten Plastikstuhl, so als wäre auch er ein Teil der Möblierung. Wir haben den Raum so ziemlich für uns alleine, aber es wirkt so, als wollte er bloß keine Aufmerksamkeit erregen. Er hat immer behauptet, dass es ihn einen feuchten Kehricht interessiert, was andere Leute über ihn denken (er benutzt exakt diesen Ausdruck: *feuchter Kehricht*), aber mir war immer klar, dass das Quatsch ist. Ich habe es dennoch stets bewundert, es sogar als eine Art Mantra für mich adaptiert, aber wie bei so vielen Prinzipien meines Vaters bin ich daran gescheitert, nach ihnen zu leben.

»Das ging seit ... wann, sagtest du? Wie kann es sein, dass du nie auf den Gedanken gekommen bist, uns davon zu erzählen?«

Meine Mutter ist gekleidet, als müsste sie selbst vor Gericht erscheinen. Auch mein Vater sieht ordentlich aus, würde ich sagen, aber so wie immer: wie ein unfreiwilliges Model für Casual-Mode im Katalog von Marks & Spencer. Meine Mutter dagegen trägt eine Art Hosenanzug in dunklem Beige, der in

Kombination mit ihren goldenen und schwarzen Lederaccessoires nach Seriosität schreit. Vielleicht hofft sie, dass sich irgendetwas davon auf mich überträgt, dass die Wärter und die anderen Häftlinge mich besser behandeln, wenn sie sehen, dass meine Familie der – Achtung! – *Mittelschicht* angehört. Wenn sie das wirklich glaubt, dann sollte man sie an einen Stuhl fesseln und dazu zwingen, die gesamte DVD-Box von *Oz – Hölle hinter Gittern* zu gucken.

Als ich nicht antworte, gibt sie einen *Tss*-Laut von sich, ungefähr zum siebzehnten Mal, seit sie angekommen sind, und nutzt die Gelegenheit, um ein weiteres Mal den Raum zu inspizieren. Die Besucherzone ist einer Flughafen-Wartehalle nicht ganz unähnlich. Die Möbel sind fixiert, und Wärter gehen zwischen den Reihen auf und ab – auch wenn sie nicht bewaffnet sind wie die Security-Leute auf Flughäfen und die Stühle hier um Tische herum gruppiert sind. Der Raum ist eher Schulkantine als Abflughalle. Stellen Sie sich eine Kreuzung aus *Abschaum* und *Ferris macht blau* vor. Meine Mutter gibt ihr Bestes, die Tischplatte nicht zu berühren. Sie hält die Hände ordentlich im Schoß gefaltet.

»Was hast du gegessen?«, fragt sie. »Gibst du mir wenigstens darauf eine Antwort?«

»Nur ... Essen, Mum.«

»Bekommst du genug? Es sieht nämlich nicht so aus.«

»Ich bekomme das, was sie mir geben.« Was hauptsächlich schlabbrige Brotscheiben sind. Wahrscheinlich ist das Essen gar nicht so übel, wenn man Hunger hat, doch ich habe kaum etwas angerührt, seit ich in Untersuchungshaft bin.

»Du solltest mit jemandem reden, wenn du hungrig ins Bett gehen musst«, sagt meine Mutter. »Du musst erklären, dass du ein Junge im Wachstum bist und dass derjenige, der die Portionsgrößen verantwortet, das bedenken soll.«

Ich will darüber lachen. Über die hoffnungslos kaputte Wahrnehmung, die sie von mir hat, aber auch über die Vorstellung, dass es hier drin irgendwo einen Portionsgrößen-Chef gibt.

Mein Vater antwortet, bevor ich es kann. »Er ist achtundzwanzig, Penelope. Er ist kein Junge mehr.« Während er spricht, schaut er keinen von uns an, aber seinem Ton und dem matten Nicken meiner Mutter entnehme ich, dass das noch so etwas ist, das sie beide mir vorhalten: die Tatsache, dass ich erwachsen geworden bin. Hätte ich nicht die Frechheit besessen, irgendwann achtzehn zu werden, würde jetzt niemand von uns in diesem Schlamassel stecken – das denken sie, glaube ich. Denn ihrer Meinung nach stecken wir alle hier drin. Nur nicht gemeinsam.

»Na gut«, sagt meine Mutter. »Trotzdem. Du solltest mit Henry sprechen, wenn dir sonst niemand helfen kann.«

»Wer ist Henry?«, frage ich.

»Henry Graves. Der hiesige Direktor. Bitte sag mir nicht, dass du ihn noch nicht kennengelernt hast?«

»Natürlich hat er ihn noch nicht kennengelernt, Penelope. Er ist ein *Häftling.*« Ich suche den Blick meines Vaters, aber er weicht mir aus.

Doch das Wort wirkt nach, zusammen mit dem Ekel, den mein Vater drangeklebt hat.

»Nun, in meinen Augen ist er ein sehr vernünftiger Mann. Ich bin sicher, dass er dir helfen wird, wenn du nett genug fragst.«

»Du kennst den Direktor?«

Der Freundeskreis meiner Mutter besteht aus Buchclub-Freundinnen und Damen, die – wenn es hochkommt – vielleicht mal mit einem seltsamen Ökobauern lunchen. Wie sie zu der Bekanntschaft mit dem Direktor eines Gefängnisses im Londoner Süden kommt, kann ich nur raten.

»Wir haben ihn getroffen«, erklärt sie. »Als wir reinkamen.«

Ich hätte es wissen müssen. Meine Mutter hat diese Angewohnheit, sich bei Menschen mit Autorität einzuschmeicheln. Bei jeglichen Problemen, und sei es nur beim Shoppen, ist sie selten mehr als zwei Sätze davon entfernt, nach dem Verantwortlichen zu verlangen – woraufhin ihr Ton sofort in einen von höflicher und angemessener Ehrerbietung umschlägt. Doch wir befinden uns in einem Hochsicherheitsgefängnis, nicht in der Specsavers-Filiale von Dorchester. Sogar für ihre Verhältnisse war eine Audienz beim Direktor, gemessen an dem Zeitfenster, in dem sie agieren konnte, eine beachtliche Leistung.

»Deine Mutter hat eine Szene gemacht«, fügt mein Vater als Erläuterung hinzu. Er sieht mich immer noch nicht an, aber die Tatsache, dass er mich anspricht, muss als eine Art Fortschritt gesehen werden.

»Und ich habe ganze Arbeit geleistet«, wirft meine Mutter ein. Ich glaube, sie will noch etwas sagen, aber da wendet sich mein Vater mir endlich direkt zu.

»Du weißt, warum dir das passiert, oder?« Er hat die Schultern zurückgezogen, lehnt sich etwas nach vorne und flüstert.

Du musst nicht flüstern, Dad, will ich sagen. Niemand hier schert sich einen feuchten Kehricht darum, wer du bist oder wo du herkommst. Aber ich halte den Mund.

»Jack? Hast du mich gehört? Ich sagte, du weißt, warum das alles passiert. Nicht wahr?«

Ich habe ihm – ihnen beiden – grob erklärt, was passiert ist; dass ich im Grunde von Syds verrücktem Alten beschissen wurde. Ich habe es natürlich nicht ganz so prägnant formuliert, und vielleicht war ich auch nicht ganz so offen wie in dem Bericht, den wir Inspector Leigh gegeben haben (in Wahrheit habe ich ein paar Schlüsselinformationen weggelassen: dass ich meinen Job verloren habe zum Beispiel, so lächerlich das auch klingen mag; oder dass ich auf mein angebliches Opfer nicht weniger als siebzehnmal eingestochen haben soll). Aber letztlich habe ich sowieso das Gefühl, dass die präzise Abfolge der Ereignisse nicht das ist, worauf mein Vater sich bezieht.

»Diese … deine *Freundin«*, klärt er mich auf, und es klingt wie ein Schimpfwort. »Sie ist der Grund dafür, dass wir alle hier sitzen. Ihretwegen musste deine Mutter um vier Uhr morgens aufstehen, damit sie herkommen und ihren einzigen Sohn im *Gefängnis* besuchen kann!«

Ein paar Leute gucken zu uns herüber. Das Zischen meines Vaters ist wahrscheinlich durchdringender als sein gewöhnliches tiefes Nuscheln.

»Es ist nicht Syds Schuld, Dad«, sage ich. »Ich habe euch von ihrem Vater erzählt. Er ist es, der für all das hier verantwortlich ist.«

Der Kopf meines Vaters bebt vor Wut, als würde er sagen, wenn ich es jetzt nicht begreife, dann werde ich es niemals tun. »Wir bekommen alle die Familie, die wir verdienen, Jack. Die meisten von uns«, fügt er hinzu und zeigt mir seine glatt rasierte Wange.

»Sie ist nicht gut für dich, Jack«, mischt meine Mutter sich ein. »Das war sie nie. Sie ist …« Meine Mutter würde jetzt gerne jede Art von Begriff benutzen, aber sie ist sich ihrer selbst bewusst genug – gerade so –, um zu wissen, dass das ihre soziale Bigotterie unterwandern würde. Also bewahrt sie das Wort auf, um es auszusprechen, wenn sie mit meinem Vater alleine ist.

»Deine Mutter und ich haben es dir gesagt, als du sie zum ersten Mal mit nach Hause gebracht hast«, sagt mein Vater. *Nach Hause gebracht* – wie eine Katze, die irgendwas Verfaultes mitbringt. »Wir haben dir damals gesagt, dass du es bereuen wirst.«

»Ich habe sie fluchen hören, Jack«, teilt mir meine Mutter mit. »Und ich habe diese Narben auf ihren Armen gesehen.«

Sie erzittert, ein theatralischer kleiner Schauder, der mich fast dazu bringt, Syd zu verteidigen. Zwei Dinge halten mich davon ab. Zum einen habe ich all das schon mal gehört. Das hier, diesen Vortrag meiner Eltern – ich habe ihn erwartet. Er ist sogar beinahe tröstlich, fühlt sich ein bisschen so an, wie zu Hause zu sein. Es war dasselbe, wie wenn ich als Teenager Geld brauchte. Meine Eltern hielten mir jedes Mal die gleiche Gardinenpredigt, nur dass die Themen Verantwortung und Verpflichtung waren – und mein Versagen, erst das eine und dann das andere zu demonstrieren. Ihnen zuzuhören, wie sie ihre Enttäuschung darlegten: Das war immer der Preis dafür, dass sie mir ihre Unterstützung anboten.

Die andere Sache, der wahre Grund, warum ich hier sitze und so ruhig bleibe, ist, dass ich nicht weiß, ob ich ihnen nicht langsam zustimme. In meinem Kopf ist es diese Stimme – am lautesten, wenn die Zellentür für die Nacht hinter mir zuknallt –, die mir einredet, dass es Syds Schuld *ist*. Dass ich niemals in solche Probleme geraten wäre, wenn es sie nicht gäbe. Es ist nicht so, dass meine Eltern nicht bewiesen hätten, in manchen Fällen richtigzuliegen. Was mich angeht, zum Beispiel. Dass sie so enttäuscht von mir sind. Syd hat immer versucht, mein Selbstbewusstsein zu stärken, hat mich dazu ermutigt zu vergessen, was andere Leute denken, und mich stattdessen auf die Dinge zu konzentrieren, die mir wichtig sind. Ich habe mein Bestes getan, ihren Rat zu befolgen, aber schauen Sie mich an. Schauen Sie, was ich anhabe, wo ich sitze. Offensichtlich ist irgendwann irgendwas schiefgelaufen, genauso wie es meine Eltern immer prophezeit haben.

Und außerdem hat sie mich noch nicht mal besucht. Am Anfang hatte ich Angst, dass ihr irgendetwas passiert sein könnte – irgendwas, das mit ihrem Vater zu tun hat –, aber ich weiß, dass es ihr gut geht, weil Bart mir erzählt hat, dass sie telefoniert haben. (Anders als Syd war Bart bei mir. Wir haben den Streit beigelegt, was, denke ich, gut ist, auch wenn die Tatsache, dass er so schnell bereit war, mir zu verzeihen, mir nur noch ein schlechteres Gewissen beschert, ihn jemals so behandelt zu haben.) Ich weiß, dass es bisher nur vier Tage waren und dass Syd und ich nicht ganz im Guten auseinandergegangen sind, aber wären unsere Rollen vertauscht, ich hätte ab der ersten Nacht vor dem Gefängnistor gezeltet. Ich denke immer noch daran, was ich ihr vorgeworfen habe – dass sie mich aus dem Weg haben wolle –, und ich komme nicht umhin zu überlegen, ob ich damit vielleicht recht hatte; ob sie nicht vielleicht froh ist, zumindest bis zu einem gewissen Grad, dass alles so gekommen ist.

»Und was hat es mit deinem Führerschein auf sich?«, fragt mein Vater.

Ich brauche einen Moment, um mich auf den Themenwechsel einzustellen. Aber als ich so weit bin, spüre ich dasselbe verzweifelte Schlingern, das mich überkam, als ich selbst davon erfuhr.

»Sie haben ihn am Tatort gefunden«, sage ich und fühle mich plötzlich unwohl auf meinem Stuhl. »In der Gasse. In der Nähe der …« *Leiche*, halte ich mich ab zu sagen. »In der Nähe von der Stelle, wo es passiert ist.«

Abgesehen von der Sache im Evening Star ist das der Grund, warum die Polizei von Anfang an so an mir interessiert war. Allerdings habe ich erst nach meiner Verhaftung davon erfahren. DC Granger leitete die Befragung, als ich vernommen wurde, und mitten in der Sitzung warf er meinen Führerschein auf den Tisch wie eine Trumpfkarte. Er steckte in einem Klarsichtbeutel für Beweismittel, mein Foto deutlich erkennbar zwischen den Spritzern von Blut – Sean Paynes Blut, wie man mich informierte. Zuerst wusste ich nicht, was ich sagen sollte. Vor allem fragte ich mich wieder, warum sie mich nicht schon früher eingebuchtet hatten, wenn sie so ein vernichtendes Beweismittel besaßen. Als ich DC Granger erklärte, dass Syds Vater den Führerschein in der Gasse platziert haben musste, damit die Polizei ihn finden würde – dass er ihn bestimmt hatte mitgehen lassen, als er im Haus gewesen war –, fing er nur an zu lachen. Sogar mein Anwalt – ein Mann, den sie angeschleppt hatten, einfach weil er an der Reihe war – kämpfte damit, seine Reaktion zu überspielen. Seitdem sieht er mich anders an.

»Also wirklich, Jack. Wie konntest du so achtlos sein?«

»Es ist nicht so, als hätte ich ihn fallen lassen, Mum! Ich war noch nicht mal da, erinnerst du dich?«

»Ja, aber ihn überhaupt zu verlieren. Haben wir dir nicht immer beigebracht, auf deine Sachen aufzupassen?«

Für ein paar Sekunden fehlen mir die Worte. »Syds Vater hat ihn mir *gestohlen*, Mum. Er ist bei uns eingebrochen, hat mein Portemonnaie gefunden und meinen Führerschein *genommen*. Ich habe nichts *verloren*.«

Ich sehe, wie meine Mutter meinem Vater einen Blick zuwirft.

»Ihr wisst, dass ich unschuldig bin, oder?«, frage ich, und mein Blick zuckt zwischen meinen Eltern hin und her, meine Verzweiflung ist mir anzuhören. »Ihr *glaubt* mir doch, oder?«

Meine Mutter überprüft wieder den Raum, als hätte sie Angst, dass ich eine Szene mache. »Natürlich tun wir das, Jack«, sagt sie, und ihre Stimmlage ist eine Aufforderung, auch die meine zu senken. »Wir wären nicht hier, wenn wir es nicht täten. Nicht wahr?«

Wieder bin ich nicht sicher, was ich antworten soll. Ich sollte beruhigt sein. Auf der anderen Seite: Würden nicht die meisten Eltern ihrem Sohn oder ihrer Tochter beistehen, egal, was sie glaubten, welches Verbrechen sie begangen hätten?

»Es spielt keine Rolle, was deine Mutter und ich denken«, erklärt mein Vater, diese kleine Frage geschickt umgehend. »Du bist, wo du bist, und die Situation ist, wie sie ist.«

Meine Mutter nickt zu diesem klugen Schlussplädoyer. Sie schaut wieder zu meinem Vater, dessen Stille in diesem Moment ein Stichwort zu sein scheint.

»Dein Vater will dir einen Vorschlag machen«, verkündet sie und überprüft wieder mit einem Blick, ob ihr Timing richtig ist.

Mein Vater räuspert sich. »Wir werden dir helfen«, erklärt er.

Ich vermute, er meint, indem sie für einen guten Anwalt zahlen. Worüber ich natürlich dankbar bin und was mich erleichtert. Ich bin aber auch ein bisschen alarmiert darüber, dass dieser Entschluss anscheinend diskutiert werden musste.

»Das ist toll«, sage ich, »Danke! Der Pflichtverteidiger ist, glaube ich, nicht ...«

»Unter einer Bedingung.«

Ich bin überrascht, dass ich überrascht bin. Was hatte ich erwartet?

»Diese Freundin von dir«, fährt mein Vater fort.

»Syd? Was ist mit ihr?«

»Sie ist nicht gut für dich, Jack. Sie ...«

Mein Vater schneidet die Unterbrechung meiner Mutter mit einer erhobenen Hand ab.

»Dad? Was ist mit Syd?«

»Du musst erwachsen werden, Jack. Du musst weiterkommen.«

»Weiterkommen? Was meinst du?«

»Ich meine, *weiterkommen*. Deine alberne Verliebtheit überwinden.«

Ich schaue zu meiner Mutter. »Ich verstehe nicht«, sage ich. Aber ich verstehe sehr wohl. Sie sind beide zu feige, um es auszusprechen, aber was sie sagen, könnte nicht deutlicher sein. »Ihr wollt, dass ich mich von Syd trenne, wollt ihr das sagen? Das ist eure Bedingung dafür, dass ihr mir helft?«

»Nicht so laut, Jack«, zischt meine Mutter. »Bitte.«

Mein Vater sitzt einfach da und sagt gar nichts.

Ich schüttle den Kopf. »Nein«, sage ich. »Tut mir leid, aber nein. Syd und ich, wir sind ...« Ein Paar, will ich ihnen sagen. Wir sind glücklich. Aber wie ein Flüstern im Ohr höre ich das *suchend*, das Syd einmal an das *Glück* gehängt hatte.

Und sie hat mich noch nicht mal besucht. In vier Tagen ist sie kein einziges Mal gekommen, um mich zu besuchen.

Ich schüttle wieder den Kopf.

»Dein Vater kennt jemanden von Rotary«, sagt meine Mutter und versucht, besänftigend zu klingen. »Einen Anwalt. Garrie ...« Sie blickt zu meinem Vater.

»Garrie Dalton«, tut mein Vater kund, wie ein Portier, der den Ehrengast irgendeiner Staatsangelegenheit ankündigt. Wahrscheinlich muss er sich bremsen, nicht auch die Buchstaben zu nennen, die der hochgeschätzte Mr Dalton zweifellos vor seinem Namen stehen hat.

»Er ist sehr gut, Jack. Sehr teuer. Dein Vater und ich müssten nächstes Jahr auf die Provence verzichten, aber das wäre es wert, ich verspreche es dir.«

Ein Sohn, der des Mordes freigesprochen wird, eine unerwünschte zukünftige Schwiegertochter, die auf dem Familienportrait ausradiert wird – all das auf Kosten eines Osterurlaubs in Südfrankreich. Lohnt sich das? Sicher, das ist ein ziemlich hoher Preis, der gezahlt werden muss.

»Vergesst es«, sage ich. »Auf keinen Fall verlasse ich Syd. Nicht für euch. Für niemanden.« Ich fühle mich mutig, wie ein Erwachsener – bis mein Vater sich wieder vorlehnt und in demselben Tonfall mit mir spricht wie damals, als ich fünf war.

»Um Himmels willen«, zischt er. »Würdest du bitte einmal im Leben an die anderen Menschen denken. Das hier ist nicht leicht für uns, weißt du. Hierherzukommen, dich hier zu sehen. Es ist nicht leicht für deine Mutter.«

Meine Mutter beugt pflichtschuldig den Kopf.

»Und ich versichere dir, es war nicht leicht für mich, Mr Dalton davon zu überzeugen, deine Verteidigung zu erwägen«, fährt mein Vater fort. »Kannst du dir vorstellen, wie das für mich war? Wie *erniedrigend*, einen Freund um Hilfe zu bitten? Das Einfachste wäre es gewesen, mich gar nicht da reinziehen zu lassen, das sage ich dir. Leider bist du aber mein Sohn. Und anders als manche Leute, die ich nicht erwähnen will, spüre ich eine gewisse Verantwortung.«

Das, genau jetzt: So deutlich hat mir mein Vater noch nie gesagt, dass er mich liebt.

»Du hast also die Wahl, Jack. Entweder tust du, worum ich dich bitte, oder du musst mit alldem alleine klarkommen. Mit deinem eigenen Geld. Und ich persönlich würde gerne sehen, wie weit du damit kommst.«

Mein Vater ist kein groß gewachsener Mann. Für sein Alter ist er schlank und nur ein paar Zentimeter größer als meine Mutter. Ich war schon mit siebzehn größer als er, aber ich hatte nie ein Gespräch mit ihm, in dem es sich nicht so anfühlte, als schaute er auf mich herab. Sogar jetzt: Ich könnte auf den Tisch klettern, meinem Vater befehlen, sich im Schneidersitz auf den Boden zu setzen, und selbst dann würde er noch über mir stehen.

»Aber Dad, ich …«

»Wo ist sie?«, fällt er mir ins Wort. »Kannst du mir das sagen? Dieses Mädchen, das du so sehr liebst. Wo ist *sie*, jetzt, wo du hinter Gittern bist?«

»Sie hat dich noch nicht besucht, Jack. Wir wissen, dass sie das nicht hat. Henry, der Direktor, er …«

»Sie *interessiert* sich nicht für dich«, macht mein Vater weiter, nicht in der Stimmung für die Abschweifungen meiner Mutter. »Wenn sie das täte, würde sie auf einem dieser Stühle sitzen, oder nicht? Und du sagtest es selber. Sie ist der Grund, warum du überhaupt in diesen Schlamassel geraten bist.«

Das ist die Sache mit meinem Vater. Er hat ein Talent dafür, meine Verunsicherung genau zu treffen. Es ist frustrierend und unangenehm, aber es führt auch dazu, dass ich mich frage, ob er mich nicht besser kennt, als ich ihm zugestehe. Ob er nicht wirklich weiß, was besser für mich ist.

Meine Eltern warten auf meine Antwort. Als ich nichts sage, erhebt sich mein Vater von seinem Stuhl. »Komm, Penelope. Es sieht so aus, als hätte er seine Entscheidung getroffen.«

Und das ist es, glaube ich – dieses Aufstehen, das Wissen, dass sie mir den Rücken zukehren werden –, was mich in Panik versetzt. Ich glaube einfach … Ich glaube, dass ich es nicht schaffe. Ohne sie … Ohne Syd … Ich glaube nicht, dass ich mich dem Ganzen völlig allein stellen kann. »Warte, Dad, bitte. Warte … nur eine Minute.«

Mein Vater kommt hinter seinem Stuhl hervor. Er dreht sich zu mir um, aber nicht ganz.

»Kann ich nicht … Ich meine, wenn ich versprechen würde, dass …«

»Das hier ist keine Verhandlung, Jack. Willst du unsere Hilfe oder nicht?«

»Ja. Natürlich will ich sie. Es ist nur …«

»Komm, Penelope«, sagt mein Vater und nimmt meine Mutter am Ellbogen.

»Okay! Dad, bitte warte! Ich sagte, okay!«

»Ich will dein Wort, Jack. Ich will dein Wort, dass du, wenn du unsere Hilfe akzeptierst, dieser lächerlichen Verbindung ein Ende setzt. Wenn das alles vorbei ist, wollen deine Mutter und ich nie mehr von Sydney Baker hören oder sie sehen müssen.«

Für einen Augenblick schaffe ich es, seinem Blick standzuhalten. Aber es ist nur ein Wimpernschlag, ein letztes Aufscheinen eigenwilligen Trotzes, dann lasse ich baumelnd den Kopf hängen.

Jack

Ich hätte nie gedacht, dass es im Gefängnis so still ist. Gut, tagsüber vielleicht nicht, aber nachts ist es hier noch ruhiger als zu Hause. Zum einen gibt es keinen Verkehrslärm. Keine Nachbarn, deren Fernseher durch die Wand plärren, oder Teenies, die die Musik aufdrehen. Und der größte Unterschied ist, denke ich, dass man allein ist. Ich bin es, will ich damit sagen. Und vielleicht macht das schon alles aus. Vielleicht ist es gar nicht die vermeintlich große Stille, an die ich mich gewöhnen muss, sondern die Tatsache, dass ich hier alleine liege und versuche, ohne Syd einzuschlafen.

Morgen treffe ich meinen neuen Anwalt. Das ist gut. Ich rede mir weiter ein, dass das gut ist. Wenn mir irgendjemand helfen kann, dann er, denn ich zweifle nicht daran, dass er so kompetent ist, wie meine Eltern sagen. Wobei ... als wir am Telefon miteinander gesprochen haben, redete er schon von meinen Optionen. Über die potenziellen Vorteile, wie er es nannte, eines Schuldeingeständnisses. Das ist der Ausdruck, den er verwandte, *die potenziellen Vorteile.* Er würde es nicht zwingend so angehen, sagte er. Es sei nur etwas, das wir alle im Hinterkopf behalten sollten.

Was er noch sagte, war, dass ich Vertrauen haben solle, und dieser Teil hat mich tatsächlich am meisten verunsichert. Vertrauen in was, frage ich mich? Nicht in Gott. Ich glaube nicht, dass er Gott meinte, und falls doch, dann hilft mir das überhaupt nicht weiter. In meine Eltern? In ihn? Wahrscheinlich – aber auch das ist ein schwierig zu befolgender Rat, wenn man bedenkt, dass dieser Mann, den meine Eltern mir aufgedrängt haben, jetzt schon erwägt, durch ein Eingeständnis meine Strafe zu mildern. Außerdem, so gut dieser Anwalt Mr Garrie Dalton auch sein mag, man kann nicht leugnen, dass er ein Teil des Systems ist. Und wenn das System so funktionieren würde, wie es sollte, würde ich nicht hier sitzen.

Was nur Syd übrig lässt.

Ich habe es aufgegeben, auf einen Besuch von ihr zu warten. Aber womit ich immer noch kämpfe, ist die Frage, wie sich zwischen uns alles so entwickeln konnte. Wie wir an diesem Punkt ankommen konnten, an dem wir jetzt sind. Es kann nicht nur mit dem zu tun haben, was alles passiert ist. Oder wenn doch, dann gibt es da irgendetwas Offensichtliches, das ich einfach nicht verstehe. Oder ... Ich weiß nicht. Etwas, das ich nicht sehe.

Aber das ist das Schlimmste daran. Ich glaube nicht, dass ich etwas übersehe. Ich bin immer wieder durchgegangen, was passiert ist, und alles, was bleibt, ist dieses Gefühl, dass ich betrogen wurde. Syd wollte mich nicht bei sich haben, dessen bin ich mir absolut sicher. Und es ist ihr egal, dass ich hier drin bin, das bringt es im Grunde auf den Punkt. Obwohl ein Teil von mir das immer noch nicht wahrhaben will, sagen mir alle Tatsachen, dass es so ist.

Also, Vertrauen haben in was? Ich komme immer wieder zu derselben Frage zurück. Und sosehr ich es auch versuche, ich komme auf keine Antwort. Alles, was ich tun kann, ist hier in der Stille zu liegen und versuchen zu verstehen, wie bloß alles so schiefgehen konnte.

Sydney

Wir befinden uns im sechsten Stock. Ich kann die Gestalten tief unter uns kaum auseinanderhalten, aber nichtsdestotrotz beobachte ich sie. Ärzte und Krankenschwestern rauchen Zigaretten, Patienten gehen hinein oder werden entlassen. Ein oder zwei Leute, die anscheinend nur herumlungern, und die sind es, die ich am aufmerksamsten studiere. Meine Finger spalten die Lamellen der Jalousie, und es fühlt sich an, als würde ich meine Rüstung öffnen; als präsentierte ich meinem Feind einen Durchlass, durch den er seinen Pfeil schießen könnte.

»Syd? Bist du das?«

Beim unerwarteten Klang der Stimme wirble ich herum, aber als ich Elsie mit geöffneten Augen dort liegen sehe, ebbt diese Welle der Angst sofort ab.

»Du bist wach«, sage ich. »Ich kann nicht glauben, dass du wirklich wach bist!« Ich eile vom Fenster an ihr Bett und versuche, ihren Anblick in mich aufzusaugen. »Wie fühlst du dich?«

Sie lächelt mich dünn an. »Ziemlich taub.«

Ich kann nicht sagen, ob sie physisch, seelisch oder beides meint. »Willst du etwas Wasser?«, frage ich. Auf dem Tablett ihres Nachttischs steht ein Krug. Während sie schlief, habe ich immer dafür gesorgt, dass frisches Wasser darin ist.

»Mh-mh.« Sie versucht, sich aufrechter hinzusetzen, aber sie schafft es nicht, sollte es nicht.

»Bleib so, Elsie. Ich hole eine Krankenschwester, wenn du dich aufsetzen willst.«

Sie schüttelt den Kopf und sinkt erschöpft in ihr Kissen. »Ist sowieso egal, wie ich liege. Die einzige Zeit, in der ich mich nicht unwohl fühle, ist, wenn ich schlafe.«

»Dann ruh dich aus«, sage ich. »Das musst du. Und ich gehe nirgendwohin, ich versprech's.«

Sie schüttelt wieder den Kopf, schluckt angestrengt, mit einem Gesichtsausdruck, als würde sie Glas schlucken.

»Bist du sicher, dass du kein Wasser willst?«

Diesmal erlaubt sie mir, ihr die Tasse an die Lippen zu führen. Als ich die Dankbarkeit in ihrem Blick sehe, würde ich am liebsten weinen.

»Wo warst du?«, fragt sie, ihre Stimme nicht mehr ganz so brüchig. »Ich war nicht sicher, ob du jemals kommen würdest.«

Es ist drei Tage her, dass Elsie aufgewacht ist, und ich kann immer noch nicht glauben, dass es passiert ist. Die Ärzte hatten gesagt, dass sie Fortschritte macht, aber ich habe mir verboten, ihren Worten Glauben zu schenken. Trotzdem muss ich es getan haben. Oder nicht? Zumindest muss ich *gehofft* haben.

Am Fenster steht ein Besucherstuhl, den ich näher an Elsies Bett heranziehe. Ich setze mich und stehe dann wieder auf, verrücke den Stuhl, sodass ich noch die Tür sehen kann. *Wir befinden uns im sechsten Stock*, rufe ich mir ins Gedächtnis. Mit all den Sicherheitstüren und Schwesternzimmern, die zwischen uns und dem Eingang der Klinik liegen, sind wir hier sicherer, als wir es praktisch überall sonst wären.

»Ich weiß, Elsie. Es tut mir so leid. Ich wollte schon früher kommen, aber diese Woche ist … Sie war einfach verrückt.«

Als Ausrede ist das mehr als armselig. Aber was kann ich ihr sonst sagen? *Ich konnte dich nicht besuchen kommen, weil ich dich nicht in Gefahr bringen wollte. Weil mein Vater zurück ist und er mich verletzen will, und wenn er sieht, wie sehr ich mich um dich sorge, dann würde er wahrscheinlich versuchen, dich zu verletzen.* Wenn Elsie die Wahrheit kennen würde, dann würde sie wahrscheinlich gar nicht wollen, dass ich sie besuche. Und tatsächlich wäre das sicherer. Ich *sollte* mich von ihr fernhalten, zumindest bis all das vorbei ist. Aber das könnte ich nicht. Bei Jack war es einfacher. Nicht einfacher – ich vermisse ihn so sehr, dass der Schmerz körperlich spürbar ist. Aber wenigstens habe ich Jack alles gesagt, was er wissen muss, auch wenn er es noch nicht versteht. Elsie dagegen muss ich noch so viel erklären.

Das Problem ist: Jetzt, wo ich hier bin, glaube ich nicht, dass ich es kann. Was es doppelt so dumm macht, hergekommen zu sein. Doppelt so rücksichtslos.

»Ich hab dich vermisst«, verkündet Elsie, und diesmal muss ich wirklich weinen. Ich kann nichts dagegen tun. Und ganz ehrlich? Scheiß drauf. Ich finde, ich habe mir ein paar Tränen verdient. Bisher hätte ich sie als Luxus, als ein Zeichen von Schwäche gesehen. Vielleicht sind sie das auch … Aber es ist nicht so, als hätte ich noch irgendeinen Rest Selbstachtung übrig.

»Ich hab dich auch vermisst«, sage ich und nehme Elsies Hand. Ich versuche zu lächeln, und vor lauter Anstrengung, es hinzukriegen, muss ich schniefen.

»Syd?« Elsies Miene wechselt von Überraschung zu Sorge. »Ist alles okay?«

Das kleine Mädchen, das so viel erlitten hat, dass es keine andere Möglichkeit sah, als sich vor einen Zug zu werfen: Es liegt in einem Krankenhausbett und fragt *mich*, ob alles okay ist. Jetzt fühlen sich meine Tränen wirklich maßlos an. Selbstachtung ist offensichtlich ein bisschen so wie Liebe. Und das Gegenteil davon. Bei der Liebe gibt es nach obenhin keine Grenze, keinen Rand, bis zu dem man sie füllen kann. Bei der

Selbstachtung gibt es, so wie es aussieht, keinen Boden. Du denkst, dass du ganz unten bist, dann passiert etwas, und du fällst noch ein bisschen tiefer.

Ich sage nichts. Im Moment kann ich das nicht. Ich schaue einfach nur Elsie an und versuche, mich an ihrem Anblick zu erwärmen. Ich weiß, dass ihre Verletzungen unter der Bettdecke verborgen sind, die schwerste tief unter ihrer Haut. Aber sie ist jetzt außer Gefahr, und anhand dessen, was man von ihr sehen kann, würde man nicht mal denken, dass sie verwundet wurde. Auf gewisse Weise sieht sie besser aus als in all der Zeit, seit ich sie zum ersten Mal getroffen habe, diesem Tag, an dem ich ihr durch den Sturm zu Mr Hiranis Laden gefolgt bin. Sie ist zweifellos müde, aber sie wirkt erholt. Die Haut auf ihren Armen und in ihrem Gesicht ist unversehrt. Sie erscheint immer noch zerbrechlich, so klein in ihrem übergroßen Bett, aber ich erkenne, dass das eine Illusion ist. Wenn die Ereignisse irgendetwas offenbart haben, dann, dass derjenige, der dieses Mädchen erschaffen hat, es stark gemacht hat.

»Es ist nichts, Elsie. Nichts, worüber du dir Sorgen machen musst.«

Ich lächle wieder, zwinge mich dazu. Ich hatte es schon bereut, hergekommen zu sein, doch Elsie so zu sehen, wie sie jetzt ist – vielleicht war es das wert. Vielleicht war *alles* es wert, erlaube ich mir zu denken. Aber das erinnert mich nur wieder an Jack, der gerade wahrscheinlich mehr Angst hat, als ich jemals hatte.

Elsie beobachtet mich aufmerksam. »Sie haben mir das von meinem Vater erzählt«, sagt sie, und ihre Stimme fordert die Stille heraus.

Ich erlaube mir zu nicken. »Ich weiß.« Ich habe mit dem Personal gesprochen, als ich herkam. »Elsie, es …« *Tut mir leid*, will ich sagen, aber irgendwie fühlt sich das unpassend an.

»Ich bin froh«, erklärt sie, und ich erkenne diese Eisigkeit in ihr, kann sie in ihren Augen aufscheinen sehen. Aber dann wird dieses Aufscheinen zu einem Schimmern. Ich begreife, dass Elsie ebenfalls den Tränen nahe ist. »Das bin ich«, bekräftigt sie. »Das *bin* ich.«

»Oh, Elsie.«

Ich will sie in den Arm nehmen, aber das Bett macht das unmöglich, also drücke ich ihre Hand noch fester und streichele ihre Wange, ihre Stirn, ihre Tränen, unterbreche mich nur hin und wieder, um meine eigenen wegzuwischen.

»Oh Gott, Elsie. Schau uns an. Was für ein Paar.«

Was sie zum Lächeln bringt und wiederum noch heftiger weinen lässt. »Ich habe ihn gehasst, Syd«, sagt sie. »Das habe ich. Das habe ich wirklich. Aber ...«

Wir geben beide unser Bestes, uns wieder in den Griff zu kriegen.

»... aber ich wollte es nicht«, fährt sie fort. »Verstehst du? Ich habe ihn nur gehasst, weil er mich zuerst gehasst hat.«

Sie sagt das, als wäre es etwas, wofür sie sich schämt. Als wäre es ihre Schuld – *alles*. Und das kann ich nicht ertragen. »Elsie, hör mir zu.«

Sie sieht auf.

»Du hast nichts falsch gemacht«, erkläre ich ihr. »*Nichts*. Verstehst du?« Ich warte auf ihr Nicken. »Der wirklich harte Teil, Elsie, der fängt jetzt erst für dich an. Ich verharmlose nicht, was du durchmachen musstest. Ich bin die Letzte, die das jemals tun würde. Aber das, was jetzt kommt, ist die wirkliche Prüfung. Verstehst du, was ich sagen will?«

Sie antwortet nicht. Aber ich kann der Angst in ihrem Blick entnehmen, dass sie es sehr wohl begreift. Auf jeden Fall besser, als ich es je getan habe.

»Du bist jetzt frei, Elsie. Du bist in Sicherheit. Aber es

könnte … es könnte sich nicht immer so anfühlen. Es gibt viele Arten, auf die du ihn immer noch gewinnen lassen kannst. Es ist wichtig, daran zu denken. Er ist gegangen, aber er spielt immer noch. Dieses Spiel, wenn es einmal anfängt …« Ich schlucke. »Hört es nie mehr auf.«

Gott, ich hasse mich. Ich hasse diese Person, die ich bin, die ich werden musste. Maggie Robinson, Sydney Baker. Sie sind dieselbe Person, und ich hasse sie beide.

»Aber du hilfst mir«, sagt Elsie, »oder? Du gehst nicht weg, oder?«

»Elsie, ich …«

»Bitte, Syd!« Sie drückt meine Hand so fest, dass ich die scharfen Kanten ihrer Fingernägel spüren kann. Vor ihrem Unfall waren sie immer restlos abgekaut.

»Ich werde dir helfen, wenn ich kann, Elsie, natürlich werde ich das.«

»Ich will mich nämlich nicht mehr so fühlen wie bisher. Ich will nicht mehr … das machen, was ich gemacht habe.«

»Das wirst du nicht«, erkläre ich ihr. »Wenn du dich daran erinnerst, was ich dir gesagt habe, dann wirst du das nicht.«

»Woher weißt du das?«

Ich schaue sie an, warte, bis ich sicher sein kann, dass sie mich fest ansieht. »Weil ich dich kenne, Elsie. Ich habe gesehen, wie stark du bist. Wie mutig.«

»Wie deine Schwester«, sagt sie. »Wie Jessica.«

Ich schüttle den Kopf. »Jessica war … gefangen. Was sie getan hat, war mutig. Ich meine … ich dachte immer, dass es das war. Aber nur, weil ich selbst es nie geschafft habe.« Ich merke, dass ich auf meine Hände starre, und hebe den Kopf. »Es ist so, Elsie: Du bist stärker als wir beide. Und so weiterzumachen, die Person zu werden, die du sein willst, das ist das Mutigste überhaupt.«

»So wie du«, sagt Elsie. »Das hast du doch auch getan?«

Ich lächle sie traurig an. »Vielleicht ist es das, was ich versucht habe zu tun«, sage ich. »Wovon ich *dachte*, dass ich es tue. Aber ich glaube, das ist nicht dasselbe.« Ich spreche jetzt in Rätseln, was absolut nicht hilfreich ist. Ich beuge mich herunter und greife in meine Handtasche. »Das hätte ich fast vergessen«, sage ich. »Die hab ich dir mitgebracht.« Ich gebe Elsie die Packung Fruchtgummis, die ich auf dem Weg hierher in dem kleinen Sainsbury's gekauft habe.

Elsie lacht. »Kurz dachte ich, dass du mir Zigaretten geben würdest.«

Ich muss auch lachen. »Wenn ich das versucht hätte, würde man mich wahrscheinlich verhaften.« Mein Lachen erlischt. »Hör zu, Elsie. Als sie dir gesagt haben, was mit deinem Vater passiert ist«, sage ich. »Haben sie da ... ich meine ...«

Elsies Finger flechten sich in meine. »Ich weiß, was du sagen willst, Syd.«

Wenn das stimmt, kriegt sie das hier besser hin als ich.

»Du willst mir sagen, dass Jack es nicht war. Stimmt's?«

Ich zögere kaum. »Stimmt«, sage ich.

Elsie blickt auf ihre Bettdecke. »Ich dachte zuerst, dass du deshalb nicht kommst«, sagt sie schließlich. »Du weißt schon. Als sie mir gesagt haben, wer verhaftet wurde.«

Ich frage mich, ob sie mit Inspector Leigh gesprochen hat. Ich hoffe, dass es so war, denn ich mochte sie, auch wenn ich so getan habe, als täte ich es nicht. Und weil ich weiß, dass sie freundlich gewesen wäre.

»Aber dann ... Ich weiß nicht. Ich habe daran gedacht, wie die Frau ... die Polizistin ... wie sie mit mir geredet hat. Es war, als ob sie nicht glauben würde, was sie da sagt. Als ob ... Als ob sie das, was sie mir sagt, nicht sagen wollte. Ergibt das einen Sinn?«

Das tut es, und gleichzeitig gibt es mir Hoffnung. Wertvolle, gefährliche Hoffnung. »Ich schwöre dir, Elsie: Jack würde niemals jemandem wehtun. Was auch immer passiert, was auch immer die Leute sagen, bitte denk niemals, dass er das war.«

All die Beruhigungen, die ich ihr gegeben habe – wenn sie überhaupt angekommen sind –, lösen sich in Luft auf. »Was meinst du? Was wird passieren?«

Ich öffne den Mund, um zu antworten, aber plötzlich ist da eine Bewegung im Zimmer, und ich wirble erschrocken herum. Ich bin unachtsam geworden. Ich weiß noch nicht mal, wann ich zuletzt die Tür überprüft habe.

Aber es ist nur eine Krankenschwester. Sie schlüpft mit einem knappen Lächeln, das sagt: *Beachten Sie mich gar nicht*, ins Zimmer und macht sich an den Geräten zu schaffen, die Elsies Bett umgeben.

»Ich sollte gehen«, sage ich, stehe auf und gebe Elsie einen Kuss auf die Stirn. Ihre Haut ist warm, *lebendig*, und dieser Kuss hat dieselbe Kraft, von der man in Märchen liest.

»Syd? Was wird passieren?«

Ich blicke zur Krankenschwester, die uns den Rücken zugekehrt hat, zupfe Elsies Bettdecke zurecht, sodass die Fruchtgummis, die ich mitgebracht habe, darunter versteckt sind. »Ich komme bald wieder, Elsie«, sage ich. »Okay? Ich komme bald wieder.«

Und durch diesen Kuss, den ich noch auf meinen Lippen spüre, durch die Kraft, die ich von Elsies Haut empfangen habe, glaube ich für einen Augenblick fast daran.

Als ich die Klinik verlasse, gehe ich durch den Vordereingang. Kein Verstecken mehr. Kein Umschauen. Ich bin mir nicht sicher, ob ich bereit bin – wahrscheinlich werde ich nie bereit sein. Aber ich bin so gut vorbereitet wie möglich. Und ich bin des Wartens müde. Mein Vater war geduldiger, als ich es ihm zugetraut hätte, aber ich zweifle nicht daran, dass auch er genug hat.

Also, lass es uns einfach beenden, okay?

Elsie zuliebe, Jack zuliebe: Lass ihn kommen.

Sydney

Ich liege im Bett, als ich höre, dass sich etwas im Haus verändert. Ich kenne inzwischen jedes einzelne Knarzen; in diesem alten Bau existiert so viel davon, dass ich mittlerweile nachvollziehen kann, was Jack gefühlt haben muss. Damals, als er dachte, dass er jemanden im Haus herumlaufen hörte – damals, als alles begann. Dieses Gefühl ist beinahe elektrisch: Dieselbe Empfindung, wie wenn man spürt, dass man beobachtet wird.

Die Geräusche, die ich höre, kommen vom Treppenhaus. Ich gerate beinahe in Panik, aber noch habe ich Zeit, und außerdem hilft Adrenalin tatsächlich. Ich hatte Angst, dass ich, wenn es so weit wäre, einfach erstarren würde. Das passierte immer, als ich klein war. Beim Klang von Vaters Schritten, seiner Stimme, die nach mir rief, wenn ich etwas getan hatte, das er für falsch hielt, krampften meine Muskeln, verspannten sich, so abrupt und so fest, dass mein gesamter Körper permanent schmerzte.

Ich lege mein Handy mit dem Display nach oben auf den Nachttisch und schlüpfe leise unter der Bettdecke hervor. Ich positioniere mich bewusst in einer Ecke, sperre mich selbst ein, für den Fall, dass ich den Drang verspüren sollte zu fliehen. Ich trage meinen Pyjama, so wie ich es normalerweise tun würde, aber auch den Kapuzenpulli, den ich manchmal anziehe, wenn ich krank bin. Den schwarzen mit den tiefen, extrabreiten Taschen.

Als die Tür sich langsam öffnet, weiche ich vor ihr zurück.

Ich kann nicht anders. So wurde ich programmiert, wie ein Haustier, das zusammenzuckt, sobald sein Besitzer die Hand hebt.

Das Licht dringt gemeinsam mit meinem Vater in den Raum ein.

»Sydney Baker, nehme ich an.«

Aus der Nähe betrachtet sieht er fast genauso aus wie damals, als ich jung war. Das Haar ein bisschen grauer vielleicht, aber gepflegter, und falls es dünner geworden ist, dann nicht an seinen Schläfen. Er ist eine Handbreit größer als ich, zweimal so breit und trägt, so wie immer, einen Anzug.

Und diese Stimme. Genau wie damals trifft sie mich wie ein Fluch, paralysiert mich für einen Moment auf die Art, wie ich es von meiner Angst erwartet hatte. Ich vergesse zu atmen.

Mein Vater betritt zögerlich den Raum. Das ist neu: dass er vorsichtig ist. Früher verhielt er sich immer, als hätte er keinen Grund dazu, als wäre es viel wichtiger, schlau als vorsichtig zu sein. Vielleicht ist er jetzt beides. Vielleicht ist das etwas, das er im Knast gelernt hat. Sollte ich mir Sorgen machen? Hatte sich dieser alte Hund neue Tricks angeeignet?

»Es ist ein bisschen duster hier drin«, sagt er. »Ich kann dich noch nicht mal richtig sehen.«

Er steht neben dem Lichtschalter, aber er betätigt ihn nicht. Das Fenster ist auf meiner Seite des Zimmers, und ich habe bewusst die Vorhänge offen gelassen. In Anbetracht der Uhrzeit ist es unwahrscheinlich, dass irgendjemand auf der Straße ist, aber selbst in seinen dreisteren Tagen wäre mein Vater das Risiko nicht eingegangen. Die Dunkelheit passt ihm genauso gut wie mir. Ich gehe dennoch ein Stück ins Licht – vor allem, weil ich lächerlicherweise nicht will, dass er denkt, ich hätte Angst.

Ich erhasche einen Blick auf den Umriss seines Lächelns,

fühle seinen Blick gierig über mich kriechen. Er geht einen Schritt weiter vor, und ich spüre, wie meine Absätze die Fußleiste berühren.

»Es war nett von dir, dass du die Hintertür für mich offen gelassen hast«, sagt er. »Ich dachte schon, dass ich klopfen muss. Ich nehme an, dass ihr inzwischen die Schlösser ausgetauscht habt?«

Das haben wir. An dem Tag, als wir das Haus leer geräumt haben, kam jemand vorbei. Da war es zwar im Grunde schon zu spät, aber Jack hätte nicht zugelassen, dass wir hierblieben, solange das nicht erledigt war.

Mit einer Hand, die in einem Handschuh steckt, zieht mein Vater einen Schlüsselbund aus der Innentasche seines Jacketts. Ich nehme an, es ist der, den er von Evan bekommen hat.

»Ich vermute, die gehören eigentlich dir.« Er wirft sie, und ich lasse zu, dass sie mich treffen und zu Boden fallen.

So viel zur Vorsicht meines Vaters. Als er dieses Mal einen Schritt macht, sehe ich diese Kreisbewegung, die er mit Daumen und Zeigefinger macht, und begreife, dass er bei aller äußerlichen Ruhe damit kämpft, sich zu beherrschen. Und wie er mich angesehen hat, als ich ins Licht getreten bin: In seinem Blick liegt eindeutig Hunger. Das ist kaum überraschend. Vierzehn Jahre hat er gewartet. Ich habe ihn seine Familie gekostet, seinen Erfolg, seine Freiheit. Ungeachtet dessen, was er geplant haben mag, bevor er hierherkam, ist das, was er eigentlich am liebsten tun will, mich zusammenzuschlagen.

Er bewegt sich wieder, diesmal abrupter – und da ziehe ich das Messer.

Und das jetzt, das ist etwas, das ich nicht erwartet habe. Ich fühle mich so, wie ich mir vorstelle, dass er sich fühlt. Mit dem Messer in meiner Hand ist alles, was ich tun will, auf ihn einzustechen. Denn wenn seine Wut angeschwollen ist, dann ist meine es auch. Ich habe mir diesen Moment vorgestellt, seit ich neun Jahre alt war, und seit dem Tag meiner Geburt habe ich mich auf die eine oder andere Art darauf vorbereitet. Ich dachte, ich hätte dieses Gefühl ausgemerzt, *verbannt*, aber es erweist sich als stärker denn je.

Und er sieht es, das weiß ich. Es scheint ihn zu ermutigen. Beinahe zu beleben. Mich dabei zu beobachten, wie ich versuche, meinen Hass zu kontrollieren, hilft ihm auf gewisse Weise dabei, seinen zu unterdrücken.

Er hält inne, und ich erkenne, dass ich es geschafft habe, jedweden Vorteil, den ich vielleicht hatte, zu ihm zurückzuspielen. Seine Finger trommeln einen Rhythmus gegen sein Bein. »Deswegen bin ich also hier«, sagt er. »Ich war gespannt.«

Diesmal bewegt er sich zur Seite. Er streckt die Hand aus und wählt einen der vielen kleinen Tiegel auf meinem Schminktisch. Meine Gesichtscreme, glaube ich. Danach nimmt er meine Bürste und führt die Borsten an seine Nase. Sein Blick hält meinen fest, während er einatmet.

»Also, erklär mir alles«, sagt er und legt die Bürste exakt dort ab, wo sie vorher lag. »Du erstichst mich«, sagt er. »Natürlich. Bringst mich um, das ist wahrscheinlich dein Plan. Und dann – was? Pochst du auf Notwehr?«

Er fordert eine Antwort von mir, aber ich bleibe stumm, beobachte ihn, während er sich im Zimmer umsieht. Er entdeckt mein Handy auf dem Nachttisch. Es ist nur ein Billigteil, noch nicht mal ein Smartphone, ein günstiger Ersatz für mein kaputtes iPhone. Ohne den Blickkontakt zu unterbrechen, geht mein Vater hin und nimmt es in die Hand.

»Es hört niemand zu, falls du dich das fragst«, sage ich.

Mein Vater hebt das Telefon bis auf Kinnhöhe, sodass er die Anrufliste überprüfen und mich gleichzeitig weiter beobachten kann. »Vielleicht nicht«, sagt er, und ich weiß, dass er gefunden hat, wonach er gesucht hat. »Aber es sieht so aus, als hätten wir nicht so viel Zeit für unser Wiedersehen, wie ich gehofft hatte.«

Das Messer bebt in meiner Hand. Ich habe die Bündchen meines Sweatshirts über die Hände gezogen und umfasse den Griff fester.

Die Bewegung erregt die Aufmerksamkeit meines Vaters.

»Ist das ein Küchenmesser?«, fragt er und lächelt jetzt, legt das Handy zurück auf den Nachttisch und geht wieder an den Platz, an dem er vorher stand. »Es sieht nicht sehr scharf aus, Maggie. Bist du sicher, dass du bereit dazu bist?«

Ich schiele auf die Klinge. Bis gerade eben hat sie sich so solide angefühlt wie ein Säbel. Jetzt, im Angesicht der sich abzeichnenden Gestalt meines Vaters direkt vor mir, erscheint sie mir nicht bedrohlicher als ein Zahnstocher.

»Ich bin überrascht, dass du es nicht erkennst«, sage ich und versuche, den Tonfall meines Vaters zu imitieren. »Es ist dasselbe Messer, mit dem du Sean Payne umgebracht hast. Offensichtlich war es scharf genug für ihn.«

Mein Vater schaut die Klinge genauer an. Sein Lächeln wird breiter. »Natürlich ist es das. Ich frage mich, wie um alles in der Welt du es geschafft hast, es an dich zu bringen?«

Das Messer erzittert wieder, und ich beiße die Zähne zusammen, um nicht selber zu erbeben. Mein Vater fummelt erneut an meiner Haarbürste herum. Er ist wieder rastlos geworden, es juckt in diesen Handschuhen, juckt ihm in den Fingern.

»Übrigens«, sagt er, »war das eine interessante Theorie, die du der Polizei aufgetischt hast. Nur dumm, dass sie dir nicht geglaubt haben. Dass sie stattdessen deinen Freund verhaftet haben. Jack, richtig?«

Ich könnte es tun: Ich könnte ihn jetzt erstechen, und es gibt keinen Grund, warum es nicht so ausgehen sollte, wie er selbst gesagt hat.

»Das muss schlimm für dich gewesen sein«, fährt mein Vater fort. »Obwohl ich annehme, dass es nicht so überraschend kam. Dass du dich zu gewalttätigen Männern hingezogen fühlst. Außer …« Er sieht auf. »Oh Maggie. Oh, ich verstehe.« Er lacht, ehrlich erleichtert. »Mein Gott, was habe ich dir nur angetan?« Er klingt stolz. Als ob er mit sich selbst und auch mit mir zufrieden wäre. »Also dann«, führt er weiter aus, »ist es Mord *und* versuchter Mord, dessen sie mich beschuldigen werden. Posthum natürlich.« Er nickt. »Sehr clever«, urteilt er. »Sehr *poetisch*.«

Er lässt mir kaum einen Moment, um zu begreifen, was er damit meint. Er legt die Bürste wieder ab und greift wieder in seine Innentasche. Als er die Hand diesmal hervorzieht, hält sie ein weißes Plastikfläschchen. Er stellt es auf meinen Schminktisch und dreht es so, dass ich das Label sehen kann. Ich kann es von dort, wo ich stehe, nicht lesen, aber die Flasche kommt mir aufgrund ihrer Form und Farbe bekannt vor.

»Was genau soll ich mit denen machen?«

Mein Vater schiebt das Fläschchen mit Schlaftabletten über den Schminktisch in meine Richtung, wie ein Schachspieler, der seinen Turm zieht.

»Du denkst, dass ich einen Haufen Schlaftabletten schlucke, nur weil du es mir befiehlst?«

»Nicht, weil ich es dir befehle«, antwortet mein Vater. »Weil du … sagen wir mal, depressiv bist. Weil du achtundzwanzig Jahre alt bist und der einzige Mann, den du jemals geliebt hast, wahrscheinlich den Rest seines Lebens im Gefängnis verbringen wird.«

Ich zucke zusammen. Ich kann nichts dagegen tun.

»Außerdem«, fügt mein Vater hinzu, »warst du schon

immer ein bisschen gestört. Es ist nicht so, als würde es überhaupt nicht zu dir passen.«

Auf der Straße fährt ein Auto vorbei, seine Scheinwerfer schicken wie bei einer Personensuche einen Lichtkegel quer durch den Raum. Für einen kurzen Moment sehe ich meinen Vater deutlicher, und es verblüfft mich, wie *normal* er aussieht. Das zu verstehen, damit hatte ich immer am meisten zu kämpfen. Wie er nach außen hin so normal aussehen, aber innerlich so abscheulich entstellt sein konnte.

»Natürlich musst du den Notruf zurücknehmen, den du abgesetzt hast, bevor ich hergekommen bin. Oder wenigstens so lange warten, bis die Polizei wieder abgezogen ist.«

Genug, sage ich mir. Worauf wartest du? Wenn du das hier tun willst, *tu* es!

»Es ist wirklich schade«, sagt mein Vater. »Ich hatte gehofft, dass ich dabei sein und zusehen kann.«

Meine Hand umklammert das Messer fester. Ich versuche abzuschätzen, wie viel Zeit vergangen ist, seitdem ich meinen Vater auf der Treppe gehört und den Notruf bei der Polizei abgesetzt habe. Noch vernehme ich keine Sirene, aber vielleicht schalten sie sie gar nicht ein. Wobei mich das zweifeln lässt, ob die Polizei überhaupt kommen wird.

Ich bewege mich auf meinen Vater zu, halte aber inne, als er einen Finger hebt.

»Bevor du irgendetwas Unüberlegtes tust«, sagt er, »denk einen Moment an Jack. Ich kann an ihn rankommen, Maggie. Ich habe Freunde, die das können, dank dir.«

In meiner Miene sieht mein Vater etwas, das ihn befriedigt.

»Was?«, fragt er. »Hast du geglaubt, wenn du ihn nicht besuchst, würde ich denken, dass er dir egal ist? Oder dass du mich davon abhalten würdest herauszufinden, wo er ist? Ich weiß alles über ihn – und über die kleine Elsie.« Wieder beobachtet er meine Reaktion. Wieder versage ich darin, sie zu verbergen. Mein Vater blickt demonstrativ auf die Uhr. »Uns läuft die Zeit davon, Maggie. Und du musst eine Entscheidung treffen. Entweder du oder die Menschen, von denen du behauptest, dass sie dir wichtig sind.«

Und da ist es: das Endspiel meines Vaters. Ich wusste immer, dass er alles, was ich liebe, gegen mich ausspielen würde. Bis jetzt war ich mir nur nicht ganz sicher, wie.

Ich schüttle den Kopf. »Du vergisst«, sage ich, »dass Jack nicht im Gefängnis *bleibt*. Und du kannst niemanden mehr kriegen, wenn du tot bist.« Denn in diesem Moment ist es das, worauf alles hinausläuft. Dieser Zorn in mir, von dem ich dachte, dass ich ihn gebannt hätte – er befreit sich.

Mein Vater beweist mir, wie verängstigt er ist, indem er auf mich zukommt. Er ist gewachsen. Ist er gewachsen? Oder ist es eher so, dass ich in seiner Anwesenheit kleiner werde? Ich merke, dass ich mich unwillkürlich zurückziehe. Der einzige Ort, der mir bleibt, ist der schmale Raum zwischen Wand und Bett.

»Weißt du, deine Schwester war nie so stur«, sagt er und bleibt eine Armlänge entfernt von mir stehen. *Fast* in Reichweite, um zuzustechen. »Jessica hat sich mir nie so widersetzt. Als sie vor derselben Wahl stand wie du jetzt, hat sie, ohne zu zögern, ihre Entscheidung getroffen.«

Plötzlich ist das Messer in meiner Hand bleischwer. »Was hast du gesagt?«

Mein Vater nickt. »Das wusstest du nicht, oder? Ich habe mich immer gefragt, ob es bis zu dir durchgedrungen ist.«

Hinter meinen Augen dreht es sich, so wie der Schwindel, den man spürt, wenn man zu schnell aufsteht. Blut, Sauerstoff, *Begreifen*: ein wirbelnder Cocktail, der mich dazu zwingt, nach der Wand zu tasten.

»Die Tabletten, die sie genommen hat. Jessica. Du hast sie dazu *gezwungen?*«

Auf einmal sehe ich alles vor mir: Meine kleine Schwester, die vor meinem Vater kauert, genauso, wie ich jetzt vor ihm kauere. Der dieselbe Wahl angeboten wird wie mir. Und Jessica, die süße Jessica, die es tut.

»Aber … warum? Sie war nie eine Bedrohung für dich. Sie war *elf.*«

Zum ersten Mal sehe ich die ganze Entstelltheit meines Vaters aufscheinen. »Weil du abgehauen bist«, sagt er. »Weil du gegangen bist, und es war niemandem *gestattet* zu gehen.«

Ich spüre, wie abgehackt mein Atem geht, spüre den Druck, der sich in meiner Lunge bildet. »Was hast du zu ihr gesagt? Wen hast du bedroht? Nicht Mum. Sie wusste, dass es zu spät war, um dich davon abzuhalten, Mum wehzutun.«

»Wen glaubst du wohl?« Mein Vater gibt mir etwas Zeit nachzudenken. *Mich.* Er hat *mich* bedroht. Er hat Jessica gesagt, dass er mich verfolgen würde, und wenn er mich gefunden hätte, würde er sichergehen, dass ich für alles bezahle.

Meine Hand schließt sich fester um den Messergriff. Ich kann spüren, wie meine Knöchel anfangen zu schmerzen.

»Sie hat sich Sorgen um dich gemacht, Maggie. Auf eine Weise, wie du dich nie um sie gesorgt hast.«

Ich hole aus, bevor ich überhaupt weiß, dass ich es tue. Ich bin kopflos, riskiere alles. Aber in diesem Moment ist alles, was ich will, Blut zu vergießen. Ich stoße das Messer nach vorne wie eine Lanze, ziele direkt auf das Brustbein meines Vaters. Aber ich würde überall auf ihn einstechen: in seinen Hals, seinen Bauch, seine Leiste. Ich werde ihn Stück für Stück aufschlitzen, wenn ich muss.

Doch ich bin zu langsam. Als ich nach vorn springe, weicht mein Vater zur Seite aus und hämmert mir die Faust in den

Magen. Meine Beine geben nach, als hätte ich einen Platten, und das Küchenmesser fällt mir aus der Hand. Es schlittert irgendwohin, wo ich es nicht sehen kann, ins Nichts unter dem Bett.

Mein Vater steht über mir und reibt sich die Knöchel. »Ich bin ehrlich zu dir: Ich bin froh, dass du das getan hast. Es ist nur schade, dass wir jetzt damit aufhören müssen. Obwohl ...« Seine Hand schließt sich um meine Kehle und beginnt langsam, stetig, zuzudrücken. »Ich hätte große Lust, weißt du. So. Große. Lust.« Bei jedem Wort drückt er etwas fester zu – doch dann lässt er mich los, bevor ich Blutergüsse bekomme. »Aber wir wollen nicht, dass du lädiert bist, wenn die Polizei kommt.«

Er lässt mich auf alle viere fallen, und ich muss husten. Der Schmerz brennt in meinem Bauch, meine Augen füllen sich mit Tränen. Ich kann das Messer jetzt sehen – es liegt in Reichweite –, aber mein Vater ist schon bei der Tür. In der Ferne höre ich endlich das Schrillen von Sirenen.

»Das ist mein Stichwort, fürchte ich«, sagt mein Vater. Er zieht sein Jackett zurecht. »Es sieht so aus, als müsste ich ein paar Anrufe erledigen, und du ... Na ja. Du musst deinen Schlaf nachholen.«

»Warte!« Die Tränen verschleiern mir die Sicht, meine Finger tasten nach dem Messer.

»Tut mir leid, Maggie. Ich muss los. Aber denk dran, dass ich immer zurückkommen kann – ich nehme mal an, dass du hier bleiben wirst. Und nächstes Mal sorge ich dafür, dass wir mehr Zeit füreinander haben, das verspreche ich dir.«

»Warte!«

Ich fühle eher, als dass ich es sehe, wie mein Vater stehen bleibt. Meine linke Hand schließt sich um das, wonach sie gesucht hat, mit meiner rechten wische ich mir die Tränen aus den Augen. Die Sirenen sind noch fern, kommen aber näher.

Mein Vater sieht, was ich in der Hand halte. Als ich mich bewege, beobachte ich sein Mienenspiel und warte darauf, dass das Begreifen endlich einsetzt. Denn er war vorhin zu Recht so zuversichtlich gewesen: In einem Kampf hätte ich nie eine Chance gegen ihn. Das ist der Grund, warum ich nie vorhatte, ihn zu erstechen – *ihn* umzubringen.

»Oh Maggie«, sagt er. »Oh Maggie, du kluges Mädchen, was hast du getan?«

Als mir das Messer aus der Hand gleitet, ist mein erster Gedanke, dass es gar nicht so schwer zu benutzen war, wie ich angenommen hatte. Zuerst bin ich euphorisch – bis ich das Blut sehe. Es fließt schnell, entschlossen. Es bildet Flecken auf meinem Sweatshirt, auf meiner Hose, sogar auf dem Fußboden. In diesem Moment wird mein Hochgefühl zu Angst. Mir wird klar, dass es schiefgegangen ist. Diese Sache, die ich so sorgfältig geplant hatte – sie ist komplett, auf entsetzliche Weise schiefgegangen.

Jack

Ich befinde mich in einem Raum, den ich noch nie zuvor gesehen habe. Keine Zelle und nicht irgendein Büro. Er ist nicht gerade schön – gestrichene Wände, Velours-Teppichfliesen, ein Holztisch und ein paar Stühle mit gepolsterten Sitzen –, aber es ist ein Raum, von dem ich annehme, dass sie normalerweise Besucher dorthin führen, nicht Gefangene. Vielleicht interpretiere ich auch zu viel hinein, aber dass ich hier bin, kann auf keinen Fall ein gutes Zeichen sein.

Ich warte seit fünfundvierzig Minuten. Einen Tag, neun Stunden und fünfundvierzig Minuten, um genau zu sein, wenn man von dem Moment an rechnet, an dem ich informiert wurde. Aber was heißt *informiert*. Die Wahrheit ist, dass sie mir kaum irgendwas erklärt haben. Ich weiß nur, dass Syd verwundet ist. Schwer. So schwer, dass mir der Direktor (siehst du, Mum? Da habe ich ihn letzten Endes also doch noch kennengelernt) in unserem Gespräch noch nicht mal sagen konnte, ob sie wieder gesund werden wird. Sie ist im Krankenhaus, und das Personal dort tut alles, was es kann. In der Zwischenzeit ist das Einzige, was mir bleibt, mich an dem wenigen festzuklammern, das mir gesagt wurde.

Neunundvierzig Minuten.

Ich habe jetzt so lange auf die Uhr an der Wand gestarrt, dass ich weiß, dass der Sekundenzeiger beim Überqueren der Ziffer Sieben jedes Mal einen kleinen Hüpfer macht. Genauso ist es mit den Wänden in meiner Zelle. Ich könnte jeden Fitzel Graffiti rezitieren, jeden Fußabdruck, Farbkleckser und Kratzer genau anzeigen. Es ist komisch, wie das Gehirn nur noch die kleinen Dinge verarbeiten kann, wenn man dazu verdonnert ist, auf etwas Großes zu warten.

Zweiundfünfzig Min–

Die Tür geht auf, und ich fahre herum. Ich erwarte … Ich weiß es nicht. Vielleicht wieder den Direktor. Vielleicht den Wärter, der mich hergebracht hat. Im Grunde genommen jeden außer der Person, die hereinkommt.

»Hallo, Jack. Tut mir leid, dass Sie warten mussten.«

Wäre es irgendjemand anders, hätte ich schon längst nach Neuigkeiten von Syd gefragt. Doch beim Anblick von Inspector Leigh verweigern sich meine Glieder, meine Zunge, mein Gehirn, jeder Teil von mir.

»Wie geht es Ihnen, Jack?«, fragt sie.

Ich blinzle und merke, dass ich mich von der Starre befreit habe. »Was machen *Sie* denn hier?«

Die Kommissarin schließt die Tür hinter sich. Sie durchquert den Raum und bleibt vier Teppichfliesen entfernt von mir stehen. »Sollen wir uns setzen?«, fragt sie und deutet zum Tisch.

»Geht es Syd gut?«, erwidere ich, ohne mich zu bewegen. »Gibt es was Neues?«

»Jack, bitte. Ich glaube wirklich, es wäre besser, wenn Sie sich setzen.«

Oh Gott, denke ich. Oh Gott, bitte nicht. »Sagen Sie es mir einfach! Können Sie das nicht?«

»Das werde ich, Jack. Ich verspreche, dass ich Ihnen alles erzählen werde, was Sie wissen wollen.« Die Kommissarin trägt einen Stuhl zur Fensterseite und deutet dann auf den Stuhl ihr gegenüber.

Ich bewege mich zögerlich und lasse mich hineinfallen. Ich kauere auf der Kante, die nasskalten Handflächen auf meinen Oberschenkeln.

Inspector Leigh atmet tief aus, bevor sie weiterspricht. »Man hat Ihnen gesagt, dass Syd verwundet wurde«, sagt sie. »Hat man Ihnen gesagt, wie?«

Hektisch schüttle ich den Kopf. »Sie haben gesagt, dass es einen *Vorfall* gab, sonst nichts. Dass man noch versucht herauszufinden, was genau passiert ist. Das ist alles, was ich weiß.«

Die Kommissarin nickt, ganz so als wäre diese Info nicht nutzlos, sondern tatsächlich eine sinnvolle Zusammenfassung. »Syd wurde angegriffen, Jack. Niedergestochen. Danach sieht es momentan aus.«

»*Niedergestochen?* Um Gottes willen!« Auf einmal habe ich so viele Fragen, dass ich völlig blockiert bin und keine einzige herausbekomme. »Aber ist sie ...? Ich meine, wird sie ...?«

»Ich will nichts beschönigen«, sagt die Kommissarin, und ich spüre, wie sich ein Vakuum in meinem Magen formt. »Sie wurde sehr schwer verletzt. Sie hat sehr viel Blut verloren, und ... Nun, eine Zeitlang stand alles auf der Kippe.«

»Eine Zeitlang?«, wiederhole ich. »Sie meinen ...?«

»Ich meine, dass sie jetzt stabil ist«, sagt die Kommissarin. »Die Ärzte haben mir gesagt, dass sie stabil ist.«

»Oh, Gott sei Dank!« Ich lasse den Kopf auf den Tisch sinken. Kaum dass er ihn berührt, hebe ich ihn wieder. »Also ist sie ... Ich meine, stabil ist gut, oder? Stabil bedeutet, dass es ihr besser geht?«

»Sie ist nicht außer Gefahr«, sagt Inspector Leigh. »Alles, was es bedeutet, ist, dass sich ihr Zustand nicht verschlimmert. Aber die Ärzte, mit denen ich gesprochen habe ... Sie sind optimistisch.«

Mit einer Hand bedecke ich meinen offenen Mund. Ich will lächeln, aber ich habe Angst davor. »Ich muss sie sehen«, sage ich. »Wann kann ich sie sehen?«

»Schon bald«, antwortet die Kommissarin.

»Was? Wirklich? Wann?«

»Heute hoffentlich. Sobald Ihre Entlassungspapiere bearbeitet wurden.«

Die Kommissarin wartet auf meine Reaktion.

»Ich werde entlassen? Das heißt ...«

»Das heißt, alle Anklagepunkte wurden fallen gelassen«, sagt Inspector Leigh.

»Aber das ...« Ich schüttle den Kopf. Das ist unmöglich, oder? Ich bin ernsthaft geschockt – so sehr, dass ich es wirklich nicht glaube. »Ist das eine Falle?«

»Keine Falle, Jack. Es sieht so aus, als wäre Ihre Geschichte nicht so weit hergeholt gewesen, wie ich zuerst dachte.«

»Sie meinen ... Syds Vater. Er war derjenige, der sie angegriffen hat?«

»Es sieht ganz so aus.«

»Und haben Sie ihn erwischt? Ist er verhaftet worden?«

»Ist er.«

Scheiße, denke ich. Einfach ... *Scheiße*! Besser kann ich meine Gefühle nicht in Worte fassen. »Wo ist er? Was ist passiert? Ich meine ... Sie haben mir gesagt, was passiert ist. Aber *wie?*«

»Ms Baker ... Syd. Sie hat einen Einbruch gemeldet, sagte der Notrufzentrale, dass sie jemanden im Haus gehört habe. Als die Einsatzkräfte bei der genannten Adresse eintrafen – Ihrer Adresse, Jack –, griffen sie einen Mann auf, der vom Einsatzort fliehen wollte. Sie fanden Ihre Freundin oben in einem der Schlafzimmer. Verwundet. Tödlich, vermuteten sie zuerst, wie sie mir sagten.«

»Tödlich?«

»Ich sagte Ihnen doch, Jack. Syd wurde sehr schwer verwundet.«

»Aber Sie sagten, dass es ihr gut geht? Oder? Sie haben gesagt, dass sie wieder gesund wird?«

»Ich sagte, dass sie stabil ist. Momentan ist das das Beste, was ich Ihnen anbieten kann. Aber dass ich das überhaupt sagen kann, bedeutet, dass Syd unglaubliches Glück hatte. Müsste man sich entscheiden, an welcher Stelle im Bauch man eine Stichwunde platziert, würde man tatsächlich keinen besseren Punkt finden.«

Ich stoße den Atem aus – schockiert, erleichtert, ich weiß es nicht. Nur vage nehme ich den Ton der Kommissarin wahr, die Tatsache, dass sie mich jetzt eindringlicher studiert als je zuvor.

»Und Syds Vater … hat er gestanden? Werde ich deshalb entlassen?«

Die Kommissarin lehnt sich in ihrem Stuhl zurück. »Bisher sagt er gar nichts. Ich denke, vor allem, weil es nicht viel gibt, das er sagen *könnte*. Aber die Staatsanwaltschaft durchleuchtet ihn komplett. Dort scheint niemand irgendwelche Zweifel zu haben. Das Messer, mit dem er Syd niedergestochen hat, passt zu den Wunden, die Sean Payne zugefügt wurden. Und die Forensiker haben den Ort durchsucht, wo er wohnte; die Wohnung von Syds Mutter. Sie haben Blutspuren an der Sohle von einem seiner Schuhe entdeckt, die bei der Erstuntersuchung mit Sean Paynes Blut korrespondierten. Wir warten noch auf das Ergebnis der DNA-Analyse, aber niemand rechnet mit irgendwelchen Überraschungen. Außerdem hat seine Exfrau das Alibi widerrufen, das sie ihm gegeben hatte. Sie sagte, sie habe es nur deshalb angegeben, weil er sie dazu gezwungen hat.«

Ich brauche einen Moment, um alles zu begreifen. »Also das … Ich meine, das war's. Richtig? Im Prinzip haben Sie ihn, egal, welche Story er Ihnen noch auftischt.«

»Im Prinzip. Jep, wir haben ihn.«

Ich blase meine Wangen auf und konzentriere mich aufs Atmen. Nach ein oder zwei Sekunden stehe ich auf. »Also, worauf warten wir?«, sage ich. »Lassen Sie uns gehen. Können wir? Zum Krankenhaus, meine ich.«

»Langsam, Jack. Ich sagte Ihnen doch: Wir müssen warten, bis der Papierkram erledigt ist.«

Und ich weiß nicht, ob es nur die Art ist, wie sie mich ansieht, als sie das sagt, oder das Echo irgendeiner Phrase, die sie schon einmal benutzt hat, aber plötzlich weht mich ein Hauch von Bullshit an. Ich meine, *wir müssen warten, bis der Papierkram erledigt ist.* Genau diesen Satz habe ich selber benutzt, wenn ich von einem besonders ungeduldigen Klienten gehetzt oder von einem übereifrigen Vermieter genervt wurde. Es ist im Grunde eine Hinhaltetaktik. Nicht mal eine besonders gut getarnte.

»Dieser ›Papierkram‹«, sage ich und betone die Anführungszeichen. »Wie lange wird das dauern?«

»Wir warten nur noch auf eine letzte Unterschrift.«

»Eine Unterschrift? Warum können Sie dann nicht einfach ...« Ich unterbreche mich selbst. »Wessen Unterschrift?«

»Nun ja. Meine.«

Alles, was ich auf ihre Antwort hin tun kann, ist, sie anzustarren.

Die Kommissarin legt die Hände im Schoß zusammen. »Bitte, Jack. Setzen Sie sich wieder. Ich möchte mich einfach nur mit Ihnen unterhalten, das ist alles. Geben Sie mir eine halbe Stunde. Maximal. In dieser Zeit sollte Ihr Anwalt angekommen sein, und wir können Sie zu Syd bringen.«

Ich kann mich unmöglich setzen. »Mein Anwalt weiß, was los ist? Er weiß, dass ich entlassen werden soll?«

»Ich glaube, dass ihn jemand angerufen hat, ja.«

Übersetzung: Mein Anwalt wird ebenfalls hingehalten. Sogar in Anbetracht der ganzen Umstände muss ich lachen.

»Wir können natürlich auf ihn warten, wenn Ihnen das lieber ist. Es ist Ihr Recht, sich zu weigern, überhaupt mit mir zu sprechen. Aber ich persönlich habe gehofft, dass wir diese Zeit für ein Gespräch nutzen können. Inoffiziell – was bedeutet, dass alles, was wir besprechen, vollkommen unter uns bleiben wird.«

Irgendwie bezweifle ich das. Aber ihre Botschaft an mich ist deutlich: Je schneller ich ihrem Gesuch nachgebe, desto schneller werde ich Syd sehen können.

»Die Anklagepunkte gegen mich. Sie werden fallen gelassen, egal, was auch passiert?«

»Egal, was auch passiert«, bestätigt Inspector Leigh. »Sie haben mein Wort. Nichts, was wir hier besprechen, wird daran etwas ändern.«

»Und Sie bringen mich zu Syd? Heute. Das gilt definitiv?«

Die Kommissarin nickt einmal.

Ich weiß nicht, warum ich überhaupt erwäge, ihr zu vertrauen. Aber Syd liegt seit zwei Tagen in diesem Krankenhausbett. Und die Tatsache, dass ich sie noch nicht besucht habe … Ich meine, mir ist klar, dass die Situation eine andere ist, aber sie muss sich genauso fühlen wie ich, als sie mich nicht besuchen kam.

»Dreißig Minuten. Um über was genau zu reden?«

»Über die Wahrheit, Jack. Über das, wovon Sie und ich denken, dass es wirklich passiert ist.«

Zunächst antworte ich nicht. Ich denke wieder an die Phrasen, die sie verwendet hat. *Es sieht ganz so aus*, sagte sie. *Danach sieht es momentan aus.* So als ob Inspector Leigh, sogar als sie mir ihre Version der Dinge darlegte, nicht ein Wort davon glaubte.

»Sie wissen, was passiert ist«, sage ich. »Sie sind diejenige, die es mir gerade erklärt hat.«

Inspector Leigh sieht mich einen Augenblick lang an, dann scheint sie eine Entscheidung zu treffen. »Bevor wir das vertiefen, Jack, will ich eins deutlich machen: Ich habe nie geglaubt, dass Sie Sean Payne ermordet haben. Und ich glaube nicht, dass Sie an irgendwelchen der Dinge beteiligt waren, die sonst noch passiert sind.«

»*Die sonst noch passiert sind?* Wovon reden Sie? Und wenn Sie nicht geglaubt haben, dass ich schuldig bin, warum zur Hölle haben Sie mich dann überhaupt festgenommen?«

»Das habe ich nicht. Wissen Sie nicht mehr? Eine ganze Zeitlang habe ich das nicht getan, sogar nachdem wir Ihren Führerschein am Tatort gefunden hatten. Deshalb, um genau zu sein. Es war so, wie Sie sagten: Er wirkte einfach zu offensichtlich dort platziert. Aber Sie ahnen nicht, wie schwierig es war, Sie zu verteidigen.«

»Ist das der Moment, in dem ich mich bei Ihnen bedanken soll?«

»Natürlich nicht. Ich versuche nur, es Ihnen zu erklären, sonst nichts. Selbst wenn ich Ihre Reaktion nicht gesehen hätte, als ich hier reinkam – als ich Ihnen erzählt habe, was mit Syd passiert ist –, hätte ich nie geglaubt, dass Sie an alldem beteiligt waren. Das ist alles, was ich deutlich machen will.«

»Aber *woran* beteiligt?«

Inspector Leigh lehnt sich nach vorne. Das einzige Mal, dass sie den Augenkontakt zu mir unterbricht, ist, als sie blinzelt. »An Syds Plan beteiligt, Jack. An ihrem Vorhaben, ihrem Vater den Mord an Sean Payne in die Schuhe zu schieben.«

Ich antworte nicht. Und dann breche ich zum zweiten Mal in Lachen aus. Keine der beiden Reaktionen scheint die Kommissarin zu überraschen.

»Lassen Sie uns noch mal durchgehen, was Sie mir berichtet haben«, sagt sie. »Sie und Syd. Die Vorfälle, die Sie in Ihrem … nennen wir es Bericht beschrieben haben. Alles, was Sie uns erzählt haben, passt zusammen. Wir haben sogar diese Katze gefunden, die sie im Garten vergraben haben.«

»Sie haben die Katze ausgegraben? Wann? *Warum?*«

»Und wir haben auch Evan Cohen gefunden. Den Immobilienmakler. Und Sie hatten recht. Er steckte bis zum Hals in Schulden, von denen er kürzlich einige mit einem Riesenbatzen Bargeld beglichen hat. Sieht so aus, als hätte er seitdem wieder einen saftigen Stapel Schuldscheine angehäuft, aber das ist eine andere Geschichte. Der Punkt ist, dass er alles gestanden hat, dessen Sie ihn beschuldigt haben. Er hat Geld von Syds Vater angenommen und dafür eingefädelt, dass Sie und Syd das Haus kriegen.«

»Also haben wir die Wahrheit gesagt, oder? Das scheinen Sie sagen zu wollen.«

»Nicht ganz, Jack. Ich sagte, Ihre Geschichte – das heißt, alles aus Ihrer Aussage – passt zusammen. Aber zum Ende hin werden die Beweise dünner.«

»Dünner?«

Für Inspector Leigh muss es so wirken, als könnte ich ihr nicht folgen. »Lassen Sie es mich Ihnen genau erklären, Jack. Ich glaube, dass Syds Vater Ihnen beiden genau so schaden wollte, wie Sie es sagten. Das Haus; das, was Ihnen auf der Arbeit passiert ist; all das hat einen Keil zwischen Sie und Syd getrieben. Ich glaube, dass er dafür verantwortlich war, und wenn Sie mich fragen, finde ich, dass der Mann ein Dreckskerl ist, der niemals auf Bewährung hätte freikommen dürfen.«

»Aber?«, entgegne ich.

»Aber«, fährt die Kommissarin fort, »ich glaube *nicht*, dass er Sean Payne ermordet hat. Diese Szene, die Syd beschrieben hat, als sie in der Wohnung ihrer Mutter stand und ihren Vater in der Diele sah – ich glaube, an diesem Punkt hat Ihre Freundin übernommen. Die *Kontrolle* übernommen, wenn Ihnen das lieber ist.«

Es entsteht eine Pause, in der Inspector Leigh mir gestattet, das zu verarbeiten.

»Sie wollen sagen ... Was sagen Sie da? Dass *Syd* ... dass sie diejenige war, die ... dass sie einen *Mord* begangen hat, zur Hölle?«

Inspector Leigh versucht nicht, es mir zu versüßen. »Das ist richtig, Jack. Genau das will ich sagen. Und danach – nachdem sie dafür gesorgt hat, dass Sie nicht mehr in der Gefahrenzone sind –, hat sie ihren Vater zum Haus gelockt, sodass es danach aussehen würde, als hätte er versucht, sie umzubringen. Mit demselben Messer, das er auch bei Sean Payne benutzt hat.«

Wieder beobachtet sie meine Reaktion genau. Siebzehn Stichwunden, denke ich. So viel Wut. So viel *Schmerz*.

Ich sage: »Zunächst mal a) das ist absolut lächerlich. Und b) aus welchem Grund sollten Sie Syd verdächtigen? Sie haben mir gerade gesagt, dass Sie uns glauben, dass ihr Vater das alles getan hat, und Sie haben gehört, was er getan hat, als Syd noch klein war. Wenn Sie annehmen, dass er zu alldem fähig ist, warum ist es dann plötzlich so schwer zu glauben, dass er auch fähig ist, einen Mord zu begehen?«

»Ich sagte nicht, dass er nicht *fähig* wäre, Jack. Was ich sage, ist, dass Syd schneller war. Und darin liegt die Schönheit ihres Plans, dass es so perfekt zu allem anderen passt. Syd fühlte sich in die Enge getrieben. Hatte Angst. Ihr Vater ist zurück und will ihr Schaden zufügen, also muss sie irgendwie den Spieß umdrehen. *Ihm* eine Falle stellen. Und vergessen Sie nicht Elsie. In Syds Augen war Elsie genauso in Gefahr wie sie selbst, auf diese Weise konnte sie auch Elsie retten. Denn so wird Syd es gesehen haben, Jack. Genauso wie für sich hat sie es für Elsie getan. Es steht alles in ihrem Bericht. Vielleicht nicht in so vielen Worten, aber ihr Motiv, ihre Rechtfertigung: Es steht alles genau da.«

»Ihr *Motiv?* Meine Güte.« Ich schüttle den Kopf. Könnte sein, dass ich sogar lächle.

»Das war Teil des Problems, als Syd noch jünger war, richtig? Dass es nie genug Beweise für das gab, was ihr Vater ihr antat. Niemand half ihr, niemand intervenierte. Aber diesmal waren die Beweise bereits vorhanden. Alles, was Syd tun musste, war, sich zu überlegen, wie sie sie nutzen konnte.«

»Aber ... wie kommen Sie darauf? Was hat Sie dazu gebracht, so zu denken?«

Leigh verändert ihre Sitzposition und schlägt ein Anzughosenbein über das andere. »Was mich letztlich überzeugte, war die Stichwunde. Einmal die Position. Und dass die Ärzte sich weigern auszuschließen, dass sie sich die Wunde selbst zugefügt hat.«

»Moment. Die Ärzte sagen, sie *hat* sie sich selbst zugefügt? Oder sie *könnte* es getan haben?«

»Sie sagten, sie könnten keine der Möglichkeiten mit Sicherheit ausschließen.«

»Aber das ist ... Ich meine ... Das beweist gar nichts. Haben Sie ihn auf Fingerabdrücke überprüft? Den Messergriff.«

Inspector Leigh schaut mich belustigt an, wahrscheinlich wegen der Tatsache, dass ich ihr sagen will, wie sie ihren Job zu machen hat.

»Es waren keine Fingerabdrücke jeglicher Art auf dem Messer. Aber sie könnte sie abgewischt haben oder ihren Ärmel um den Griff gelegt haben, bevor sie es genommen hat. Und überhaupt, auch wenn ihre Abdrücke auf dem Messer wären, könnte sie behaupten, dass sie danach gegriffen hat, als ihr Vater sie attackiert hat.«

»Was ist mit Fingerabdrücken ihres Vaters? Haben Sie das überprüft?«

»Es gab keine Abdrücke jeglicher Art, Jack. Allerdings ...«

Als sie zögert, runzle ich die Stirn. »Allerdings *was?*«

»Allerdings haben wir Lederhandschuhe in der Gasse hinter dem Haus gefunden, in der Nähe der Stelle, wo Syds Vater aufgegriffen wurde.«

»Also hat er versucht, sie loszuwerden, oder? Da haben Sie es doch! Er war im Haus, wollte fliehen, und die ganze Zeit hat er Handschuhe getragen. Ich weiß nicht, wie es Ihnen geht, aber das hört sich für mich nicht so an, als wäre er auf eine Tasse Kaffee vorbeigekommen.«

»Er war dort, ja. Aber meiner Meinung nach nur, weil Syd es so wollte. Denn da war noch etwas: Es gab keinerlei Anzeichen für ein gewaltsames Eindringen. Auf dem Fußboden des Schlafzimmers lag ein Schlüsselbund, aber keiner von den Schlüsseln passt in eine der Türen. Sie stimmen jedoch mit einem anderen Bund überein, den wir im Haus gefunden haben, also waren es vielleicht die Schlüssel, die Syds Vater benutzt hatte, bevor Sie die Schlösser gewechselt haben. Aber als er dieses Mal hineinkommen wollte, muss Syd ihn hereingelassen haben.«

»Oder sie hat einfach vergessen abzuschließen. Ist Ihnen dieser Gedanke schon gekommen, dass sie einfach nur vergessen haben könnte abzuschließen?«

Inspector Leigh sieht mich an, als wüssten wir beide, wie wahrscheinlich das ist. »Im Ernst, Jack, ich hatte eine ganze Weile meine Zweifel an Ihrer Freundin. Verstehen Sie mich nicht falsch: Ich finde, sie hat ihre Rolle brillant gespielt. Zum Beispiel, als Sie beide mit diesem Bericht zu mir kamen. Sie war genau im richtigen Maße verärgert. Verängstigt, aber nicht so sehr, dass wir ihr Schutz anbieten mussten, denn das hätte für sie alles durcheinandergebracht. Und der Ton, in dem sie geschrieben hat, die Tatsache, dass sie überhaupt alles niedergeschrieben hat …«

»Aber das war meine Idee! Das alles aufzuschreiben.«

»Vielleicht war es das. Vielleicht denken Sie nur, dass es das war. Aber wie auch immer, das spielt keine Rolle. Es passte Syd letztlich so oder so. Und außerdem, überlegen Sie mal, warum es Ihnen so wichtig erschien, alles aufzuschreiben. Weil sie nicht daran glaubten, dass Syds Vater verantwortlich dafür war. Oder liege ich damit falsch?«

»Nein, aber nur weil ich am Anfang meine Zweifel hatte, heißt das doch nicht, dass ich sie immer noch habe. Und was ist mit der Tatsache, dass er kein Alibi hat? Sie sagten, Syds Mutter hätte ihre Aussage revidiert. Richtig? Das beweist es doch. Sie hat vorher gelogen, weil Syds Vater sie gezwungen hat, und jetzt, wo sie sicher ist, zögert sie nicht, die Wahrheit zu sagen.«

»Ich stimme Ihnen zu, dass es so aussieht«, sagt Leigh. »Aber versetzen Sie sich für einen Moment in die Lage von Syds Mutter. Wenn Sie genauso wie sie darin versagt hätten, Ihre Tochter zu beschützen, würden Sie nicht alles dafür tun, es wiedergutzumachen? Ihrer Tochter alles anbieten, was sie braucht. Alles tun – *alles* –, worum sie Sie bittet?«

»Sie wollen sagen, dass Syd sie gebeten hat, ihre Geschichte zu ändern?«

»Das tue ich. Wahrscheinlich musste sie noch nicht mal erklären, warum. Ein Versprechen wird gereicht haben: Dass ihr Exmann danach für immer aus ihrer beider Leben verschwinden würde. Was die Beweise angeht, die wir an den Sachen von Syds Vater gefunden haben, die Blutspuren an seinem Schuh: Syd könnte sie dort platziert haben, ohne dass ihre Mutter es überhaupt mitbekommen hat.«

Ich öffne den Mund, aber es gibt nichts, was ich sagen könnte. Ich habe die ganze Zeit über gestanden, und plötzlich fühle ich mich so erschöpft wie nie zuvor. Ich ziehe den Stuhl zu mir, auf dem ich vorher gesessen habe, und falle darauf.

»Jack …«

»Hören Sie, ich … ich verstehe nicht, was Sie von mir hören wollen. Ich verstehe nicht, was ich *tun* soll.«

»Einfach das, was richtig ist, Jack. Sonst nichts.«

»Was meinen Sie damit, *was richtig ist?* Nichts von dem, was Sie da sagen, ist richtig!«

»Hören Sie, Jack. Syds Vater wird sehr wahrscheinlich für eine lange Zeit ins Gefängnis kommen. Er ist jetzt siebenundfünfzig, was bedeutet, dass er im Falle einer Verurteilung wahrscheinlich nie wieder herauskommt. Und ich erwarte kein Mitleid von Ihnen. Wie ich schon sagte, bin ich völlig Ihrer Meinung, dass der Mann ein Dreckskerl ist. Aber *das* hat er nicht getan, Jack. Er hat *niemanden* umgebracht.«

»Aber selbst wenn das stimmt – und ich sage nicht, dass es so ist –, aber selbst wenn es stimmt, frage ich mich trotzdem, was ich in Ihren Augen damit anfangen soll?«

»Sie sind der Mensch, der Syds Geschichte am besten widerlegen könnte, sie wahrscheinlich sogar dazu überreden könnte, ein Geständnis abzulegen. Vielleicht können wir ein bisschen Druck auf ihre Mutter ausüben, aber selbst wenn sie kooperiert, bezweifle ich, dass ihre Aussage ausreicht. Aber Sie … Sie haben alles gesehen, alles mitbekommen. Und Sie haben die Chance, das Richtige zu tun. Alles wieder ins Lot zu bringen. Das ist es, was ich von Ihnen brauche, Jack. Deshalb bin ich hier.«

Inspector Leigh lässt mir Zeit nachzudenken. Zeit, mich an all die Zweifel zu erinnern, die ich jemals an der Person hatte, von der sie überzeugt ist, dass sie für den Tod eines anderen Menschen verantwortlich ist.

»Sie hat sie aufgegeben, Jack«, fährt sie fort. »Syd ist diejenige, die Ihren Führerschein dorthin gelegt hat. Sie ist der Grund, warum Sie ins Gefängnis gewandert sind. Und vergessen Sie nicht, dass, wenn etwas nicht so funktioniert hat, wie sie es wollte, Sie derjenige waren, der dafür bestraft wurde. Sie ist gefährlich, Jack. Und es tut mir leid, dass ich so schonungslos sein muss, aber sie liebt Sie nicht. Wenn sie es täte, hätte sie Ihnen all das nicht angetan.«

Wieder lässt sie das Gesagte zwischen uns in der Luft schweben. Und ich kann es sehen: Ich kann sehen, wie all das für Inspector Leigh aussehen muss. Tatsächlich sagt sie nichts, was ich mir nicht auch schon gedacht habe.

»Ich habe mit Ihren Eltern gesprochen«, erklärt sie und wechselt das Thema.

Ich sehe auf. Bis eben hatte ich auf den Teppich gestarrt.

»Nicht darüber. Nur um ein Gespür für Sie zu bekommen. Oder Ihre Werte. Und ich kann sagen, dass Ihre Eltern Ihnen alles bedeuten.« Sie erlaubt sich eine Pause. »Habe ich recht, Jack? Dass Ihre Eltern Ihnen alles bedeuten?«

Langsam, wie aus Reflex, nicke ich.

»Also, denken Sie an sie. Denken Sie daran, was es für sie bedeuten wird, dass Sie mir helfen. Nach alldem. Nachdem sie Sie hier drin gesehen haben. Denken Sie daran, wie *stolz* sie auf Sie wären, wenn Sie endlich das Richtige tun würden.«

Es stimmt, was ich oft über Inspector Leigh gedacht habe. Sie kann Menschen besser lesen als irgendjemand sonst, den ich bisher getroffen habe. Die Art, wie sie jetzt zu mir spricht, zum Beispiel: Sie könnte nichts auf der Welt sagen oder mir anbieten, das mich mit höherer Wahrscheinlichkeit zum Nachgeben bewegen würde.

Ich nehme mir einen Moment, um den Raum zu betrachten. Kein Vernehmungszimmer, rufe ich mir selbst ins Gedächtnis. Keine Zelle. Und die Kommissarin sitzt mir dort am Tisch gegenüber, ohne ihr übliches Zubehör. Kein Notizblick, kein Aufnahmegerät, nichts. Da ist niemand sonst auf ihrer Seite des Tisches. Genau wie ich ist sie ganz alleine.

»Sie sind die Einzige, die so denkt, richtig?«, frage ich.

Daraufhin kann sie nur die Stirn runzeln.

»Keiner Ihrer Kollegen glaubt Ihnen. Nicht mal DC Granger. Ihn haben Sie auch nicht an Bord, oder? Würden Sie Schwierigkeiten bekommen, wenn Ihre Vorgesetzten wüssten, dass Sie überhaupt mit mir sprechen?«

Zum ersten Mal, seit ich sie kenne, erscheint Inspector Leigh plötzlich nicht mehr so selbstsicher. »Ich weiß nicht ...«

Aber sie kann ihren Satz nicht beenden. Im Flur entsteht Unruhe, dann ertönt ein Klopfen, das unterbrochen wird, als die Tür weit aufschwingt.

»... ein Skandal«, sagt der Mann, der den Raum betritt – ob zu dem Wächter hinter ihm oder in den Raum vor ihm, ist nicht deutlich. »Ich hätte darüber seit Stunden informiert sein sollen, in dem Moment, als es genehmigt wurde!« Der Mann sieht mich an. »Stehen Sie auf, junger Mann. Wir gehen.«

Inspector Leigh geht dazwischen. »Wer zur Hölle sind Sie?«

Der Mann strafft die Schultern. Zumindest scheint es so, denn seine Krawatte sitzt schief und sein Mantelkragen ist so umgeschlagen, dass nichts an ihm gerade ist. Dennoch schafft er es, einen weiteren Zentimeter zu wachsen und Inspector Leighs finsterem Blick ebenso zu begegnen.

»Ich bin Mr Marsh, und der Mann, den Sie anscheinend

vernehmen, ist mein Klient. Jack, steh auf, Kumpel. Lass uns gehen.«

»Ihr Klient?« Leigh wendet sich mir zu. »Aber ich dachte, Mr Dalton sei Ihr Anwalt. Das haben Ihre Eltern gesagt.«

»Er sollte es sein«, erkläre ich. »Aber ich habe meine Meinung geändert. Mr Marsh hier hat mich von Anfang an vertreten.« Vorsichtig – entschuldigend – schiebe ich meinen Stuhl unter den Tisch.

»Jack? Was soll das? Ihr Vater, er hat darauf beharrt, dass Sie ...« Langsam beginnt die Kommissarin zu lächeln. Sie lässt sich auf die Tischkante fallen. »Sie wussten es schon«, sagt sie, »nicht wahr? Sie sind selbst darauf gekommen. Auf all das, was ich Ihnen gerade dargelegt habe.«

Ich hüte mich davor zu antworten. Und ich wüsste auch nicht, was ich sagen sollte. Wusste ich es? Nicht, wohin das hier führen würde, das Ausmaß der Dinge, zu denen Syd am Ende bereit war. Wenn ich das gewusst hätte, hätte ich es beendet. Irgendwie. Auf keinen Fall hätte ich zugelassen, dass sie so viel riskiert. Aber es stimmt, dass ich mehr wusste, als ich zugegeben habe. Oder vielleicht ist das zu viel gesagt. Ich habe es eher vermutet. Ich hatte in diesen letzten zehn Tagen viel Zeit zum Denken, viel Zeit, um darüber nachzudenken, wie ich in diese Situation geraten bin. Aber dennoch hat mir erst in jener Nacht in meiner Gefängniszelle, vor dem Treffen mit dem Mann, von dem meine Eltern wollten, dass er mich verteidigte, langsam gedämmert, was ich übersehen hatte.

Mr Dalton hatte über Vertrauen gesprochen – und da war ich, bereit, ihm mein Vertrauen auf eine Weise zu schenken, wie ich es Syd nie geschenkt hatte. Ich hätte wissen müssen, dass es einen guten Grund dafür gab, dass ich hier drin saß. Ich hätte begreifen müssen, dass Syd einen Plan haben würde, mich wieder rauszubekommen. Denn es war genauso, wie

Inspector Leigh gesagt hatte. Es *stand* alles in Syds Bericht. Ich hatte immer angenommen, dass sie ihn für dieselbe Person schrieb wie ich – ironischerweise für Inspector Leigh oder jemanden wie sie –, aber so viel von dem, was Syd geschrieben hatte, war in Wirklichkeit an mich gerichtet. Sie konnte mir nicht sagen, was sie getan hatte, aber sie war zumindest in der Lage zu erklären, warum. Und so viele Male, dass ich nicht mehr weiß, wie oft, sagte sie zu mir: *Vertrau mir! Glaub an mich! So, wie ich immer an dich geglaubt habe.* Es hat eine Weile gedauert, bis ich sie endlich verstanden habe, aber am Ende habe ich das. Das tue ich.

»Jack? Sie wissen, dass Sie das zu einem Komplizen macht, richtig? Falls – *wenn* – Syd für das verhaftet wird, was sie getan hat, dann enden Sie direkt neben ihr auf der Anklagebank.«

Mein Anwalt legt mir eine Hand auf die Schulter. »Ignorieren Sie sie, Jack. Sie müssen nicht antworten.«

Ich sehe Inspector Leigh an und begreife, dass sie recht hat. Ich muss nicht antworten, denn ich kann genau sehen, was sie denkt. Ich kann sie lesen, endlich, genauso wie sie immer in der Lage gewesen war, mich zu lesen. Syd wird hierfür nicht verhaftet werden. Nicht jetzt, nicht in der Zukunft. Dies hier, das Gespräch mit mir: Solange Syd und ich stark bleiben, ist das alles, was Inspector Leigh jemals erreichen wird.

Sydney

Es ist Ende Dezember. Fast Weihnachten. Zeit für die Familie, wie man so sagt. Ich kann mich nicht entscheiden, ob ich das passend oder paradox finden soll. Vielleicht keins von beidem. Es kommt mir so vor, als wäre es wichtig, aber vielleicht ist das nur in meinem Kopf. Wie das ganze Konzept von Familie selbst. Vielleicht hat es auch gar keine wirkliche Bedeutung und ist stattdessen in dem Maße offen für Interpretationen, wie wir es zulassen. Mir fällt auf, dass es sich mit vielem im Leben so verhält. Zum Beispiel, was richtig ist. Was falsch ist. Und was normal ist – das ist es, worüber ich in der letzten Zeit am meisten nachgegrübelt habe. Sind die Dinge wieder normal? Wie sieht Normalität für mich überhaupt aus?

Ich glaube – ich habe beschlossen, dass sie aussieht wie *wir*. Das ist meine Basis, das Fundament, auf dem alles andere aufbaut. Ich und Jack. Seite an Seite. Zusammen. Solange bei uns alles gut ist, ist es egal, was um uns herum passiert.

Es war nicht einfach, für Jack ganz besonders. Nichts von alldem war auch nur ein kleines bisschen einfach. Er sagt, er versteht, warum ich tat, was ich getan habe, und ich hoffe und bete, dass er das wirklich tut. Sean Payne ... Ich wollte wirklich nie, dass das passiert. Und alles, was danach passierte – zwischen Jack und mir, zwischen meinem Vater und mir, zwischen Jack und der Polizei –, passierte nur, weil ich so verzweifelt einen Ausweg für uns gesucht habe.

Ich stand in der Küche, als ich das Geräusch hörte. Es war spät, ungefähr ein Uhr nachts, und Jack hat oben fest geschlafen. Ich hatte seit dem Tag, an dem mein Vater sich in der Diele meiner Mutter offenbart hat, kaum ein Auge zugetan. Selbst wenn ich nur im Bett lag, fühlte ich mich angreifbar, also bin ich lieber im Erdgeschoss herumgestreunt. Aus keinem besonderen Grund. Ich vermute, dass ich nachgedacht habe, aber *Nachdenken* impliziert, dass man sich auf ein bestimmtes Thema konzentriert, während in meinem Kopf alle möglichen Gedanken wild herumwirbelten. Ich hatte Angst, aber ich war auch wütend. Genauer gesagt rasend, vor allem, weil ich mich so komplett ausgeliefert fühlte. Ich dachte, ich hätte den perfekten Ort gefunden, um mich zu verstecken, und dann taucht das Monster, vor dem ich geflohen war, plötzlich aus dem Nichts wieder auf und zerstört meine Zuflucht. Und ich konnte absolut nichts tun. Ich wusste, was die Polizei sagen würde, wenn ich zu ihnen ginge. Ihre Reaktion, als sie unsere Aussagen aufnahmen, beweist, dass sie erst gehandelt hätten, wenn es schon zu spät gewesen wäre. Und natürlich war da Elsie. Mir fiel keine Lösung für Jack und mich ein, die nicht gleichzeitig bedeutete, dass ich sie im Stich lassen müsste.

Als ich das Geräusch hörte, war es, als hätte sich mir eine Hand auf die Schulter gelegt. Ich stand bei gelöschtem Licht neben der Spüle. Bis dahin war es so still im Haus und draußen in der Dunkelheit gewesen, dass es sich angefühlt hatte, als wäre ich der einzige Mensch auf der Welt. Aber das Geräusch bewies das Gegenteil. Es war ein achtloses Geräusch – das Klappern eines Tors? –, gefolgt von etwas, von dem ich sicher war, dass es sich vortastende Schritte in unserem Garten waren. Ich spannte mich an und starrte in die Nacht hinaus. War *er* es? Mein Vater – war er hier, *jetzt?*

Mein erster Gedanke war, Jack zu wecken. Aber als sich wieder Stille ausbreitete, fragte ich mich, was ich überhaupt gehört hatte. Und ich wusste, dass Jack völlig erschöpft war. Als ich aufgestanden war, nachdem ich eine Stunde neben ihm herumgelegen hatte, hatte er tief geschlafen – eine Stunde der vielleicht drei oder vier Stunden, die ihm selbst gerade mal vergönnt waren. Wenn ich ihn aufwecken würde, täte ich das vielleicht völlig umsonst, und überhaupt, was hielt mich davon ab, selber der Ursache des Geräuschs nachzugehen? Ich war Sydney Baker, nicht Maggie Robinson: kein kleines Mädchen, das vor Dingen zurückschreckt, die nachts herumpoltern. Ich war größer als das, *besser* als das, und falls irgendjemand da draußen war – falls es mein *Vater* war –, würde ich ihm das beweisen. Genauso, wie ich es mir selbst beweisen würde.

Ich lauschte wieder in die Stille hinein und hörte nichts, also ging ich zur Hintertür. Ich steckte den Schlüssel ins Schloss, drehte ihn um und drückte sanft die Klinke runter. Dann hielt ich inne – und aus einem Bauchgefühl heraus nahm ich ein Messer aus dem Messerblock. *Nur zur Sicherheit*, sagte ich mir. Selbst wenn das da draußen mein Vater sein sollte, hatte ich nicht die Absicht, wirklich Gebrauch davon zu machen. Es sollte nur ein Schutz sein. Etwas, das zur Abwechslung mal *ihm* Angst machte.

Ich öffnete die Tür, schnell, so als würde ich ein Pflaster abziehen, aber der Garten war leer. Zumindest der Bereich, den ich sehen konnte. Ich sah mich um, sah nach oben, sogar hinter mich, obwohl ich immer noch in der Tür stand, dann schlich ich ans Ende des Anbaus; die einzige Stelle auf unserem Grundstück, an der mein Vater oder sonst jemand sich verstecken könnte. Aber bevor ich dort ankam, hörte ich ein weiteres Geräusch. Es kam aus der Gasse, wie mir klar wurde – und es hatte sich seltsamerweise so wie ein Stöhnen angehört.

Ich überprüfte dennoch die Schatten in unserem Garten. Dann schlich ich zu unserem Gartentor. Der Riegel war alt, und das Tor hing lose in den Scharnieren, weshalb es vielleicht gegen den Zaunpfosten geschlagen war. Aber die Nachtluft war dick, schwer, ohne die leichteste Brise, was bedeutete, dass das Tor, wenn es sich bewegt hatte, von irgendetwas angestoßen worden sein musste.

Ich öffnete das Tor, linste durch den Spalt und trat vorsichtig auf die Gasse hinaus. Und dann sah ich ihn. Nicht meinen Vater. *Elsies.*

Er war an einer Latte unseres Zauns zusammengesunken. Aufgrund der Art, wie er dort hing, vermutete ich, dass er gefallen war. Das hatte wahrscheinlich unser Tor zum Schwanken gebracht. Was das Geräusch anging, von dem ich dachte, es gehört zu haben – ein Geräusch, als würde sich jemand fortbewegen –, das war vermutlich Sean Payne gewesen, der versuchte und daran gescheitert war, wieder auf die Füße zu kommen.

Ich erinnere mich deutlich, dass meine erste Reaktion Abscheu war. Selbst aus der Entfernung von ein paar Metern konnte ich erkennen, dass er betrunken war. Seine Augen waren geschlossen, aber ein schmales Lächeln umspielte seine Lippen, er schien leise, murmelnd, zu … singen? Jedenfalls versuchte er das. Es schien so, als … Ich weiß nicht. Es war, wie Jack gesagt hatte. Als wäre er zum *Feiern* aus gewesen. Als wäre es einfach ein weiterer Freitagabend, und seine Tochter würde nicht allein in einem Krankenhausbett liegen. Als wäre nicht *er* derjenige gewesen, der sie dorthin gebracht hätte.

Ich bewegte mich auf ihn zu, ohne wirklich nachzudenken, und bekam kaum mit, dass ich immer noch das Messer in der Hand hielt. Sogar trotz des Gestanks der Mülltonnen in der Nähe konnte ich die Alkoholfahne ausmachen, die Sean Paynes Atem verströmte. Abgesehen davon, dass ich in diesem Moment feststellte, dass das Gesäusel, das er von sich gegeben hatte, verstummt war, und ich mich fragte, ob er überhaupt noch atmete. Vielleicht hatte er sich den Kopf angeschlagen, als er gefallen war. Vielleicht hatte er einen Herzinfarkt oder so, und das, was ich gehört hatte, war eher ein Stöhnen als ein Singen und sein letztes, erbärmliches Flehen um Hilfe gewesen.

Ich beugte mich zu ihm – und da schlug er die Augen auf. Ich zuckte zusammen, bin wahrscheinlich gestolpert, aber wie aus dem Nichts schloss sich seine Hand um mein Bein. *Du*, sagte er – oder zumindest glaube ich, dass er das sagte. Je mehr ich versuche, mir in Erinnerung zu rufen, was wirklich passierte, desto mehr frage ich mich, ob ich es mir nur einbildete, genauso wie ich mir den Hass in seinen Augen vielleicht nur einbildete. Ich geriet in Panik, das weiß ich. Ich dachte ... Ich weiß nicht. Dass er mir eine Falle gestellt hatte, dass er mich verletzen wollte, mir heimzahlen wollte, dass ich ihm seine Tochter weggenommen hatte. Und in meiner Verzweiflung, in meinem Versuch zu fliehen, mich aus seinem Griff zu befreien, fand das Messer irgendwie sein Ziel.

Doch dann, danach – dann verlor ich die Kontrolle. Ich holte erneut aus, und dann wieder und wieder, bis es sich so anfühlte, als könnte ich nie wieder aufhören. All die Angst, die ich jemals erlebt hatte, all die *Wut*, die so lange in mir gepocht hatte – sie kam als Sturzbach aus mir heraus. In diesem Moment *war* Sean Payne mein Vater, und ich ... ich war Sydney Maggie Jessica Elsie, all die Opfer, die ich kannte, zu einem vereint.

Ich weiß nicht, wie lange ich weitermachte. Sekunden vielleicht, auch wenn es sich länger anfühlte. So, als würde dieser Moment in meinen Gedanken niemals enden. Ich erinnere mich, dass ich danach auf dem Steinboden zusammenbrach, und ich erinnere mich, wie ich mich selbst dazu zwang, mir anzusehen, was ich getan hatte. Und ich erinnere mich, dass ich ... nicht wirklich glücklich war. Das nicht. Aber ich weiß auch, dass nicht das, was ich *getan* hatte, mich am meisten in Panik versetzte. Worüber ich mir zu diesem Zeitpunkt am meisten Sorgen machte, war, was es *bedeutete*.

Der Plan fiel mir danach stückweise ein. Eine Weile saß ich einfach nur da und rechnete damit, gefunden zu werden. Aber die Nacht blieb genauso einsam, wie sie mir vorgekommen war, als ich in der Küche stand – wie lange her sich *das* anfühlte. Obwohl ich darauf wartete, dass jemand kommen würde, kam niemand. Was mich auf den Gedanken brachte, dass vielleicht nie irgendjemand kommen würde. Nach und nach beruhigte sich mein Atem, und das Adrenalin verließ meine zitternden Hände. Ich bemerkte das Blut. *Sah* es zum ersten Mal richtig. Es war schwarz in der Dunkelheit, nass. Zuerst warm, doch langsam wurde es kalt auf meiner Haut.

Ich zog mich direkt dort in der Gasse aus. Währenddessen fühlte ich Panik in mir aufsteigen, die erst wieder nachließ, nachdem ich alles, was ich am Körper getragen hatte, von mir gerissen hatte. Und dann stand ich einfach nur da und wusste nicht, was als Nächstes passieren sollte. Ich hielt meine Klamotten als Bündel vor mir. Ich musste sie natürlich loswerden. Meine Kleider, das Messer – ich musste *alles* loswerden.

Ich würde es in die Themse werfen. Würde es in einen Müllsack aus einer der Mülltonnen wickeln und es am nächsten Morgen im Fluss versenken. Ich würde mich duschen, sauber machen und so tun, als wäre all das nicht passiert. Außer … dass es Spuren geben würde, oder? Ich würde sie wohl kaum alle beseitigen können. Und es war direkt hinter unserem Haus passiert. Die Polizei würde das nicht einfach ignorieren, nicht angesichts unserer Geschichte mit Elsies Vater, vor allem Jacks. Er hatte sich mit Sean Payne *geprügelt*. Ihn angebrüllt, geschworen, dass er ihn *umbringen* würde, vor den Leuten im Pub! Die Polizei würde sich, wenn sie nicht mich verdächtigte, mit Sicherheit auf Jack konzentrieren. Das müsste sie, oder? Außer … außer …

Es war am Anfang wie ein Tagtraum. Eines dieser *Was-wäre-wenns*, die sich genauso fantastisch anfühlen wie die Aussicht, zum Mond zu fliegen. Aber dann, als ein Gedanke den anderen anstieß, wurde dieser Tagtraum zu etwas Realem. Nicht mehr länger ein *Was-wäre-wenn* – sondern ein *Warum-nicht?* Ich begriff allmählich, wie das, was ich getan hatte, ein Ausweg sein könnte; für Elsie, für Jack, für uns alle.

Ich kann nicht sagen, ob ich wirklich daran geglaubt habe, dass es funktionieren würde. Nach dem, was passiert war, konnte ich nicht mehr klar denken. Zumindest fühlte es sich nicht so an, als würde ich logische Entscheidungen treffen, aber vielleicht war es eine Art tieferer Instinkt, der in diesem Stadium übernahm. Ich wusste, dass mein Vater mich irgendwann aufsuchen würde – und dass ich, wenn ich das Messer behielte, es so aussehen lassen könnte, als ob er mich damit angreifen wollte. Das Messer würde ihn umgekehrt mit dem Mord an Sean Payne verbinden. Und was sein Motiv anging; mein Vater hatte von Anfang an versucht, Jack zu schaden. Könnte dies nicht, wenn ich es korrekt darstellte, als ein weiterer Schritt auf diesem Weg gesehen werden? Er wollte Jack nicht nur beschuldigt wissen, er wollte ihn aus dem Weg haben, denn wenn Jack erst mal fort wäre, könnte er endlich *mich* kriegen.

Der schwierigste Teil war, Jacks Führerschein zu deponieren. Nicht der physische Akt als solcher. Der Führerschein steckte in seinem Portemonnaie auf dem Küchentisch. Wenn ich erst mal alle anderen Spuren beseitigt hätte, müsste ich noch nicht mal nach oben gehen und dort herumschnüffeln. Nein, der schwierige Teil war, mich selbst dazu zu bringen, ihn dort für die Polizei zu hinterlassen. Es fühlte sich so *falsch* an, so gegen jede Intuition. Ich musste mich immer und immer wieder von der Notwendigkeit überzeugen, nur um sicherzugehen, dass ich keinen riesigen Fehler beging. Aber nach einer Weile war ich mir so sicher wie nie zuvor. Der Führerschein würde ausreichen, um Jack zu verdächtigen – es so aussehen zu lassen, dass mein Vater ihn ausspielte –, aber es war als Beweislage gleichzeitig dünn genug, sodass es vor Gericht mit Sicherheit nicht ausreichen würde. Falls es überhaupt dazu käme – der ganze Clou war, dass es das niemals würde. Ich würde es nicht dazu kommen *lassen*, denn wenn alles schiefgehen sollte, würde ich mich stellen. Das war die Rettungsleine, an die ich mich klammerte: das Wissen, dass ich all das zu jedem Zeitpunkt, an dem ich es wollte, beenden könnte.

Aber Jack. Ich konnte so wenig tun, um ihm Halt zu geben, weshalb es mir so wichtig ist, dass er jetzt alles versteht. Und das tut er, glaube ich. Ich glaube wirklich, dass er das tut. Er kennt jetzt die ganze Geschichte zwischen mir und meinem Vater, er versteht, wie groß meine Angst war, als ich herausgefunden hatte, dass er zurückgekommen war. Und vor allem weiß er, dass ich immer nur versucht habe, ihn zu beschützen. *Uns* zu beschützen. Das war der andere Grund, warum ich den Führerschein dort platziert habe: Damit mein Plan funktionieren würde, musste ich Jack aus der Schusslinie bringen. Ich brauchte ihn in *Sicherheit*. Irgendwo, wo mein Vater ihn nicht kriegen würde, denn ich wusste, dass er Jack schaden würde, um mir zu schaden – sogar noch mehr, als er es schon getan hatte. Deshalb musste Jack all das durchmachen. Das war der Grund, warum ich wollte, dass er wegfuhr, als Inspector Leigh ihn offensichtlich nicht verhaften wollte. Ich konnte nicht offen mit ihm sein, denn wenn er gewusst hätte, was ich plante, hätte er mich davon abgehalten. Oder, noch schlimmer, er hätte versucht, mir zu helfen, und das hätte ich niemals zugelassen.

Wenn es irgendetwas gab, das Jack ärgerte, dann war es das: dass er nicht für mich da sein konnte, als ich ihn am meisten brauchte; so sieht er es. Aber jetzt … Es ist seltsam, wie die Dinge sich entwickelt haben. Da ist eine Nähe zwischen uns – eine *Enge* –, die auf eine Weise das übertrifft, was wir vorher hatten. Und auch auf eine andere Art ist Jack so glücklich, wie ich ihn noch nie erlebt habe. Ich weiß mit Sicherheit, dass er seinen Job nicht vermisst. Ihm hat nie wirklich eine Strafverfolgung gedroht – damit hat die Polizei ihm nur Angst einjagen wollen –, und jetzt, da er endlich die Zeit dafür hat, genießt er die Möglichkeit, es mit dem Schreiben zu versuchen. Er ruft immer noch jeden Sonntag seine Eltern an, aber wenn ich ihn am Telefon sprechen höre, habe ich den Eindruck, dass die Dynamik zwischen ihnen sich verändert hat; dass nicht länger ein Kind nach Bestätigung sucht, sondern ein Gespräch zwischen Erwachsenen stattfindet. Vielleicht ist das noch nicht ganz die Sichtweise seiner Eltern, aber ich bezweifle nicht, dass sie es mit der Zeit genauso sehen werden.

Wenn Jack sich Sorgen macht, dann vor allem um andere Menschen, glaube ich. Zum einen ist da Bart, bei dem er sich buchstäblich jedes Mal, wenn sie sich sehen, weiterhin entschuldigt. Und auch Sabeen und ihre Familie. Es hat sich herausgestellt, dass Bart derjenige war, der ihnen einen Tipp gab, der sie warnte, dass Jacks Geheimnis aufgeflogen war; am selben Tag, als Jack selbst es erfuhr. Niemand von uns weiß, wo Ali und die anderen gelandet sind, aber dass sie sicher sind, ist das Einzige, was zählt. Und – jedenfalls für mich –, dass sie wissen, dass sie das dank Jack sind.

Was nur noch mich übrig lässt, denke ich – denn ich weiß,

dass Jack sich um mich die größten Sorgen macht. Manchmal erwische ich ihn dabei, wie er mich anschaut, und dann schenkt er mir einfach dieses kleine Lächeln, als wollte er etwas sagen, wüsste aber genauso, dass das nicht nötig ist und dieses Lächeln genügt. Ich vermute, dass er sich um mein Wohlergehen sorgt, darum, was all das Geschehene mit *mir* gemacht hat. Ich meine nicht körperlich. Die Wunde, die ich mir zugefügt habe, hat eine Narbe hinterlassen, aber es ist nicht so, als wäre ich nicht an Narben gewöhnt. Ich gebe zu, dass ich auf den Schmerz nicht so vorbereitet gewesen war, wie ich dachte, und auch nicht auf den Anblick meines eigenen Blutes. Eine Zeitlang war ich davon überzeugt, dass ich das Messer zu tief hineingestochen hatte. Aber es geht mir im Grunde genommen gut. Körperlich geht es mir gut.

Was den Rest von mir angeht... Ich glaube, auch das ist alles gut so. So gut, wie es sein kann. Ich denke, Jack macht sich vor allem um die Schuldgefühle Gedanken, die ich empfinde, und ich gebe zu, dass sie mir selbst manchmal Sorgen bereiten. Denn ... Ich weiß nicht. Mir ist selbst nicht klar, wie ich über diese Seite des Ganzen denke. Ich weiß, dass Schuld etwas ist, womit ich mein ganzes Leben gelebt habe, und dass ich mich wegen Elsies Vater weniger schuldig fühle, als ich es wegen meiner Schwester tat – *tue.* Und dann ist da Elsie. Es gibt nichts, was mir irgendjemand als Grund nennen könnte, warum es ihr jetzt nicht besser gehen sollte als vorher.

Also, ja: Mir geht es gut. Mehr als gut, wenn ich ehrlich bin, und wenn mich Schuldgefühle plagen, dann vor allem deshalb. Aber das ist im Grunde eine langwierige Sache, etwas, von dem ich nicht sicher bin, ob ich es jemals wieder in Einklang bringen werde: Auf der einen Seite mein Wille, glücklich zu sein, und auf der anderen Seite meine Unsicherheit darüber, ob ich das Recht dazu habe. Aber ich arbeite daran. Ich arbeite an vielen Dingen. An der Beziehung zu meiner Mutter zum Beispiel.

Obwohl meine Mutter stärker in alles involviert war als Jack, weiß sie weniger darüber, was passierte. Jack weiß alles: Zwischen uns gibt es keine Geheimnisse mehr. Aber meine Mutter … Sie weiß natürlich, was sie getan hat – ihr Alibi widerrufen, mich in die Wohnung lassen, damit ich das, was sein musste, an seinen Sachen hinterlassen konnte –, aber ich habe ihr nie gänzlich erklärt, was ich vorhatte. Alles, was sie getan hat, tat sie, weil ich sie darum gebeten habe und weil ich ihr gesagt habe, dass es letztendlich die einzige Möglichkeit sei, um sicher zu leben. Ihr ist natürlich bewusst, dass mein Vater des Mordes angeklagt wird, aber anscheinend ist die Tatsache, dass er weg ist, das Einzige, was sie interessiert. So ist sie einfach, so war sie immer: jemand, der die Augen verschließt. Ich mache ihr dafür nicht mehr solche Vorwürfe, wie ich es immer getan habe. Sie hat ihre Art, mit allem umzugehen, ich habe meine, und ich kann jetzt nicht mehr behaupten, dass ihre destruktiver wäre.

Also, ja, meine Mum und ich: Wir kriegen das hin. Ich sage nicht, dass wir jemals eine Vorzeigebeziehung haben werden. Alles, was ich sagen will, ist, dass wir jetzt besser miteinander auskommen als zuvor. Wahrscheinlich sogar besser denn je. Und es ist ja nicht so, als ob ich sie nicht immer geliebt hätte. Es ist nur … Ich weiß nicht. Es fühlt sich jetzt *einfacher* an, sie zu lieben, das ist es. Und es ist auch sicherer, jetzt, wo mein Vater verschwunden ist.

Mein Vater.

Ich muss mich immer wieder daran erinnern, dass er es wirklich ist. *Verschwunden*, meine ich. Denn er kommt ins Gefängnis, das weiß ich, und ich weiß, dass er niemals wieder rauskommen wird. Trotzdem frage ich mich manchmal, ob es nicht besser gewesen wäre, wenn ich ihn wirklich umgebracht hätte. An einem bestimmten Zeitpunkt dachte ich, dass ich das tun müsste, und als wir uns in unserem Schlafzimmer gegenüberstanden, habe ich es wirklich versucht. Ich konnte mich nicht bremsen, genauso, wie ich die Wut nicht unterdrücken konnte, als ich Sean Payne gegenüberstand. Aber während Elsies Vater in einem Zustand war, in dem er sich nicht verteidigen konnte, schlug mein Vater mich so leicht nieder, dass es pures Glück war, dass ich zu Ende bringen konnte, was ich angefangen hatte. Und so … Welchen Ausdruck hatte mein Vater benutzt? *Poetisch.* Das trifft es genau. Es ist Poesie, dass er für genau die Art von Verbrechen verurteilt wird, die er tatsächlich begangen hat. Ich versuche mich immer daran zu erinnern, wenn ich Angst habe. Zum Beispiel immer dann, wenn ich mich frage, ob die Polizei mich noch beobachtet. Oder wenn mich eine plötzliche Welle von Schuldgefühlen überrollt. Es ist *richtig*, was mit meinem Vater passiert. Er hat meine Schwester umgebracht. Wenn er gekonnt hätte, hätte er mich umgebracht. Und wenn ich nicht getan hätte, was ich getan habe, hätte niemand je die Gelegenheit bekommen, ihn der Strafe zuzuführen, die er immer verdient hatte.

Aber wissen Sie was? Ich will nicht mehr über meinen Vater nachdenken. Worüber ich nachdenken will, ist das, womit ich angefangen hatte, bevor ich abgeschweift bin.

Jack und ich leben jetzt in einer Wohnung. Nachdem wir das Haus auf den Markt gebracht haben, wurde es am ersten Wochenende verkauft, jetzt warten wir nur noch auf die Eigentumsüberschreibung. Ich bin natürlich enttäuscht, denn wären die Umstände anders gewesen, als wir das Haus fanden, hätte es wirklich die Chance gehabt, unser Zuhause zu werden. Unser

Heim für die Ewigkeit, genau wie in diesen kitschigen Fernsehshows. Aber es hat seinen Zweck erfüllt, und offen gestanden ist das Appartement, in dem wir jetzt wohnen, tausendmal praktischer. Es ist zweckmäßig gebaut, zwei Schlafzimmer, ein kleiner französischer Balkon mit einem Zugang nach draußen. Wir haben es zurzeit nur gemietet, aber hier zu leben hat uns gezeigt, dass ein Ort wie dieser alles ist, was wir drei wirklich brauchen.

Nein. Ich bin nicht schwanger. Und nein, es ist immer noch unwahrscheinlich, dass ich es jemals sein werde. Ich meine, vielleicht, eines Tages ... Aber noch nicht jetzt. Für den Moment möchte ich einfach das Gefühl auskosten, dass die Familie, die ich jetzt um mich habe, genauso perfekt ist, wie ich es mir jemals hätte erträumen können.

Offiziell lebt Elsie bei ihrer Tante. Die ist schon in Ordnung irgendwie, auf jeden Fall nicht so kaputt, wie ihr Bruder es war. Aber obwohl sie praktisch um die Ecke von Elsie wohnt, hat sie sie nur ein paarmal besucht. Und sie hat es zugegeben: Sie hat Elsie nur wegen des Geldes bei sich aufgenommen. Sean Payne besaß nicht viel, aber das alte Haus hatte einen überraschend hohen Marktwert. Und wie sich bei all den bürokratischen Vorgängen herausstellte, würde das ganze Geld mit Elsie zu ihrem neuen Vormund wandern. Also ist Elsies Tante zufrieden. Umso mehr, da Elsie die meiste Zeit bei uns verbringt.

Und das sind wir: Wir sind wie eine Familie, das ist der Punkt, auf den ich hinauswollte. Meine wirkliche Familie war von Anfang an zerbrochen, defekt. Aber wer sagt schon, was eine Familie überhaupt ausmacht? Unsere ist nicht traditionell, genauso wenig wie es wahrscheinlich unser Weihnachten sein wird. Wir haben alle unsere Rollen, aber das Beste ist, dass keine von ihnen festgelegt ist. Nehmen Sie Jack und mich.

Meistens sind wir die Eltern, aber manchmal sind wir auch die Kinder. Jack ist für mich mein Mann, aber er ist auch mein bester Freund. Elsie gegenüber verhält er sich wie ein weiser alter Onkel, aber ich vermute, dass sie in ihm eher einen überfürsorglichen Bruder sieht. Aber einen guten, einen netten – und es ist wichtig, dass Elsie daran glauben kann, dass in Männern Freundlichkeit existiert.

Was mich betrifft, ich tue mein Bestes, um das zu sein, was auch immer Elsie braucht. Manchmal ist es schwierig, wenn man das Geheimnis bedenkt, das immer zwischen uns stehen wird. Und ich kann nicht anders, als Angst davor zu haben, dass sie eines Tages genauso wird wie ich, wenn wir zu viel Zeit miteinander verbringen. Aber wer weiß? Es ist auch möglich, dass es genau andersherum abläuft. Denn wie ich schon sagte: Es sind nicht immer Jack und ich, die die Eltern spielen. Ich tendiere dazu zu glauben, dass es meine Rolle ist, auf Elsie aufzupassen. Aber wie ein Engel, der von meiner kleinen Schwester geschickt wurde, ist in Wahrheit vielleicht sie diejenige, die hier ist, um mich zu retten.

Danksagung

Meine Liebe und Dankbarkeit gelten meiner Frau Sarah, ohne die dieser Roman schlicht nicht geschrieben worden wäre. Offen gesagt hätte sie es verdient, als Co-Autorin auf dem Cover genannt zu werden. Ebenfalls vielen Dank an meine Mum, meinen Dad, meine Schwester, Matt, Sue, Kate und Nij – die ganze Familie. Kristina Astrom und Jane McLoughlin waren zwei der ersten Leser dieses Romans, und ich kann ihnen nicht genug für ihre Großzügigkeit und ihre Zeit danken. Besonders erwähnen möchte ich auch Jess Lavender und alle vom Brighton Karate Club, die mich dabei unterstützten, meinen Schreibfrust abzuarbeiten – von dem es, wie immer, einigen gab. Und schließlich vielen Dank an alle bei Viking und Felicity Bryan Associates, allen voran Katy Loftus und Caroline Wood.